OPERACIÓN BARCELONA:
MATAR A HITLER

MIQUEL GIMÉNEZ

Operación Barcelona: matar a Hitler

NOVELA

SEKOTIA

EDITORIAL SEKOTIA • NARRATIVA CON VALORES
Editor: Humberto Pérez-Tomé Román
Maquetación y corrección: Helena Montané

WWW.SEKOTIA.COM
info@almuzaralibros.com

EDITORIAL ALMUZARA
Parque Logístico de Córdoba. Ctra. Palma del Río, km 4
C/8, Nave L2, nº 3, 14005 - Córdoba

Imprime: Liberdúplex
ISBN: 978-84-18414-76-3
Depósito legal: CO-1097-2023

Hecho e impreso en España-*Made and printed in Spain*

A Elena, como siempre

Índice

En el día de hoy, cautivo y desarmado el ejército franquista, la insurrección ha terminado. La paz reina en todo el territorio nacional al que se han incorporado gracias a nuestras invictas tropas hispano-germanas Portugal, Gibraltar y el norte de Marruecos. ¡Arriba España! ¡Heil Hitler!

Firmado en el cuartel general del Generalísimo,
Agustín Muñoz Grande

Declaro a Cataluña Protectorado del Reich poniendo en manos del Führer Adolf Hitler su destino como parte de la gran comunidad aria europea. ¡Visca Catalunya Lliure! ¡Heil Hitler!

Firmado: el Reichsprotektor de Cataluña,
SS Obergruppenführer Reinhard Heydrich

Cuando se inicia una guerra no importa tener razón, lo que importa es ganar.

Adolf Hitler

AGRADECIMIENTOS

Aunque la labor de quien escribe es quizá la más solitaria que existe, forzoso es manifestar el agradecimiento del autor a todas aquellas personas que han ayudado a que ese acto íntimo pase a público en forma de libro.

Agradezco a los autores que me han precedido de manera insuperable en la práctica de la historia alternativa como Jesús Torbado y su En el día de Hoy y Len Deighton con SSGB. Le debo mucho a Alex del Rosal, que creyó en este libro desde el primer instante y lo adoptó como si fuese propio. Gracias al Consejo Editorial que aceptó un libro que no era fácil, demostrando una audacia digna de elogio. Tengo una deuda enorme con Humberto Pérez-Tomé, un editor que se ha convertido en amigo y cuyas indicaciones no han hecho más que mejorar el producto. Tengo que agradecerle a Manuel Pimentel que me dejase entrar en esa gran casa de las letras que es Almuzara. Gracias al equipo de la editorial en general y del sello Sekotia en particular por su profesionalidad y paciencia con este escritor. Citar a todas las personas que me han apoyado a lo largo de los cuatro años que me ha llevado este proyecto sería interminable, pero ahí están y aquí me tienen para lo que haga falta.

Finalmente, pero no en último lugar, quisiera agradecerle a mi difunto padre, el señor Miguel, que me enseñara a leer y escribir en un pequeño pizarrín porque creía que esas cosas no podían delegarse en un profesor. A nuestra Bea Raymí, el hada de la familia. Y, como siempre, gracias a mi esposa, Elena, que me apoya incondicionalmente y cometió la osadía de casarse con alguien enganchado en esa dulce y benéfica droga que son los libros.

PRIMER ACTO

OBERTURA CUBANA

La Habana en verano era tan triste como un inverno en París, con ese frío que te recorre el tuétano hasta destrozar tu propia memoria, la sensación de tener los pies congelados a fuerza de recorrer calles en las que no conoces a nadie, la desazón de saberse exiliado de todo lo que te rodea, del calor del aguardiente, de la calidez del tabaco o de la carcajada en labios de un amor. Alberto Duran, acodado en el balcón del piso de la mujer que dormía en un lecho aún revuelto, campo de batalla implacable de la lucha entre el desamor y la carne, fumaba como si quisiera aspirar la esencia de la música que caracoleaba proveniente del cabaré de la planta baja donde había conocido a Rosita, la mujer con la que convivía. ¿Hacía un año? ¿Dos? ¿Tres? Le costaba acordarse porque no soportaba los calendarios. Aquellos números ordenados en una hoja, ajenos a la vida y tan próximos a una esquela mortuoria, le recordaban lo incierto que es el futuro. ¿Piensa quien mira el calendario que quizá no llegará a ver el próximo mes, la próxima semana, el próximo día? La mayor demostración de la cobardía humana ante la muerte son los calendarios. Nos hacen creernos superiores al tiempo, a la vida. Nos da la falsa sensación de ser nosotros quienes gobernamos nuestra existencia sin darnos cuenta de que cada fecha tachada es una victoria del tiempo sobre nosotros.

Ni siquiera llevaba reloj. El que llevaba cuando pisó por primera vez La Habana, herencia de un amigo brigadista del Lincoln que estaría pudriéndose en algún lugar del Jarama, se lo habían quedado los policías cubanos. A Duran le ofendió sobremanera, no quería desprenderse de él porque le recordaba aquel torbellino de sangre y de pasión que vivió durante lo que algunos hijos de puta calificaban como una guerra romántica. Como no deseaba tener noción del paso del tiempo no había comprado otro, de forma que nunca sabía el día en que estaba ni la hora. ¿Para qué? Su biografía también se había detenido al finalizar la contienda. Anarquista desde que tuvo uso de razón, comandante con Cipriano Mera, sin un duro en la billetera ni más equipaje que un desgastado traje de dril, dos camisas con los cuellos desgastados, dos mudas, unos zapatos de punta robados a un fascista italiano y una cicatriz en la espalda que le recordaba constantemente, en especial los días húmedos, lo poco aconsejable que era darle la espalda a un oficial alemán. También tenía un par de fotos en su cartera que nunca miraba, y alguna carta escrita por una persona que se había desdibujado de su mente por prescripción facultativa que jamás releía.

Su edad era indefinida. Entró joven y entusiasta en la guerra y salió viejo y descreído. No sabía cuándo nació ni quiénes fueron sus padres. Podía inventarse perfectamente una o mil vidas, porque todas acabarían siendo tan reales como la que había vivido. A Rosita unos días le decía que era ingeniero, otros que era abogado, un día en el que el ron de caña debía estar especialmente fuerte le confesó ser un excura converso al anarquismo, pero la mayoría de las veces se limitaba a encogerse de hombros ante las cada vez menos frecuentes preguntas de la mulata. Se limitaba a sonreír y a tocar el piano. A veces desgranaba melancólicas guajiras, otras, acometía salvajes piezas de *rag time* y cuando el día le resultaba especialmente pegajoso y los muertos se obstinaban en agarrase de sus pantalones, interpretaba a Wagner, Liszt, Beethoven y otros genios clásicos que dejaban a la clientela del cabaré sumida en un silencio respetuoso, sabedores de que aquello era otro mundo, un mundo alejado del navajazo y la puta que protesta, del policía al que sobornar para que te deje subir con una menor a la habitación o a la cocaína deslizada por debajo de la mesa a cambio de un puñado de billetes casi transparentes de tanto ser manoseados por manos sudadas y febriles.

La mirada de Duran transitó del cuerpo de Rosita al mar que se abría ante sus ojos como los barrotes de una celda de la que había intentado escapar hacía tiempo. Acabaría sus días en aquella ciudad o en otra parecida, alternando con marineros, traficantes de drogas, armas, mujeres o las cuatro cosas a la vez. Y alcohólicos, claro. Cuando el mundo se ha hundido en la mierda hasta el cuello lo más sensato es emborracharse hasta no distinguir a una persona de otra. Se movía, si no cómodamente, sí de manera razonable en aquella Habana regida por militares de opereta al servicio de la sacarocracia local y de los yanquis. Sabía que los tipos como él no molestaban si sabían quedarse en su sitio y no joder a los mandamases.

En el fondo, aquello era lo más parecido al Barrio Chino barcelonés en el que se había criado. Tenía claro que no podría volver nunca, por eso aquel lugar canalla y soez era la imagen de un lugar irrecuperable, un remedo del paraíso de Milton solo que sin ángeles, un lugar del que muchos no habían salido con vida porque las cosas son como son y no como nos gustaría. Pensó en la posibilidad de que, en aquel mismo momento, hubiese otros Albertos como él, acodados en la nada, fumándose la vida que les quedaba y preguntándose por qué todo había sido así y no de otra forma o si podía haber evitado terminar como una botella vacía después de una farra. No debo ser el único idiota en el mundo, se dijo. Perdedores del mundo, uníos, a las barricadas por el triunfo de la mediocridad. Estaba definitivamente borracho, tan borracho que ni siquiera lo notaba. La suya era una borrachera especial que no nace del alcohol, sino de la amargura. Rosita refunfuñó en sueños como si se peleará con alguien. Un susurrado «Japuta» se escapó como un silbido de sus labios. A su pesar, Duran sonrió lo justo como muestra de que no se le había helado el alma del todo. Apagó cuidadosamente la colilla en la baranda del balcón, depositándola en una lata oxidada de ananás que utilizaba como cenicero provisional. Como él, como su vida. Descansamos en la providencia, decía un personaje de Murger. Encendió otro pitillo americano con calma. Total, no tenía otra cosa que hacer. Los fines de semana, trabajar de *pinxo*, de vigilante del orden, como se decía en su tierra, en el cabaré. El resto, pasear, leer algo, fumar y follar con Rosita. Los sábados y domingos, no, porque ella actuaba y terminaba rendida de tanto cantar canciones deplorables y aguantar a viejos babosos que intentaban tocarle las partes bajas mientras ella se defendía a taconazo limpio desde encima del exiguo escenario. Y cuando el dolor del alma era insoportable, siempre le quedaba el recurso de tocar el desvencijado piano del local, herencia de un terrateniente que en tiempos lo había regalado a vaya usted a saber qué mujer, que debió recibirlo con la estupefacción del desdentado al que regalan turrón de Alicante.

Todo se había ido a la mierda hacía mucho tiempo, incluso antes de la guerra de España. Cuando se encontró con un compañero anarquista que también había ido a recalar a Cuba, se lo dijo claramente. «Mira, chico, teníamos que perder, porque en esta vida solo ganan los hijos de puta y ni tú, ni yo, ni Durruti, ni Mera lo somos. Ni José Antonio, ya que estamos». Era cierto, los que no son unos cabrones no pueden ganar. Si lo consiguiesen, ¿qué carajo iban a hacer con la victoria? ¿Limpiar de mierda el país para que al final llegase un cerdo, se hiciese con el poder y vuelta a empezar? Su destino era el que había profetizado Lorca cuando escribió que había barcos que buscaban ser vistos para hundirse. «¡Los anarquistas somos gilipollas!» gritó a la luna habanera con voz de cazalla. Un suave roce de muslos y corvas contra las sábanas que olían a almizcle lo hizo girarse. Rosita se había despertado.

—Alberto, ¿qué haces en el balcón gritando como un huevón y fumando en pelotas?

—Nada. Compadeciéndome un poco de mí mismo. Es algo que me gusta mucho —respondió riéndose como un loco que se descubre a sí mismo escarbándose en la cabeza.

La mulata apartó de sí la ropa, dejando ver un cuerpo que en los ambientes de revista se denominaría como escultural. Sus ojos negros lo miraban con la misma expresión de incredulidad que tendría una madre al ver a su hijo masticando cemento.

—Pero bueno, ¡quiera Dios!, a ti no hay manera de entenderte. Ahora estás riendo y bebiendo como un loco y al poquico estás pendejando con que si me compadezco y con que si soy un desgraciao y yo no sé con cuántas mierdas más. Mira, m'hijito, mi abuela siempre decía que cuando el buey se creyó jodido, vino uno y lo mató pa comerse su carne.

Duran estalló en una risa que le causó una tos wagneriana, obligándolo a entrar en la habitación para beber un sorbo de agua de una jarra que, en honor a la verdad, se había usado poco aquella noche.

—Ay, Albertito, ahora no se me vaya a coger una pulmonía o una tisis, que eso le pasa por tragar tanto humo del carajo.

Lo miraba con dulzura, al menos con toda la que podía dar aquella mujer que había dejado atrás hacía tiempo lo que los poetas cursis denominan la flor de la edad, sustituyéndola por la amarga planta de la experiencia. A sus treinta y dos años, Rosita formaba parte de la inmensa famélica legión de las putas, hermandad universal que es igual en todos los sitios. Desflorada por su propio padre a los trece años, empezó en el oficio casi al momento, y desde entonces había viajado por la vida traqueteada por noches de mercenaria y fingida pasión hasta recalar en aquel agujero en el que, al menos, tenía un techo y una cama. Si el español decía que sí, y ella aguantaba, quería establecerse por cuenta propia con un pequeño local en el que servir buen ron, cantar tonadas que casi nadie recordaba y ver pasar los años reconfortada por el afecto y la tristeza del hombre que la miraba, desnudo de cuerpo y alma, desde la otra punta del cuarto.

—¿Qué hora es, Rosita?

—¿Tienes prisa, mi cielo? ¿Te espera al rey de Suecia?

—No creo, la última vez que nos vimos le pegué por culpa de una mulata que el muy cabrón estaba molestando.

Los dos se miraron con la franqueza que da saberse unidos por algo, aunque no supieran muy bien qué era. Se habían conocido el día en que Duran le propinó una soberana paliza a un gomoso que pretendía forzarla a la puerta del cabaré. Se decía marqués, era también español y sacó una navaja para rajarlos a ambos, pero el anarquista supo desarmarlo y dejarlo tendido en el arroyo con la cabeza abierta. La mujer lo miró, le cogió de la mano sin abrir la boca, lo arrastró hasta su cuchitril e hicieron el amor de una manera salvaje y profunda, animal, entregándose a una pasión que parecía rabia y odio, una pasión que nacía de algo muy oscuro y profundo. Probablemente, pensaría tiempo después Duran, aquello, más que lujuria, era desesperación.

—Te pregunto la hora porque acabo de ver un Packard detenerse enfrente. ¿Esperamos visitas?

—Siento decirte que tengo una cita con toda una orquesta.

—Creo que soy capaz de quererte de manera orquestada. No me importa.

Volvieron a reír, pero callaron de manera súbita cuando alguien golpeó la puerta de la habitación de manera poco amistosa. Duran se deslizó hacia la cama y sacó un revólver de debajo de la almohada mientras Rosita se echaba por encima un kimono de seda que el español le había regalado el primer aniversario de su vida en común.

—¿Quién coño es a estas horas?

Una voz gangosa con un marcado acento yanqui respondió desde el otro lado.

—Estoy buscando a Alberto Duran. Me han dicho que podía encontrarlo aquí.

La mulata miró interrogadoramente hacia la cama con una mezcla de miedo e indecisión. El hombre se tapó, escondiendo el arma debajo de la sábana mientras apuntaba hacia la puerta, indicando con la cabeza que podía abrir. Dos hombres vestidos de blanco, con sombreros panamá y unos bultos sospechosos debajo de las americanas, entraron en la habitación. El que había preguntado se dirigió a Duran, que ponía cara de inocente ante el juez.

—Yo soy Duran. ¿Qué quieren?

—El coronel Balandre desea verlo. Ahora.

Balandre era el jefe de la policía secreta y el encargado de todos los trapos sucios del gobierno cubano. No había negocio ilegal en el que no tuviera metidas las manos, incluso si se trataba de asesinar.

—Dígale al coronel que lo iré a ver mañana a su despacho porque ahora me pilla usted ocupado. Y recuérdele que todavía me debe cinco mil dólares de la última timba de póquer.

Los dos hombres de blanco se miraron como si supieran un chiste inventado solo para ellos.

—Ya se los pagará, señor. El coronel no olvida sus deudas como tampoco a quienes le desprecian un convite. Vístase, tenemos un coche esperando abajo en la puerta. Es importante. Creo que la dama lo entenderá.

—Es muy comprensiva, pero le sucede como a mí, somos desconfiados por naturaleza. ¿Quién me dice que los envía Balandre y no alguien que tiene ganas de irme a rezar al camposanto?

El hombre arrojó encima de la cama una cartera y un lujoso reloj.

—El coronel me dio esto para que supiera que venimos de su parte.

Era la misma billetera de piel de cocodrilo que la policía había confiscado a Duran cuando llegó a Cuba. Dinero incluido, naturalmente. Y el reloj. Decomiso, le habían dicho. El anarquista no ignoraba que Balandre era su poseedor, porque se lo había visto en no pocas ocasiones. Duran asintió con la cabeza.

—Un minuto y estoy con ustedes. ¿Vamos al cuartel de la policía?

—Vamos a la finca del coronel. Ahí le espera con un invitado que desea conocerlo.

—¿Qué invitado?

—Lo ignoro. Apúrese, al coronel no le gusta que lo hagan esperar.

Mientras se vestía, Rosita no dejó de mirarlo nerviosa, sus ojos viajando de los hombres a su amante y viceversa. Buscaba una seguridad, un indicio, pero Duran no permitió que su rostro lo traicionase. El español sabía por experiencia propia que si vas de cabeza a una emboscada lo mejor es poner cara de póquer. Esa táctica le había permitido sobrevivir a los duros interrogatorios que el SIM comunista le había hecho en España, cuando sospechaban que conspiraba con Mera y el coronel Casado a espaldas del gobierno de Negrín. Hasta el último minuto la maquinaria de represión soviética se mostró implacable en aquella república tan mal defendida por quienes se llenaban la boca de ella.

—Listo, caballeros, soy todo suyo.

—Muchas gracias. Deje el revólver que ha escondido en el bolsillo. No le hará falta.

—Chicos listos —dijo, tirando el arma encima de la cama. Había esperado que no se darían cuenta, pero aquellos tipos eran unos profesionales.

Duran le guiñó un ojo. «Acabaré enseguida». Rosita tuvo un mal pálpito, una punzada que ya había experimentado alguna vez en su vida. Salió al balcón para ver cómo su hombre era empujado al interior del Packard. Algunos vecinos asomados a los balcones. Ni una palabra ni un sonido. Una detención más. Rutina. La mulata se aferró con fuerza a la barandilla, sintiendo que le estaban arrancando algo que ni siquiera sabía que tenía. La sonrisa de Duran flotaba ante sus ojos, triste, desvalida, que le hacía abrazarlo como una madre cuando se despertaba gritando por culpa de unas pesadillas que nunca había querido explicarle. Ella le acariciaba el pelo y él se quedaba dormido. «Mi patria son tus brazos», le había dicho un día que ella le preguntó si extrañaba a España. Empezó a llorar en silencio, como solo saben hacer quienes han sufrido terriblemente. Las lágrimas acariciaban su cara morena y todo por un hombre del que no sabía nada, salvo que era el único que había conseguido llenar su corazón, hasta entonces seco, con una dulzura y una alegría desconocidas para ella hasta entonces.

—Vuelve pronto, amor mío, vuelve, Alberto, vuelve con tu Rosita —murmuró como si estuviera rezándole a la Santísima Virgen.

Alberto Duran no volvería esa noche. Lo haría muchos meses después, más viejo, cansado y triste de lo que se marchó.

1. EL ENCARGO

El trayecto hasta la hacienda era largo. El lugar estaba prudentemente distante de La Habana. Eso permitía al coronel Balandre llevarse a sus conquistas eróticas lejos de maridos impertinentes igual que a sujetos a los que había que interrogar de manera discreta. La invitación al anarquista no respondía a ninguna de las dos cosas, aunque si Duran hubiese sabido de qué se trataba, seguramente habría preferido follar con el cubano y que después lo torturasen. Mientras el potente automóvil se tragaba la noche con voracidad de bestia metálica, Duran advirtió las manchas de sangre en la tapicería. El vehículo olía a muerte, un aroma que conocía bien, mezcla del sudor acre de quien sabe que va a morir a manos de verdugos inmisericordes y de las colonias baratas de estos; mezcla de tabaco, alcohol barato y carne destrozada unida a los orines y heces con que los torturados riegan los suelos de cemento en cualquier sala de interrogatorios del mundo. En España lo llamaban el perfume del paseo, del que es llevado a dar una última vuelta en la que acabará con un tiro en la nuca al pie de una tapia. La muerte huele, le había dicho un gitano amigo suyo.

No quitaba ojo a sus acompañantes, embutido entre ellos y condenado a soportar la repugnante calidez de sus cuerpos húmedos. Recordó cuando fue detenido por los comunistas y llevado, también de noche, a la Cheka de la calle Vallmajor de Barcelona, el temible «Preventorio D». Nadie salía indemne de allí. Los criminales que daban rienda suelta a sus peores instintos encontraban en aquel lugar un idílico reino para llevar a cabo todo lo que su miserable imaginación les dictaba. Monjas colgadas de un gancho, descuartizadas y entregadas a los cerdos como comida; castraciones, electrocuciones con una silla eléctrica construida por un electricista que rezumaba odio, violaciones con botellas rotas, palizas y todo tipo de torturas sicológicas ideadas por un tal Laurencic, el encargado de la construcción de aquel infierno en la tierra.

Sopesando las posibilidades que tenía de golpear a sus guardianes y abrir la portezuela del automóvil para saltar en marcha, se dio cuenta de que el intento estaba condenado al fracaso. Dos automáticas se clavaban inmisericordes contra sus costillas, una en cada lado. Duran pensó que tendría mejores oportunidades fuera del coche. Tras el trayecto, que se le antojó eterno, llegaron a su destino. El edificio principal frente al que se detuvo el Packard era una imitación de la Casa Blanca surgida del enfebrecido sueño de una millonaria con furor uterino, la esposa riquísima de Balandre. Aquella monstruosidad arquitectónica no le inquietó tanto como ver que quien le esperaba era un viejo conocido suyo, el capitán Thompson. Exmarine de los Estados Unidos, exmercenario en el ejército de Chiang Kai Chek, exmercenario en Argentina, traficante de drogas en Paraguay, exasesor militar en Bolivia, metro noventa de hijoputez envuelta en un cuerpo de luchador con una cara brutal surcada por una cicatriz fruto de un caricia hecha por una navaja de acero español. Duran lo sabía porque había sido él mismo quien se la había regalado en el transcurso de una pequeña discusión, dijéramos intelectual. La vieja herida nunca se había cerrado del todo y supuraba un líquido blanquecino, igual que los ojos del yanqui supuraban un rencor que venía a decirle «Como tenga oportunidad, te rajaré del cuello hasta el ombligo». Al pie de la escalinata que conducía a la puerta principal, digna de un decorado wagneriano, tres individuos provistos de sendos subfusiles ametralladores lucían caras a juego con la del exmarine.

—Sal, cabrón español. El coronel te espera. Reza si sabes, rojo de mierda. De no ser porque está interesado en ti, ahora estaría cortándote en filetes para dárselos a los perros.

Duran sabía cuándo era conveniente meterse las respuestas ingeniosas por el culo y le siguió sin rechistar al interior de la casa, amueblada con ese mal gusto con el que los nuevos ricos creen apabullar a los demás. En un despacho en el que cabía perfectamente un batallón se encontraba Balandre, vestido de uniforme con todas las condecoraciones que jamás había ganado colgadas de su pecho. Su expresión de fingida cordialidad era puro teatro. Se adelantó hacia el español, cogiéndolo del brazo e indicando con la mano a sus sicarios que se marchasen, cerrando las puertas tras de sí.

—Ay, gallego, lo que me cuesta mantener a ese gringo chingón lejos de tu pellejo. Te protejo sin cesar, ¿sabes? Yo velo por mis amigos y si no has aparecido en algún bohío o en una cuneta destripado se debe a que te tengo simpatía. Siéntate y coge uno de estos habanos. Son suaves como el coño de una virgen, tú ya sabes.

—Gracias. Sé valorar la importancia de la protección de usía.

—Déjate de usías y fuma, hombre. Si te he pedido que vinieras a verme es porque tengo un negocio que proponerte. Mucha platica. Hablo de dólares, amigo. Nos entendemos, ¿eh?

Duran encendió con parsimonia el habano que era, como había dicho Balandre, extraordinario. Un Romeo y Julieta de los llamados Churchill por ser el ex primer ministro británico aficionado a ellos. «Ese cabrón de inglés sabía lo que fumaba», musitó el español.

—Sí, chico, menudos cojones tenía. Un auténtico macho que no tembló cuando ese perro de Himmler ordenó que lo colgasen de un gancho de carnicero después de hacerle todo tipo de putadas. Sin él, y con la familia real exiliada en Washington, Inglaterra se fue al carajo en una semana. Era el único de todos que valía la pena. Todos esos lores de mierda fueron a lamerle el culo a los nazis a la que se desembarazaron de Winston.

Duran conocía la historia. La operación León Marino había colocado a Gran Bretaña bajo dominio alemán en pocas semanas y ahora era un Estado títere en manos de Hitler, gobernada a medias por un Lord Protector nombrado por este, Halifax, viejo adversario de Churchill, y por el Reichsmarshall Göring que disfrutaba dando recepciones en el Palacio de Buckingham a la flor y nata de la aristocracia británica. Conocido por su desmesurada ansia de rapiña en materia de arte, había vaciado los museos londinenses, embalando cajas y cajas con cuadros y esculturas destinadas a su finca alemana de Karinhalle ante la servil adulación de los dirigentes británicos. Churchill lideró la resistencia, pero al final fue capturado y llevado a juicio sumarísimo, no sin antes haber pasado por las manos de la Gestapo. Su cadáver fue expuesto durante días colgado delante de Westminster como advertencia a los enemigos del Reich.

—Mi coronel, no me necesitará para una sesión de historia contemporánea. Veamos ese encargo.

Balandre se rio con un tono que indicaba lo imbécil que consideraba a Duran por sus palabras.

—Tengo un amigo que quiere proponerle un asunto para el que se requiere un tipo con un par de cojones como los tuyos. Oye, tú —le dijo al soldado que hacía guardia— dile al gringo que pase.

Un individuo que parecía recién salido de un film del Far West entró a grandes zancadas en el despacho como si estuviera esperando que el regidor de escena le indicase el momento de su aparición, dándole primero un abrazo a Balandre y estrechando enérgicamente la mano al español. Peinado con una raya perfecta y vestido con traje oscuro y corbata, se presentó a sí mismo.

—General Donovan, ejército de los Estados Unidos. Mis amigos me llaman Wild Bill y soy el responsable de la OSS, la Oficina de Servicios Estratégicos. Habrá usted oído hablar de nosotros.

—Así es, general. Conozco su labor.

—Y nosotros a usted. Su ideología, su militancia antifascista, sus peripecias durante la guerra española y lo que hacía en Francia hasta que tuvo que escapar de esos hijos de perra de Himmler. Es usted un valiente, comandante.

Duran se rebulló incómodo en el sillón. No le gustaban los halagos.

—Perdone que lo hayamos sacado de la cama a estas horas, pero Balandre y yo creímos que sería mejor que todos pensaran que lo habían arrestado, porque lo que vamos a decirle es confidencial. Tan confidencial como que si usted se lo repitiera a alguien, nos veríamos en la obligación de tener que matarlo. No le estoy amenazando, solo quiero que me comprenda. ¿De acuerdo?

Duran lo comprendía a la perfección. Aquello era una encerrona. Miró hacia el ventanal del despacho calculando cómo podía deshacerse de aquellos dos y del soldado, escapar al exterior, burlar a la guardia y salir de la finca. Donovan le miró sonriente, con cara de haber seguido a la perfección los pensamientos del español.

—Yo no lo intentaría, pero es usted muy dueño de escapar aunque sus probabilidades sean más bien escasas. Tengo la hacienda rodeada por mis hombres y están, además, los del coronel. De Thompson no hace falta que le diga nada. Está ahí fuera, deseando que usted cruce el ventanal para descargar todo el peine de su ametralladora en usted. También debe saber que su querida Rosita disfruta en estos momentos de la protección de la embajada norteamericana y que cualquier incidente podría repercutir, ¿cómo decírselo?, de manera lamentable para ella.

—Es usted un cabronazo, general —dijo con toda tranquilidad el español, arrellanándose en el sillón— pero como me tiene bien cogido por los huevos lo mejor será que desembuche.

Donovan le dio un palmada en la pierna y se sirvió una generosa copa de coñac.

—Veo que nos entendemos. Mire, no voy a venirle ahora con monsergas apelando a su humanidad, a su compromiso con la democracia y toda esa sarta de gilipolleces, aunque es posible que usted haga lo que le voy a pedir justamente por eso y no por el dinero o por la seguridad de su amante.

Por un instante, el español dejó vagar su mirada por el despacho, hecho para dar una falsa impresión de respetabilidad, y se dio cuenta de que el norteamericano no desentonaba en aquel ambiente. Era un ventajista que no dudaba en emplear a este o a aquel para lograr sus objetivos.

—Me juzga mejor de lo que soy. Tengo mucho apego a mi pellejo y a Rosita.

—Usted finge ser un cínico pero no lo es. Me recuerda mucho a cierto agente que tengo operando en Brazzaville. También se las da de duro y también, como usted, luchó en España contra Franco y en Francia contra los nazis. Por sus ideales. Ah, y por una mujer. No sé si lo conocerá. Se llama Blaine.

—Usted me habla de Rick. Sí, lo conocí cuando estuvo en las Brigadas Internacionales. En el Lincoln. Nos habíamos emborrachado muchas noches en Madrid junto a otro compatriota suyo, un tal Robert. Eran dinamiteros y se infiltraban tras las líneas fascistas, algo muy peligroso. A Robert le perdimos la pista, creo que murió en una operación relacionada con no sé qué puente. De Rick sabía que, después de huir de Francia, tenía un garito en Casablanca. Oí que se había cargado a un tal Strasser, un general nazi, facilitando la huida al líder de la resistencia Laszlo, me parece.

—Ese Rick. Para no estar informado sabe usted muchas cosas. Bueno, ahora que tenemos amigos comunes quizás comprenderá mejor la gravedad de esta operación. Tiene usted razón, se trata de matar a alguien. A alguien de la máxima importancia, cuya muerte podría cambiar el curso de la historia.

—No me pedirá usted que organice un atentado contra Hitler, ¿verdad?

—Comandante, es justamente lo que voy a pedirle que haga.

—Su puta madre —murmuró Duran ante un Donovan que parecía disfrutar enormemente con la cara de sorpresa del anarquista.

2. EL PLAN

O Donovan estaba loco o le tomaban por loco a él. Jodidos norteamericanos, creyendo que podían pasearse por el mundo haciendo lo que les diera la gana. Matar al mismísimo Führer. Cojones, podían habérselo cargado infinidad de veces antes de la guerra, pero entonces estaban encantados haciendo negocios con aquel Reich que eliminaba partidos y sindicatos y estaba dispuesto a hacer ganar dinero a las empresas yanquis.

—¿Qué, gallego, era o no era un buen negocio? —dijo Balandre mientras llenaba la copa del español.

—Los he visto mejores, coronel. Aunque tampoco me extraña viniendo de un yanqui. Traté a muchos de sus compatriotas en España cuando la batalla del Jarama y todos estaban como una puta cabra. Porque has de estar muy loco para dejar un buen puesto en una universidad para dejarte matar por una bala fascista en un país extranjero que ni te va ni te viene.

El norteamericano puso cara de no entender, mirando a Balandre con gesto interrogativo. Duran cogió por el brazo a Donovan y habló con una dulzura que no tenía nada que ver con la dureza de sus palabras.

—Unos orates hijos de perra que se jugaban la vida y por lo general la perdían por no medir el peligro, general. Muchos huevos y nada de seso. Muchas veces estuve a punto de dejarme el pellejo por culpa de aquellos aventureros. No joda, Donovan, no me hable de asesinar a ese empapelador. Si tantas ganas tiene de verlo colgado, hágalo usted o sus chicos de la OSS.

—Creo que no me ha entendido —dijo secamente Donovan—, usted no tiene ni voz ni voto. La decisión la han tomado por usted.

Le tendió un sobre lacrado con el membrete «Presidencia de la República Española». El comandante ni se molestó en abrirlo. Cerrado, tal y como estaba, lo rompió en trocitos, arrojándolos violentamente a la lujosa alfombra del despacho.

—Lo que me digan los representantes de una república que perdió la guerra por falta de cojones y por no saber estar a la altura de aquello que decían defender me importa un huevo. Como si me trajera usted una orden firmada por el Papa de Roma y el Gran Khan de Mongolia. A mí no me manda una banda de politicastros fracasados.

Donovan suspiró profundamente. El general esperaba esa reacción. Sacó del bolsillo de su americana un sobre manoseado.

—Tengo otra carta de alguien que, a lo mejor, puede hacerle cambiar de punto de vista.

—Lo dudo.

—Es de un amigo suyo. Cipriano Mera. Ahora trabaja con nosotros.

La cara de estupefacción de Duran fue tan grande que él mismo se dio cuenta de que se había traicionado. Ese mariconazo de americano conocía sus flancos débiles. Cogió el sobre en el que reconoció la letra apretada de su compañero, sacando del mismo una carta escrita por la mano de quien había compartido junto a él tantas penurias en la guerra. El texto era áspero, seco, sin florituras, como era aquel albañil que un día empuñó un arma porque se lo dictó su conciencia. Leyó en voz alta sin darse cuenta. «Compañero, te pongo estas letras para informarte de que me encuentro en territorio norteamericano trabajando para el general Donovan. Te va a pedir un imposible, pero no hay causa mayor que eliminar al fascismo. Tenemos la posibilidad de acabar con ese monstruo de Hitler. Espero que vengas pronto para explicarte mi plan y pueda darte ese abrazo que te debo desde el día en que nos despedimos en Madrid. Salud y anarquía. Cipriano».

—¿Qué me dice ahora? —preguntó Donovan con aire de convicción, aunque en sus ojos brillaba, en el fondo, una chispa de angustia. Tratando a Mera había aprendido que a esos anarquistas españoles, duros, enjutos, ascéticos, no era fácil convencerlos.

Duran encendió el habano, que se le había apagado y, tras exhalar una bocanada, se encaró con el general.

—Verá, Bill, ¿me permite que le llame así?, no tengo madera de héroe. No creo que nadie que haya pasado por una guerra en la que luchas contra tus hermanos pueda jactarse de ello. Pero he aprendido una cosa: el combate en primera línea te enseña en quién puedes confiar. Y yo confío en Cipriano. Lo hice en el frente, lo hice cuando se trataba de infiltrarnos tras las líneas enemigas y lo hice cuando me propuse dar un golpe de Estado contra Negrín al final de la guerra. Si él dice que existe una posibilidad, yo también. Pero me gustaría que le quedase una cosa muy clara. Lo que su gobierno o usted pretendan sacar de esto no me importa. Se mantuvieron al margen de la causa antifascista mientras el Eje no les tocó las pelotas. Incluso mantuvieron a ese bastardo de Joseph Kennedy como embajador en Londres ante el gobierno títere nazi. Y sus empresarios le vendieron a Alemania todo lo que necesitaron: Ford, el primero, el trust Dupont, después. Los cazas nazis llevaban ruedas Dunlop y el capitán Rieber, de la Texaco, le dio a Franco todo el petróleo que a nosotros nos negaba. Si acepto, no será por ustedes.

—Mensaje recibido, comandante. Deberá viajar conmigo a Washington donde su amigo le espera. Tengo un avión preparado, ¿no es cierto, coronel Balandre?

—Con los depósitos cargados de combustible y un piloto de confianza. Diremos que son ustedes diplomáticos.

—Perfecto. Y ahora, permítame que le exponga brevemente el plan ideado por Merà. Los detalles se los dará él, pero me gustaría avanzarle algunos aspectos para que vaya haciéndose su propia idea. En primer lugar, ¿conoce la situación actual en España?

—A través de los diarios. Dicen que en España no es bueno para la salud mentarle la madre a Hitler, so pena de que te peguen dos tiros. Aunque la gente exagera mucho y es posible que solo te disparen una vez. Con lo cara que anda la munición.

Donovan puso cara de no saber si el español hablaba en serio o en broma. Aquel tipo le desconcertaba. Hasta la fecha había tenido que reclutar exiliados de media Europa y estaba curado de espantos tras verse las caras con checos, polacos, noruegos, franceses, daneses, rusos, italianos e incluso británicos. Pero aquellos españoles mantenían un orgullo especial, un aire de no darse por aludidos cuando se les recordaba que el fascismo los había derrotado, en especial esos anarquistas caóticos, valientes y raros. Sin los comunistas, podrían haber ganado la guerra a pesar de su indisciplina. Dio otro sorbo al licor y llamó al soldado de guardia como si lo hiciera con un camarero del Morocco. Este le entregó un abultado dossier.

—Desde que Hitler ocupó España y Portugal, derrocando a Franco y colocando en su lugar a Muñoz Grande, el Mediterráneo se ha convertido en un lago fascista. Con esta maniobra dejó a la Royal Navy fuera de juego, haciendo que la flota italiana y la francesa de Vichy se convirtiesen en dueñas de aquellas aguas. Sin duda, eso propició la caída de Inglaterra. Si se hubiera decidido a atacar Rusia antes, ahora tendría una guerra en dos frentes y posiblemente habría acabado por perder.

—Eso es lo que todos esperaban —replicó el comandante.

—Algunos de nosotros también, y no en último lugar el mismo presidente Roosevelt y Cordel Hull, su eminencia gris, como dicen ustedes. Pero Hitler se dejó aconsejar por el único hombre al que considera casi como su igual, Reinhard Heydrich, que voló desde Praga para disuadirlo. Y pensar que los ingleses tenían un comando dispuesto a eliminarlo.

—No sabía que Hitler fuera influenciable —dijo Duran.

—Usted no conoce a Heydrich. Es frío, ambicioso, no tiene escrúpulos. Hitler lo llama el hombre del corazón de hierro. Es el auténtico dirigente del Reich, porque Hitler no se tira un pedo sin consultárselo. Con Göring ejerciendo de señor feudal en Londres, Goebbels follando con todas las actrices que puede y ese sádico de Himmler buscando reliquias mágicas por el mundo, es el único dirigente nazi que mueve los hilos del poder.

Duran intentaba saber hacia dónde llevaba toda aquella conversación.

—Tenemos a un perfecto psicópata decidiendo la política del Reich —dijo el anarquista—. No es raro que los japoneses les atacaran en el Pacífico. Despegando desde Shanghái y Hong Kong los tenían a tiro de piedra. Podrían ustedes haber tomado alguna precaución, porque era evidente que les iban a dar por el culo más pronto que tarde. Ya me dirá qué hacía la flota anclada en Pearl Harbor, como si fuesen patos de feria, dispuestos a que el primero que llegase los fuera cazando de uno en uno.

A Donovan la observación no le había gustado. Cualquier cosa que cuestionara a los Estados Unidos se la tomaba como algo personal. Aplastó su cigarro en el cenicero como si se tratase del mismo emperador Hiro Hito.

—Ahora es fácil decirlo, pero entonces todos creímos que el ataque se demoraría hasta que Hitler, una vez tomada Moscú, enlazara sus ejércitos con los japoneses en la India. Ese cabrón de Halifax, que juega a dos barajas, nos engañó haciéndonos creer que entonces los británicos pondrían los huevos encima de la mesa.

—Pero el hijo de la gran puta se les meó encima, mi general, y es normal. ¿Quién carajo iba a creer lo que diga un traidor a su patria? No me joda, chico —intervino Balandre, que fue silenciado con una dura expresión del yanqui.

—Mire —prosiguió Donovan— sabemos que el almirante Yamato está planeando un desembarco a gran escala en Australia y que han desarrollado un submarino capaz de transportar en su interior a varios hidroaviones con los que piensan atacar la costa oeste norteamericana con bombas cargadas de mierdas como la peste bubónica y cosas así. Delante del mismo jodido Manhattan hemos tenido que disparar nuestra artillería de costa contra algunos submarinos alemanes, evacuando a la población de Nueva York por lo que pueda pasar. Tenemos un cuchillo en el cuello y otro en las pelotas. Así que vamos a cortar nosotros primero. Tenga esto —dijo entregándole una carpeta roja llena de sellos en los que ponía alto secreto. El anarquista la cogió con curiosidad.

—Operación Barcelona, Duran. La última posibilidad que nos queda. A usted, a mí y al resto de eso que llamamos mundo libre. Tres cuartas partes del planeta está en manos de esa gentuza. Así que hay que eliminar al pintor de brocha gorda.

El español ojeó las páginas del dossier con interés, deteniéndose en una en la que se leía «Emplazamiento de la operación».

—Donovan, puede ser que el emplazamiento esté equivocado porque sus chicos no conocen mi idioma, la geografía europea o, simplemente, porque beben más de lo aconsejable. Dígame, ¿es aquí donde quiere que me cargue a Hitler?

—No solo a él. A su lado estarán Heydrich, Himmler y toda la plana mayor. El Führer quiere mimar a su nuevo protectorado.

—Pero ¿en Barcelona? ¿Y el once de septiembre? Estamos a finales de abril. ¿No podría ser en otra fecha y lugar?

—No. Hitler acudirá a los festejos que el Reichsprotektor de Cataluña, Heydrich, ha preparado con motivo de la fiesta nacional catalana. Además, va a bendecir una nueva división SS integrada únicamente por paisanos suyos. Ya ve, de una tacada nos cargamos a esa banda de asesinos, jodemos a los nazis catalanes y desestabilizamos a Muñoz Grande.

—Me he perdido.

—No me diga que no lo ha visto venir. Lo que queremos, además de descabezar a la cúpula del Tercer Reich, es que España vuelva a ser neutral, y eso solo lo puede hacer una persona.

—¿Quién?

—Quién coño va a ser, Franco.

Duran se quedó atónito. No era fácil pillarlo con la guardia baja, pero el norteamericano era experto en desarmar a sus oponentes dialécticos.

—No pretenderá usted que ayude a ese fascista a volver al poder.

—Sí, señor, eso es lo que queremos yo y mi gobierno. Es el mal menor. Uno se alía con el mismo diablo si quiere ganar, lo dijo el mismo Churchill. De hecho, Franco nos está esperando en Washington. Parece que John Edgar Hoover, el director del FBI, y él han hecho buenas migas. Es su protegido. Tienen muchas cosas en común, ya lo verá. Por otra parte no me diga que esto no tiene cierta justicia poética. Usted, una de las personas que más motivos tienen para odiar a ese hombre, sería el principal causante de su retorno al poder. Ya se ha comprometido por escrito en instaurar un gobierno de unidad nacional mientras dure la guerra, permitiéndonos desembarcar y usar España como plataforma para reconquistar Europa. El Rey Jorge, el general De Gaulle y el resto de gobiernos democráticos en el exilio han dado su visto bueno, así como mi presidente. O sea, que usted dirá. ¿Dejamos sin esperanza todo por lo que usted ha luchado a lo largo de su vida por su repugnancia a ser pragmático, o va usted a colaborar conmigo, con Mera y con Franco para que la democracia retorne a su país y a todo el viejo continente?

—Usted no conoce a Franco. Lo mismo le da firmar una cosa y luego hacer otra completamente diferente.

—El que no lo conoce es usted. Franco hará lo que sea con tal de volver a detentar el poder. Quiere ser el responsable de salvar a su patria y que todos lo vean como héroe. Se cree un De Gaulle español. He hablado con él y sé lo que digo. Asegurándole un cargo vitalicio de presidente de la república, como una especie de reina madre, lo tendremos comiendo de nuestra mano. Por cierto, aunque sé que no le importará, la casa real española también se ha mostrado conforme. Ya ve, republicanos, monárquicos, líderes mundiales, todos coinciden en este plan.

—Oiga, Bill —dijo el comandante en un último intento de aferrarse a una salida—, ¿Mera sabe todo esto?

—No solo lo sabe, sino que lo aprobó desde el primer momento. Es una persona práctica, Duran, acuérdese de su intento de golpe de Estado con el coronel Casado al final de la guerra.

El español se levantó colocándose ante el ventanal. El exmarine de la cicatriz surgió de la oscuridad apuntando a Duran con una Thompson, desapareciendo al ver como Donovan decía que no con la cabeza. Sabía que Duran no iba a huir. Lo tenía atrapado. El español estaba pensando lo mismo. En su vida se había sentido tan solo, tan terriblemente solo y desvalido, en manos de un destino que volvía a reírse de él, manejándole como a una marioneta.

—Me cago en tu leche, Cipriano. Me cago en tu leche y en todos tus muertos. Me cago en el anarquismo, en la solidaridad y en la puta democracia. Me cago en todo y me cago en mi pena negra.

Donovan se levantó y, poniendo paternalmente una mano encima del hombro del español, dijo «Entonces, ¿será que sí?». Duran se volvió con la expresión del cordero que llevan al matadero. «¿Qué quiere usted que sea?». Los dos se estrecharon la mano y el comandante notó que el yanqui le oprimía de cierta manera con el pulgar. Hay que joderse, este cabrón es masón, como yo. Lo que faltaba.

Donovan rio suavemente. Esa era una carta que no había querido jugar salvo en último extremo. Sin soltarle, se acercó a su oído.

—¿Cuál es la palabra sagrada?

—No sé leer ni escribir. Solo sé deletrear. Dadme la primera letra y yo os daré la segunda —replicó Duran repitiendo la clave aprendida hacía muchos años, desde que fue iniciado como aprendiz en su logia de Barcelona, sita en la popular calle Aviñó.

Fueron intercambiando en voz baja letra a letra esa palabra que sirve, junto al apretón de manos, como reconocimiento de todos los masones. Donovan le dio un triple abrazo y, cogiéndolo por los hombros, lo miró con una calidez que hasta entonces no había exhibido.

—Bienvenido a la OSS, hermano coronel. Porque ese va a ser tu rango militar a partir de ahora.

3. WASHINGTON

Desde el aire, la capital de los Estados Unidos parecía trazada con tiralíneas y compás. Los arquitectos que la habían diseñado eran masones, igual que los padres fundadores de aquella nación. La urbe rezumaba la esencia de la Orden. Duran no ignoraba que muchos anarquistas compartían esa filiación, igual que él. Sentado en el avión, recordaba el día en que le había confesado a Cipriano Mera su filiación masónica. El dirigente ácrata se encogió de hombros. «Eso es cosa tuya. Yo no me meto con las creencias de mis amigos». Mera tenía un cierto sentido de la trascendentalidad. No en vano el naturismo, el vegetarianismo, el esperantismo o incluso el espiritismo habían sido impulsados en España por personas de ideas libertarias.

Qué tipo, Cipriano. Le vino a la mente la ofensiva de Brunete, cuando el comunista Líster saltó fuera del parapeto para demostrar que ellos tenían más cojones que los anarquistas. Mera, tranquilamente, le siguió. Líster, que no quería dejarse ganar la mano, pidió dos sillas y allí se sentaron los dos, como si estuvieran en un café, en medio del fuego de los fascistas. Mera sacó del bolsillo de su guerrera la petaca de tabaco, el papel de fumar y empezó a liarse parsimoniosamente un pitillo ante la estupefacción del general estalinista. Tras encenderlo, y con voz lo suficientemente alta como para que todos pudieran escucharle, dijo «Bueno, ¿nos dejamos de gilipolleces y atacamos o no?». Incluso el duro de Líster esbozó una sonrisa mientras soltaba un «Qué cojones tienes, macho».

Ese era Mera, que al frente de la XIV División luchó como un león en todos los escenarios a los que le enviaron, desde aquel Brunete en el que Líster quiso humillarlo a la conquista de Cuenca o la durísima y sangrienta defensa de la Sierra Norte de Madrid. Jamás reclamó para sí ningún privilegio y siempre era el primero en encabezar los ataques. Al ser reprendido por el general Miaja, el albañil venido a militar le contestó secamente «Yo no tengo estómago para ordenarles a un puñado de padres de familia que arremetan contra un nido de ametralladoras mientras me quedo en retaguardia».

Tras la retirada y el paso a Francia, los gabachos lo enviaron a un campo de concentración en el Norte de África. Con el armisticio, Pétain lo entregó a Franco, que no dudó en condenarlo a muerte. Cipriano podía haber acabado sus días fusilado tras una farsa de consejo de guerra sumarísimo como «auxiliar de la rebelión», una sardónica idea de los juristas franquistas que convertía a aquellos que defendieron al régimen legal en rebeldes. Pero con el revuelo y posterior confusión que supuso el golpe de Estado de Muñoz Grande, él y un puñado de presos pudieron evadirse y, tras no pocas vicisitudes, entrar en los Estados Unidos vía México. Esa era la persona que estaría esperándolo al pie de la escalerilla del avión, el hombre por el que había decidido jugarse la vida una vez más. A lo largo del trayecto había tenido ocasión de hablar con Donovan acerca del grupo que Mera había organizado. Todos eran anarquistas curtidos en la Guerra Civil. El norteamericano no ocultaba su admiración hacia aquellos hombres.

—Mire usted, Duran, si la República hubiera tenido a diez Meras, otro gallo habría cantado. Pero entre la muerte de Durruti y las purgas soviéticas, aquello no podía acabar bien. Negrín solo pretendía alargar la guerra a la espera de que estallase el conflicto en Europa y tener así una España gobernada por adictos al cabronazo de Stalin. Al Partido Comunista y a la Komintern la gente como usted les sobraba. Miren lo que hicieron con aquel muchacho trotskista, Andrés Nin. Valiente hijoputada.

—Era el líder del POUM, partido obrero de unificación marxista. Trotskistas, ya sabe, unos desviacionistas que actuaban de acuerdo con el fascismo, según Moscú.

—Vaya mierda de nombre. ¿No se les había ocurrido nada mejor?

—Ya, pero no eran mala gente. Odiaban a los soviéticos tanto como nosotros. La propaganda comunista decía que Andreu Nin se había ido a Roma o a Berlín.

—Y una mierda. Lo detuvieron en Barcelona los hombres de la NKVD y se lo llevaron a una cárcel secreta cerca de Madrid donde lo torturaron para que firmase no sé qué de una retractación, pero, como se negó, lo asesinaron. Fue una operación dirigida por Carrillo y el mismo Yezhov, el responsable de la inteligencia soviética en España por entonces.

—Hijos de puta.

—Ahora Stalin se llena la boca con que si la URSS es la defensa de los trabajadores y nos exige tanques, aviones, municiones, comida, yo qué sé. Por eso es tan importante abrir un segundo frente en España. Si conseguimos plantarnos en suelo europeo ese bastardo lo tendrá mucho más complicado.

—Pero es su aliado —dijo suavemente Duran, como si en realidad lo que estuviera expresando fuera que de los yanquis no puede uno fiarse jamás.

—Eso decimos, porque son los únicos con los que los nazis no han podido todavía, aunque su situación sea desesperada. Dicen que cuando las tropas de Hitler tomaron Moscú, Stalin intentó pegarse un tiro, pero Zhukov y Beria se lo impidieron. Es una lástima que no le dejaran volarse la tapa de los sesos.

—Me parece que el tiro acabarán por pegárselo ellos. Cuando la cosa se ponga realmente negra, lo apiolarán y otro ocupará su lugar. Yo apostaría por Beria, ese cerdo aficionado a las niñas y a torturar gente.

—Me asombra usted, hermano Duran. Ignoraba que fuese un analista de la política internacional.

—Si me da tiempo suficiente, le demostraré que poseo no pocas virtudes que usted desconoce. Por ejemplo, sé interpretar La Marsellesa a base de tirarme ventosidades —dijo el español.

El aeroplano estaba tomando tierra en el aeropuerto Washington-Hoover y Duran comprobó que, al final de la pista, junto a unos hangares militares, había tres coches negros y un pequeño séquito de personas. Entre aquella gente trajeada con cara de pocos amigos destacaban dos personas. Un hombre alto con gafas fumando en pipa, que parecía un intelectual recién despertado de la siesta; otro, con cazadora de cuero y pantalón de pana embutido en unas botas. Mera. Al descender del aparato, el ahora coronel y su amigo se fundieron en un abrazo. El otro hombre, que hablaba un español perfecto, se adelantó para estrechar la mano de Donovan y Duran, presentándose a sí mismo.

—Coronel, me llamo Allan Dulles y soy el enlace entre la OSS y el FBI para esta misión. Espero que nuestra colaboración sea fructífera.

—Déjese de recibimientos, Dulles —cortó el general, a quien se le notaba que Dulles no le caía bien—, el coronel Duran tendrá ganas de refrescarse. ¿En qué hotel ha reservado habitación?

—En el mismo en el que se aloja el coronel Mera, el Hamilton. Está cerca de la Casa Blanca y es muy cómodo, ya lo verá, coronel.

—Y además, tiene historia, Alberto —terció Mera—, porque ahí Roosevelt ha mantenido varias reuniones con su gabinete de guerra. Tiene más cuadros que el museo de El Prado y unos muebles más lujosos que el palacio del Duque de Alba. Los Rockefeller se hospedan ahí cuando vienen a la capital.

—Lujos capitalistas, ¿eh? —dijo Duran guiñando un ojo.

—Y más cosas, ahí se reúne una sociedad secreta de esas que tanta afición te producen. Una que se llama Skull and Bones o algo así. Niños de papá que se juntan para ver cómo joden mejor al obrero mientras ellos se joden a un montón de gachís estupendas. Bueno, o de tíos, que ahí van a vela y motor.

De la misma manera que a Donovan parecía que aquello le había hecho gracia, a juzgar por el ataque de risa que le dio, a Dulles no le había gustado el comentario de Mera. Sus labios y su entrecejo se fruncieron en sana rivalidad a ver cuál de los dos demostraba más enfado.

—Es una hermandad universitaria, coronel Duran. De la universidad de Yale —interrumpió Dulles con una expresión cordial demasiado forzada para ser sincera.

—Y una mierda —dijo Donovan—, si eso es una hermandad de exmiembros de Yale, yo soy Blancanieves. Es un grupo de personajes poderosos que pretenden hacer y deshacer a su antojo al margen del Congreso e incluso de la presidencia. Dulles le cuenta esa chorrada porque es uno de sus miembros. Pretenden que de ahí salga un presidente de los Estados Unidos. Y me temo que, con el paso de los años, llegue a ser verdad.

Dulles fijó sus ojos de miope en Wild Bill Donovan. Expresaba un «Ya ajustaremos cuentas». La mirada de alguien de quien es mejor alejarse, porque bajo la amable apariencia de profesor despistado y bonachón, Dulles era uno de los mayores cabrones que pululaban en aquel Washington tan lleno, por otra parte, de especímenes de tal condición.

—Vamos a los coches. Ya continuará usted ejerciendo de cicerone cuando el coronel esté en condiciones de escuchar sus mentiras edulcoradas acerca de esos plutócratas hijos de perra. Se juntan para follar, ponerse hasta el culo de alcohol y, entre polvo y polvo, sabe Dios las decisiones que toman.

Dulles sonrió con indulgencia ante las observaciones del general. Ya llegará tu momento, gordo cabrón, pensó. Antes de lo que esperas. Retomando su papel de educado guía, los acompañó hasta los automóviles como si escuchara llover.

—Tienen escolta del más alto nivel. Son elementos destacados del FBI, cortesía del señor Hoover mientras estén ustedes en suelo norteamericano. Están a sus órdenes.

—¿No nos acompaña, Dulles? —dijo el jefe de la OSS extrañado al ver que el hombre de la pipa no subía al automóvil.

—Mis instrucciones consistían en preparar el recibimiento y el hospedaje del coronel Duran, pero ahora tengo una importante reunión a la que llegaré tarde si no me doy prisa.

—¿Se puede saber con quién?

—Naturalmente. Con el director Hoover y el general Franco. Les esperan para almorzar. Disponen de un par de horas.

Mera y Duran intercambiaron una mirada de indignación. Estaban convencidos de que aquel no sería el único sapo que deberían tragarse. A lo largo del trayecto hasta el hotel, en el que Donovan dejó solos a los dos anarquistas para que pudieran hablar con mayor libertad, Mera se sinceró.

—Esto no es lo peor, Alberto. Donovan ya te habrá informado acerca de los planes que tienen para Franquito.

—Me quedé de piedra cuando le escuché decir que pretenden que vuelva a tomar el poder, convirtiéndolo en una especie de De Gaulle español. Y que se quedaría como jefe del Estado vitalicio.

—Esa es la versión oficial. La otra es que lo que quieren realmente, una vez ocupada España por los yanquis, es establecer allí bases militares incluido en el Peñón y dejarle hacer.

—Serán cabrones.

—Son yanquis. Esos le tienen más miedo a Stalin que a Hitler. Por eso planean deshacerse de ese pintamonas, montarle un Estado fascista a Franco y reconquistar el continente para volver a lo de siempre, sus democracias burguesas corrompidas. ¿No has visto que ha sido Dulles el que ha venido a recibirte? ¿Sabes quién es?

—No.

—Pues uno de los responsables de blanquear las empresas nazis en suelo norteamericano. Junto con su hermano y los consorcios Rockefeller, donde Allen Dulles fue responsable de su oficina de inteligencia antes de entrar en el Departamento de Estado, se ha ocupado de camuflar importantísimos trusts como el de Schroeder, un fanático riquísimo que apoya incondicionalmente a las SS. Dulles es un pájaro que se la tiene jurada a la OSS y hará todo lo que esté en su mano para joder a Donovan que, a pesar de ser un cabronazo, al menos tiene claro que lo primero es acabar con el fascismo.

Duran aceptó uno de los cigarrillos americanos que le brindaba su amigo.

—¿Ya no fumamos picadura, Cipri?

—Aquí no tienen de eso, chico. Lo que daría por un paquete de picadura de Gener. Habrá que conformarse con este tabaco de señoritas.

Duran abrió su maletín de mano, sacando del mismo unos paquetes de la picadura que tanto estimaba Mera. Un favor que le había pedido a Balandre antes de salir de Cuba.

—Toma, para que veas que me acuerdo de tus vicios. Contrabando.

—¡Me cago en la leche, Alberto! ¡La madre que te batanó! Esto no lo consigue ni Franco.

—Franco no fuma.

—Ni muchas otras cosas —dijo Mera maliciosamente.

—Ahora cuéntame qué coño vamos a hacer. Si acabamos con Hitler, favorecemos los planes de los magnates yanquis. Si no lo hacemos, condenamos al planeta a una puñetera dictadura fascista. Según lo veo, se trata de elegir entre una patada en los huevos o en la boca, así que ya me dirás.

Mera sacó del bolsillo superior de su cazadora un librillo de papel de fumar.

—Siempre lo llevo conmigo por si se presenta la ocasión —le dijo a Duran con cara de chico travieso, y lió un cigarrillo con mano experta. Lo encendió con auténtico placer de fumador veterano, exhalando el humo con una cara de satisfacción enorme—. Esto sí que es tabaco de verdad y no esas mierdas emboquilladas que venden aquí, carajo.

—Hay más alternativas que estos malnacidos no contemplan, compañero. Se creen que somos unos pardillos, pero les damos sopas con onda. Cuando uno ha luchado contra la Guardia Civil, esos tíos del FBI parecen bailarinas. Mi auténtico plan no lo conoce Donovan ni el pollo ese de la pipa con aires de señorito.

—A ver esas ideas.

—Muy simple. Matar a Hitler y, de paso, cepillarnos a todos los mandamases nazis de una tacada si es necesario.

—Así lo veo yo también.

—Pero de ahí a volver a poner a Paquita la culona de mandamás hay un mundo. Por tanto, hay que aprovechar que estos tíos nos dan los medios y la oportunidad para hacer lo que no pudimos cuando la guerra.

—No te sigo.

—Tengo una red organizada en Cataluña, bien, en el Reichsprotektorat ese de los cojones. Son gente de la buena, veteranos curtidos sin ficha policial que viven tranquilamente ejerciendo sus oficios: camareros, limpiabotas, pequeños comerciantes, oficinistas, albañiles. Trabajan para esos cerdos y saben a dónde van, con quién y cuándo. Y están preparados para actuar. La coordina una compañera que tiene más cojones que Durruti. Es hija de un ricacho separatista más nazi que Hitler.

—Pero esa gente necesitará armas, un mínimo de logística, en fin, organización. Además, ¿para qué los quieres?

—Muy simple, compañero, para conseguir lo que ni Durruti ni los hermanos Ascaso consiguieron el dieciocho de julio. Ya se cuidaron los separatistas, los burgueses y los comunistas de engañarlos como a chinos para que no tomasen el poder. Recuerda que, cuando Companys le ofreció su sillón de presidente de la Generalitat a Durruti y este se negó, yo le dije «Buenaventura, tenemos el control de las calles, de las fábricas, al pueblo alzado en armas. Solo nos falta esa silla que desprecias ahora. Si no te sientas en ella, otros lo harán por ti». No me hizo caso y aquel error nos costó perder la guerra y, lo que es peor, la revolución. Ahora no hay ni Companys, ni Izquierda Republicana, ni comunistas. Ahora estamos nosotros solos, como siempre, frente al fascismo, amigo mío. Y cuando cojamos esa silla, no la vamos a soltar.

—Entonces, ¿me quieres explicar de una puñetera vez para qué estamos haciendo todo esto?

—Para derrocar a los nazis y proclamar la república libertaria.

Si a Duran le hubiesen pinchado, no le habrían conseguido sacar ni una gota de sangre. Mera lo miraba con expresión socarrona, la misma que tiene un mago que deslumbra a un chaval sacándose de la boca decenas de hojas de afeitar enlazadas en un cordel.

4. CITA EN BARCELONA

Reinhard Heydrich pasó revista con gesto satisfecho a las tropas que le rendían honores en el antiguo Paseo de María Cristina, ahora Salón de Adolf Hitler. Las fuentes diseñadas por el ingenio de Buigas, envidiadas en el mundo entero, junto a la vistosidad del Palacio Nacional como fondo daban al conjunto un marco que predisponía a la épica. Allí había desfilado en los años treinta el partido Estat Catalá con sus camisas verdes, los *escamots*, precursores de quienes ahora detentaban el poder bajo el águila alemana. Eran un millar de flamantes Waffen SS catalanas, el germen de la nueva división que debía reforzar a las fuerzas del Reich en la campaña contra el monstruo bolchevique, como lo calificaba la propaganda nazi. Uniforme gris de campaña, camisa verde en honor a los *escamots* y un brazal con la estelada coronada por un ave fénix y una esvástica negra.

Dos pasos detrás del Reichsprotektor de Cataluña marchaba con el mismo paso elástico su ayudante, el general Walter Schellenberg. Culto, cínico y especialista en inteligencia, había sido reclutado en persona por Himmler y Heydrich, cansados de tantos oficiales provenientes del partido en su mayoría bastos y groseros. Precisaban gente con formación universitaria y, a ser posible, el doctorado, fríos, capaces de ser de utilidad al Reich en las misiones más delicadas. Hombres capaces de evaluar las situaciones desde una perspectiva racional. Hasta entonces, la SS se había nutrido de matones de taberna, rencorosos antisemitas, asesinos, psicópatas, lunáticos, pero Himmler deseaba crear una élite incluso por encima del partido. Quería un Estado propio, con leyes hechas por las SS solo para las SS. Cuando discutió la idea con Heydrich, se mostró entusiasmado. En principio, el Reichsführer había considerado la posibilidad de instalarse en la Borgoña francesa, luego cambió de opinión y pensó que el Estado SS estaría mejor en las tierras alrededor del castillo de Wewelsburg, el Vaticano de la Orden Negra. Pero, conforme pasaba el tiempo, acariciaba más la convicción de que debía ser Cataluña el territorio en el cual sus ideas sobre la concepción del mundo podían llevarse a cabo con mayor facilidad.

Los separatistas catalanes eran fieles seguidores de las tesis nacionalsocialistas, tenían una industria notable y, además, poseían un nivel de cultura superior a la media europea. O al menos eso pensaba Himmler. Esa era la clave. Disponer de personas de alto nivel y una robusta fe nacionalsocialista. Y, lo más importante, sin más propósito que servirle a él. Himmler lo había demostrado con la Ahnenerbe, una agencia que se ocupaba de asuntos místicos dependiente del mismísimo Reichsführer, captando para su culto pagano a la flor y nata de los catedráticos alemanes. «Abogados, historiadores, lingüistas, científicos, arqueólogos, médicos, eso es lo que necesitamos, mi querido Heydrich —repetía una y otra vez—. Tenemos suficientes autómatas que obedecen órdenes y son capaces de ejecutar a sus propias madres. Pero no necesito más gentuza como la que reclutaba Ernst Röhm para las SA. Lo que quiero es reunir alrededor de nuestras SS a todos aquellos que hayan entendido que en esta hora suprema solo existe un bando, el nuestro. Búsqueme esos hombres y habrá hecho más por el Reich que con todas sus operaciones de inteligencia».

Heydrich sabía que el carácter barriobajero de las SA, la homosexualidad de no pocos de sus dirigentes y el deseo de su líder Röhm de convertirlas en sustitutas del ejército regular habían precipitado su final en la famosa Noche de los Cuchillos Largos. De una tacada, los integrantes de la cúpula de las SA, incluido el mismo Röhm, habían sido asesinados a manos de las SS, so pretexto de que fraguaban un golpe de Estado. Himmler anhelaba prácticamente lo mismo, pero era más sutil. Sabía que, si quería garantizarse su puesto como el más leal entre los leales, como cariñosamente lo apodaba Hitler, tenía que calcular cada movimiento. La creación de las divisiones Waffen SS había encolerizado al alto Estado Mayor, pero gozaba del consentimiento del Führer y aquella panda de gallinas mojadas con rayas rojas en los pantalones y charreteras doradas no tenían arrestos para decirle a la cara que no admitían injerencias por parte del partido. Heydrich y Himmler habían colocado encima de la mesa de Hitler más de mil expedientes referidos a todos los jefes y oficiales de la Wermacht en los que estaban consignados sus vicios, sus ambiciones, sus ideas políticas, incluso sus delitos. Hitler dudó entre hacer o no hacer una purga con la oficialidad del Reich, igual que Stalin había hecho con el Ejército Rojo, cargándose a los militares de mayor prestigio como el reputadísimo mariscal Tujachevski, víctima de la paranoia asesina del líder comunista. Una brillante operación de intoxicación urdida por Heydrich, por cierto, que supo hacer llegar a la inteligencia soviética por vías tortuosas múltiples informaciones acerca de un supuesto complot de los militares para derrocar al tirano ruso. Así consiguió el Tercer Reich descabezar al Ejército Rojo.

Fue Himmler quien disuadió al Führer de hacer una escabechina similar con la Wermacht. También se ocupó de hacérselo saber al Alto Mando. Si estaban vivos era porque él, el Reichsführer, había sabido frenar al Führer. Pero debían andarse con cuidado. Un solo paso en falso y la hoja del verdugo caería implacablemente sobre sus cuellos y los de sus familias. Con ese as en la manga, el líder de las SS se había asegurado el triunfo y nadie entre el generalato puso la menor objeción a que la milicia negra se pusiera en marcha. Sabían de lo que era capaz aquel hombrecillo de aspecto enfermizo y gafas sin montura. Himmler se había sentido, por primera vez en su vida, fuerte, invulnerable, poderoso. Ahora disponía de divisiones de infantería, blindadas e incluso controlaba el programa de las armas milagrosas. Y buena parte de aquellos éxitos eran fruto de la paciente labor, discreta y nada ostentosa, de Schellenberg.

Heydrich, poco dado a los halagos, había dicho de él que era su sombra. En aquel momento, Schellenberg ostentaba la dirección del Sicherheitdienst, el servicio de inteligencia nazi que había ido arrinconando paulatinamente al tibio Abwehr militar del almirante Canaris. «Cuando lo veo, estoy mirando un cadáver», le confesó a Schellenberg. De hecho, el mismo Heydrich seguía minuciosamente los pasos de su rival y empezaba a acumular pruebas acerca de sus dudosas relaciones con un pequeño grupo de conspiradores militares y aristócratas entre los que se contaba nada menos que el propio Mariscal Rommel. Casi rozó el fracaso cuando se lo expuso a Hitler.

—Rommel no puede estar mezclado con esa chusma, Heydrich. Me niego a creerlo. Y este muchacho que aparece en sus informes, Von Stauffenberg, tampoco. Ha dado un ojo y un brazo por su patria. Revise sus informaciones y no me moleste más con chismes.

A Heydrich le costó mucho reparar el descrédito que aquel incidente le había causado. Se inventó un informe falso elaborado por un colaborador del doctor Goebbels de dudosa moralidad y antiguo militante de las SA. Argumentó que este lo había hecho llegar al SD. ¿Cómo desconfiar de uno de los mejores hombres del Reichsminister de Propaganda? Goebbels, que siempre había demostrado un instinto de conservación notable, renegando de sus antiguos amigos del Frente Negro, los hermanos Strasser, pasándose a Hitler descaradamente, no puso objeción. Si el Führer quería una cabeza de turco, ningún problema. Se ejecutó al presunto propagador de bulos en Dachau tras firmar una confesión completa después de unas sesiones gimnásticas, como decían en broma los de la Gestapo. Hitler quedó satisfecho. Pero no Himmler ni mucho menos Heydrich, el Diablo, el Verdugo, el Carnicero, tal y como le habían apodado en Praga. Sin embargo, al Führer no pareció importarle excesivamente el complot que, realmente, se estaba larvando en los sectores más aristocráticos de las fuerzas armadas. En su mente no cabía la posibilidad de que nadie tuviera el coraje para rebelarse. «Son un hatajo de carneros castrados, Heydrich, los conozco muy bien. Sin nosotros no serían nada, y lo saben».

Por otra parte, Hitler necesitaba un servicio de información completamente adicto y podía tolerar un fallo ocasionalmente, sabiendo que aquellos hombres sabrían resolverlo de la manera más eficaz posible. Así que no era de extrañar que el joven Schellenberg fuera considerado por todos una estrella en ascenso. Este era el hombre en el que Heydrich había depositado la responsabilidad de organizar los actos previstos para la Diada catalana del once de septiembre, la mayor festividad patriótica en Cataluña.

—Mímelos usted, Schellenberg —le había dicho—, hágales sentirse importantes. No hay otro pueblo al que le guste ser adulado como estas gentes. Dé usted conferencias preparatorias con los dirigentes catalanes, convénzales del amor que nuestro Führer siente por ellos, de la sincera camaradería que las SS experimentamos hacia sus *escamots*, esos grupos que se han creado a imagen de nuestros comandos de choque. Reúnase con industriales, empresarios, intelectuales. Y prometa que, cuando acabe la guerra, pensamos otorgarles la independencia total porque los consideramos tan arios como nosotros. Pero, a cambio, deben poner toda su industria al servicio del esfuerzo común. El Führer exige cooperación total. Déjeselo claro. Tendrán su Estado si ahora nos ayudan. Y deje caer de paso que, para salvaguardar esa independencia, contarán siempre con nuestras tropas, para lo que han de aceptar el tratado que deberá firmarse esta Diada en el que nos conceden permisos para instalar bases marítimas, terrestres y de aviación. En cuanto a sus aspiraciones para unos países catalanes, deles largas. Mussolini no quiere dejar sus posesiones en las Baleares y Vichy no quiere ni oír hablar de entregarles la Provenza. De todos modos, no creo que tenga problemas. Están más que dispuestos a aceptar nuestras condiciones con tal de no volver a ser españoles.

Schellenberg recordaba palabra por palabra aquella conversación mantenida con su jefe en el palco de honor del teatro del Liceo con motivo de una representación de *Parsifal* organizada por la Asociación Wagneriana Catalano Germánica. En pocos lugares, salvo en el Reich, había visto un fervor semejante al de los catalanes hacia el compositor preferido de Hitler. Los viejos melómanos locales acudían con la partitura debajo del brazo para seguir la representación con mirada censora y su rostro se iluminaba cuando, hablando con Heydrich, le decían emocionados que habían asistido al primer estreno oficial de *Parsifal* fuera de Bayreuth. Un profesor de música octogenario se extasiaba explicando la noche del 31 de diciembre de 1913, cuando las notas de la ópera cumbre del wagnerianismo resonaron en el coliseo barcelonés. «Fuimos los primeros en recibir la autorización legal por parte de la familia Wagner, porque sabían que nuestra sangre catalana era la misma sangre aria que corría por las venas del Maestro».

Cataluña era realmente algo distinto a España, o al menos lo eran sus dirigentes. No podía catalogárselos de monárquicos o republicanos, de izquierdistas o conservadores. Simplemente eran rabiosamente supremacistas, como el mismo Schellenberg había tenido ocasión de comprobar en sus numerosos contactos con la clase dirigente catalana. Uno de los industriales más importantes, Bartomeu, se lo había dicho en una reunión secreta en un reservado del Hotel Ritz.

—General, a nosotros nos ha sucedido lo mismo que a ustedes en Alemania. El genio de nuestra raza se ha visto contaminado por un cúmulo de influencias extranjeras, ajenas al cuerpo sano y vigoroso de Cataluña. Españoles, anarquistas, internacionalistas, masones, en fin, salvo los judíos que aquí nunca han pintado nada desde el medioevo, nuestros enemigos son los mismos. La decadencia catalana se ha debido a esa gentuza llegada de todos los sitios con ansias de destruir nuestro espíritu, nuestra lengua, nuestra cultura. Estamos en nuestro derecho si ahora nos defendemos intentando preservar nuestro pueblo. Frente al malvado y falso cosmopolitismo, nosotros golpeamos con el concepto de patria catalana, de raza, de pertenencia a una comunidad milenaria.

Dicho lo cual deslizó encima de la mesa un cheque millonario.

—Sabemos que el Reich es nuestro amigo, y un grupo de empresarios leales a Cataluña y al Führer deseamos hacerles llegar a ustedes, las SS, al Reichsprotektor, esta pequeña muestra de nuestro agradecimiento. Transmítale nuestro sincero deseo de colaboración en una esfera de ayuda mutua y nuestra adhesión inquebrantable al Führer y a sus designios.

Cuando Schellenberg se encontró a solas comprobó que la cifra era nada menos que de cien millones de Reichsmarks. Ni los industriales del Ruhr habían dado tanto a cambio de tan poco. Con ese dinero se había financiado la nueva división SS, así como los festejos proyectados para la visita de Hitler. Toda Barcelona estaba repleta de banderas con la cruz gamada sobre las cuatro barras catalanas y los retratos del Führer se alternaban con los del mismo Heydrich junto a esculturas hechas a propósito como la de un Sant Jordi matando a un dragón con cara de judío, emplazada ante el antiguo parlamento catalán, ahora reconvertido en sede de la Asamblea Catalana Nacional Socialista, un puro espejismo en el que se votaba por unanimidad todo lo que emanaba del despacho del Reichsprotektor situado en el antiguo Palau de la Generalitat, ahora derogada sin que los catalanes colaboracionistas hubieran dicho nada. Habrían aceptado cualquier imposición a cambio de abandonar España.

Después de la revista de tropas, y tras despedirse de su jefe, Schellenberg se trasladó a la sede de las SS en el Palacio Robert, situado en el cruce del Paseo de Gracia y la Diagonal, ahora conocidas como Paseo de las Glorias Catalanas y Avenida del Reich. Su vehículo descubierto, con el gallardete de las SS visible en la parte delantera, era saludado a su paso por los transeúntes que, brazo en alto, gritaban con fuerte acento catalán «¡Heil Hitler, Heil Catalunya!». Tenía una reunión con su ayudante para asuntos de contraespionaje, un catalán que se había revelado como experto interrogador. Sus métodos poco convencionales lo habían convertido en imprescindible, en especial en lo que se refería a los enemigos que caían en poder del SD. Heydrich bromeaba siempre con respecto a esto.

—De seguir así, Schellenberg, el Reichsführer Himmler nos va a despedir por vagos. No hay provocador que dure un día en esta tierra sin que alguien lo denuncie ni agente extranjero que pueda jactarse de pasar desapercibido. Son más numerosas las denuncias por escuchar radios enemigas, difundir rumores falsos o delaciones acerca de comportamientos sospechosos aquí que en el Reich. Nos dan el trabajo hecho. Estos *escamots* tienen controlada a la población que, por otra parte, es abrumadoramente partidaria de nuestra ideología. En fin —suspiraba irónicamente cuando decía estas palabras—, habrá que resignarse. Son más nacionalsocialistas que nosotros.

De hecho, Rossell, su ayudante, se había destacado como uno de los discípulos aventajados de los hermanos Badía, famosos en la década de los treinta por sus métodos expeditivos con los enemigos del Estado catalán que se intentó proclamar por entonces. Pocos miembros de la Gestapo podían igualarse a ellos en su odio, enconamiento y dureza. Asesinados los hermanos, Rossell consideraba como una misión sagrada proseguir su obra y estaba entregado en cuerpo y alma a la defensa del Reichsprotektorat, a la espera de la independencia catalana en la que creía ciegamente. Al llegar a su despacho, el catalán ya lo estaba esperando con un montón de expedientes bajo el brazo.

—¡Heil Hitler, mi general! —ladró con voz seca.

—Siéntese, Rosell, y relájese. Todo va bien y creo que podremos ofrecerle al Führer una buena representación. La ciudad está engalanada, la oposición eliminada y sus paisanos parecen estar encantados con nuestra presencia y, no en menor grado, con que el mismísimo Führer venga a ornar con su presencia la fiesta nacional de Cataluña. Creo que está usted demasiado tenso.

—Mi general, usted no ha visto todavía el informe de esta mañana.

—¿Pasa algo? ¿Problemas? —preguntó Schellenberg encendiendo un cigarrillo Camel que obtenía de contrabando en un estanco de las Ramblas, despertando las iras de los puristas nazis.

—He recibido el informe de la criada de los Bartomeu, una familia digna de toda confianza. Con título aristocrático y entregados en cuerpo y alma a nuestra causa. El viejo donó un buen fajo de Reichsmarks para la nueva división SS catalana.

—Conozco al personaje en cuestión. ¿Y bien? ¿Alguna denuncia contra él? ¿Es sospechoso de algo?

—Él no, mi general. Se trata de su hija, Queralt.

—Un nombre bonito.

—Proviene de una virgen de la comarca del Berguedà.

—Bueno, no se haga el misterioso. ¿Qué ha hecho esa chica de buena familia que tiene nombre de virgen?

—Se la ha visto con elementos poco recomendables. Nada grave, pero cuando alguien de buena familia se junta con un limpiabotas, un camarero o un mecánico es que algo no funciona.

Schellenberg estalló en una carcajada.

—Vamos, vamos, debería usted salir más y frecuentar alguno de los cabarés que quedan en esta ciudad, el Berlín de Noche, por ejemplo —dijo el joven general a sabiendas de que aquel era un local controlado por el SD y que los reservados donde las chicas de alterne intimaban con los clientes estaban dotados de micrófonos y cámaras que filmaban los deslices de la alta burguesía catalana. Había sido idea suya, copiando la del famoso salón Kitty de Berlín, que había encantado a Heydrich. «Así veremos cómo copulan esos catalanes tan serios y circunspectos, amigo mío».

—Insisto en que el asunto me parece de relevancia.

—¿Y si esa chica lo único que quiere es divertirse echando una cana al aire con personas que no sean de su ambiente? ¿Y si es ninfómana? ¿Y si es adicta a alguna sustancia que solo pueden proporcionarle esos individuos?

—No es ninguna de esas cosas. Vea mi informe.

Schellenberg cambió la expresión de su cara en cuanto empezó a leer.

—Todos tienen relación con nosotros.

—Exacto. El limpiabotas trabaja en el Café Baviera al que el Reichsprotektor acude a diario a tomar el aperitivo, un local en el que, por otra parte, se reúne la colonia alemana residente en la ciudad; el camarero sirve en el Hotel Ritz, al que usted mismo va en numerosas ocasiones junto a la plana mayor de las SS; el tercero es mecánico en uno de nuestros talleres.

—Rosell —dijo Schellenberg mientras encendía un nuevo pitillo con la colilla del otro—, tenía usted razón, es un asunto digno de investigarse. Habrá que conversar con esa señorita. Una charla entre amigos, ya me comprende, no queremos molestar a su padre. Hágame llegar la ficha de Queralt Bartomeu.

Rossell sonrió mientras alargaba una carpeta azul a su jefe.

—He pensado que me la iba a pedir y aquí la tiene. Está todo. Biografía, *hobbies*, amistades, lugares que frecuenta, amantes, en fin, lo que sabemos acerca de esta muchacha.

—Lo repito, son ustedes más nacionalsocialistas que nosotros, camarada. Gracias. Déjeme ahora a solas para que pueda conocer a este dechado de virtudes de la burguesía catalana.

El ayudante chocó los tacones y, tras gritar un ¡Heil Hitler! que sonaba extraño pronunciado con el tremendo acento catalán de aquel hombre, salió del despacho. Schellenberg abrió la carpeta y se sirvió un generoso chorro de coñac de la botella que guardaba en un cajón de su mesa. Pasó una tras otra las hojas del dosier de Queralt Bartomeu, una de las jóvenes solteras más codiciadas en la sociedad barcelonesa. Se paró en una fotografía que le habían tomado sin ella saberlo. Era en el Casino San Sebastián, un lugar situado en la playa al que acudían a verse y dejarse ver los vástagos de la burguesía catalana. Estaba sentada en el borde de la piscina, vestida con un sucinto bañador a rayas y el pelo recogido con una simple cinta. Un cuerpo perfecto y una cara que había hecho perder el sueño a numerosos jóvenes.

Schellenberg suspiró melancólicamente, como quien recuerda con indulgencia un amorío perdido en el tiempo que reaparece de pronto y nos coge de sorpresa, sin capacidad de reacción.

—Bueno, *fraulein*, parece que vamos a conocernos. Y eso no lo tenía previsto.

5. COMIENDO CON FRANCO

Uniformado y en perfecto orden de revista, le había dicho Mera a Duran cuando se encontraron en el amplio hall del hotel. «Ahora que ya no somos unos hijos del pueblo que luchan por la emancipación de sus hermanos bien podemos lucir estos uniformes de oficiales capitalistas. La madre que nos batanó», añadió con esa manera tan propia de Cipriano Mera de bromear aparentando la mayor seriedad del mundo.

Duran no esperaba que la comida con Franco y el director del FBI fuera agradable. Del ex Caudillo sabía todo lo que un español que había defendido a la república tenía que saber y el hecho de estar sentado en la misma mesa que él hacía que se le revolviesen las tripas. Iba a costarle Dios y ayuda aguantarse. Eran demasiados compañeros que se habían ido para siempre, demasiadas ruinas, demasiado dolor como para obviar que estaría a escasa distancia de quien representaba todo lo que había combatido durante aquella guerra entre hermanos, entre amigos, entre vecinos. Cuando entraron en el comedor reservado que el Hamilton tenía dispuesto para el presidente Roosevelt sintió la mano de Mera apretándole el brazo. Era su manera de darle ánimos. Sabía que Cipriano debía estar acordándose de toda la generación de Franco igual que él. Por un instante se preguntó qué carajo hacía allí, con un uniforme extranjero, dispuesto a hablar con un fascista. Todo para emprender una misión suicida que, en el mejor de los casos, volvería a colocar al militar al frente de los designios de España. El mundo se había vuelto más loco de lo habitual y deseó con todas sus ganas estar en aquella habitación en penumbra de La Habana, con Rosita, abandonando a la humanidad a su suerte. Que se maten. Que se maten hasta que no quede ni uno. Que nos dejen a mi mulata y a mí tranquilos, aunque seamos los últimos seres vivos del planeta. Que se vaya todo a la mierda porque no hay Dios que arregle al ser humano. Reparó en que cada vez citaba más a Dios. Cuando se tiene la necesidad de invocar tan seguido a la divinidad es que, o estás más jodido de lo que crees, o te has vuelto un meapilas. Como lo segundo era imposible, le quedaba tener la certeza de saberse jodido, bien jodido.

Con esa sensación extraña entró con paso que pretendía ser firme y arrogante en el más que lujoso comedor. Ahí estaba Franco con el uniforme que había llevado durante la guerra, con sus condecoraciones, Laureada incluida. Observó que, prudentemente, se había abstenido de llevar las que le habían concedido tanto Hitler como Mussolini. Qué zorro eres, Franco. Al lado del militar estaba el omnipotente J. Edgar Hoover, con un exquisito traje de seda azul oscuro, una camisa blanca que hacía daño a los ojos y corbata a rayas. De Donovan no había ni rastro. Tampoco de Dulles. Sí estaba, en cambio, un hombre con expresión divertida, como si aquello fuera una estupenda broma. Elegante en la ropa y en sus maneras, se adelantó sin que nadie dijera nada y estrechó la mano de los dos anarquistas hablándoles en español.

—Encantado de conocerlos. Soy el conde de Foxá y estoy aquí en calidad de intérprete, aunque me parece que lo que se espera de mí es que lime asperezas e intente que no haya desgracias personales que lamentar, al menos hasta el postre. Siéntense, caballeros.

Hoover dedicó una mirada de simpatía hacia los dos hombres vestidos de coronel, estrechando cordialmente la de Duran. Por un instante, los ojos helados del director del FBI brillaron con una luz misteriosa, cogiendo al español del brazo y acompañándolo hasta su silla. Si Duran hubiera conocido mejor a aquel hombre, sabría que aquello era una demostración de afecto insólita en él. Franco, en cambio, los miró de manera gélida, como si pudiera atravesarlos, sin saludarlos. Ellos tampoco hicieron el menor gesto y tomaron asiento en los lugares que tenían destinados con una tarjetita. A la cabecera de la mesa estaba el mismo Franco, a su derecha Hoover, a la izquierda Foxá y, juntos, Mera y Duran. Este conocía de oídas a aquel hombre de maneras extrovertidas. Era un diplomático, un aristócrata, un poeta, un escritor amigo de José Antonio Primo de Rivera. Se decía que había sido uno de los creadores de la letra del Cara al Sol, el himno falangista. Eso no significaba que su adhesión a la Falange hubiera sido duradera porque, de condición iconoclasta, Foxá no sabía adaptarse al corsé de hierro que el franquismo había impuesto incluso a sus intelectuales. También sabía de sus correrías en el servicio consular, primero al servicio de la República en Bucarest y luego en la causa franquista.

La comida iba desarrollándose en un silencio catedralicio, con un Franco que ponía cara de disgusto ante el menú. A Franco, murmuró Foxá, lo sacas del pote gallego, la tortilla a la francesa muy pasada o el lacón con grelos y es hombre muerto. Bueno es saberlo, pensó Duran. Salvo algún intento fallido del aristócrata para caldear el gélido ambiente, el resto de sonidos se había limitado al ruido que el Generalísimo hacía al sorber la sopa de almejas —que, efectivamente, no debió gustarle demasiado porque solo tomó un par de cucharadas—, y los gruñidos del director del FBI mientras masticaba con placer su *steak* a la parrilla. El aristócrata falangista, que no le caía bien a Hoover ni a Franco, acabó por dirigirse exclusivamente a Duran mientras Mera se concentraba en su plato. Foxá le pareció a Duran un perfecto ejemplar del pícaro español, risueño, culto y capaz de vivir sin pegar golpe a base de dar sablazos. Mientras los dos hablaban, el general se entretenía en mordisquear palillos, uno tras otro, dejándolos al lado de su plato, con la mirada fija en un horizonte que solo él veía y una cara de circunstancias ideal para una tragedia griega representada por alumnos de último curso de bachillerato. Duran sabía que el teatro era una de las secretas pasiones del dictador español, llegando incluso a participar en un pequeño papel en una película. Foxá, con una mirada de inteligencia, habló en voz baja mientras llenaba su copa con un excelente vino de Rioja.

—Es difícil saber qué está pensando, ¿no cree, Duran?

—Eso veo. Me parece muy curioso que alguien como usted, aristócrata y cosmopolita, haya tenido que ver con un militar así, al que lo sacas del cuartel y ya no sabe qué hacer —replicó el anarquista.

—Era el mal menor, y en casos así uno no se fija demasiado en si el salvavidas que le impedirá ahogarse tiene conversación o no.

—Eso del mal menor lo he oído muchas veces, pero ya ve en qué ha ido a parar.

—Vamos, vamos, no se me enfade, que yo también pienso lo mismo. Mire, siempre creí que eso de las dos Españas era una auténtica barbaridad, una excusa para que los que no aspiramos más que a tomar el aperitivo con los amigos tuviéramos que escoger entre lo malo y lo peor.

—Y lo peor era la República, claro.

—No señor, lo peor no era la forma de Estado, lo peor eran las checas, los paseos, Paracuellos, aquel horror que por desgracia conocí muy bien. ¿O me negará usted que todo eso no pasó? —contestó Foxá abandonando el tono negligente y cordial que solía emplear por otro seco, hosco, que mostraba al ser humano que había sufrido en sus propias carnes todo aquello.

—No lo niego, y estoy con usted en que fue una salvajada, pero sin el alzamiento no habríamos tenido checas, SIM o Paracuellos. Usted sabe tan bien como yo que antes del dieciocho de julio, el Partido Comunista era irrelevante en España. Por lo demás, yo estuve detenido en una checa de Barcelona, así que estamos *a pré,* como dicen los franceses.

Agustín de Foxá sacó un esbelto cigarrillo de una elegante pitillera de plata grabada con sus iniciales y, tras mirar interrogativamente a Franco y a Hoover, lo encendió. No le ofreció a Duran, que sacó un habano regalo de Balandre que empezó a fumar con deleite sin mirar para nada a los otros dos comensales.

—Foxá, usted se las tuvo que ver con aquellos cabrones y entiendo su punto de vista. Si le sirve de consuelo, como le decía, a mí también intentaron darme el pasaporte los míos en varias ocasiones, pero después ganaron los fascistas y todo se volvió comodidad para los que habían ganado. En cambio, yo tuve que seguir huyendo. Primero, de la policía de Franco, y luego de la Gestapo. Concédame que le llevo ventaja en materia de hijoputas.

Foxá estalló en una carcajada que hizo que Franco lo mirase de manera reprobadora.

—Lleva usted razón. Esos alemanes son unos cerdos. Están locos con esa mierda de la raza aria y su afán en llevarse por delante a todo el que tenga la nariz ganchuda. Oiga, Duran —dijo bajando la voz—, me cuentan que Heydrich tiene un dosier en el que se demuestra que Franco posee sangre judía en las venas. Por su apellido Bahamonde, cuentan.

—Si fuese cierto, su general empezaría a caerme mejor.

—Con dos hermanos masones podría ser, porque ya sabrá usted que tanto Ramón como Nicolás forman parte de su fraternidad, venerable maestro Duran.

Duran pegó un respingo a su pesar. Intentó dar un aire de normalidad a sus palabras sin éxito.

—¿Qué le lleva a esa conclusión?

—El largo apretón de manos que le ha dado ese batracio de Hoover y la manera en la que se le ha iluminado la cara. Y he pensado, una de dos, o se gustan ustedes y tendremos pronto boda o es que ese apretón ha sido masónico.

Ahora fue Duran el que no pudo aguantarse la risa. Aquel hombre empezaba a caerle bien.

—Foxá, con el carácter que tiene, ¿qué hacía usted con esa pandilla? Se lo digo con sinceridad, créame.

—Debió ser la necesidad, el miedo, no lo sé. Pero tengo claro que, de haber continuado Franco en el poder, habría terminado por tener problemas con él. Y ya sabe cómo acaban esas cosas con el general. En el mejor de lo casos, treinta años de cárcel. En el peor, consejo de guerra sumarísimo y paredón.

—Entre los suyos es usted el único que debe pensar así.

—No lo crea. Podría citarle a muchos que son muy críticos con todo lo que Franco hizo durante la guerra e incluso después, al acabarla. Ahí tiene a Dionisio Ridruejo, sin ir más lejos. Un falangista puro que se desengañó a la primera de cambio. O a García Serrano, o a los monárquicos. En el fondo, Franco, que es un cuco, supo engañarnos a todos para que fuésemos al son de la música que él marcaba.

—Oiga, y eso que dice de los hermanos de Franco, ¿es cierto? De Ramón sabía alguna cosa, pero lo de Nicolás me sorprende mucho.

—Piense que el padre de ellos era masón, y que Franco también quiso ingresar en una logia de Larache pero le dieron bola negra al haberse comprometido los militares masones a no dejar entrar en la Orden a nadie que hubiese aceptado ascensos por la guerra de África. Yo no entiendo mucho de esas cosas, pero me dicen que Nicolás es masón de una obediencia inglesa, más conservadora, mientras que Ramón lo era de una francesa, más liberal. Incluso se llegó a rumorear que Serrano Suñer, el cuñadísimo, también llevó en su día el mandil, pero me parece que son infundios propalados desde el círculo íntimo de Franco. Su mujer, Carmen, ya sabe, no pudo perdonar los deslices extramatrimoniales de su cuñado con una marquesa de relumbrón que llevaron a la desesperación a su hermana, y para Carmen todo lo que sea menosprecio se convierte en una ofensa terrible. Es vengativa, Duran, créame, y prefiero tener a Franco en contra que a esa mujer. Pero ya ve, ahora Serrano está de primer ministro con Muñoz Grande, menudo carrerón. De cuñadísimo a mandamás, porque Agustín solo está para que le den incienso y es Serrano el que gobierna. Hay que joderse.

Edgar Hoover tintineó con la cucharilla su copa, llamando la atención de los presentes. En un inglés gangoso, casi gutural, habló con una voz suavísima que contrastaba con la brutalidad de su rostro, tallado a hachazos por la mano de un escultor primerizo con prisas.

—Caballeros, es un honor compartir mesa con tan distinguidos comensales. Quiero agradecerles a todos su presencia, en especial al Generalísimo, por el que siento la más viva de las simpatías. Es un honor, Excelencia —dijo alzando su copa.

Franco lo miró con la cara del niño al que el profesor alaba y respondió alzando la suya con gesto tímido, respondiéndole en un inglés ortopédico.

—El honor es mío al compartir mantel con una persona que tan patriota demuestra ser al frente de una institución como es el Bureau. Gracias en mi nombre y en el del pueblo español.

Franco seguía con la inveterada costumbre de mezclar a su persona y los españoles, pensaron Duran y Mera que, a regañadientes, levantaron también sus copas por indicación de Foxá.

—Pero no es solo al Caudillo a quien debemos agradecimiento. Los coroneles Mera y Duran, que han sabido anteponer su patriotismo a las ideas, se encuentran con nosotros en un gesto que les honra y acredita como personas que saben dar lo mejor ante las circunstancias históricas presentes. Espero y deseo que de esta reunión surja una cooperación sincera y fructífera. Señores, ¡Dios bendiga a los Estados Unidos! ¡Viva España!

Todos se sentaron menos Franco. Sin que nadie le hubiera dado la palabra, el general empezó a hablar con la voz aflautada que tantas veces había sido objeto de mofa por parte de sus enemigos. Pero lo que decía hizo que Mera y Duran atiesaran sus cuerpos.

—Señores, aprovecho esta circunstancia para dejar constancia del aprecio que siento hacia los coroneles Mera y Duran, que fueron bravos enemigos en nuestra Cruzada y, singularmente, se opusieron a que la garra comunista se apropiara de nuestra patria común. Conozco su lucha contra Líster, Mera, así como su intento de frenar el contubernio comunista al lado de Casado y Besteiro, Duran. Yo quisiera en este solemne acto y en presencia del señor Hoover, a quien tantas cosas tengo que agradecer, dejar patente que considero un honor estar junto a ellos en este intento por recuperar nuestra soberanía nacional, alejándonos de esos partidismos que tanto daño han hecho a España. Quiero hacer hincapié en que esto lo digo esperando que vean en mí, si no a un amigo, al menos a un compañero de lucha leal, consciente del sentido del honor de quienes fueron mis adversarios y a los que ahora considero dignos camaradas de armas. Señores, alzo mi copa por ustedes dos, por los que lucharon en su bando de buena fe, por los que entendieron que el comunismo era lo peor que podía pasarle a nuestro pueblo.

¡Vivan los anarquistas honestos, vivan los españoles de buena fe, viva España libre de extranjeros!

Y, tras esas palabras, Franco se dirigió a Mera ofreciéndole la mano. Este, tras un momentáneo instante de estupor, se la estrechó. Luego Franco se dirigió a Duran y, abrazándolo, le dijo «Hay que tener muchos cojones para hacer lo que ustedes hicieron con el golpe de Casado, coronel. Es un privilegio luchar a su lado». Duran, anonadado por aquel gesto del ferrolano, se quedó sin capacidad de reacción.

—Foxá, Mera, salgan ustedes, por favor —dijo Franco.

Cuando el embajador y el compañero de Duran se habían ido, Franco miró a Hoover y al español con malicia.

—Ahora que estamos entre hermanos, podemos empezar a hablar libremente. Venerable maestro Duran, el Soberano Inspector General, querido hermano Hoover, le pondrá al corriente del propósito de esta operación a raíz de unas informaciones importantísimas que ha recibido esta misma mañana.

—Encantado, Serenísimo Gran Maestre Franco. Siéntese, coronel, parece que haya visto a un fantasma.

Si a Duran le hubieran pegado un tiro, no se hubiera quedado tan paralizado. Especialmente, al ver cómo Franco y Hoover lo miraban sonrientes, como el muchacho que le descubre a su hermanito pequeño quiénes son los reyes. «Me cago en la puta de oros —se dijo para sí Duran—, ahora sí que estamos jodidos. Pero bien jodidos».

6. EL CABARÉ

Barcelona ya no era la urbe cosmopolita, mitad burguesa, mitad anarquista, que había conocido Ernesto cuando llegó en la década de los años veinte. Sacudida por la Guerra Civil, la dictadura de Franco y ahora con los nazis, la capital catalana se había transmutado de joven alocada y divertida en una vieja arrugada, insípida y cruel. Ya no existía la bohemia disparatada de los señoritos que jugaban a ser artistas, ni las tertulias del Hotel Colón, ni locales como La Criolla donde se juntaban alrededor de una misma mesa el poeta, el político, el homosexual y el traficante de heroína. La falsa moral de los hipócritas acabó con lo que de vivo existía en aquella Babilonia de espías, prostitutas, cantantes venidas a menos, ociosos en busca de nuevas experiencias y el romanticismo que poseen algunas casas cuando están a punto de derrumbarse bajo el peso de su propia decadencia.

Mal que bien, Ernesto había conseguido sobrevivir cambiando de piel tantas veces que ya ni recordaba cuál era la suya propia, escondida debajo de miles de disfraces adoptados por la salvaje determinación de seguir vivo. Se lo dijo a su amigo Cipriano Mera cuando, al final de la guerra, secundó el intento de golpe de Estado contra Negrín. «Cipri, hagamos lo que hagamos, ganarán ellos». «¿A quiénes te refieres», le respondió

Mera. «A ellos, a los de siempre, da igual de qué partido digan que son. Las guerras las ganan ellos y las perdemos nosotros. Porque hay quien ha nacido para perder igual que se nace futbolista o torero. Porque para ganar hay que tener ambición y ser un egoísta, y si no eres ninguna de las dos cosas, lo único es seguir adelante, sin mirar nunca atrás. Lo peor que podemos hacerle a esa gentuza es vivir».

Por eso se había fabricado otra identidad diferente, una más, que venía a apartar la que había ostentado desde la entrada de las tropas de Franco en la Ciudad Condal. Con documentos falsificados de manera irreprochable, durante algún tiempo se hizo pasar por un falangista que había luchado en el bando franquista. Ahora había permutado aquellos papelotes por los de un conspicuo seguidor de Estat Catalá y defensor de la Cataluña pronazi. Lo mismo que hizo cuando la dictadura de Primo de Rivera, haciéndose pasar por viajante de comercio, o de periodista argentino cuando la guerra, fingiendo ser un corresponsal neutral en zona rebelde, aunque trabajase para los servicios de inteligencia republicanos. Solo que ahora no tenía nada que informar ni a la FAI ni al gobierno de una República inexistente. Sus acciones redundaban solo en su propio beneficio, lo que en ocasiones le impedía conciliar el sueño, teniendo que acudir a remedios tóxicos que no eran difíciles de encontrar en aquel viejo Barrio Chino, el Distrito Quinto que todavía ocultaba bajo su capa nazi un universo de hampa y crimen.

Había tenido tantos nombres y tantas profesiones, cambiando de aspecto, de manera de hablar y de actitud que a veces le costaba saber quién le devolvía la mirada en el espejo cuando se afeitaba. De aquel Ernesto cargado de ideales que vino de su Murcia natal a una Barcelona que consideraba el paraíso de la lucha anarquista quedaba poco. En el fondo, era un hombre destrozado por una vida que le había ido dando zarpazos, infligiéndole heridas imposibles de cicatrizar. Primero, la muerte de su hijito de seis años bajo las bombas fascistas en Barcelona. Luego, el suicidio de su compañera, que no pudo soportar tanta miseria y dolor. Más tarde, el asesinato de su hermano mayor a manos del SIM y el de su hermano pequeño ante un piquete de fusilamiento de Franco. No quedaba nadie que le importase ni él podía importarle a ninguna persona. Vivía, eso era todo. Se arrastraba día tras día en medio de aquella asfixiante Barcelona cargada de esvásticas y ricachones catalanes que estaban a sus anchas proclamando su superioridad racial frente a los que habían venido de fuera.

Se había colocado como camarero en el único cabaré sancionado oficialmente por el Reichsprotektor, el Berlín de Noche, infestado de micrófonos y cámaras, supervisado por la Gestapo y el mismísimo Heydrich del que decían que disfrutaba enormemente haciéndose proyectar las filmaciones clandestinas obtenidas en los reservados del local en las que los graves y sesudos padres de la patria catalanes se dejaban maniatar y azotar por prostitutas, rogándoles todo tipo de abyecciones. A Ernesto le daba igual. Se limitaba a ametrallar el hígado de aquella gentuza con brebajes alcohólicos de baja calidad que hacía pasar por auténticos, a dejarse llevar en algunas ocasiones por el piano que desgranaba aires bonaerenses o a tararear por lo bajini algún que otro cuplé que recordaba de sus años jóvenes. Sus falsas credenciales como pronazi separatista le abrieron las puertas de su nuevo trabajo. Pasó el examen de depuración política sin la menor dificultad. Posiblemente fuera su uso de un catalán culto, con fuerte acento de comarcas, así como su conocimiento del pensamiento racista de personajes mitificados por los nazis catalanes como el Doctor Robert, Pompeyo Gener o los fundamentos doctrinarios de Estat Catalá los que le permitieron salir con bien. También, por qué no decirlo, su desparpajo y talento natural para la simulación. Si era uno de los mejores falsificadores de España, sus interpretaciones no le iban a la zaga. Ernesto no fingía ser otro hombre, lo era. A pesar de ello era increíble, se decía, que los alemanes hubieran podido hacerse con toda Europa teniendo tamañas brechas en su seguridad.

Aquella noche el cabaré estaba inusualmente tranquilo. Heydrich iba a ser proclamado Doctor Honoris Causa por la Universidad de Barcelona y al acto debían acudir todos los prohombres catalanes. El paraninfo se había quedado pequeño, puesto que ninguno de los responsables políticos se hubiera perdido aquella ocasión de presentar sus respetos a quien decidía sobre vidas y haciendas. Las *patums*, término catalán que podría traducirse como los peces gordos, se esmeraban en inclinarse dando un taconazo y levantando el brazo derecho delante de Heydrich. El discurso del jefe de los *escamots*, un tal Savalls, empezó parafraseando las palabras del primer ministro de Dinamarca Stauning en 1940 ante la pacífica invasión del Tercer Reich: «Cataluña es el país más feliz de Europa». El sano pueblo danés, *Volksgenossen*, pueblo hermano, no ofreció prácticamente resistencia a las tropas alemanas. El país fue ocupado en veinticuatro horas con un saldo de dos aviones alemanes derribados, algunos blindados dañados, trece soldados daneses muertos en combate y veintitrés heridos. Hitler lo consideró un éxito. Tras la muerte de Stauning, el abiertamente pronazi Erik Scavenius no cesaba de alabar las hazañas de las armas alemanas con palabras como «Sus victorias han producido asombro y admiración en todo el mundo». Los nazis catalanes se jactaban de haber demostrado incluso una mayor devoción por el Reich. Fueron invadidos sin que se disparase ni un solo tiro. También era cierto que quienes podrían haberles hecho frente estaban exiliados, en las cárceles, o muertos.

Las semejanzas entre una Dinamarca mimada por los nazis, que veían a los daneses como un pueblo ario y asimilable para los estándares raciales del Reich, con Cataluña eran muchas.

De hecho, el folleto de instrucciones repartido para los alemanes que tomaron posesión del antiguo Principado era el mismo que se les suministró cuando hicieron lo propio en Dinamarca, cambiando simplemente el nombre del país. «No estáis entrando en un país enemigo, avanzáis por Cataluña con el fin de proteger esta nación y a sus súbditos» o «Al catalán no le gustan las restricciones ni las normas. No está habituado a la disciplina militar. Posee la astucia del campesino, llegando a la doblez. Es materialista, amante de las comodidades» sirvieron de manera eficaz en Cataluña. Hitler conocía bien el terreno que pisaba y las SS pronto formaron parte de la cotidianidad de los barceloneses, que asistían encantados a los conciertos que daban sus bandas de música en el Parque de la Ciudadela, a los desfiles por las calles o a los gestos dignos de *boy scout* de aquellos hombres uniformados de negro que ayudaban a las embarazadas a llevar el cesto de la compra o que detenían el tránsito para permitir cruzar la calle a un abuelo.

Se lo confió cierta noche un catalán, hijo de un prócer con título y fábricas textiles en Sabadell, que había sido nombrado Standartenführer honorario por el mismo Himmler en recompensa por haber facilitado a la Gestapo listas con decenas de opositores a la separación de Cataluña de España.

—Mira, *noi*, en el fondo, a nosotros, los catalanes de pura cepa, como tú y como yo, aunque seamos de clases sociales diferentes, nos une una misma cosa: el odio a España. Y no debería darnos vergüenza decirlo en voz alta, de la misma manera que ni al Führer ni a las SS se la da decir que odian a la judería internacional y que hay que eliminarlos como a ratas. Porque ¿qué *collons* es un judío sino lo más parecido a un español? Ambos parasitean a pueblos trabajadores, viven de ellos, les chupan la sangre y luego, cuando están debilitados, se apoderan de sus gobiernos. Yo no tengo ningún inconveniente en que a esos hebreos se los lleven a los guetos que dicen hay en el Este —añadió, guiñándole un ojo— y que no vuelvan nunca más. Por eso digo que hasta que no hayamos metido al último de los españoles en un puto campo de concentración, asegurándonos de que no ha de salir, *estarem fotuts*.

Ernesto se había limitado a sonreír, fingiendo estar de acuerdo, para decir «A los españoles y a todo lo que anda de sobra por ahí, comunistas, masones, maricas, putas», a lo que el borracho se irguió fingiendo una cómica indignación.

—*No, home, no fotis*, a las putas no, que bien que nos sirven. Además, es de justicia follarnos a esas españolazas sabiendo que nos estamos cargando a sus maridos, a sus hijos, a toda su ralea. Fíjate —dijo con voz aguardentosa y aliento pútrido—, no sabrás lo que es correrte de verdad hasta que no hayas tenido a una furcia española debajo de ti sabiendo que esa misma mañana le has dado matarile a su familia. Yo lo he hecho. ¿Cómo lo ves, *nano*?

El camarero tuvo que recurrir a todo su miedo para continuar con la sonrisita miserable del lacayo que encuentra bien cualquier cosa que le diga su amo, por muy bestia que sea. Así se ganaba la vida aquel hombre sin personalidad. Aunque, de hecho, la personalidad no es un salvoconducto que te permita vivir un día más ni comer. Y de eso se trataba. De aguantar. De aguantar al precio que fuera, aunque consistiera en reírles las gracias a aquellos niños de papá reconvertidos en asesinos que daban rienda suelta a sus instintos homicidas en lugares alejados de sus pulcras familias, de los palacetes en la falda del Tibidabo, de Pedralbes, de Sarriá, de San Gervasio, de sus mamás, tan recatadas y virtuosas. Esos críos, vestidos de civil, parecían los más educados del mundo cuando se sentaban alrededor de la mesa familiar los domingos al mediodía y discutían de ópera, de historia, de literatura, incluso sabían tocar el piano o componer un soneto. Los *pollos* que jugaban al tenis o al polo por las mañanas, besando las manos de las casaderas con unción, eran los mismos que se vestían de negro por las noches y, a bordo de veloces automóviles, armados hasta los dientes y con gorras que lucían la siniestra calavera de plata, llamaban de madrugada a domicilios de los que sacaban a golpe de porra a personas que, después de mil y un padecimientos, no volverían a ver la luz del sol. Caballeretes de día, psicópatas homicidas de noche.

En el fondo, pensaba Ernesto, no eran tan diferentes de los niños de papá de todos los tiempos, solo que estos tenían la posibilidad de quitarse la careta y mostrar su verdadero rostro inhumano y cruel. Caretas. A él le pesaban las suyas. Aquel cabaré no dejaba de ser la cárcel que había intentado evitar durante su azarosa vida, y los clientes a los que servía coñac alemán fabricado en Mataró o champán francés ful eran sus carceleros. Cada conversación le arrancaba trozos del alma, lo mismo que si le hubieran encadenado a un poste en un lóbrego calabozo y dado de latigazos. Ernesto estaba destrozado por dentro, podrido, sucio. Por eso aquella noche, detrás de la reluciente barra de latón que brillaba como una falsa moneda de oro, no supo reaccionar cuando media docena de encapuchados entraron disparando a diestro y siniestro, destrozando a cada ráfaga copas, botellas, muebles y las pocas personas que se creían a salvo en aquel antro.

Incluso cuando notó su pecho mojado y comprobó que un líquido rojizo lo empapaba no supo qué decir. Quizá lo esperaba hacía tiempo. Quizá aquella bala era el pago por su traición. Quizá, incluso, caer bajo la mano vengadora del que había osado plantarle cara al inhumano régimen nazi catalán era como una caricia de que viniera a redimirlo. Antes de perder el conocimiento, Ernesto se sintió liberado de un peso terrible que había arrastrado hacía tiempo. Por fin era libre.

7. ARGUMENTACIONES

Duran había pasado toda la noche intentando digerir los últimos acontecimientos. Si le pareció increíble que Franco, azote de los masones en España, fuera hermano suyo, no fue menor su asombro al escuchar de labios de Hoover y Franco, primero, y de Donovan, después, cómo el exCaudillo había llegado a formar parte de la hermandad de la escuadra y del compás. Y, sin embargo, una vez explicado, todo era sencillo. Sencillo y repugnante. J. Edgar Hoover lo dijo como si fuese la cosa más normal del mundo.

—Coronel, usted no ignora que, además del peligro que supone Hitler, no debemos obviar al comunismo. Cuando hayamos acabado con los nazis, los rojos serán nuestro principal y más importante enemigo. No podemos resignarnos a que Stalin se apodere de Europa una vez la hayamos limpiado de la basura hitleriana. De ahí que mi gobierno haya decidido apoyar tanto en su país como en otros a personas como el Caudillo, abiertamente anticomunistas. Serán la garantía más eficaz a la hora de disponer de un cordón sanitario contra la plaga roja que, y sé que usted comparte mi punto de vista, es tan antidemocrática como el nazismo.

—Debe usted comprender, Duran —terció Franco—, que yo no me hubiera alzado contra la República de no ser esta un instrumento en manos de la Komintern, con un partido socialista más comunista incluso que los mismos comunistas, que se alzó en 1934 en un intento revolucionario y con dirigentes que se autoproclamaban, como Largo Caballero, el Lenin español. Me cansé de advertir a los responsables gubernamentales. No me hicieron caso. Creían que exageraba, que podrían controlar aquel desorden y ya ve lo que pasó. Créame, la guerra empezó mucho antes del dieciocho de julio.

—Efectivamente —prosiguió Hoover—, de ahí que sea imprescindible que, para que España vuelva a figurar entre las naciones que defienden la libertad, se elimine de raíz el problema, poniendo al frente de la nación a una persona a la que poder presentar ante la opinión mundial como el que expulsó al gobierno títere de Muñoz Grande y devolvió la unidad a su patria, erradicando abominaciones como ese protectorado catalán. Una persona como el Generalísimo, que sepa aunar a su alrededor a monárquicos, republicanos de centro, tradicionalistas, falangistas sensatos y personas de izquierda que no estén comprometidas con el comunismo. Como usted.

—Un gobierno de unidad nacional, Duran, que restañe viejas heridas con la aprobación de los Estados Unidos, la única potencia libre que queda en el mundo —añadió Franco.

Duran miró a ambos hombres con estupor. ¿Pretendían que se tragase aquella sarta de mentiras? ¿Tan imbécil lo creían? Franco, que sabía reconocer en la mirada el estado de ánimo de su interlocutor, acercó su silla a la de Duran y le habló en un tono que el coronel nunca había escuchado en labios del ex Caudillo de España.

—Duran, le necesito. Le necesita su patria. A usted, como a mí, le ofende verla invadida por los nazis. Sé que se han cometido errores, incluso acepto que los nacionales hayamos podido ser injustos en no pocas ocasiones. Pero la guerra y lo que vino después me impidieron hacer las reformas que yo consideraba justas. Si mi magistratura al frente de España hubiera tenido tiempo, habría culminado mi obra con el retorno de una monarquía parlamentaria similar a la británica.

—¿Habría traído de vuelta a los borbones? ¿A Don Juan? ¿No a la república?

—Lo de menos es la forma de gobierno, eso ya lo sabe usted. Se trata de obtener una nación en paz, en orden, con justicia social, libertad y respeto a las leyes. Con Don Juan, por ejemplo, aunque no sea la única posibilidad.

—Yo no luché para volver a los cabildeos monárquicos de Alfonso XIII con los caciques y Romanones, téngalo claro.

Hoover iba a intervenir, pero Franco lo cortó en seco.

—Claro, claro, Duran, yo tampoco. Los nuevos tiempos exigen nuevas soluciones. Lo que yo le pido, porque lo tengo por un buen español, es que entienda el gran proyecto que albergo y para el que cuento con el apoyo de los Estados Unidos. Podemos trabajar juntos, usted, los suyos, los míos, yo mismo. No es cuestión de andarse con tibiezas. España está llena de tibios. Lo que precisamos es su compromiso y sé que usted ama a España como la amo yo. Por eso participó en el complot de Casado, por eso el SIM comunista lo encarceló, por eso piden su cabeza tanto los rojos como los nazis. Igual que en mi caso. ¿Sabe que el SD de Himmler ha puesto precio a mi cabeza? ¿Sabe que el NKVD de Stalin ofrece una cantidad enorme de dinero a quien me asesine?

Al coronel aquella situación le parecía irreal. Estaba sentado en un comedor lujoso junto al hombre que había combatido, aguantándose las ganas de estrangularlo con sus propias manos, mientras le oía parlotear y parlotear. Franco era listo. Cuando no quería que se conociera su opinión, hablaba por los codos. Y lo último que deseaba es que Duran penetrara en su pensamiento. Con Hoover no había problema. El director del FBI sabía que, en cuanto el militar tomase el poder, instauraría de nuevo una dictadura, pero mucho más severa que la anterior. Solo militares, había asegurado Franco en una de sus primeras conversaciones. Estados Unidos necesitaba a España como portaviones en territorio europeo y para eso tenía que enmascarar su punto de vista meramente utilitario, disfrazándolo de cruzada por la libertad. Presentar a un Franco patriota tan enemigo del totalitarismo nazi como del rojo era una magnífica baza. De ahí que insistiera tanto en que ingresara en la masonería. En la masonería norteamericana, naturalmente, conservadora, creyente, elitista y diametralmente opuesta a la masonería de corte liberal que había sido la preponderante en España. Cuando a Franco se le explicó la necesidad de dar ese paso, lo meditó varios días. Pero fue la llamada del exiliado monarca británico la que acabó de convencerlo. Le dijo «General, usted sabe que nosotros estábamos de su parte en la Cruzada que llevó a cabo, pero por motivos políticos nunca pudimos apoyarle abiertamente. Pero fuimos de los primeros en reconocer a su gobierno y nuestro embajador, sir Samuel Hoare, actuó como mediador entre Su Excelencia y el gobierno británico en asuntos de extremada importancia. Ojalá yo dispusiera de un Franco. Tendría asegurado mi regreso a Buckingham Palace».

Al general aquello le complacía. En su fuero interno pensaba que la masonería había sido muy torpe al rechazarlo. Si hubiera vestido el mandil, España se habría ahorrado una guerra. El problema no radicaba en sus escrúpulos acerca de afiliarse o no. A fin de cuentas, sus dos hermanos lo eran. Lo que le preocupaba es lo que diría su esposa. Cuando le explicó que los americanos pensaban en él para liderar de nuevo a España, su mujer lo miró fijamente y le habló con ese tono seco y frío que tanto inquietaba al militar.

—Mira, Paco, yo no sé si eso que te están ofreciendo puede ser o no, lo único que pienso es que Carmencita y yo estamos cansadas de ir de la Ceca a la Meca detrás de ti. Tanta guerra, tanto sufrimiento y total, ¿para qué? ¿Para vivir como unos cualquiera en un país que no es el nuestro? ¿Para quedar apartados y pasar el resto de nuestras vidas como unos pobretones? Paco, piensa muy bien lo que vas a hacer, piénsalo muy bien. Que si el Führer te clavó la puñalada por la espalda cuando le vino bien, con la ayuda de esa pandilla de desagradecidos como Agustín o Ramón, no sé yo por qué los americanos tendrían que proceder de otra manera. Si has de aceptar, que sea lo que Dios quiera, pero una cosa te digo como tu mujer: si vuelves, si volvemos, es para que mandes tú. Ni partidos, aunque sean de derechas, ni politiqueos ni masones ni nada que se le parezca. Uniformes y sotanas y no se hable más. Porque del resto, hijo mío, no te puedes fiar.

Echando mano de su hermano Nicolás, de su primo Pacón y de algunas personas de confianza como Martínez Fuset o el general Orgaz, habían ido convenciéndola no sin dificultades. En la esposa del Caudillo pesaba más el deseo de volver a ser la Señora que cualquiera otra cuestión. Y así fue como en una tenida solemne presidida por el presidente Roosevelt como Gran Maestre, con la presencia del rey Jorge de Gran Bretaña, el general De Gaulle, el general Eisenhower y el propio Hoover, se le concedieron los treinta y tres grados del Rito Escocés Antiguo y Aceptado por dispensa del propio Roosevelt a quien mandara fusilar a tantos masones. Franco no quiso entrar en ningún otro rito. Si los masones españoles pertenecían mayoritariamente a ese, lo prudente era ingresar en el mismo. Con la autoridad masónica que le daba su grado no tendría problema para contactar con los masones republicanos. Podría reclutarlos por su común adscripción, por el anticomunismo de no pocos de ellos y por su patriotismo. De hecho, ya se habían producido algunos discretísimos contactos en México.

Donovan estaba en contra de las maniobras de su gobierno. Franco era un mal menor, pero no olvidaba su alineamiento con las potencias fascistas. Al responsable de la OSS solo le preocupaba eliminar al fascismo del mundo y si para eso tenía que entendérselas con algunos miserables, qué se le iba a hacer. Lo único que importaba era acabar con Hitler, dándole al Reich un golpe mortal que descabezara su organización piramidal y desatara una lucha por el poder que los dejara inoperantes ante la invasión que los Estados Unidos querían llevar a cabo en suelo español. Donovan se lo había explicado añadiendo un nuevo dato que aumentaba la importancia de la misión. El once de septiembre, la fecha en la que Hitler acudiría a Barcelona, se había convocado una conferencia en la capital catalana de todos los dirigentes nazis.

—Piense, anarquista. Estará la flor y nata del fascismo europeo. Quisling, de Noruega, Mussolini, ese payaso italiano, Mussert, de Holanda, el mariscal Pétain, jefe del Estado de Vichy, el propio Mosley de Inglaterra junto al cabrón de Halifax, en suma, todos los nazis presididos por Hitler y su plana mayor de criminales. Si los hacemos saltar por los aires, habremos eliminado de una sola tacada a la mayor colección de hijos de puta que ha visto la historia. Como sabotaje no está mal, ¿no cree? Y las víctimas se lo merecen, Duran, piénselo. No es ni por ese acomplejado de Franco ni por ese maricón de Hoover. Ni siquiera por mi gobierno, por mí, por usted o por Mera. Es por los críos ametrallados en plena calle en Barcelona a la salida de los colegios, por los campesinos aplastados por las bombas en Guernica, por los judíos internados en campos de la muerte, por los resistentes torturados. Es por ellos. Se lo han ganado.

Duran se quedó mirando fijamente a aquel hombre.

—No le creía tan apasionado, Bill. Me sorprende usted.

—Tener aspecto de hijo de puta sin sentimientos es bueno para mi oficio, pero también soy un ser humano, anarquista cabrón.

—Le veía más cínico. Se corresponde más con su oficio.

—No me venga con mierdas, Duran. Claro que soy cínico. Tienes que serlo cuando envías a diario gente a una muerte segura pensando que lo haces por un bien mayor. Si no fuese un cínico hace muchos años que me habría pegado un tiro.

—¿Eso es lo que va a hacer con Mera y conmigo, enviarnos a una muerte segura?

—Exactamente. No le voy a engañar. Qué coño, si supiera que yendo yo acabaría con esa chusma, me metería en un avión cargado de explosivos y lo haría estallar encima de las cabezas de esos bastardos.

—Es una idea, Bill, no la descarte —replicó Duran con una sonrisa que tenía de todo menos cordialidad.

—No se trata solo de eliminarlos. Ha de ser un ejemplo, un escarmiento, un aviso a cualquier otro aprendiz de dictador. Por eso no sirve hacerlos saltar por los aires poniendo debajo de sus culos mil kilos de dinamita. La manera de morir de esta gentuza ha de ser aterradora, ha de quedar en la historia como un castigo divino, como una advertencia, una señal.

—Dicho así acojona bastante —replicó el español aceptando el cigarrillo que le ofrecía el yanqui después de haberlo encendido en sus propios labios. Era una señal de compañerismo.

Donovan desplegó un mapa de Barcelona en el que estaban señalados algunos puntos en rojo.

—Usted conoce la ciudad, es uno de los motivos por los que le elegimos. El desfile se realizará en lo que antes era el paseo de la Exposición, y la reunión tendrá lugar en el antiguo Palacio Nacional, al final de la avenida. Es un lugar que se construyó de manera provisional y no tiene solidez ni nada que no sea apariencia.

—Como casi todo en Cataluña —rezongó Duran.

—Eso es. Un sitio que podría arder como la yesca con un petardo. Pero no deseamos eso. Lo que queremos es que su comando llegue hasta el sistema de ventilación que los nazis están instalando. Lo están acondicionando para que sea una réplica de esos locales donde Hitler se pasa horas vomitando mierda por la boca ante sus acólitos.

—Ya. Una gran águila con una esvástica, el atril del Führer y todo un coro de castrados aplaudiendo.

—Lo ha pillado. Bueno, pues parece que Hitler suda mucho últimamente. Según nuestras informaciones se debe a un medicamento que le suministra su médico, un tal Morell.

—¿Drogas?

—Lo llaman Pervitin y se les proporciona también a los soldados. Anfetaminas, solo que a Hitler le añaden dosis extra de cocaína.

—No joda.

—Así aguanta horas hablando y gritando, pero termina empapado como un cerdo. De ahí que se haya exigido a los constructores que la ventilación sea potente. Speer, el arquitecto de confianza de ese empapelador de mierda, dirige en persona los trabajos.

—Pero usted dice que no quiere hacerlos volar por los aires.

Donovan se tomó un momento antes de responder. Había llegado el momento de revelarle a Duran el método elegido para exterminar a aquellos cabrones y sabía que al español no le iba a gustar.

—No será un explosivo. ¿Ha oído hablar de la guerra química?

—Conozco los gases empleados por italianos y nazis.

—No tiene nada que ver con eso. Tenemos un equipo de científicos trabajando en diferentes proyectos en medio del desierto. Uno de ellos consiste en un potente combinado de bacterias.

—¿Vamos a contagiarlos de gripe?

—No. Contiene cepas de peste bubónica, lepra, fármacos que vuelven loco al instante y un elemento al que llamaremos X que convierte a los humanos en extremadamente violentos.

Duran se quedó sin palabras.

—Sí, coronel, queremos que se mueran allí mismo, revolcándose entre sus heces mientras se desgarran los unos a los otros.

Tras soltar un silbido de varias atmósferas, Duran habló muy lentamente.

—Me quito el sombrero, Bill. Eso no es un atentado. Eso es el apocalipsis. Pero esos gases ¿no se escaparán del palacio e infectarán a la población? ¿Y la forma de contenerlos?

Donovan tragó saliva y dijo lo que, a pesar de tener ensayado, no consiguió le saliera con la firmeza que hubiera deseado.

—Es que no los vamos a contener, Duran. Se trata de acabar con la élite nazi europea. Usted no tan solo eliminará a Hitler y a sus secuaces. Para que el aviso sea completo, es precio que elimine también a la población barcelonesa. Se trata de un escarmiento.

Sin pensarlo, Duran le propinó un puñetazo a Donovan que lo hizo rodar por el suelo. Mientras contemplaba el cuerpo desvanecido del general, Duran no dejaba de murmurar: «Qué hijos de puta, pero qué hijos de puta».

8. LÁZARO, RESUCITA

Al abrir los párpados notó cómo le dolía hasta el último centímetro de su piel, de sus tripas, de su cabeza, incluso de su pelo. Era un dolor punzante e infinitamente superior a todo lo que había experimentado hasta aquel momento. A través de la visión borrosa que sus ojos, empecinados en volver a sumirse en la acogedora tranquilidad de la inconsciencia, le brindaban, intuyó unas siluetas alrededor suyo. Escuchó una voz que parecía llegar de muy lejos.

—Sobrevivirá. Todo es cosa de tiempo y calma.

—Y sulfamidas. Menos mal que tengo buenos contactos con el mercado negro.

Eran dos, un hombre con bata blanca y gesto preocupado y una mujer joven. Una mujer de voz dulce como el arrope que tanto le gustaba. Ernesto no pudo pensar en nada más porque el vacío lo invadió de nuevo.

—¿Se ha desmayado? — dijo ella.

—Sí. Su organismo precisa reposo absoluto y es la naturaleza de cada individuo quien manda en estos casos, hija mía. No se alojan tres balas en el cuerpo sin pagar el peaje de la inconsciencia. Pero entre las transfusiones, las sulfamidas y la operación le podremos dar de alta dentro de unas semanas.

Queralt Bartomeu salió de la habitación donde yacía Ernesto y encendió un cigarrillo. El médico la miró con desaprobación.

—Ese mal hábito va a matarte algún día.

—Siempre será mucho mejor que una bala SS, ¿no cree? — respondió ella con un mohín de picardía.

El médico, con edad suficiente como para ser el padre de la muchacha, la miró con gravedad.

—Ya sabes que no me importa a lo que te dedicas por las noches, esas que tu padre y tu familia creen que pasas en compañía de jóvenes inconscientes de local en local. Nunca te he preguntado qué haces ni me interesa. No quisiera cargar sobre mi conciencia el peso de compartir un secreto, el tuyo, que no me pertenece. Al fin y al cabo, solo soy quien te ayudó a venir al mundo, pero Queralt, y ahora te hablo no como médico sino como amigo, si quisieras escucharme siquiera un instante...

Queralt colocó delicadamente su dedo índice encima de los labios del médico.

—Doctor Llobet, no siga por ahí. Sé que obra de buena fe, que cree honradamente que lo que pasa en nuestra tierra es un mal pasajero y que todo mejorará en el futuro. También sé que nunca me ha negado su ayuda y le estoy agradecida por ello. Mucho. Pero si no sabe nada, nada podrá explicarle a nadie, *m'entén?*

—No soy muy dado al chismorreo.

—No, pero los nazis saben muy bien cómo arrancarle a la gente lo que no quieren decir. Sus métodos son los que son, y seguro que incluso usted los conoce o habrá oído hablar de ellos.

—¡Esos torturadores no tienen nada que ver ni conmigo ni con Cataluña! Mira, *noia*, están de paso, son un accidente de la historia, pero cuando se vayan, nosotros seguiremos aquí, ¿comprendes?, Cataluña continuará, y lo hará como un pueblo libre, sin ataduras. Tendremos un Estado propio en el que las cosas volverán a ser como siempre hemos querido. Una república, democracia, libertad, justicia para todos. ¿No lo entiendes?

A Queralt Bartomeu aquel hombre le podía dialécticamente. Su visión tan simple de las cosas y su buena fe la conmovían.

—Los nazis nunca se irán si no los echamos a tiros. En cuanto a esa república, no la verá jamás. Cuando se vayan las SS, Heydrich y la Gestapo será para que volvamos a ser españoles. Y lo que nos interesa es que en ese momento España sea un lugar en el que decir lo que piensas no te cueste la cabeza, en el que se pueda ser catalán, gallego o murciano sin tener que pedir perdón, donde podamos convivir sin necesidad de matarnos los unos a los otros.

El doctor rio amargamente. Demonio de cría.

—Ahora eres tú la que pecas de ingenua. Eso no pasará nunca, *filla meva*. España acabará en manos de un general cualquiera, da igual que sea Franco o Muñoz Grande o, en el mejor de los casos, con una república que ya veremos por dónde irá. Pero los catalanes que, como yo, deseamos un Estado propio, lo tendremos igual de mal con todos. Desengáñate, *bonica*, la única oportunidad que nos queda es aprovecharnos de estos bárbaros de la cruz gamada, esperar y, cuando llegue el momento, *fer el nostre camí*. Ya conoces la frase, todas las causas tienen quien las defienda, pero la de Cataluña solo podemos defenderla los catalanes. Queralt, ¿por qué no hablas con tu padre? Hazme caso, confía en él. Es una buena persona.

Queralt no dijo nada. Conocía de toda la vida a Llobet. Había sido desde siempre su médico de cabecera, más aún, su confidente, su amigo. ¡Hablar con su padre! Qué estupidez. Ojalá su padre fuera Llobet. Cosas que no podía explicar en su casa podía decírselas a aquel hombre bueno, comprensivo y dulce. Durante la guerra se negó a marcharse a los Estados Unidos, a pesar de tener una oferta de trabajo que le habría alejado de aquella barbarie. Se quedó como médico del Hospital de Sant Pau, salvando más vidas de las que él mismo era capaz de recordar. Junto al mundialmente conocido Doctor Trueta, que luego se exilió en Gran Bretaña para pasar tras la invasión nazi a Canadá, habían desarrollado nuevas técnicas quirúrgicas que evitaban la cangrena. Y todo para que aquellos despojos que llegaban en camillas sucias de la sangre de cientos de otros heridos tuvieran una esperanza de vida.

Cuando aquella sangría entre hermanos terminó y comenzó la dureza de la represión franquista, tampoco quiso marchase, aunque el mismo Trueta lo reclamase insistentemente. El sitio de un médico es estar al lado de sus enfermos y los míos están en Barcelona, repetía a quien le preguntaba por qué no se exiliaba. Era tal su fama como médico y tan conocida su reputación de hombre imparcial —que curaba a cualquiera fuese del bando que fuera—, que los franquistas no se atrevieron a tocarle ni un pelo. A pesar de su catalanismo, cuando algunos fanáticos pretendieron detenerlo, un centenar de militares, falangistas, sacerdotes y requetés entre los que se contaban no menos de tres generales y dos obispos, rogaron al Caudillo la libertad del célebre médico. El mismo gobernador civil de Barcelona, uno de los que Llobet había curado a sabiendas de que era un infiltrado de Falange en territorio republicano, intercedió ante Franco, que decidió dejar en paz a un hombre que, al fin y al cabo, solo se había dedicado a salvar vidas. Incluso se rumoreaba que la esposa del Caudillo había hablado en favor de Llobet, al que sabía persona de profundas convicciones católicas y que había operado con éxito a una de sus mejores amigas, salvándola además de la checa en la que la tenían confinada. Cuentan que se presentó de madrugada, vestido con su bata blanca y reclamó a la presa como paciente suya con la sola autoridad de su palabra, su ascendencia y su nombre. Ninguno de aquellos salvajes asesinos osó negarle lo que pedía. También ellos sabían del prestigio de aquel hombre de ciencia.

Ese era el médico que había extraído los proyectiles del cuerpo de Ernesto en su clínica privada situada en el aristocrático barrio de la Bonanova. Lo que el doctor Llobet ignoraba es que había sido ella quien le había metido los tres balazos al pobre camarero. Cuando Queralt se dio cuenta de que, sin querer, había dejado ensangrentado en el suelo al camarero, se arrancó el pasamontañas y ordenó a sus compañeros que lo metieran en el Peugeot que les esperaba en la calle con el motor encendido. «Nosotros no asesinamos trabajadores» había dicho con un tono que no admitía réplica. Uno de sus camaradas le replicó que nadie que trabajase en aquel cabaré podía ser inocente y que ahí del primero al último eran nazis. Queralt, que tenía en sus ojos la furia y el imperio de generaciones de autócratas, aunque jamás lo reconocería, apuntó con su ametralladora a quien le discutía hablando con voz muy lenta.

—He dicho que nos lo llevamos. Si alguien no está de acuerdo puede decirlo ahora, pero que quede clara una cosa: no estoy dispuesta a matar a nadie que no sean esos mierdas de nazis. A nadie. Un camarero o una puta no son culpables de tenerse que ganar la vida. Bastante desgracia llevan si no han encontrado otro sitio para ganarse el pan. Y dejémonos de cháchara. Preparad las granadas, aseguraos de que no queda nadie vivo y daos prisa. Los *escamots* no tardarán en llegar y quiero que no encuentren más que ruinas y cadáveres.

Conociendo los métodos imperantes en el Reichsprotektorat, Queralt sabía que le pasarían el caso inmediatamente al SD. A Schellenberg. Y también sabía que poseía una visión y una capacidad de análisis más aguda que los matones de la policía de Heydrich. A Schellenberg no le pasaría por alto la ausencia del camarero en cuanto cotejara la lista de bajas con la del personal del cabaré y se preguntaría, como habría hecho ella, qué demonios había pasado. Iniciaría una búsqueda intensa y cuando viera que se había evaporado sospecharía de la pertenencia de este a la resistencia. Eso era bueno, porque le haría cuestionarse sus métodos de seguridad. Si un agente enemigo podía infiltrarse en un local que estaba bajo la protección nazi, habría que pasar por la criba a todo el personal de confianza. Suponía semanas de comprobar fichas, interrogar sospechosos, perder el tiempo repasando una y otra vez antecedentes y coartadas, distrayendo la atención de muchos agentes que podían estar ocupándose de otras cosas. Cuando explicó todo eso a sus camaradas comprendieron que llevarse de ahí a aquel desgraciado podía tener una finalidad ulterior que les podía acarrear ventajas.

Ahora ella podía sentarse en un desvencijado banco de la antigua avenida Doctor Andreu, bajo uno de los horribles plataneros que el ayuntamiento barcelonés, mandase quien mandase, se empecinaba en plantar para desespero de los alérgicos que cada primavera maldecían al servicio de plantas y jardines municipal entre estornudo y estornudo. Encendió un cigarrillo y soltó su abundante cabellera, sujeta por una elegante cinta dorada. Hacía un buen día, de esos en los que el cielo de Barcelona rivaliza con el Mediterráneo a ver cuál de los dos tiene un azul más agresivo, más puro, más luminoso. Se llevó la mano derecha a sus piernas, hermosas y bien torneadas como corresponde a una chica de casa bien que ha practicado hípica, natación y tenis desde pequeña, descubriendo una carrera en las medias. Su madre hubiera puesto cara de susto mientras decía «¡*Mon Dieu*!», instándole a que se cambiara rápidamente porque una señorita no debe exhibirse con las medias rotas. Ni con una blusa manchada de café o una chaqueta agujereada por la brasa de un cigarrillo. El concepto de respetabilidad de su madre se fundamentaba, básicamente, en lo que la gente podía ver. «Si vas vestida como un *xicotot*, nunca encontrarás un buen marido» solía decirle seria y pomposa, como si estuviera repitiendo una frase de Homero o repitiendo una cita de Cicerón.

Pero a ella todo eso no le importaba. Se quitó las medias y las tiró en la papelera que estaba al lado del banco. Ir con las piernas así, sin nada, le daba una sensación poderosa de desnudez. Y a los hombres también. Le gustaba esa dulcísima sensación de controlar a aquella manada de cabestros, tan pomposos, que se desfogaban en los burdeles de la ciudad. Lo sabía muy bien porque ella acudía una vez por semana al de Los Tilos, situado en un palacete de Pedralbes que había pertenecido a un marqués caído en desgracia con los nazis y que fue encontrado en la carretera de la Rabassada con un tiro en la nuca y un papel en el que se leía «Traidor al pueblo». Las autoridades dijeron que era cosa de la FAI, pero habían sido los hombres de Heydrich quienes le habían aplicado la vieja ley de fugas.

Bajo otro nombre, disfrazada con una peluca y simulando ser una recién llegada de las comarcas interiores del país, Queralt se movía entre aquellos salones ostentosamente lujosos tomando buena nota de cuanto veía y escuchaba. Los clientes nunca se fijaban en aquella insignificante mujer con cara de estúpida que apenas podía balbucear un muchas gracias cuando le daban propina. Podía haber sido una magnífica actriz. La dueña del establecimiento era una antigua querida de su padre, la Maruja, que había tenido el buen sentido de invertir el dinero que recibió por callar y no hacer público que la habían dejado embarazada en su propia casa de putas. De hecho, cuando se conocieron por casualidad un día en las Ramblas, antes de la ocupación nazi, fue Maruja quien se acercó a ella para decirle que estaba muy flamenca, muy guapetona. Un arrebato que, según le confesó cuando ya eran amigas, no sabía explicarse. Maruja no era mucho más mayor que Queralt, pero la trataba como si fuera, si no su hija, sí su hermana pequeña. Estaba comprometida con la causa, aunque tampoco sabía decir muy bien qué causa era. Solo sabía que no había derecho a que unos pocos lo tuviesen todo y decidieran quién podía vivir y quién no, quién tenía que morirse de hambre y quién reventar de comer. Casi analfabeta, poseía la inteligencia natural común entre personas que no habían podido disfrutar de una buena educación.

En el burdel Los Tilos, Queralt había aprendido quiénes eran los personajes que mandaban en realidad, dónde vivía tal o cual comisario de policía, qué coñac le gustaba a este *Haupsturmbanführer* o qué dirigente catalán hacía contrabando de morfina a espaldas del Reichsprotektor. Nunca había visto ni a este ni a Schellenberg en aquella casa, pero sí a muchos de sus subordinados. Por ejemplo, al ayudante del último, el hijo menor de los Rossell, un auténtico fanático racista capaz de matar a toda su familia si se lo ordenaban. Lo consideraba un elemento sumamente peligroso porque, razonaba Queralt de forma parecida al doctor Llobet, los Heydrich van y vienen, pero los Rossell siempre estarán aquí, entre nosotros, y debían ser los primeros a los que suprimir si tenían que volver a ser libres algún día.

Apagó la colilla con el tacón. Hoy tocaba comida familiar, algo que le producía repugnancia, sentimiento que se cuidaba muy mucho en disimular. Debía mantener su fachada de chica alocada, pero convencional. Algún día podría decirles a la cara a sus padres y a sus amigos, a esos industriales egoístas capaces de embarazar a sus criadas para luego abandonarlas con un sobrecito lleno del dinero que a ellos les sobraba, que eran unos hijos de puta y acompañarlos a la cárcel, pistola en mano, para que fuesen juzgados. Sonrió al compararse con Rossell. Él sería capaz de matar a sus padres; ella, se contentaba con ponerlos ante un jurado. Queralt caminaba con paso firme, gozando de aquel día maravilloso, regodeándose ante la hermosa perspectiva de ver encarcelada a toda aquella ponzoña. Mientras, en aquel mismo instante, Llobet luchaba contra su propia conciencia. Por un lado, creía que la muchacha estaba jugando con fuego y, peor aún, que sus locuras podían perjudicar a la única causa a la que el médico había pretendido servir con todo su corazón, Cataluña. ¿Cómo aquella muchacha no comprendía que la patria catalana era lo primero? Por otra parte, su corazón le decía que había que ser indulgente con los jóvenes, especialmente si son tus hijos. Porque Queralt Bartomeu era su hija, la hija que jamás podría llamar como tal sin provocar un escándalo que, antes que a nadie, la perjudicaría a ella. Debía hacer algo. *Els fills, els fills,* murmuró mientras sacudía la cabeza intentando ahuyentar un pesar que le oprimía desde que la mujer de Bartomeu le dijo que estaba preñada de él. Maldita la hora y maldita aquella tarde de verano en la que se acostaron. Era su amor de toda la vida y ella lo sabía. Pero el médico era tan solo eso, un médico, mientras que Bartomeu era rico y le podía dar todo lo que a él le resultaba imposible. «Me faltabas en la colección» le dijo desnuda, lasciva, la piel humedecida por el sudor de ambos encima de las sábanas todavía calientes y exhibiendo una sonrisa lobuna, la de la fiera que ha conseguido por fin su presa. Llobet había estado enamorado de un monstruo. Sí, debía tomar una determinación. No consentiría que su hija, Queralt, se arruinara la vida. Como si se tratase de un cadáver, descolgó el auricular del teléfono para hacer una llamada que iba a destrozarle por dentro.

9. BAILE EN LA EMBAJADA

La embajada canadiense brillaba resplandeciente a la luz de las arañas de cristal reflejadas en los espejos de las paredes y en el pulido suelo de mármol. Era un terreno resbaladizo, pensó Duran. Se encontraba fuera de lugar entre tanta gente socialmente alegre, que es tanto como portar una máscara que oculte nuestro verdadero estado de ánimo. En un mundo al borde del colapso aquello era como la fiesta de un Titanic del que nadie quería saber que se estaba hundiendo. Trajes de noche diseñados por la flor y nata de la alta costura francesa refugiada ahora en el continente americano, a excepción de Cocó Chanel, que seguía en París viviendo como una reina y disfrutando de las ventajas que le daba ser la amante de varios oficiales alemanes; uniformes ingleses, polacos, checos, canadienses, norteamericanos, holandeses, cuajados de condecoraciones ganadas con la sangre de otros; diplomáticos que se confundían con los camareros que servían impasiblemente copas y más copas de *champagne*; fuentes de canapés de caviar, de salmón, de huevos de codorniz. Había comida para alimentar a media España, se dijo Duran con la mala leche de quien sabe lo que es pasar hambre y frío. Qué bien viven los de arriba, qué bien saben caer de cuatro patas como los gatos, qué despilfarro. ¿Y esta banda de egoístas hijoputas pretende pararle los pies a Hitler? Deberían juntarse con él, porque están hechos de la misma pasta, esa que desprecia a sus semejantes y finge no observar al pobre aterido de frío que mendiga a la puerta de sus iglesias, de los clubs y restaurantes a los que llegan con sus limusinas para hartarse. La misma mierda, dijo Duran en voz baja.

El baile se celebraba en honor al rey Jorge de Inglaterra, que visitaba Washington para intervenir ante el congreso de los Estados Unidos. Unos hablan mientras otros mueren. Dio un rápido vistazo al salón. Hombres y mujeres bailaban despreocupadamente al son de la banda de Glenn Miller, contratada expresamente para la ocasión, que encadenaba tema tras tema componiendo una banda sonora artificial para un mundo en guerra. El español se preguntó si realmente sabían dónde tenían sentados sus culos. Probablemente, les daría igual siempre que sus privilegios no se vieran afectados. Entregarían a sus hijos al sacrificio del campo de batalla si hiciese falta. Era igual en todos los países, épocas, guerras. Allí, en España, la burguesía se había parapetado detrás de sus visillos observando los tiros en las calles. A la que pudo, huyó a Biarritz y se pasó a la zona nacional para continuar bebiendo y comiendo como siempre, con una criada a la que humillar, un chófer al que insultar y un contable al que martirizar. Todo a una respetable distancia de cañones y trincheras. Aquella vida artificial giraba alrededor de los intereses de unos financieros que, formando un grupo aparte, fumaban habanos mientras conversaban acerca de quién sabe qué operaciones en las que siempre acababan ganando ellos.

En medio de todo estaba Duran, con aquel uniforme que no era el suyo y que le tiraba de las sisas de su alma con toda la fuerza de una imposición, que le llenaba la boca de un sabor a hiel que no podía atenuar el licor que bebía ni el cigarrillo que fumaba. Ya había visto aquello en España. Las reuniones que mantenía Negrín con su gobierno y los militares eran lo mismo, pero en versión más modesta. Mientras el pueblo pasaba hambre y privaciones, comía como un cerdo, atiborrándose, lejos del estallido de las bombas fascistas, hablando de lo genial que era su estrategia al prolongar la resistencia de una República exhausta el máximo posible hasta que Hitler provocase una guerra europea. Hijos de puta, se le escapó a Duran sin percatarse que detrás suyo un hombre le miraba. «No debería usted ser tan duro con esta gente, coronel», oyó sobresaltado. Era una voz aflautada, inconfundible. Se giró. Era Franco, en uniforme de capitán general, luciendo la Laureada que se había impuesto él mismo.

—No le había escuchado llegar.

—No se preocupe. Aquí casi nadie habla español. Pero insisto, es usted muy severo con todos estos señores que, al fin y al cabo, lo que pretenden es ayudarnos.

—¿Ayudar a quién? — contestó Duran mientras pensaba que al único que iban a ayudar era a aquel general marrullero y oportunista.

—A usted, a la causa, al honrado pueblo español. Sé que tiene una mala opinión acerca de mi persona y no se lo censuro. Han pasado muchas cosas para que las viejas enemistades se disipen de un día para otro.

Aquel Franco que hablaba con humildad le resultaba desconcertante.

—Mire, Duran, a pesar de nuestros puntos de vista opuestos, usted y yo siempre tendremos algo en común.

—No me saldrá ahora con lo de la hermandad masónica.

—No, coronel —la voz de Franco se volvió dura y seca—, lo que nos unirá siempre es que ambos somos españoles y queremos a nuestra patria. Usted a su manera y yo a la mía, pero a ambos nos indigna verla ocupada por un ejército extranjero. Una cosa es que nuestros problemas los solucionemos entre compatriotas y otra muy diferente es que vengan otros a hacerlo.

Duran estaba de acuerdo con el Caudillo, aunque se guardó mucho de decírselo. Pero estaba en lo cierto: los problemas de España tenían que solventarse entre españoles.

—Duran, sé que es usted persona de convicciones sólidas. No le engañaré diciendo que las comparto, porque es evidente que no puedo pensar como usted. Pero reconozco su patriotismo. Luchó porque soñaba con una España mejor y, cuando llegó el momento, se enfrentó a los suyos. Eso solo puede hacerlo un hombre honesto.

—Un idiota, mi general — respondió sin pensar Duran, que se dio cuenta demasiado tarde de que le había dado el tratamiento reglamentario a Franco. Este sonrió mientras lo miraba de una manera en la que había un secreto regocijo.

—Gracias por tratarme por mi rango, coronel.

—Se me ha escapado, créame.

—¿De verdad piensa usted que obró como un idiota cuando intentó dar un golpe de Estado contra Negrín? —dijo Franco.

—Ya no sé qué pensar, si le soy sincero. Creí haberme alejado de todo esto y vivía tranquilo en La Habana. Quizá triste, quizá amargado, pero tranquilo. ¿Y usted pensaba que iba a volver a meterse en estos trances?

Franco se tomó unos instantes antes de contestar. Miraba alrededor suyo como si buscase algo, aunque ni él mismo supiera qué era.

—Mi mujer no es partidaria de volver al ruedo. Siempre me aconseja que lo deje correr, que no vale la pena, que vengan otros a arreglar este desaguisado. No hay día en que no me lo repita. También me lo dice mi hermano Nicolás, «Paco, no sé si después de lo que has sufrido tenemos derecho a pedirte un sacrificio más». Incluso Millán Astray, ya sabe, el fundador de la Legión y buen amigo mío, me decía el otro día almorzando que estaría siempre a mi lado, pero que Hitler es mucho Hitler y que no me fiase de los americanos. Ya ve.

—Pero usted, ¿qué opina? ¿Vale la pena emprender una guerra, luchar de nuevo, mandar hombres a la muerte?

—Usted lo tiene más difícil que yo y, a fin de cuentas, si no tuviera éxito todo eso que dice que yo habría de hacer sería imposible.

A Duran le exasperaba el gallegueo del general.

—Imagine que mi misión es un éxito. ¿Entonces, qué?

—Eso tendrá que preguntármelo cuando suceda. Depende de muchos factores. Duran, puedo decirle una cosa: en España lo más increíble puede suceder. Fíjese en usted y en mí. Dos enemigos que ahora están hablando tranquilamente, fuera de su patria a la que no pueden volver so pena de que los fusilen. Dos exiliados. Dos personas metidas en el mismo barco, un barco que ni hemos fletado ni gobernamos. ¿Habría considerado tal cosa posible hace unos años?

—Debo reconocer que no. Ni por asomo.

La figura de Dulles interrumpió la conversación. Aquel hombre parecía hecho para representar la perfecta imagen del diplomático frío y obediente. Sostenía su pipa Dunhill con indulgencia mientras sus ojos relampagueaban detrás de sus gafas de miope. Tenía pinta de profesor de latín más que de espía.

—Caballeros, están ustedes desatendidos. Les ruego que me excusen por esa falta. Vengan conmigo, quiero presentarles a unas personas que desean conocerlos. Saben de su patriotismo y sienten una profunda admiración hacia ambos.

Mientras seguían a Dulles, Franco musitó a Duran «Ese lo que no quiere es que hablemos entre nosotros. Todos estos yanquis son iguales. No se fíe usted, Duran. Si no les fuésemos útiles ni nos mirarían. Ya sabe usted lo que hicieron en Cuba con lo del Maine». Duran reconoció que en este punto estaba completamente de acuerdo con Franco, y se lo hizo saber con un asentimiento de cabeza. Dulles se acercó hacia un grupo de hombres trajeados que bebían whisky con aire de tribunal sumarísimo. Expresiones graves, semblantes pétreos y aspecto de no haber tenido nunca la necesidad de hacer nada por ellos mismos. Estos han nacido con mayordomo al lado, se dijo Duran. «Los del dinero», musitó Franco, que sonreía de manera impostada a aquel grupo que le tendía sus manos para estrechárselas con fingido entusiasmo.

Dulles los presentó como grandes capitanes de empresa, financieros eminentes y partidarios de la causa aliada. Todos miraban al militar bajito con aire de suficiencia, como si se tratase de uno de sus empleados. A Duran, simplemente, ni le concedieron la gracia de darle una ojeada. «Son entusiastas de su excelencia», dijo el norteamericano a Franco para suavizar la tensa situación, el cual se limitó a seguir con la misma sonrisa colgada de sus labios, como si encontrase aquella situación de lo más normal. Cuando quería, el gallego que era no dejaba traslucir la menor impresión de lo que pensaba. A lo mejor por eso había llegado hasta donde llegó, pensó Duran.

—Excelencia, este es el capitán Rieber, de la Texaco. Recordará vuecencia que fue quien le proporcionó el petróleo necesario para ganar la guerra, concediéndole el primer préstamo en la historia del negocio del crudo. Si me lo permite, actuaré como intérprete entre estos señores y su excelencia.

Franco no dijo si le parecía bien o no que Dulles tradujera sus palabras, y se limitó a hablar a aquel grupo acostumbrado a hacer y deshacer gobiernos y naciones como si lo hiciera ante unos cualesquiera que le hubiesen solicitado audiencia en el palacio de El Pardo.

—Me siento muy honrado de que tales personalidades apoyen y comprendan que el verdadero pueblo español, traicionado por elementos desleales, desea oponerse a la ignominiosa ocupación que sufre a manos de un ejército extranjero. Es una lástima que las circunstancias históricas de este momento supremo en el destino de mi patria no permitieran su auxilio en el momento en que más lo necesitaba. Pero no hay mal que por bien no venga.

Dulles miró con cara de asombro al general español y tradujo de manera exacta aquellas palabras que sonaban más a reprimenda que a lo que se espera de alguien que ha venido a pedir. Uno de los presentes se adelantó.

—General, celebro que haya llegado este momento que tanto había esperado. Represento a un conglomerado que desea tanto como usted expulsar al nazismo de España. Sepa que pondremos todo nuestro capital para que vuelva usted a ocupar su puesto.

Sin necesidad de que Dulles tradujera, Franco miró fijamente a su interlocutor y le habló en un inglés algo ortopédico, pero perfectamente inteligible.

—Le agradezco mucho sus emotivas palabras, así como sus intenciones. He seguido con mucho interés el trabajo de su firma, la DuPont, si no me equivoco. Sus logros en investigación con materiales como el neopreno, el nylon o el teflón son notables y me inquietó mucho saber que se les investigaba por las acusaciones que la Standard Oil y los alemanes de IG Farben tramaron en su contra por fijar precios de manera ilegal. Gracias a Dios esta guerra los absolvió de todo y me consta que su colaboración con el ejército norteamericano es entusiasta. Sería un honor contar con su experiencia en la lucha.

Duran tuvo que esforzarse mucho para no estallar en una carcajada al ver la cara de pasmados que ponían aquellos tipos, incluido Dulles. Franco, sin dejar de sonreír, habló al resto como haría a los cadetes de la Academia de Zaragoza que fundó y dirigió durante años.

—En cuanto al resto de ustedes, creo que representan a diferentes empresas relacionadas también con el esfuerzo de guerra, como indica la presencia del señor de la compañía Boeing de aviación, cuyo bombardero B-17 es, a mi juicio, muy superior a los Heinkel alemanes. Sin duda tendrán preguntas que hacerme y me será muy grato entrevistarme con ustedes con la antelación y el tiempo suficiente. Ya saben que toda ayuda es poca y que nuestra sagrada misión requerirá de mucho esfuerzo. Dulles, agradezco su amable gesto al presentarme a estos caballeros de la industria. Y ahora, si me perdonan, tengo que dejarles. Para cualquier cosa, contacten con mi asistente, el coronel Franco Salgado-Araujo. Buenas noches. Vamos, coronel.

Duran hizo un ligero saludo a los presentes, que no salían de su estupefacción, y se fue detrás de Franco mientras los financieros no podían reprimir su indignación. Creían que iban a dirigirse a un militarote vulgar y se habían encontrado con un sujeto que los trataba a patadas. El hombre de la DuPont se encaró con Dulles.

—Mire, Allan, si piensa que hemos venido aquí para ver cómo este fracasado nos dirige un discurso con esa voz de mariquita, está muy equivocado. Sin nosotros, las operaciones en España no tienen el menor futuro y lo mismo nos da trabajar con ese tipo que con De Gaulle, que al menos sabe comprender lo importante que es contar con nuestro apoyo.

—Lo sé, lo sé, pero recuerde que el francés también es un hueso duro de roer. Si hemos optado por Franco es porque nos parece mucho más manejable. Ya ve que dispone de sus propias fuentes, seguramente su hermano Nicolás, así que yo no lo menospreciaría. Pero les doy mi garantía personal de que lo tenemos controlado.

Rieber estalló en una amarga carcajada y aplastó su puro a medio fumar en el cenicero que le ofrecía un camarero.

—Ustedes los de Washington me hacen mucha gracia. Yo sé lo que es tratar con Franco y puedo decirle que De Gaulle a su lado es una virgen en un baile de debutantes. El franchute será lo que usted quiera, pero cree en el sistema democrático, en cambio Franco solo cree en él mismo, es marrullero, mentiroso, y lo suficientemente hijo de puta como para haber engañado al gobierno de la República, a Mussolini, a Hitler y ahora a nosotros si con eso consigue ser dueño y señor de España.

—Sabremos manejarlo —repitió machaconamente Dulles.

—Lo mismo dijeron los falangistas, los carlistas, los monárquicos y acabaron todos sometidos a su autoridad. Fue preciso que alguien más fascista que Franco lo quitara del poder.

—Ahí se equivoca, míster Rockefeller, Franco no es más fascista que usted o que yo —dijo Rieber, encendiendo otro habano.

—Pues ya me dirá qué carajo es.

—Franco es y será siempre solo una cosa: franquista. Todo lo que le sirva para conseguir el mando lo empleará. No tiene ni puta idea de política y se jacta de no haberse metido nunca en ella. Opina que su patria es un cuartel y así piensa que se la debe gobernar. Por decirlo de manera clara, ese hijo de perra es mucho más peligroso que cien De Gaulle, porque para Franco no hay más enemigos que los suyos ni más amigos que la persona que ve en el espejo cuando se afeita por la mañana.

Dulles miró hacia la mesa en la que el general español y Duran se habían sentado junto a Cipriano Mera y Wild Bill Donovan.

—Es posible que haya que recordarle al generalísimo cuáles son sus prioridades, no lo niego. Pero prefiero tenérmelas con un ego gigantesco que con un idealista. Por cierto, permítanme una pregunta. De los dos, ¿no han visto ustedes quién era realmente el más peligroso?

—¿Se refiere usted al coronel que no ha abierto la boca?

—Me refiero a él, precisamente. Si llegara el momento, no duden que sería quien nos podría librar de cualquier compromiso al que hubiéramos podido llegar con Franco.

—¿Es un asesino de la OSS? — dijo quedamente Rockefeller.

—Mucho mejor. Es un anarquista que luchó contra los nacionales en España y que odia a Franco.

No entiendo —exclamó Rieber, que volvió a chafar su habano esta vez contra un mantel primoroso.

—Tampoco es preciso, capitán. Pero, créanme, hay muchos factores en este complejo juego en el que estamos metidos. Y no es el menor el hecho de haber puesto junto a Franco a ese hombre. Por eso es peligroso, porque ese sí que tiene ideales. Al hombre que debemos vigilar es al coronel Duran.

Los financieros se encogieron de hombros. Dulles, en cambio, no dejaba de mirar la mesa de Franco. Su mente no se centraba en aquellos hombres, si no en el porvenir. Y, por un momento, vio a cuatro cadáveres conversando. Encendió su pipa y aceptó el *bourbon* que le ofrecía el agregado militar de la embajada. Tenía que discutir con él ciertos aspectos de la visita del monarca inglés exiliado. Pero, por más que lo intentaba, no conseguía apartar de su mente a Duran. «Solo me preocupan dos cosas en esta operación —le había dicho al presidente Roosevelt—, una es Schellenberg; la otra es Duran». Y, aunque no quisiera reconocerlo, le inquietaba infinitamente mucho más el segundo que el primero. Al fin y al cabo, el ayudante de Heydrich y él eran buenos amigos desde hacía años.

10. A SCHELLENBERG NO LE GUSTAN LOS UNIFORMES

Rossell le ponía de los nervios y siempre sentía una sensación de profundo alivio cuando se retiraba. Aquella rigidez, aquella mandíbula perpetuamente contraída, aquella mirada carente de nada que no fuera fanatismo le abrumaban; más aún, le aburrían soberanamente. Las personas incapaces de apreciar un matiz, una distracción, un momento en el que la nada se apodera de tu cerebro y todo se queda en suspenso, igual que al interrumpirse la proyección de una película, le provocaban desazón, la misma que sentía en sus épocas universitarias al escuchar a esos *Herr Doktor* pedantes tan comunes en Alemania.

Los catalanes tenían un verbo, *badar*, que entusiasmó al joven jefe de las SS en cuanto supo de él. No tenía traducción, pero era algo así como perder el tiempo deliberada y placenteramente, dejar pasar las horas en dulce inacción, entregarse al principio de la molicie balsámica que tanto ansiaba en los días en que la actividad era una urgencia imperativa de la historia, como gustaba decirle irónicamente Heydrich. Rossell poseía, además, una ambición desmesurada, lo que le había sido muy útil a la hora de escalar en las SS. «Todo por la causa», repetía.

Pero ¿a qué causa se refería? ¿A la del Reich, a la independencia o a la suya?

Creía que las personas como aquel joven solo podían servirse a sí mismos, sin que les importase el régimen o los métodos. Amaban el uniforme y los galones porque les concedían poder y les permitían situarse por encima de sus semejantes, elevándolos a la categoría de dioses. Si Rossell hubiera nacido en Rusia, sería uno de los comisarios políticos del NKVD más terribles y sanguinarios. Esa clase de gentuza podía encontrarse en todos los servicios de seguridad del mundo. Antes de la guerra había mantenido una conversación acerca de aquello con un buen amigo, cuando conocer a Dante, a Heine, saber español o latín bastaba para circular por la vida sin mayores complicaciones. Allen Dulles le dijo algo que no había olvidado, especialmente ahora que ocupaba un importante cargo en la inteligencia norteamericana.

—En el fondo nuestros dos pueblos no son tan distintos. Vosotros tenéis a un Führer que parece dirigirlo todo y nosotros tenemos al presidente Roosevelt que finge no decidir nada, pero en el fondo quienes determinan los destinos son los que se esconden detrás de los mítines, de las banderas y de las ideologías. El mundo lo gobiernan los financieros y siempre acabarán por ponerse de acuerdo. Te lo digo porque sé que Heydrich te ha ofrecido un cargo de importancia en las SS y creo que deberías aceptar. Debemos decidir cómo saldremos del escenario que están orquestando y que será un conflicto bélico de proporciones mundiales. ¿Quieres acabar como un prisionero, un pobretón, alguien que no cuente para nada, un pedazo de carne que se descarta por no tener la calidad requerida para ser servida en la mesa de los potentados? ¿O te gustaría acabar como alguien que ha sabido tocar las teclas oportunas para tener una situación que, gane quien gane, garantice que durante el resto de su vida no va a tener el menor problema? Piénsalo bien, amigo mío, porque de tu decisión dependen multitud de factores. Tu destino personal, evidentemente, pero no en menor medida el mío. Porque si tú acabas por ser el responsable de la inteligencia política del Reich y yo, por ejemplo, pudiera ocupar un lugar semejante al tuyo en mi país, los dos sabríamos que tenemos un sincero interlocutor si las cosas se torcieran. Esto no va de patrias, Walt, va de sobrevivir a la hecatombe o sucumbir con ella.

El cabronazo de Allan tenía razón, siempre la tenía. Lo demostró cuando, al finalizar la Gran Guerra, trabajó en el departamento de Estado norteamericano y después en la inteligencia privada de los Rockefeller. Los dos hombres, Dulles y Schellenberg, se parecían en muchas cosas. Escépticos, prácticos y ajenos al mundo militar, tan encorsetado. Walter Schellenberg tenía, como Dulles, un carácter nada castrense y si había aceptado la oferta de Heydrich para ingresar en el servicio de inteligencia de las SS había sido por la aventura y no por gustarle los uniformes, los desfiles o, incluso, la ideología nazi. De hecho, ese hartazgo de la seriedad bovina de sus compatriotas había sido el detonante para haber dicho que sí y zambullirse en un terreno tan desconocido para un universitario como el espionaje. Ahí había recuperado la elasticidad intelectual que era como una droga para su cerebro. Veía los problemas del Reich como jugadas en un tablero de ajedrez en el que debías mover tus piezas sin conocer qué movimientos hace tu contrincante. Era mucho mejor que quedarse en casa lamentándose de lo mal que iban las cosas o, más trivial, acabar de catedrático en la universidad impartiendo conocimientos inútiles a unos ignorantes de nada que no fuese la propaganda del doctor Goebbels.

Un día, Himmler le habló con la franqueza gélida que tanto aterraba a sus subordinados: «Usted, querido Schellenberg, es encantador, pero carece de ideología. Es carne de horca.

O no, mejor todavía, a las personas como usted se les entierra con todos los honores después de algún tipo de fatal accidente. Limpiando su propio revólver. Por ejemplo». Mientras el Reichsführer decía aquello en su despacho, a última hora y con un crepúsculo berlinés que teñía de un violento escarlata el cielo, las piernas le flaquearon. Himmler sonrió. Adivinaba lo que pasaba por la cabeza de aquel hombre, uno de los elegidos que conocían los más íntimos secretos del Reich y dijo, para tranquilizarlo «No se preocupe. Es mucho mejor para su trabajo carecer de conceptos políticos. Su escepticismo es más útil a la hora de valorar los problemas y por eso está usted aquí. Tenemos suficientes papagayos que repiten lo que dice el *Völkischer Beobatcher*, en cambio no hay tantos que estén dispuestos a sacrificarse por la patria a pesar de poseer la suficiente lucidez». A su prodigiosa memoria acudió de inmediato una frase pronunciada por Hitler en una de las veladas nocturnas en su residencia del Berghof. Había sido Heydrich el que se la había comentado: «No necesitamos una fe ciega. Eso queda para la masa. Lo que exijo a mis más íntimos camaradas es una fe que sea capaz de evaluar con sobriedad los acontecimientos y que sepan encontrar soluciones inteligentes y adecuadas». Si el mismo Führer demandaba menos demagogia y más inteligencia, es que las filas del partido no debían estar demasiado nutridas de esa cualidad.

Y ahí estaba, con la responsabilidad del servicio de inteligencia de las SS y ayudante del Reichsprotektor de Cataluña. Le interesaba mucho aquella segunda ocupación. Había descubierto en los catalanes una sublimación del carácter alemán que le desconcertaba. La tantas veces mencionada *schadenfreude*, la alegría malsana ante la desgracia ajena tan común entre sus compatriotas, aquí se había elevado a norma social. En uno de los interrogatorios que últimamente había practicado comprobó cómo en un momento dado este sonrió a través de su boca ensangrentada. Los chicos de la Gestapo habían llegado antes y el prisionero había sido tratado con los métodos expeditivos habituales. Al introducirle un cigarrillo entre los labios tumefactos, le preguntó a qué se debía su alegría, y el prisionero, que estaba convencido de que lo iban a fusilar, le contestó entre toses y esputos de sangre: «Gruppenführer, estaba pensando que si yo *estic fotut*, ese cabrón de Franco debe estarlo más que yo sin ser Caudillo y traicionado por uno de sus hombres de mayor confianza, el *fill de puta* de Muñoz Grande». Así eran aquellas gentes, incluso los opositores. Cuando le tocó distribuir los cupos de exportaciones al Reich, que reportaban pingües beneficios para los industriales catalanes, había notado que la desilusión por no haber conseguido el negocio que pretendían era menor que la alegría al saber que un rival había quedado en una situación peor.

El teléfono que conectaba directamente con Heydrich repicó súbitamente, arrancándole de aquellos momentos en los que Schellenberg se permitía pensar con libertad.

—Heil Hitler, Reichsprotektor. Schellenberg al aparato.

—Heil Hitler, amigo. Tengo delante mío unos informes algo inquietantes que me gustaría que confirmase o desmintiese. ¿Qué sabe de una tal Queralt Bartomeu? Mantiene relaciones, como poco, sospechosas y tras el atentado al Berlín de Noche no podemos permitirnos el lujo de dejar ningún cabo suelto.

Ese cabrón de Rossell es un confidente de Heydrich —se dijo Schellenberg— y el hijo de puta quiere hacer méritos puenteándome. Suerte que tantos años en las SS le habían enseñado a ser previsor.

—Efectivamente, Reichsprotektor —dijo mientras ojeaba el expediente de la muchacha que tenía encima de la mesa intuyendo que su jefe acabaría por preguntarle acerca de ella—, y por eso la tengo sometida a vigilancia las veinticuatro horas. De hecho, la he invitado a una entrevista, digamos informal.

No queremos que su padre, un buen nazi catalán, se moleste por lo que podría ser una serie de desdichadas casualidades.

—Pero usted no cree en las casualidades, ¿verdad?

Schellenberg sonrió ante la perspicacia de Heydrich. Aquel hombre era el diablo en persona.

—Efectivamente, no creo en ellas y mucho menos cuando se trata de la seguridad del Reich. Añadiré que tanto la chica como sus amigos están en mi lista para ulteriores confirmaciones.

—Me parece bien que con la *fraulein* tenga usted algunas consideraciones, pero a los otros deténgalos inmediatamente y haga que canten. Si no lo consigue con sus métodos intelectuales, cédaselos a la Gestapo y vea qué podemos escarbar. No hace falta que le diga lo que el Reichsführer opina después de lo del cabaré. Exige que la visita del Führer se produzca en un escenario de total seguridad.

—De hecho, Reichsprotektor, los sujetos que menciona ya están en los calabozos del SD y me disponía a interrogarlos, pero solo después de hablar con Fraulein Queralt.

—Bien hecho, Schellenberg. ¿Cuándo ha citado a la hija de Herr Bartomeu?

—Debe estar esperando en la antesala de mi despacho.

—¿Qué piensa usted? Dígame la verdad.

—Siempre lo hago, Reichsprotektor. Tengo una corazonada. Esa chica, de buena familia, con dinero, sin preocupaciones, no tiene novio, practica una vida social que es más una rutina destinada a los demás que a su propio disfrute, es hermética en cuanto a sus ideas políticas y tiene formación universitaria. No es ninguna idiota ni una chica con vocación de solterona.

—Resuma, Schellenberg, eso son meros detalles.

—No lo son. Después de hablar con algunos conocidos suyos de nuestra total confianza, me he hecho una cierta idea de su carácter. De pequeña quería ser pirata y recorrer el mundo abordando bajeles para secuestrar a pasajeros ricos. Todo indicaría para cualquier observador menos perspicaz que trabaja en contra nuestra. Pero...

—Usted esconde algo, querido Walter.

—Cuando tenga todos los datos se los confirmaré, Reichsprotektor. Le ruego que me dé un cierto margen de maniobra.

—¿Piensa torturarla en una mazmorra lóbrega? —dijo riendo Heydrich.

—Eso se acomodaría a su ideal de lo que debe ser una heroína. ¿Sabe que en su infancia el libro que más leyó fue *La Pimpinela Escarlata*? ¿Qué dice eso de la señorita Queralt?

—Estoy de acuerdo con su evaluación. Como siempre, impecable. Sabe usted anticiparse a los acontecimientos. ¿Algo más?

—Algo trivial, quizás. Me consta que mi ayudante, Rossell, fue rechazado al menos tres veces por *fraulein* Queralt.

Un silencio incómodo se produjo.

—Pues ponga también a Rossell en su lista. No hay que tener contemplaciones con nadie.

—Así lo tenía dispuesto y quería mantener digamos una charla informal, pero me han dicho que estaba ilocalizable y no se le ha visto por el cuartel general de la SD.

Schellenberg sabía dónde podía haber pasado el rato aquel malnacido, en el despacho de Heydrich. Este le respondió de la misma manera.

—Eso es irrelevante. ¿Entendido Schellenberg?

—A sus órdenes, Reichsprotektor.

—Perfecto. Infórmeme en cuanto sepa usted algo de este embrollo. Y recuerde, esto tiene prioridad máxima.

Al colgar el teléfono, Schellenberg tuvo la sensación de que el ángel de la muerte había pasado junto a él, rozándole con sus negras alas. Ahora no podía hacer esperar más a esa jovencita que tanto amaba a la Pimpinela. De Rossell ya se ocuparía más adelante. Pulsó el timbre y un ordenanza de las SS entró en el despacho.

—Heinz, haga pasar a *fraulein* Queralt.

La mujer iba vestida de manera sencilla pero elegante. Sus ojos azules eran de una frialdad que helaba el corazón a quien osara posarse en ellos. Se sentó sin esperar a que Schellenberg la invitase y sacó un cigarrillo de una elegante pitillera de oro que colocó en una delicada boquilla de marfil. Lo encendió pausadamente, como si apurase hasta el último segundo la acción. Exhalando el humo, se subió unos centímetros la falda dejando ver unos ligueros negros y unas medias que enfundaban unas piernas perfectas, deseables para cualquier hombre en su sano juicio. Todo en ella sugería una pura y sensual sofisticación, aunque impostada, cosa que Schellenberg notó desde el momento en que entró en el despacho. Aquella representación podría estar muy bien para cualquiera, pero no para él.

—¿Estará permitido, no?

—Señorita Queralt, a usted le está permitido todo en este despacho. Incluso no responder a mis, digamos, cuestiones profesionales.

—Tenía entendido que quienes se negaban a contestar a las SS podían tener algún problema.

—Eso no son cosas de mi departamento. Es muy distinto regentar una taberna que Tiffany.

—Así que ustedes, la inteligencia de las SS, se consideran unos joyeros —dijo con la insolencia divertida que solo se da en familias en las que resulta muy difícil encontrar a alguien que se ate por sí mismo los cordones de los zapatos.

—Orfebres, artesanos, si usted quiere, pero delicados. En fin, como no quiero hacerle perder el tiempo, iré directo al grano. ¿Por qué salvó usted al camarero del Berlín de Noche después de haber atentado contra los parroquianos del cabaré?

Queralt dejó caer boquilla y cigarrillo y, con rapidez que contrastaba con su anterior languidez, sacó un revólver Derringer oculto en sus bragas apuntando a Schellenberg. Este estalló en carcajadas.

—No dude que le disparará si no me acompaña a la salida. Esto tiene dos balas y a esta distancia no puedo fallar. Una para usted y la otra para mí. No permitiré que me torture. Hablo en serio.

El oficial del SD estalló en otra carcajada que encadenó con otra y otra y otra. Aquello había tenido gracia. Se enjugó las lágrimas con un pañuelo de seda que sacó del bolsillo de su guerrera, tras pedirle permiso a la joven que lo miraba asombrada.

—Vaya con la admiradora de la Pimpinela Escarlata. Pero, vamos a ver, ¿quién le ha dicho a usted que pienso torturarla? Ande, guarde ese revólver o siga apuntándome, da lo mismo. Pero escuche lo que tengo que decirle, porque nos conviene a ambos. Quizá tengamos más cosas en común de lo que usted cree.

—¿Y puede saberse qué podría unirme a usted?

—Un amigo común.

—Lo dudo.

—Yo no. Se llama Allen Dulles.

Queralt Bartomeu puso los ojos como platos e, inconscientemente, bajó el Derringer.

—No puede ser...

—«Hay más cosas en el cielo y en la tierra de las que puedas imaginar en tu filosofía», dijo Shakespeare.

—Hable.

—¿Ve? Eso ya está mejor.

Schellenberg sacó una botella de excelente coñac Napoleón junto a dos copas. Aquella mañana estaba resultando más interesante de lo que había imaginado.

INTERMEDIO EN BERCHTESGADEN

EN LA RESIDENCIA DEL FÜHRER

Hacía un tiempo realmente agradable y en la terraza del Berghof las señoras aprovechaban para charlar al sol, atentamente servidas por mayordomos de las SS enfundados en blanquísimas chaquetillas. La mujer del ministro Speer departía de banalidades con la esposa de Hoffman, fotógrafo de Hitler, y Eva Braun, amante del Führer y el secreto mejor guardado del Reich. Mientras comentaban las extravagancias de la colección que Coco Chanel había presentado en un desfile en honor a Marta Goebbels, un grupo de hombres uniformados se arremolinaban alrededor del sol sobre el que giraba todo el mundo de aquellas personas, el Führer de Alemania, Adolf Hitler.

El séquito era siempre el mismo: Hoffman, el omnipresente Martin Bormann, el repulsivo doctor Theo Morell que suministraba las drogas que Hitler necesitaba para mantener su estado físico, el ministro de armamento Speer y el Reichsführer Heinrich Himmler, el fiel Heinrich como la llamaba Hitler. La conversación era animada. Los éxitos en toda Europa y las operaciones en Rusia tras la toma de Moscú hacían que el optimismo rebosara en aquellos hombres. Según había informado el general Keitel, las tropas alemanas habían logrado contactar con las avanzadillas japonesas en la India, con lo que el cinturón de hierro a lo que quedaba de la URSS se había cerrado. Con el control del Imperio Británico, para la Wermacht había sido un juego de niños trasladar los efectivos del Afrika Korps hasta darse un abrazo con los soldados del emperador japonés. El mismo ministro Tojo había concertado con Hitler una conferencia para delimitar las áreas de influencia de ambos países. Ahora solo restaba acabar con los norteamericanos.

—Vea, mi Führer, en esta lista están los participantes de la reunión que tendrá lugar en Barcelona con motivo de la creación de una Europa unida bajo su liderazgo. Queda fijar algunos aspectos del tratado y podremos dar por concluida nuestra fase de expansión en el continente —dijo Himmler con evidente satisfacción mientras le enseñaba a Hitler una lista de nombres. El Führer sacó sus gafas de ver de cerca que jamás empleaba en público al considerar poco digno aparecer con ellas.

—Está muy bien, Himmler. Deberíamos añadir a Ante Pavelic, jefe de la Ustacha croata, y al general Vlassov, gobernador de los territorios conquistados en Rusia. Se ha portado muy bien.

—Mi Führer, en primera instancia, quizá deberíamos limitarnos a las naciones europeas. En esta primera fase, Rusia o Croacia pueden adherirse al tratado de defensa común y solicitar su ingreso ulteriormente. Lo mismo España, Turquía o Egipto.

—Personalmente me desagrada dejarlos de lado. Muñoz Grande y el rey Faruk son aliados sinceros de nuestra causa y no me gustaría que se considerasen apartados de esta nueva era de prosperidad.

Himmler apuntó los nombres en la lista con gesto de aprobación. Su frase favorita era «Si el Führer así lo quiere, así será».

—Dispense, mi Führer, ¿ha decidido invitar a alguien de Cataluña? El Reichsprotektor Heydrich ha insistido en que eso causaría muy buena impresión entre los catalanes.

Hitler asió sus manos detrás de la espalda y meditó unos segundos antes de responder a su lugarteniente.

—Cataluña es solo un protectorado del Reich. Además, eso podría crear discrepancias con Muñoz Grande, que aceptó a regañadientes la separación de un territorio que considera como perteneciente a España. Invítenlos como observadores y que sean tratados con la máxima cortesía. Pero, de momento, no les demos el mismo tratamiento que a otros países. Debe hacérseles saber que, si perseveran en su colaboración, el Reich sabrá ser generoso cuando finalice la guerra, cosa inminente. Que sigan ganándose su lugar en la armoniosa unión pangermánica, y cuando llegue la paz estudiaremos sus propuestas.

—Ellos argumentan que son la nación más vieja de Europa y la primera que se dotó de un parlamento propio.

—¡Menuda estupidez! — gruñó Bormann.

—Tiene razón, todos esos argumentos no sirven más que para crear malestar. Mi decisión es firme. Cataluña se queda fuera.

Himmler creyó prudente no insistir, pero sabía por Heydrich que en Cataluña esperaban que Alemania reconociese su carácter como nación y se les otorgase la condición de tal en el nuevo marco de relaciones europeas, especialmente en el comercio. Al Reichsprotektor le llegaban a diario demandas de reducción de aranceles, de contratos exclusivos con el Reich, de ventajas para el sector textil, de peticiones de mano de obra esclava para las fábricas catalanas. El Reichsführer leía a diario los informes de Heydrich. Los catalanes eran, cada día que pasaba, más insistentes en sus demandas de un trato privilegiado.

—Cuando acuda a Barcelona el próximo once de septiembre tendré ocasión de explicarles a nuestros camaradas catalanes mis propósitos acerca de su bello país. Aceptarán mi punto de vista. No en vano son la tierra que acoge la montaña del Grial cantada por Wolfram von Esembach y Wagner, Montserrat.

Usted ha estado ahí, Himmler. Deseo visitarla durante mi estancia.

—Siempre creí que dicha montaña era Montsegur, en Occitania —dijo Speer, escéptico respecto a la mitología.

—Para nada, querido Speer. Durante un tiempo se pensó que sí, pero la verdad acabó por imponerse. Montserrat es el Munsalvaesche griálico, la matriz que acoge en su seno la copa de Cristo. Créame, lo sé —dijo Hitler con sonrisa de entendido.

Una tos hizo que todos mirasen al Parteigenosse Bormann.

—Mi Führer, permítame una observación. Esos catalanes tienen una tendencia al comercio y al regateo que recuerda las tácticas de la judería internacional. Lo mismo colaboraron en la proclamación de la República que financiaron después el alzamiento y, cuando les convino, le dieron una patada a Franco para pasarse a nuestro bando. No me fío —dijo Bormann, que no experimentaba ninguna simpatía por Cataluña.

Hitler caminó hacia la baranda de piedra. La vista era magnífica. Su mirada se posó en la montaña bajo la cual, según la tradición, el emperador Barbarroja dormía un sueño milenario esperando que Alemania lo necesitase, momento en el que se alzaría para ponerse al frente de todos los pueblos arios para ganar la batalla que instauraría una era de prosperidad y victoria en la vieja Germania.

—¿Saben? Cuando recuerdo mis tiempos de juventud, repleta de penurias y necesidad, tengo la convicción de que aquello fue una prueba a la que me sometió la Providencia para convertirme en el hombre que ahora soy. Ciertamente, he tenido que modificar muy poco mis impresiones de entonces y la claridad de juicio que adquirí viendo cómo los judíos habían corrompido al Imperio. De mis lecturas de entonces obtuve la firme convicción de que el problema de la humanidad es el judío y sus instrumentos, la masonería, el bolchevismo, el liberalismo, sutiles herramientas que emplean para sojuzgar al pueblo, para dividirlo, para enfrentarlo en luchas de clases estériles que acaban por agotarlo, dejándolo en manos de la plutocracia hebrea. Juré que dedicaría mi vida a la erradicación de esas sanguijuelas y salvaría al pueblo ario. Hemos hecho mucho pero, créanme, no es nada en comparación con lo que planeo de cara al futuro. Los mil años de dominio ario deben convertirse en más, y eso solo podremos lograrlo cuando el último judío de la tierra deje de existir. Bormann, comprendo sus prevenciones y sé que expresa su profunda lealtad hacia mí y hacia el partido, pero se equivoca con los catalanes. Cierto que no debemos otorgarles todos los privilegios que nos piden, pero tenga en cuenta que no existe pueblo en Europa que comulgue más con nuestra concepción de lo que debe ser el mundo. Si en algún lugar se acepta como verdadera la visión nacionalsocialista es en esa tierra. Sus dirigentes son arrogantes, duros, inasequibles a cualquier sentimiento de piedad o compasión y entienden como nadie que el pueblo debe estar unido en una sola comunidad. Le recuerdo que uno de los líderes históricos del catalanismo, Prat de la Riba, decía de los españoles que eran un pueblo en el que lo semítico era lo predominante debido a la mezcla de la sangre árabe y africana. ¡Y eso en 1898, cuando en Alemania apenas se conocía a Gobineau o a Howard Stewart Chamberlain! Eso por no citar a Pompeu Gener, el filósofo que argumentaba que Cataluña estaba formada por una raza superior a la castellana, porque mientras el catalán es un ario europeo que camina hacia el destino del superhombre, Castilla está condenada por su herencia semita.

—Es cierto, mi Führer —terció Himmler— y el gran unificador del idioma catalán, Pompeu Fabra, escribió que sería imperativo analizar las características de los catalanes nacidos de inmigrantes o productos de mezcla por desconfiar de su patriotismo. Puedo asegurar que existe un elevado concepto de la raza entre esa gente, más que en Francia, Holanda o Noruega.

—Eso es, Himmler, usted lo ha dicho —exclamó Hitler dando una palmada—, en la mayoría de las naciones que tenemos bajo nuestro dominio existen buenos patriotas que simpatizan con la ideología nacionalsocialista y la aceptan por entender que es la única salvaguardia contra el bolchevismo, pero solo en Cataluña han entendido perfectamente que nuestra lucha es una guerra cósmica para conseguir la supremacía biológica, que el nuestro es un combate de razas y que solo con la victoria total llegaremos a un mundo en el que la impureza racial será una pesadilla del pasado. ¿Acaso el alcalde de Barcelona a principios de siglo, el doctor Robert, no medía con un compás los cráneos para conocer si el individuo era ario o no lo era? A ese pueblo solo le hacía falta un pequeño empujón y se lo hemos dado nosotros. No, los catalanes son los únicos entre nuestros aliados que podemos considerar como personas que viven nuestra fe como propia. Eran nacionalsocialistas antes de nacer nuestro movimiento.

Speer, al que todo aquello le parecía una pérdida de tiempo, intervino acerca de una cuestión que le preocupaba hacía tiempo.

—Mi Führer, ¿y los vascos? También son partidarios de la política racial, no hay más que leer al fundador del nacionalismo vasco, Sabino Arana. Tienen como emblema la esvástica y poseen una siderurgia que conviene tener controlada.

Hitler rio cordialmente ante la ingenuidad de su arquitecto favorito.

—Querido Speer, es usted un inocente. Los vascos son racistas pero a diferencia de los catalanes, que se consideran iguales a nosotros, ellos se consideran superiores a todos. Sí, amigo mío, no encontrará a un solo nativo de Euskadi que no crea a pies juntillas que el mundo civilizado empieza y termina en su pueblo. Hace poco recibí un memorándum que habla de un concepto curioso, Euskalherria, que incluye Navarra y el País Vasco francés. No le digo que, a medio plazo, no podamos considerar esa propuesta, igual que los Países Catalanes que abarcarían desde el Rosellón Francés a Valencia, las Baleares e incluso una parte de Aragón. Tales nuevos Estados podrían sernos útiles. Entre ambos concentran la mayoría del producto interior bruto español, que debería conformarse con lo que quedase y lo que den de sí sus colonias. Pero no es asunto para hoy. No hay que hacer que Francia se sienta agraviada ni que Muñoz Grande se crea menospreciado. Cuando sea necesario, yo mismo me preocuparé de convencerlos a él y a Pétain de ceder. Además, cuando acabemos con Rusia, tendremos numerosas oportunidades de negocio para todos esos empresarios tan ávidos de ganancias. Y ahora, pasemos al comedor. Me gusta mantener orden en mis comidas.

Pasaron al interior. Solo Himmler se retrasó. Tenía una llamada urgente que efectuar. A Heydrich. Sus instrucciones fueron tajantes.

—El Führer ha descartado tajantemente incluir a los catalanes en la cumbre europea. Puede acarrear problemas.

—No es lo que más me preocupa, Reichsführer. Tenemos otros problemas mayores.

—¿Cuáles?

—Me temo que se está organizando un atentado contra el Führer durante su visita a Cataluña.

Himmler se quedó en silencio, mirando el aparato negro como su uniforme.

—Sea implacable, Reinhard. Haga lo que considere preciso, pero esa posibilidad debe quedar descartada. No me importa cómo, pero quiero a esos posibles conspiradores colgados de un gancho de carnicero en el castillo de Montjuic antes de una semana.

Al colgar el teléfono, el jefe de las SS escuchó las risas y el sonido de los cubiertos proveniente del comedor del Führer. Debía haber explicado alguna anécdota divertida. De haber estado presente, le habría costado esbozar una simple sonrisa.

SEGUNDO ACTO

1. LEALTADES

El restaurante elegido por Schellenberg para almorzar con Queralt Bartomeu era discreto, selecto y elegante. *Die Gute Frau,* La Buena mujer, era un local entre árboles y flores en el que solían darse cita parejas que deseaban mantener sus conversaciones lejos de miradas indiscretas. El jefe nazi solía acudir allí con alguna de sus aventuras galantes y sabía que era un lugar idóneo para hablar donde las confidencias se propician con facilidad. Es curioso el efecto psicológico que causan las luces indirectas, las cortinas estampadas, las vajillas de marca, las palabras susurradas y la cocina de los chefs que saben lo que se traen entre cazuelas. El *maître,* un profesional que le debía la vida al joven oficial, tomaría a la chica como una de las numerosas conquistas del alemán y nadie se fijaría en ellos.

Cuando estuvieron en un reservado decorado con pinturas pretenciosamente bucólicas, hechas por la mano mercenaria de algún artista de poco mérito pero con buenas relaciones, Schellenberg, vestido de civil, encendió dos cigarrillos. Uno para él y otra para la mujer.

—Aquí podremos hablar con tranquilidad. En mi despacho las paredes tienen oídos.

—No me dirá que lo espía la Gestapo, general —bromeó Queralt mientras daba una profunda calada al Camel. Lo cierto es que había pasado mucho miedo.

—El Reich se sustenta en un principio tan viejo como la humanidad, la desconfianza mutua: yo le vigilo a usted y usted a mí. Solo así se consigue llegar a una edad avanzada en mi patria.

Él actuaba con calma, sin apresurarse. No quería descubrir sus bazas. Si ella era lo que parecía, podría serle de mucha utilidad. Tanto en sus relaciones con los aliados como con la resistencia.

—Creo que me debe alguna explicación acerca de sus amistades, digamos, un tanto particulares.

—Y eso me lo dice un Gruppenführer de las SS que se jacta de ser amigo de Allen Dulles. Sinceramente, le creo capaz de empezar una conversación de una manera más inteligente. Porque esto es una conversación *¿nicht war?* ¿O debo considerarlo un interrogatorio con clase?

El alemán se rio de buena gana. La chica era buena.

—Es una charla de buena voluntad. Con el tiempo, espero que nuestras conversaciones tengan cimientos más sólidos, como la amistad.

—Entonces, vuelva a empezar. ¿Qué hago aquí, por qué se interesa el SD por mis amistades y qué debo entender acerca de lo que me ha dicho de sus relaciones con uno de los más altos ejecutivos de la inteligencia norteamericana, un país enemigo del suyo?

—Creí que las preguntas eran mi terreno, pero veo que usted no se queda corta. Si le parece, pidamos la comida y luego entraremos a fondo en el asunto.

—A mí me ha traído usted.

—Bueno, eso son ganas de hablar. ¿Le parece bien lenguado a la *meunière*, patatas *soufflés*, ensalada y un blanco de Alsacia?

—Me parece que conoce usted hasta mis gustos en la mesa.

Tras apretar un timbre, el *maître* acudió como si le hubieran convocado para cobrar una herencia, tomó nota y, tras deshacerse en reverencias, salió a escape para ordenar la comanda. Schellenberg se aseguró de cerrar con pestillo la puerta.

—Estos tonos pastel de las paredes son francamente cursis. Y de los cuadros, para qué hablar. Deberían interrogar a la gente con estas pinturas delante. Seguro que confesarían a la primera.

—Muchas veces lo he pensado pero, qué quiere que le diga, entre mi gente hay mucho soñador que añora los tiempos pasados y prefiere un buen potro de tortura antes que una exposición de final de curso de Bellas Artes.

—Personalmente, también optaría por el potro. ¿No tienen ustedes alguna medida represiva para impedirle a alguien que pinte, Herr Gruppenführer?

—¡Por supuesto que la tenemos, Fraulein, no ponga usted en duda la eficacia del Reich! —dijo Schellenberg cómicamente, haciendo reír sin quererlo a la joven—, y no crea que es cosa de broma. Cuando a un pintor se le considera decadente se le puede castigar de varias formas. Desde el Lehverbot, que le priva de poder ejercer la enseñanza en las facultades de arte, pasando por el Austellungsverbot, que prohíbe exponer en el Reich, a la más temida por quienes practican la pintura: el Malverbot.

—¿En qué consiste, le cortan las manos? —dijo una Queralt a la que se le empezaba a notar cierto nerviosismo en la voz.

—Casi. Se le prohíbe bajo pena de campo de concentración pintar nada. De hecho, la Gestapo se presenta de manera imprevista en casa del pintor para comprobar si sus pinceles están húmedos. Se les condena a vivir sin pintar. Ya no existe la crítica de arte, por orden expresa del Herr Reichsminister Doktor Goebbels. Solo puede considerarse la obra, dado que todo lo que hay colgado de cualquier museo es arte. Para eso se ha purgado la pintura alemana de elementos indeseables, extranjerizantes y no sé cuántas estupideces pequeñoburguesas más.

—Es terrible.

—Es el gusto provincianamente decadente de esta época, querida amiga. No hay término medio. O todo son héroes wagnerianos que posan con cara de estreñidos junto a valquirias amamantando a rollizos cachorros destinados a ser soldados en el frente ruso, o esto, paisajes, cervatillos, lagos y pastorcillas prestas a casarse con un hombre de las SS que las deje preñadas.

Esta vez fue ella la que estalló en unas risas que harían enloquecer a cualquier hombre porque eran limpias, sin afectación alguna.

—Es usted un nazi poco común.

—Bueno, si he de ganarme su confianza, lo mejor será que empiece yo —dijo Schellenberg—. A pesar de mi uniforme no soy un fanático, Queralt. Tiene usted razón. Soy muy consciente de que, más pronto o más tarde, los Estados Unidos harán valer su enorme potencial. Y, si le soy sincero, nosotros estamos muy lejos de alcanzar las cifras de producción armamentística de los norteamericanos por más que el ministro Speer haga milagros. Por otro lado, la guerra en Rusia no va lo bien que decimos en nuestros noticiarios. Aquella tierra es inabarcable y nuestras líneas de avituallamiento se estiran hasta romperse. Hemos tomado Moscú, pero estamos muy lejos de doblegar a la Unión Soviética. Cuando matamos a un ruso, aparecen cinco. Cuando creemos haber acabado con una división, salen veinte. A Stalin no le importa la vida humana, como al Führer, solo que él dispone de millones y millones de compatriotas a los que sacrificar y nosotros andamos escasos de personal.

—Y usted pretende alcanzar algún grado de acuerdo con los yanquis, ¿no es así? — dijo Queralt que empezaba a comprender.

—No solo yo. Se sorprendería si supiera cuántas personas pertenecientes a las altas finanzas, al mundo de la cultura, al partido e incluso a las mismísimas SS verían de buen grado una paz separada con Occidente.

—Eso sería alta traición.

—Sí si fracasamos, no si lo conseguimos.

—Supongamos que le creo, que ya es mucho suponer. Pero en ese bonito cuento de hadas, ¿en qué lugar quedan Hitler, Himmler, Bormann, Heydrich, el sector duro del partido?

El *maître* llamó discretamente a la puerta y Schellenberg descorrió el cerrojo. Una vez servidos, desapareció como por arte de magia.

—El pobre no nos molestará más. Le salvé del campo de concentración y hará lo que sea por mí. Incluso negará que estamos aquí ahora usted y yo.

—¿Judío?

—Peor. Masón.

—¿Ser masón es peor que ser judío?

—La veo algo ignorante respecto a las prioridades de Hitler. El Führer cree, y así lo ha dicho públicamente, que un judío no puede elegir nacer con ese estigma racial, pero el masón lo es por voluntad propia. Eso le convierte en un enemigo al que hay que eliminar de manera tan radical como a los hijos de Israel.

—Ser masón no es una buena carta de presentación en el Reich.

—Depende. ¿Sabía usted que Hjalmar Schacht, el que fue ministro de finanzas y artífice del rearme económico del Reich, es masón?

A Queralt se le cayó un trozo de lenguado encima de la falda.

—No es posible...

—Iniciado en la logia *Urania zur Unsterblichkeit* de Berlín, su padre también era masón, perteneciente a una logia americana. *Urania zur Unsterblichkeit,* Urania por la inmortalidad. Y mi jefe también es hijo de masón. Su padre, Bruno Heydrich, era miembro de la logia *Zu den Drei Dehan,* Las Tres Espadas, en Hagen.

—¡Es increíble!

—¿Sabía usted que el Reichsmarshall Göring estuvo a punto de entrar en la masonería en 1919? Cuando Himmler se lo comunicó a Hitler, al gordo casi le da una apoplejía. Le costó mucho parar el golpe. Convocado al despacho de la Cancillería para hacerlo fusilar allí mismo, tuvo la sangre fría de relatar la historia en tono jocoso, con ese aire de hombre de mundo jovial que ha engañado a tantos, aduciendo que unos amigos le habían propuesto ingresar, pero que el día que había quedado para acudir a la logia pasó por allí una hermosa rubia y prefirió seguirla. Junto al Führer estaban presentes Hess, Bormann y, claro, el Reichsführer. Cuando Hitler estalló en una carcajada mientras decía «Göring, es usted incorregible», palmeándole la espalda con golpecitos suaves, todos rieron la anécdota y jamás se volvió a hablar de aquello. Pero al Reichsmarshall no se le ha olvidado y se la tiene jurada al Reichsführer. Vaya uno para olvidar algo. De hecho, me consta que el principal instigador de que a Himmler no se le permita el divorcio con su esposa para casarse con su secretaria es el mismo Reichsmarshall. De la misma forma en la que también sé que, si Hitler muriera, Himmler tiene preparado un decreto con la firma falsificada del Führer para ordenar la detención y fusilamiento de Göring por traición.

—Su sistema es darwinista. El que sobreviva, gana. *Qui vivra, verra,* dicen los franceses.

—¿Acaso no es así en todas partes? Ahí tiene usted a su propio pueblo. A Cambó lo derribó Maciá. *Visca Maciá, que és català, mori Cambó, que és un traïdor,* gritaban las masas separatistas. A Maciá lo sucedió Companys, si bien es cierto que no le costó mucho porque el primero se había muerto. Y a Companys, oportunamente entregado por nosotros a la policía del Régimen y fusilado por Franco, que no perdía tiempo en circunloquios, lo han sucedido los actuales dirigentes que, dicho sea de paso, se ocupan en enviarme denuncias los unos de los otros. Su gente es delatora por naturaleza. Por eso les gusta el nacionalsocialismo.

Queralt puso cara de resignación. El oficial de las SS tenía razón. En Cataluña todo giraba alrededor de la imagen que uno proyectaba e importaba muy poco lo que fueras en realidad. Todo se resolvía entre bambalinas, todo se tapaba, todo debía parecer decente y la más repulsiva moral campesina, hipócrita y aviesa se había apoderado de la vida pública. Si parecías honrado era porque eras honrado y no se hable más. A Queralt le entraron náuseas. Para evitar el asco que le producían sus compatriotas, volvió al tema inicial.

—Dígame, Walter, ¿me permite que le llame así, verdad? ¿Hay más masones en la cúpula del Reich?

—Los hay, pero no es el tema de nuestra conversación de hoy. Quizás otro día. Para su alivio le diré que yo no pertenezco a esa orden. He visto demasiado para creer en la fraternidad. Bueno, yo me he sincerado. Ahora le toca a usted, la escucho.

Queralt respiró hondo, apartó el plato, y se sirvió otra copa de vino.

—Soy agente de la OSS y responsable de una red que actúa en el Reichsprotektorat con ramificaciones en España.

—¿Y del atentado al Berlín de Noche?

—No diré nada más.

Schellenberg aspiró el humo de su cigarrillo. La tozudez de aquella muchacha estaba empezando a resultarle molesta.

—Queralt, debe usted comprender que en mí tiene no tan solo a un amigo, sino a un correligionario. Usted desea que nos marchemos de su tierra y yo también. Usted quiere eliminar al nacionalsocialismo y yo también. Usted defiende los intereses democráticos y yo también. He puesto mis cartas boca arriba. Haga usted lo mismo. Confíe en mí. Trabajemos juntos.

La muchacha miró a los ojos del elegante general, el responsable del servicio de inteligencia nazi, el favorito de Himmler, el adjunto de Heydrich. O era sincero o era un actor magnífico. Iba a responderle, pero sus palabras quedaron colgadas en el aire cuando la puerta del reservado se abrió de sopetón, apareciendo en el umbral un uniformado y radiante Rossell junto a dos hombres con abrigo de cuero. Schellenberg, rojo de ira, le ladró a medio palmo de su cara.

—¿Está usted loco, Rossell, o quiere darse un paseo por el frente ruso? ¿Cómo se atreve a interrumpirme? ¡Considérese arrestado!

Lejos de intimidarse, el nazi catalán sonrió con indulgencia mientras sacaba de su bolsillo un folio con lentitud exasperante, depositándolo suavemente, casi como si lo acariciase, encima de la mesa.

—Ahí tiene una orden de detención firmada por el Reichsprotektor en la que se me faculta para llevar detenida a la señorita Bartomeu y a todo aquel que la estuviera acompañando en el momento de detenerla. Sin excepciones, si se me permite decirlo.

—Pero bueno, ¿qué significa esto? ¿De qué se la acusa?

—De traición al Reich, colaboración con banda armada y ser una de las participantes en el ataque terrorista del Berlín de Noche —dijo Rossell que ya estaba cogiendo del brazo a Queralt con unas brillantes esposas cromadas en la mano.

—Aleje las zarpas de la señorita y quédese quieto —dijo Schellenberg, que había sacado su automática y encañonaba a Rossell—. Por el momento, todavía soy su superior.

Schellenberg marcó en el teléfono que estaba en una mesita el número de la línea personal del Reichsprotektor. Una voz aguda respondió «Heydrich». Mientras hablaba con voz inaudible, Rossell miraba a la hija de los Bartomeu. Hacía tiempo que esperaba este momento. «La tuya será una ejecución ejemplar para esos paniaguados que piensan que no se pierde nada con esperar a que cambien los tiempos». Los ojos de Rossell eran fríos como el hielo. Queralt no pudo reprimir un escalofrío al reconocer que aquel hombre se movía por un odio ancestral, cósmico.

Schellenberg colgó suavemente el teléfono y le colocó el abrigo de entretiempo a su acompañante sobre los hombros.

—Vámonos, lo arreglaremos todo con el Reichsprotektor. Rossell, puede usted retirarse junto a sus gorilas. ¿Promocionándose un poquito, no es cierto? Pronto tendrá ocasión de hacer valer sus méritos. Se prepara una ofensiva en Rusia y creo que encajará usted perfectamente en aquellas tierras ávidas de héroes dispuestos a derramar su sangre por el Führer —dijo Schellenberg con una sonrisa que dejó a Rossell paralizado de terror.

—Comete usted una equivocación. Yo solo he obedecido órdenes.

—¿Ah sí? Es decir, opina que nuestro superior, el general de las SS más condecorado y estimado por el Führer, actúa sin fundamento. ¿O lo he entendido mal?

Rossell intentó responder, pero las palabras no salían de su boca. Dio un brusco taconazo e hizo el saludo nazi antes de marcharse.

—Walter, ¿de qué va todo esto?

—Querida, ha sido denunciada por su padre y por un tal doctor Llobet. El resto lo sabremos cuando nos veamos con Heydrich.

Queralt se desmayó. Antes de que todo se volviera negro, la frase de este resonó una vez más en su cerebro: «Denunciada por su padre y por el doctor Llobet».

2. ¿QUIÉN SABE LO QUE PIENSA FRANCO?

—No se come mal —dijo Duran, cansado de la gastronomía norteamericana.

—Es normal, aquí solo se encuentra cocina española —respondió Franco, que tenía en aquel modesto restaurante un ancla a la que poder amarrarse en medio de un Nueva York que le parecía monstruoso, no apto para las personas. En cambio, entre las modestísimas paredes de «A Casa Galega» el Generalísimo se encontraba en un ambiente que conocía, familiar y cálido. El propietario, ferrolano como él, había luchado en la Guerra Civil en el bando nacional y luego se había marchado a hacer las Américas, instalándose en la populosa metrópolis con su bar, que atraía tanto a españoles como a neoyorkinos. Admirador hasta las cachas de Franco, el dueño había decorado el comedor con una profusión de recuerdos del Caudillo: fotos, recortes de diario, banderas, platos, incluso una gaita. Cada vez que se acercaba a la mesa, daba un taconazo y puntuaba cada uno de sus gestos con un «mi general». A Franco le agradaba, quizás porque le traía recuerdos de cuando era el hombre más poderoso de España. A Duran y Mera, en cambio, tanta deferencia les resultaba empalagosa. A pesar de eso, no tuvieron problemas en meterse entre pecho y espalda sendos platos de pote seguidos por zorza, el relleno de los chorizos, acompañada de huevos fritos y patatas. El pan lo elaborada el dueño en su propio horno del que salían también fabulosas empanadas de sardinas, berberechos, atún, carne, cualquier cosa de las que conforman el mitológico repertorio de la cocina gallega, famosa por su abundancia y calidad. La carta estaba redactada con la intención de abrumar al comensal: lacón con grelos, tortilla de Betanzos, estofado de jabalí —¿de dónde lo sacaría?—, centollas, bogavantes, nécoras, percebes, pulpo con cachelos, pulpo a Feira, pulpo a la Sochantre, quesos de todo tipo, capones de Villalba importados expresamente...

Franco comió con apetito el pote, limitándose a picotear el segundo. El silencio planeaba en aquella mesa pequeña en la que los tres comensales casi se rozaban. El propietario se acercó nuevamente igual que si estuviera en el altar mayor del Vaticano y preguntó «Mi general, ¿tarta de Santiago, filloas, *bica*?». Franco miró a los dos anarquistas invitándoles a pedir.

—Venga —dijo un Duran envalentonado y con ganas de sacarse el vientre de penas. Su compañero Cipriano lo miraba con los ojos como platos. Aquella demostración de voracidad le parecía excesiva.

—Lo que tenga que venir que nos pille bien comidos, Cipri —dijo Duran como si hubiera citado a San Agustín. Después de los postres, queimada, orujo y cafés, decidió romper el hielo—. ¿Cree que tenemos alguna posibilidad? —le dijo a Franco que, siguiendo su costumbre, tomaba despacito a sorbos su café mientras rompía palillos uno detrás de otro.

—Los americanos dicen que sí.

—No le pregunto eso. Digo si usted cree que puede salir bien.

—Eso nadie puede saberlo. Yo tampoco sé si la operación militar que estamos proyectando tiene visos de salir adelante.

—Imagine que sale bien todo. Que nosotros conseguimos eliminar a Hitler y a su camarilla. Que el gas se lleva por delante a media Barcelona. Que su desembarco logra alcanzar los objetivos, que derrotan a los nazis y a Muñoz Grande y acaba de nuevo instalado en El Pardo. Entonces, ¿qué?

—Demasiadas suposiciones —dijo Franco— y no es bueno basarse en lo que no sabemos si ha de pasar.

Los dos anarquistas se miraron con desesperación. No sabían por qué Franco los había invitado a esa comida y les exasperaban sus evasivas. ¿Qué sentido tenía aquello? Es más, ¿qué sentido tenía aquella fantasiosa operación? ¿Volver a las armas, a la sangre, a los muertos, a las mujeres de luto, a los cadáveres de los niños esparcidos por las calles como muñecos rotos por la mano caprichosa de unos sádicos?

—Pueden fumar si lo desean —dijo Franco con media sonrisa—, ya saben, lo mejor después del café es un cigarrito, aunque personalmente el tabaco no me atraiga demasiado.

Era la primera frase sin elipsis que había dicho el general en toda la comida. Franco empezó a hablar. Era un monólogo destinado a ser oído, nada más. Franco hablaba para Franco. Pero, desde las primeras palabras, Duran y Mera se atiesaron. Aquello era nuevo por completo.

—Cuando luchaba en África contra las kábilas decían que jamás me vieron temblar. Que tenía *baraka*, la suerte del protegido por Alá. El bueno de Pepe, Millán Astray, quiero decir, se ponía pesadísimo con eso. Que si Franco no conoce el miedo, que si es inmune a las balas, que si es el mejor estratega del ejército español. ¡Qué exageración! A mí me pegaron un tiro en la barriga del que casi me matan, lo de la Cruzada salió bien por el apoyo de alemanes e italianos, y en lo que respecta a mi gobierno ya ven lo poco que les costó a Hitler y a Agustín darme de lado. ¿*Baraka*? Aquí no hay *baraka*, aquí solo hay que ir toreando los toros conforme te los van soltando y a mí ya me han cogido varias veces. Por eso no sé qué decirle cuando me pregunta acerca de si puede salir bien. No lo sé ni lo sabe nadie porque todo es improvisación, azar, imprevistos. Así son las cosas, especialmente en España, donde nadie puede decir qué pasará, no dentro de cinco o diez años, sino al día siguiente. Cuando llegó la república, ¿creen que aquellos intelectuales tan formales, tan ateneístas, tan burgueses y serios creían que la cosa acabaría como acabó? ¡Qué iban a saber! Y cuando Hitler fue nombrado canciller a instancias de Von Papen y los conservadores, ¿podían siquiera adivinar que acabaría por barrerlos a todos de un plumazo? La historia es tornadiza y el poderoso de hoy es el desgraciado de mañana. Me acusan de ser poco claro, de no decir lo que pienso y de ahí mi fama de astuto, de calculador. Señores, lo digo con el corazón en la mano porque es más que posible que no nos veamos nunca más; ustedes, porque su misión es dificilísima, yo, porque si Dios no lo remedia, voy al desastre por mucho general americano que me pongan. La mayoría de las veces no opino porque me parece insensato hablar sobre algo que desconozco. Y como un líder no puede permitirse el lujo de confesar que no tiene ni idea, pongo cara de circunstancias. Ahí tienen ustedes el gran secreto de la esfinge franquista. No me atrevo a pontificar más allá de esos discursos que me escriben o que escribo que están hechos a base de humo, vaguedades y frases retóricas.

Franco hizo una pausa para beber un traguito de la limonada que le había servido el dueño.

—Se me acusa de falangista, otros dicen que soy nazi, otros que soy fascista, que si soy monárquico, que soy un meapilas. Que si Juan March me tiene atado como a un perro faldero, que si soy esclavo de la oligarquía, de la aristocracia, de los terratenientes. De tantas cosas que dicen que soy he acabado por no ser nada. Y es más simple que todo eso. Soy un ferrolano que quiso ser marino, con un padre que dilapidó la vida entre amantes, alcohol y la logia mientras mi madre sufría por darnos una formación cristiana. Tuve que soportar las burlas de mis compañeros en la academia de Toledo en la que me llamaban cerillita, franquito. Aguanté como pude. En Oviedo, cuando empecé a ser novio de mi Carmen, la burguesía asturiana me calificaba despectivamente como el comandantín. Nadie quería que fuese Generalísimo y si no fuera por mi hermano Nicolás, no sé qué habría pasado aquel día en Salamanca, cuando se tuvo que votar quién se ponía al frente. En el fondo, nadie tenía demasiadas ganas de asumir tamaña responsabilidad. Dicen que mi ambición descomunal y desmedida me llevó hasta el puesto al que llegué, pero es mentira. Miren, no he acabado siendo Caudillo ni por la gracia de Dios ni por seguir un plan meticulosamente preparado ni por tener una mente maquiavélica. Fui Caudillo, lo confieso ante ustedes, enemigos bravos antaño y hoy compañeros en esta loca aventura, por pura chiripa. No tengo *baraka*, señores, tengo chiripa. Y nada más. Así que no les puedo explicar nada que no sepan ustedes. Ni del atentado contra Hitler en el que, en el mejor de los casos, conseguirán matarlo pero al precio de dejarse la vida, ni de la invasión de la península, que será repelida con dureza por las tropas alemanas con o sin Hitler. Eso es todo.

Duran sirvió dos copas de orujo, una para Mera y otra para él. Franco, con sonrisa de niño travieso, cogió la botella y se puso un culín.

—Ustedes creían hacer la guerra al fascismo internacional y ahora comprueban que luchaban contra la improvisación, el destino, si quieren. ¿O no son millares los españoles que ganaron y perdieron la guerra en función del lugar en el que los pilló el Alzamiento, independientemente de sus ideas? ¿Acaso no somos prisioneros de nuestra propia historia, de nuestras familias, de nuestros miedos, de nuestros odios o amores? España es hija de la ruleta histórica en la que, por desgracia, siempre acabas perdiendo. Millán decía que España era una casa de putas. Qué va. España es un casino en el que la banca siempre gana.

Los dos anarquistas se miraron perplejos. Aquel Franco les resultaba desconocido. «Ahora sí que lo he oído todo», le susurró Mera a Duran. Lo oyera o no, el general levantó su vaso chocándolo con los de los dos anarquistas.

—Por los tontos y los que tienen chiripa —dijo.

—Mi general —dijo Duran—, nunca habría esperado escuchar en sus labios un alegato tan potente sobre el nihilismo.

—Déjese de tonterías, Duran. Todos tenemos un papel en esta vida que nos ha sido dado y no hay más que rascar.

—Pero uno puede salirse de ese papel si quiere —terció Mera con su voz dura, áspera.

—No le digo que no —respondió Franco—, pero estará de acuerdo en que muy pocos lo consiguen. Lo suyo es que cada uno actúe al dictado del guion, como en una película.

—Entonces —repuso Duran—, ¿dónde queda el azar del que hablaba?

—En que no tenemos ni idea de lo que va a ser de nosotros. Que interprete en esta comedia a un príncipe o a un limpiabotas da igual. Y es mejor así. Si supiéramos cómo y cuándo hemos de morir sería terrible. Por eso opino que lo mejor es ir haciendo sobre la marcha y luego Dios dirá.

Salieron del local entre las genuflexiones del propietario y el aire de Nueva York les golpeó en la cara como haría un proxeneta con su puta. Porque todos eran eso, se dijo Duran. Incluso Franco. Caras o baratas, de lujo o baja estofa, todos tenían clientes a los que complacer. Una punzada de dolor le hirió cuando le vino a la cabeza Rosita. No, Rosita ya no era puta o al menos no como antes. O sí, pero Duran no quería pensarlo. La quería. Esa es la trampa. No jugar con las mismas cartas con todos los que están en la partida. Lo único que igualaba a los participantes era el azar. Franco, ese cabronazo gallego, tenía razón.

Caminaron juntos, en silencio, hasta que Mera propuso un último café. Franco no dijo que no. Los dos anarquistas sabían lo cafetero que era el general. Sentados en un bar italiano pidieron tres expresos. Duran dijo:

—Era un bar que proveía a grandes apetitos y modestos bolsillos.

—¿Qué es eso, Duran? —preguntó Franco.

—Citaba a O 'Henry. Un escritor de aquí que narra las aventuras de un vagabundo bondadoso, Soapy. Es de un cuento corto en el que el pobre Soapy intenta por todos los medios que lo encierren en la cárcel para pasar el invierno a buen resguardo del frío y comiendo caliente. A pesar de sus intentos desesperados no lo logra y, justo cuando decide reformarse, un policía lo detiene y le condenan a la cárcel aplicándole la ley de vagos.

—Muy interesante. Nosotros estamos más o menos igual —dijo Mera.

Franco, sin transición, habló.

—Me han puesto a mi lado a dos generales que dicen saber mucho de logística para la cosa del desembarco. Eisenhower y Patton. No me gustan. Son militares de oficina.

Franco hurgó con un palillo sus dientes. Se lo había pensado mejor.

—Patton me cae mejor. Está loco por combatir. No se ha estrenado en el campo de batalla, pero es un *echao p'alante*. Tiene su gracia. Yo les he explicado que, en materia de operaciones de desembarco en las que se combinan la armada, la fuerza aérea y la infantería, tenía experiencia. Recuerden el desembarco de Alhucemas, la primera operación de este tipo que registra la historia. Me miraron con cara de pena. Quieren desembarcar en cinco puntos diferentes de la costa portuguesa. Me parece una barbaridad. Esa dispersión de fuerzas es una idiotez. Mejor concentrarse en dos puntos, preferentemente en Galicia donde todavía tengo partidarios.

—Eso parece abocado al desastre, aunque si nosotros lográsemos cargarnos a Hitler, los alemanes depondrían las armas .

Franco se rio de manera juvenil.

—Hombre, Duran, no diga usted esas cosas. Miren, si consiguen eliminar al Führer y a su plana mayor, Dios lo quiera, otro vendrá a sustituirle. Posiblemente un militar, quizás alguien como Döenitz que, aun siendo nazi, no haya estado demasiado implicado. Y dudo mucho que se rinda sin presentar batalla. No olviden que ese hombre es el responsable de los submarinos y no son gente que se deje avasallar a la primera de cambio.

—Ya, pero no me negará que las primeras horas tras el atentado serán de caos y el desconcierto que produciría la muerte de su jefe les haría actuar con lentitud.

—Es posible —respondió Franco—, pero además del almirante tienen a Rommel, el militar más prestigioso de todo el ejército alemán. No veo yo a ese hombre dudando. Por no citar a Keitel, Burgdorf, Von Rundstet, Guderian, en fin, el Estado Mayor de la Wermacht. Mientras Hitler viva nadie moverá un dedo sin su autorización. Si muere, será otra cosa, pero tampoco van a regalarnos Europa. El Führer tiene atado en corto a los militares. No se fía. Una vez, el embajador Von Stohrer me dijo que, en caso de una invasión aliada, todo iría bien siempre que el Führer no estuviera durmiendo. En ese caso, irían al desastre porque nadie haría nada sin la orden correspondiente. Ya lo ven, a Hitler no se le puede despertar.

—No es mala idea. Un somnífero y tenemos asegurado ganar la guerra —dijo Mera.

—Esta guerra será larga con o sin Hitler. Y, además, están los rusos. A la que nosotros pongamos pie en la península, y ya no digamos si Hitler muere, Stalin va a contraatacar con todo lo que tenga y le den los americanos.

—¿Le preocupa que los comunistas se apoderen del continente? —preguntó Duran, que compartía el anticomunismo de Franco.

—Me preocupa que se apoderen de España y que todo esto no sirva más que para ir otra vez a la gresca en nuestra patria. Yo no me he metido en este brete para que la Pasionaria vuelva a aleccionar a sus comisarios políticos y las checas funcionen de nuevo.

Duran vio la oportunidad de decirle algo a Franco que llevaba en la cabeza hacía días.

—Entonces, mi general, ¿instauraría de nuevo una dictadura con usted al frente?

Franco lo miró directamente y Duran entendió cómo aquel hombre bajito con voz de falsete era mucho más de lo que reflejaban las caricaturas y la propaganda de sus detractores. Los ditirambos escritos por Giménez Caballero acerca de la sonrisa del Caudillo eran pura propaganda. Lo que realmente resultaba notable en su persona, que vestido de civil parecía un oficinista insignificante, era la manera que tenía de enfocar sus ojos en los tuyos sin parpadear.

—De momento, sí —respondió el general— y luego convocaríamos elecciones con partidos libres de marxistas y separatistas. Monárquicos, liberales, conservadores, falangistas y, ¿por qué no?, los anarquistas de Pestaña, ya sabe, el Partido Sindicalista. Me consta que existen contactos entre ellos y la Falange Hedillista. En lo social no andan tan lejos unos de otros.

Duran sabía de esas simpatías entre faístas y elementos de la llamada *failange* de manera despectiva por parte del bando franquista. La formación de un partido que defendiera a los trabajadores al margen de comunistas era un viejo anhelo de muchos libertarios.

—Si Durruti y José Antonio se hubieran conocido, habríamos evitado la guerra.

—Nunca se sabe. Ahora bien, el orden de prioridades es, primero, liberar España del dominio nazi; segundo, garantizar el orden, la independencia nacional y el pan para todos; tercero, crear las bases de un Estado de fuerte componente social donde los derechos de los trabajadores estén garantizados: seguro de enfermedad, enseñanza gratuita, universidades laborales, viviendas de protección pública, salarios justos.

—Muchos de sus partidarios como Juan March no estarán de acuerdo —dijo Mera sonriente, cosa rara en aquel hombre.

—No hay mal que por bien no venga —contestó Franco—. March deberá entender que la propiedad privada será sagrada en la nueva España, pero para que logremos la reconciliación entre los españoles la cuestión social debe estar en primer plano.

Duran no sabía si Franco lo decía en serio.

—Comprenderán que esta conversación queda entre nosotros. Cuento con su discreción.

—Por descontado, mi general.

Salieron a la calle iluminada por las miles de bombillas acabadas de encender. Múltiples rótulos anunciaban deslumbrantes espectáculos y los últimos films protagonizados por las más rutilantes estrellas de Hollywood. La ciudad parecía no saber que el mundo estaba ardiendo y que más pronto o más tarde el fuego llegaría hasta aquellas avenidas en las que la gente bromeaba y comía bocadillos. Franco miraba a los anarquistas con aire paternal. Aquella comida, lejos del Washington de los Donovan y los Dulles, sería la última que mantendría con los dos hombres. Dentro de poco estarían muertos. Y él también. En África había tenido la suficiente dosis de cadáveres. «¡Alféreces provisionales hoy, cadáveres efectivos mañana!», gritaba Millán Astray a los oficiales con cara de miedo. Cuando alguien osó quejarse al Generalísimo de que aquella no era manera de arengar a la gente, Franco dijo «Mire usted, todos somos cadáveres efectivos. Si es mañana, pasado o dentro de cuarenta años es privativo del Todopoderoso. ¿O cree que va a vivir eternamente?». Se rio al recordar aquello, hasta el punto de compartir la anécdota con los dos anarquistas, que también se rieron. Comprendían que la vida es muy perra y muy corta. Se estrecharon las manos y tanto Duran como Mera dieron un taconazo sonoro. El mundo andaba del revés. Dos anarquistas cuadrándose ante un general al que habían combatido con todas sus fuerzas. Si Durruti levantara la cabeza…

3. DOBLE AGENTE

El despacho de Heydrich reflejaba el carácter del hombre que, después de Hitler, mayor poder tenía en el Reich. Todo era clásico, severo, ordenado. Al fondo, una terminal electrónica conectaba al Reichsprotektor con el fichero centralizado de la Dirección General de Seguridad del Reich, una maravilla creada por la IBM norteamericana ex profeso para los nazis antes de que los EE. UU. estuvieran en guerra con Alemania. Pero incluso ahora, gente como Ford se ocupaba de que las piezas de recambio no faltasen, haciéndolas llegar vía Suiza. Ford y esos empresarios yanquis que camuflaron hábilmente las propiedades nazis bajo bandera sueca mediante los banqueros Wallenberg o Henry Schroeder, norteamericano de origen alemán que ostentaba una alta graduación honorífica otorgada por Himmler en persona y que se movía como pez en el agua tanto en Wall Street como en la Wilhemstrasse. Tipos que saben dónde está la puerta de escape, escurridizos, capaces de encamarse con cualquiera que les diera carta blanca para llenar sus ya rebosantes arcas. Hijos de la gran puta de manual, en palabras de Wild Bill Donovan, que se hartó de protestar ante Roosevelt acerca de la permisividad con la que se trataba a aquellos buitres.

Qué lejos quedaba el día en el que un agente de la OSS la había reclutado, pensó Queralt Bartomeu. Un inglés elegante, apuesto, bien vestido. Su tapadera era una empresa anglo-alemana llamada Internacional Exports, con sedes en Londres, Berlín, Roma y Barcelona. «Llámeme Jaume» le dijo mientras encendía un par de cigarrillos Dunhill. Le explicó que era hijo de inglesa y catalán, que su padre, lamentablemente fallecido, era empresario del textil en Manchester y que a él le habían contratado en la empresa por su conocimiento del sector en Cataluña. Queralt pasó una semana deliciosa en compañía de aquel galán de pelo negro engominado, cejas más negras todavía y un cuerpo atlético que recorrió centímetro a centímetro con sus propios dedos cada noche cuando se retiraban a la casa que el inglés tenía en las afueras de Barcelona. El séptimo día le reveló su auténtico propósito. Era un exagente de la inteligencia británica actualmente destinado en la OSS. Se la había investigado a fondo —«Y tan a fondo», se dijo Queralt mientras sonreía» —y conocían sus actividades clandestinas. No pasaban de gamberradas sin trascendencia y, por descontado, no suponían un problema para las SS. Pintar de rojo un busto de Hitler situado en medio de la plaza de Cataluña, repartir octavillas con versos groseros sobre los nazis, tirar bombas fétidas en algún acto separatista, chiquilladas. Jaume le expuso la situación. Si quería dañar en serio a esos cabrones podía hacerlo trabajando para la OSS. No tuvo que pensárselo. Esa decisión inesperada que la llenó de alivio era la que había desembocado en aquel despacho ominoso, con un ambiente preñado de amenazas en el que podía incluso olerse físicamente el mal en los cuadros, sillones y carpetas.

Frente a ella, de uniforme, todas sus condecoraciones, los brazos cruzados y el brillo de la horca en las pupilas, estaba Reinhard Heydrich. Queralt, que había tenido tiempo de reponerse durante el trayecto, había sido aleccionada convenientemente.

—¡Heil Hitler, Reichsprotektor! —ladraron al unísono.

—La famosa *fraulein* Queralt. Me alegra saber que se codea usted con las SS. Debe suponer una variación interesante con respecto a sus amistades más dadas, ¿cómo lo diríamos, Schellenberg?, al terrorismo. Siéntense, esta va a ser una conversación muy larga... o muy corta, depende de usted.

Heydrich se sentó también detrás de su escritorio y sacó del cajón una abultada carpeta que dejó caer sonoramente contra la mesa.

—¿Sabe lo que es esto? Es una maravillosa novela de aventuras. ¿Le gusta leer? Claro. Es hija de una familia catalana de las que considera que la cultura es el mejor patrimonio que legar a sus hijos. Acude usted a la ópera, al teatro, a los estrenos cinematográficos. Habla idiomas, es universitaria.

—Reichsprotektor... —dijo Queralt sin poder terminar la frase.

—¡No le permito nada! Y respecto a usted —gritó Heydrich dando un puñetazo en la mesa—, ¡usted ha abusado de la amistad que mantenemos con su padre, usted mantiene relaciones con la oposición, usted es responsable del atentado contra el Berlín de Noche, usted trabaja con los enemigos del Reich! ¡Será guillotinada, no lo dude! Y respecto a usted, Schellenberg, me produce una inmensa tristeza que alguien tan eficaz acabe su carrera en un paredón tras un juicio secreto en el que, no lo dude, se le declarará culpable. Me ha telefoneado para comunicarme que su comida con la señorita tenía un propósito. Diga lo que tenga que decir, pero rápido. Les esperan sendas celdas en la sede de la Gestapo.

Schellenberg sacó del bolsillo superior de su elegante traje una cajetilla de cigarrillos enarcando las cejas. Pedía permiso para fumar.

—Ya sabe que el Führer desaprueba el tabaco. Pero adelante, puede que sea su último cigarrillo. Camel, además —dijo Heydrich con repugnancia—, como si los Juno o los Das Reich alemanes no fueran suficientemente buenos para usted.

—Gracias, Reichsprotektor. Me temo que lo que acabará matándome será la nicotina, como dice el Führer. Pero no un piquete de ejecución, porque existe una explicación para este embrollo. Si me permite, tendré mucho gusto en informarle cómo gracias a *fraulein* Bartomeu he conseguido desarticular el atentado contra el Führer que preocupaba al Reichsführer.

—Intenta evitar su castigo, pero voy a escucharle porque me divierte mucho la ficción. ¿Dirá aquello de «Érase una vez»?

Schellenberg conocía a Heydrich más de lo que este imaginaba. Si no estaban muertos era porque su jefe albergaba alguna duda. El joven general jugaba siempre con el factor psicológico. Sabía que Heydrich, como todos los nazis, creía ser el más listo, en lo que tenía parte de razón y mantenía una desconfianza patológica hacia todo el mundo. Era consciente de las ansias que tenía Heydrich en suprimir a Himmler y ocupar su puesto. Había hablado con el Führer en ese sentido. Hitler estaba cansado de las veleidades ocultistas del Reichsführer y opinaba que iba siendo hora de poner al frente de las SS a un profesional, a un policía práctico. Incluso era probable que Hitler sopesara nombrar al Reichsprotektor su heredero, pasando por encima de Göring o Hess. Por eso tenía que jugar sus cartas con astucia, regalándole un triunfo a su jefe para que pudiera presentarse ante Hitler y decirle «Esto lo he solucionado yo, sin ayuda de Himmler».

A Queralt le parecía que el tiempo pasaba a cámara lenta cuando vio a su protector sacar un papel doblado cuidadosamente. Lo fue desplegando con lentitud estudiada, como un actor que dependiera del aplauso. El tremendo esfuerzo que le costaba mantenerse serena le había causado una contractura en las pantorrillas. Dolía como si se las estuvieran retorciendo.

—Aquí tengo una declaración jurada ante mí que muestra como la Queralt Bartomeu trabaja para la inteligencia de las SS desde hace un año en calidad de infiltrada. Reichsprotektor, este documento la autoriza a participar en acciones que contribuyan a fortalecer su tapadera. Obra en mi poder, asimismo, una lista de cien traidores. Ha sido lento, lo reconozco, y se han producido daños que lamento, pero desde el primer momento intuí que se estaba cociendo algo grande. La OSS no invertiría en un grupo que se dedicase a pequeños sabotajes. Cuando los agentes extranjeros entraron en contacto con *fraulein* Bartomeu lo supe inmediatamente. Me entrevisté con ella y ahí nació la operación Hagen, el traidor que conoce el punto débil de Sigfried y le clava allí su espada. Evidentemente, el agente que le propuso a la señorita trabajar para los aliados fue arrestado, interrogado con métodos persuasivos para, ¿cómo lo diríamos?, permitirle después abandonar ese valle de lágrimas sin dejar rastro.

Heydrich miraba con curiosidad a su adjunto. ¿Qué significaba aquello? ¿Aquel joven vestido a la última moda era un traidor o no?

—Ahora estoy en condiciones de informar al Reichsprotektor de los detalles acerca del atentado que pensaban cometer contra el Führer el once de septiembre. Estaba intercambiando opiniones con mi agente cuando ese imbécil de Rossell casi echa al traste la cobertura de la señorita. Que la vieran en mi compañía no sería lo más adecuado para que sus «amigos» se fíen de ella, ¿no cree? Por eso me apresuré a llamarlo, para poner en su conocimiento lo que ha costado tantos meses de preparación.

Heydrich pensó que aquel individuo era muy peligroso.

—Todo eso estaría muy bien si no fuera porque yo no sabía nada de Hagen. ¿Se puede saber por qué me ocultó esa información vital para el Reich, y ya no digamos para el Führer?

—Existe una poderosa razón, Gruppenführer. Quería estar seguro antes de acusar en vano a uno de nuestros superiores. Sin las pruebas, me hubiera jugado la cabeza. Piense. Estará de acuerdo en que es imposible moverse en Cataluña sin que nuestros servicios detecten al instante cualquier acto sospechoso.

Heydrich asintió con la cabeza. No sabía a dónde quería ir a parar Schellenberg, pero aquello podía ser decisivo.

—La confirmación me ha llegado hoy mismo mediante la señorita Queralt. Un mensaje cifrado de la OSS en el que se especifican detalles del magnicidio. Y quién debe y quién no debe morir en él.

—Acabe, Schellenberg. Esto no es una novela de Edgar Wallace.

Schellenberg hizo una calculada pausa. Sabía lo que valen los silencios, las frases susurradas o cuándo hay que gritar y cuándo no.

—Reichsprotektor, lamento tener que informarle de que el único que debe salir vivo del atentado es el Reichsführer, el mismo que lleva negociando con el departamento de Estado norteamericano las condiciones de paz tras la muerte de Hitler. Es quien ha estado intrigando en los últimos meses para asegurarse de que, tras el crimen, se dirigiría a los aliados proponiéndoles un acuerdo en el que se le reconocería como líder del Reich. Ya se han mantenido conversaciones en Suecia mediante el conde Folke Bernardotte y en Suiza a través del Brigadeführer Karl Wolf. En mi caja fuerte tengo varios mensajes desencriptados que siempre se refieren a X. Me devané los sesos pensando quién podría ser. Incluso, lo reconozco, llegué a sospechar de usted. En nuestro oficio no puede uno fiarse de nadie. Pero, al comprobar que el único que debía salvarse era el Reichsführer, ya no tuve dudas. Ahora comprenderá por qué no quise decir nada.

Heydrich se levantó como si le hubiera dado una descarga eléctrica y empezó a pasear con paso rápido. Cuando se detuvo al lado de un enorme busto de Hitler, obra del profesor Thorak, regalo personal del Führer al general de las SS, se dirigió a sus huéspedes con rostro pétreo y los ojos centelleantes de furia.

—Walter, espero por su bien que todo eso pueda corroborarlo con documentación fiable. Quiero un informe completo y todo el dosier en menos de dos horas. Me lo entregará usted personalmente aquí. Por descontado, quiero también el archivo de *fraulein* Bartomeu, las listas de los conspiradores, todo, ¿me entiende?, absolutamente todo. Espero que usted comprenda, y va también por la dama, que este tema es absolutamente *Gekados*, alto secreto del Reich, y que la menor filtración supondrá la inmediata ejecución de ustedes dos. Si tiene usted razón, le esperan los más altos honores. Si me ha mentido o está, simplemente, llegando a conclusiones equivocadas...

Heydrich no tuvo que terminar la frase. Su sonrisa lobuna y sus ojos de acero decían más que las palabras. Cuando se disponían a abrir la puerta para salir el Reichsprotektor gritó «Y dígale al imbécil de Rossell que venga a verme inmediatamente. Y que prepare ropa de abrigo. De mucho abrigo».

Schellenberg y Queralt intercambiaron una sonrisa cómplice, especialmente ella. Conocía a aquel imbécil desde niño y sabía lo friolero que era.

4. UNA VELADA EN BIARRITZ

Los salones del casino estaban atestados de gente elegantemente vestida; ellas, con suntuosos trajes de noche creados por Coco Chanel; ellos, con esmóquines recién salidos de las mejores sastrerías londinenses o con uniformes diseñados por Hugo Boss. Diríase que tanto *glamour* era excesivo para tiempos de guerra y necesidad. Aunque allí nadie parecía experimentar problemas económicos. En las mesas, junto a los ricos que atesoraron su fortuna con la guerra del catorce y pretendían incrementarla con los de la nueva contienda, se arremolinaban como polillas en busca de luz un ejército de mujeres galantes, estraperlistas de postín, traficantes de armas, estafadores, falsos aristócratas, vendedores de cocaína o marchantes que podían venderte obras de arte requisadas a los judíos por un precio astronómico. Lógicamente, junto a los multimillonarios también estaban los burgueses que se sentían satisfechos con el nuevo orden que Pétain había traído a Francia.

Pero al ojo escrutador no podía pasarle desapercibido otro tipo de público. Gente que permanecía frente a su bebida con la angustia doblada perfectamente junto al pañuelo blanco del esmoquin y el miedo en la pajarita formando un nudo muy difícil de deshacer. Eran quienes, al amparo de la tolerancia que reinaba en aquel Biarritz alocado y decadente, esperaban un salvoconducto, un pasaporte falso. Eran la resaca que el Reich arrojaba a aquella playa en la que los candidatos a ahogarse intentaban escapar de un mar que porfiaba por engullirlos. En aquellas mesitas discretas al amparo de los cortinajes, se murmuraban promesas que tenían pocos visos de ser conseguidas. Los mercaderes de la desesperanza se pavoneaban con sus manos cuajadas de anillos cuyos legítimos propietarios hacía tiempo que habían desaparecido. Las escrituras de propiedad de una mansión en la Provenza cambiaban de manos a cambio de una nueva identidad; una mujer de mediana edad intentaba desesperadamente seducir a un funcionario de Vichy para que le facilitara un pasaje a Argentina; una pareja venida de Bulgaria se asía con fuerza las manos a la espera de que un alto cargo de la *Milice* francesa se apiadara de ellos, aceptando sus posesiones a cambio de librar del campo de concentración al padre de ella. Era el hampa disfrazada de *haute monde*, el crimen bailando despreocupadamente la danza de la muerte, una corte de los milagros en la que los delincuentes mandaban y las personas honestas vivían en la ilegalidad.

El susurro de las olas que batían suavemente la playa servía como acompañamiento de la orquesta que, ajena al drama humano que se tejía y destejía en la sala, interpretaba una de las canciones más populares de Marika Rökk, *Im Leben geht alles vorüber*. Era una pieza empalagosa, como la mayoría de la estrella húngara. Un grupo de personas que desentonaba en aquel lugar estaban sentadas en el jardín del casino de Biarritz alrededor de una mesa en la que las botellas de *champagne* y whisky se hermanaban. Escuchaban a la vocalista, francesa a todas luces, que intentaba pronunciar en un alemán desolador las estrofas del tema.

—«En la vida todo pasa», dice la letra. Eso es mucho suponer —dijo uno de aquellos hombres mientras liaba parsimoniosamente un cigarrillo con dedos manchados de nicotina. No se mostraba interesado por lo que le rodeaba, concentrado en lo que estaba haciendo. De vez en cuando se permitía una rápida mirada alrededor suyo y sus ojos relampagueaban con la inteligencia propia de quien está acostumbrado a observar. La sombra de la boina que llevaba encasquetada caía sobre su cara prematuramente avejentada, perpetuamente sarcástica.

El anfitrión le encendió solícitamente el cigarrillo desmadejado, que más parecía una ruina húmeda que algo destinado a ser fumado.

—Lo que le pasa a usted, amigo Pla, es que no sabe apreciar la vulgaridad. Esta es una época en la que lo vulgar es digno de ser tenido en cuenta. El mundo se divide entre lo monstruoso y lo vulgar y, personalmente, me inclino por lo segundo.

El interpelado miró socarronamente a su interlocutor. El cigarrillo colgaba de sus labios, resistiéndose a prender.

—*Collonades*, Foxá.

—Gilipolleces, en catalán —aclaró otro de los presentes, también catalán, de aspecto pulcro, elegante, con bigotillo a lo Errol Flynn.

—Tengo que ponerme a estudiar catalán. Dicen en su tierra que es la lengua del futuro, junto al alemán, naturalmente —respondió afectuosamente Foxá que, por otra parte, tenía sangre catalana.

El conde, que llegaba desde Estados Unidos para verse con las personas que le rodeaban, exhibía su mejor sonrisa de diplomático. En honor a la verdad, no era una pose. Foxá era realmente simpático. Suele ocurrir en la vida. Hay quien nace para caer bien y quien nace para ser aborrecido. No tiene mayor mérito que haber venido al mundo en este o aquel lugar, ser alto o bajo o que te guste el bistec más o menos hecho. ¡El ser humano es tan monótono!, solía decir Pla con gesto cómico. El escritor pensó que era una lástima que el físico no acompañase al aristócrata.

Gordo, desaliñado, decididamente feo y con rostro de plebeyo, el esmoquin parecía haberle caído desde un quinto piso.

—No se lo recomiendo —dijo Pla, que intentaba, por enésima vez, prender su cigarrillo— porque esto del catalán se ha quedado como una lengua burocrática. Estupenda para hacer negocios, cobrar herencias, o bien para glosar cosas insustanciales como el flequillo de la señorita tal o la falsa modestia de la baronesa de no sé qué. Tampoco sirve demasiado para la adulación. Especialmente el catalán que se habla en Barcelona y que tengo el gusto de decirles que no me gusta. Dicen que Pompeu Fabra podó el árbol de la lengua, pero se le fue la mano con las tijeras. No hay nada que hacer. Se cargó de un plumazo el rico vocabulario de los payeses, de los pescadores, de la gente del pueblo. Lo ha dejado en pura retórica, como aquellas flores artificiales a las que tan dadas eran nuestros abuelos. Eso es la muerte de cualquier idioma. Cuando usted emplea una lengua en cosas tan ridículas como las que les he dicho, es mejor dejarlo estar y dedicarse a otra cosa. No sé qué opinarán estos señores.

Foxá sudaba copiosamente. El verano estaba siendo especialmente caluroso. A eso había que sumar la misión personal que Franco le había encomendado. El Generalísimo quería tener de su parte al máximo número de intelectuales catalanes no comprometidos con los nazis para justificar que pudiera entrar con sus tropas en Cataluña. «A ver qué saca usted de esa gente, Foxá», había dicho sin demasiada convicción Franco. Con una diligencia poco habitual en él, dado siempre a perder el tiempo, había reunido a varios escritores, artistas y periodistas que habían colaborado con el Alzamiento y que vivían en el sur de Francia. Personas que, a fuerza de ganar, lo habían perdido todo.

—Ustedes representan lo mejor de la intelectualidad catalana, la que no ha cedido ante Hitler. El Caudillo se lo agradece. Por eso estoy aquí, para pedirles su ayuda.

El periodista de bigote hollywoodiense miró de soslayo al resto de participantes «amantes tanto de Cataluña como de España», tal y como había definido Foxá al convocarlos. Alrededor de la mesa estaba, además de Pla y él mismo, la flor y nata del grupo catalán de Burgos: el pintor falangista Pere Pruna, el escritor Eugenio D'Ors, el editor Vergés, el novelista Ignacio Agustí, Xavier de Salas, el caricaturista Valentí Castanys, el gigantesco y católico Manuel Brunet y algunos más que Foxá había convocado al comprobar lo exiguo de la lista. No estaba, sin embargo, Salvador Dalí, refugiado en Nueva York. Tampoco Vicens Vives, que vivía en Barcelona cómodamente publicando artículos en los que defendía las tesis acerca del *Lebensraum*, el espacio vital. Josep María de Sagarra, el poeta más popular de Cataluña, que abominaba por igual de Franco y del nacionalsocialismo, había declinado asistir.

—Bien —atacó Foxá— ¿qué les parecería volver a una Cataluña de nuevo integrada en España, sin nazis, sin las SS, sin tener que levantar el brazo gritando Heil Hitler? —dijo con entusiasmo juvenil, intentando arrancar un gesto de aprobación.

—Verá usted —terció Pla mientras se servía una generosa ración de whisky sin hielo ni soda—, ya he pasado por todo eso. Cuando ganamos la guerra creí que se podía hacer alguna cosa, y no se hizo. Creo que tengo una pequeña experiencia en eso de castigar la cuartilla y tengo el gusto de decirle que he visto el comunismo en la Rusia de los años veinte, he acompañado a Mussolini en su marcha sobre Roma, he conocido las penurias de la Alemania de Weimar y he trabajado como agente secreto al servicio de Franco con el señor Bertrán de Musitú. ¿Y todo, para qué? ¿Me lo puede usted decir? Pues para nada, ya se lo digo yo. Para que los de Franco me viesen como un catalanista sospechoso y los nazis de mi tierra me calificasen de traidor a Cataluña, quemando mis libros en las plazas públicas. Ahí tiene usted a Manuel Brunet. Sus obras también han sido quemadas. Su catolicismo lo ha convertido en enemigo de los nazis, que prefieren adorar a Hitler. Y conste que, a mí, eso de la religión me trae sin cuidado.

—En Cataluña la Iglesia sigue existiendo, Pla —dijo Sentís, incómodo ante los comentarios de su excompañero de espionaje.

—También siguen existiendo las Ramblas o el Llobregat o los sacacorchos y eso no quiere decir nada. La Iglesia católica no ha sabido estar a la altura. Yo sé que a mi amigo Brunet le duele, pero es la verdad. En España se pusieron al lado de Franco, cosa razonable porque los rojos asesinaron a todo cura o católico que se le ponía delante. Pero cuando echaron a Franco, ¿qué hicieron? Situarse cerquita de Muñoz Grande. Y de Cataluña, mejor no hablar. Allí la jerarquía es separatista, en los templos se exhiben esteladas y los curas lanzan unas homilías que dejan a Goebbels en mantillas. No me hable usted de la Iglesia, Sentís.

—Puede ser que tenga usted razón, don José, pero unos cuantos obispos no son toda la Iglesia y, además, Franco cuenta con ustedes, ya se lo he dicho —intervino conciliador Foxá.

Pla se carcajeó sonoramente ante la estupefacción de todos.

—¿Franco? Foxá, que le tengo por una persona inteligente. Sepa que para Franco somos gentes de poco fiar; para los nazis somos unos *botiflers*, unos traidores. ¿Qué quiere que le diga? Si de mí dependiera, me encerraría en la casa *pairal* de mi familia, el Mas Pla, y no volvería a salir. Yo no tengo nada que ver con todo esto.

Sentís, que se removía inquieto escuchando a aquel ampurdanés que hablaba con la contundencia de un trallazo, que no se había quitado la boina y que vestía un traje lleno de lamparones, intervino.

—Pero eso usted puede hacerlo porque es escritor, Pla. Su obra puede llevarla a cabo en su masía o en el Congo. Ese exilio interior lo puede mantener alguien que tenga una actividad que exija introspección, como también puede pintar en un cenobio el amigo Pruna. Pero yo, que soy periodista, preciso ir de aquí allá, entrevistar a este y a aquel, pisar las calles, los mercados, las plazas. Yo no puedo recluirme si quiero seguir con mi trabajo.

Foxá observaba la grieta que existía entre los dos hombres que basculaban entre el deseo de volver a su tierra y el no querer implicarse en una nueva aventura.

—*No foti*, Sentís —masculló Pla enfurruñado—, usted puede escribir esas cosas del periodismo en cualquier sitio porque en todas partes se precisa gente que diga lo que pasa. Sitios donde exista la libertad de contar lo que sucede, se entiende.

—Ya me dirá dónde —replicó un Sentís que no disimulaba su enfado—. No hay lugar en Europa que no esté ocupado por el Reich. Y en los Estados Unidos no nos quieren ver ni en pintura. Han dado asilo a Dalí, pero Salvadoret es una máquina de hacer dólares y tiene buenas agarraderas. Esos yanquis no tienen problema en abrirles los brazos a comunistas como Picasso o Alberti, que viven en buenas casas, hablan por la radio, aparecen en las portadas del *New York Times* y parecen héroes. Pero los aquí presentes no tenemos la menor oportunidad de hacer nada más que lo que estamos haciendo. Tomar alcohol en Biarritz y dar gracias porque el Mariscal Pétain evita que la Gestapo nos detenga y nos extradite a Barcelona para que nos fusilen. Si existe una posibilidad, por pequeña que sea, de volver a una cierta normalidad, creo que es nuestra obligación escucharla.

Foxá creyó que era el momento de mostrar su jugada. «Pero no sea demasiado explícito», le había indicado Franco.

—Existe, Sentís. Si estoy aquí con ustedes esta noche es por indicación del mismísimo Franco. Les haré una gran confidencia. El Caudillo cuenta con el apoyo de los Estados Unidos para llevar a cabo planes que supondrán cambiar la situación actual y que permitirán que España vuelva a ser propiedad de los españoles, incluida Cataluña, por descontado.

—Y eso, ¿en qué consistiría? ¿En un golpe de Estado contra Muñoz Grandes? —preguntó el editor Vergés, callado hasta el momento.

—No puedo revelarles más detalles. El Generalísimo solo les ruega un voto de confianza. Les pide, como españoles y catalanes, que firmen un manifiesto en su apoyo, que con su prestigio le ayuden a la obra de reconquista que se propone llevar a cabo. Quiere iniciar esta misión histórica sabiendo que los espíritus más selectos de Cataluña confían en que devolverá a los catalanes la tierra que les han robado. No es demasiado. Una firma. Es poco sacrificio. No se trata de charlas de café. Lo que se ventila es el sagrado cumplimiento de nuestro deber. Lean y piénsenlo.

Foxá sacó de su bolsillo un folio en el que estaba impreso el manifiesto que él mismo había redactado bajo la supervisión de Franco. Era un conjunto de vaguedades y lugares comunes que, a decir verdad, resultaban tan inconcretos que no obligaban en nada a los firmantes. Ni a Franco. El papel fue pasando de mano en mano sin que nadie hiciera el menor comentario. Carlos Sentís fue el primero en sacar su estilográfica y firmarlo resueltamente. El resto lo imitó, menos Pla, que, habiendo desdeñado el primer cigarrillo, estaba liándose otro.

—Qué, don José, ¿no se anima usted? —dijo Foxá mientras, de nuevo, intentaba prender aquella madeja de hebras y papel.

—¿Usted me permitiría una pequeña cuestión?

—Por supuesto.

—Dígame, Foxá, de todo esto que pone aquí ¿qué tanto por ciento se cree usted? Porque parece un camelo como una casa de *pagés*.

El escritor, que parecía haber envejecido cuarenta años desde la última vez que coincidieron, era el más fino de todos los presentes. Bajo su aspecto de campesino descuidado existía una mente de primer orden.

—Si le digo que la mitad de la mitad, me parece que estaríamos en un porcentaje razonable.

—Muchas gracias. Lo imaginaba. Alguien como usted no puede tragarse esta trola.

—A veces hay que tragarse trolas como esta para no acabar tragándose una cápsula de cianuro, amigo mío.

El cigarrillo de Pla había prendido milagrosamente y escupía brasas como si fuera una bengala. Una de las chispas fue a caer encima del esmoquin del aristócrata.

—Usted perdone, pero fumo este tabaco gabacho que es todo menos tabaco. Pero ya me he acostumbrado y como no puedo permitirme otro tipo de hebra, que está fuera de mis posibilidades económicas, me tengo que aguantar. Vamos a ver, aquí dice que si la libertad, que si el honor nacional, que si la sagrada Cataluña. De hecho, yo me permito una discrepancia. El manifiesto está encabezado por una frase impactante: «A todos los catalanes de buena fe».

—Sí señor, eso mismo.

—Pero hombre de Dios, si eso no ha existido nunca. No hay catalanes de buena fe. Mire, yo no creo en la buena fe. Creo en ir viviendo sin molestar a nadie, en pasear por los campos, en hablar con los payeses y los marineros y luego irte a tu casa a escribir algo medianamente inteligible, cenar una sopa o una tortilla y dormir de manera razonable. Todo eso de las patrias me abruma, me resulta empalagoso. Si en el manifiesto hablaran de dejar a la gente que viva en paz su vida, del olor a sofrito, porque sabrá usted que a eso huele el Mediterráneo, o de los ojos verdes de una señorita, yo lo firmaría sin dudarlo. Ahora, decir que estoy de acuerdo con Franco porque sí me parece pedir demasiado. Por lo demás, nunca he sentido el menor aprecio hacia los profesionales del socorrido «los abajo firmantes».

—Es lo único que nos queda, Josep —dijo un Sentís que no soportaba la superioridad intelectual de aquel hombre.

—Qué va a ser. Lo que nos queda en realidad, y yo siempre he sido partidario de lo real, es que somos unos exiliados. No nos quieren ni los nuestros. Por eso me parece que firmando este papel lo único que hacemos es lavarle la cara a Franco. Es el único que sale ganando porque, díganme ustedes, ¿qué ganamos nosotros? ¿Quién nos dice que si Franco volviera a mandar las cosas iban a ser de otra manera que cuando era el Generalísimo y a la mayoría de nosotros nos dio una patada en el culo? A usted, señor Vergés, ¿cree que la censura franquista no le daría la tabarra a diario con que si esto no puede decirse o lo de más allá va contra el Movimiento? Incluso a los falangistas como Pere Pruna su camisa azul no le evitaría las envidias o la estupidez. Este manifiesto o como quieran llamarlo es igual a todo lo que hace Franco: solo beneficia a su persona. Y luego, que cada uno arree con su cruz.

Foxá miró desesperado a Pla. De hecho, la reunión se había organizado pensando en obtener la firma del que se consideraba el mejor escritor en lengua catalana. Sin ella, el papel no valía nada. Pero el escritor tenía golpes inesperados. Cogiéndole la estilográfica a Sentís, que no había parado de juguetear con ella todo el rato, agarró el papel y estampó su firma al final del folio. Todos suspiraron aliviados.

—Pla, le quedo muy agradecido. Era muy importante que hubiera unanimidad a la hora de secundar este manifiesto. Le agradezco en nombre del Caudillo el apoyo que usted le presta.

Pla aspiró el humo de su cigarrillo y se volvió a servir otro whisky. Sus ojos adquirieron la dureza del pedernal, convertidos en dos pequeñas piedras negras que apenas asomaban entre las rendijas de los párpados.

—Entiéndame usted y entiéndanme todos. No he firmado porque crea que las cosas cambiarán si Franco vuelve a mandar. La verdad, el general siempre me ha parecido demasiado inculto para mi gusto. Tampoco lo he hecho por patriotismo ni por sentido del deber ni por ninguna de esas frases que se evaporan a la que suena el primer tiro. He dado mi aprobación porque los nazis me parecen lo peor que ha producido la humanidad junto al comunismo. Sus sistemas anulan al hombre, limitándolo. Y a mí no me gusta que me limiten. Con Franco siempre existirá alguna rendija por la que colarnos, algún funcionario imbécil al que enredar con frases que no comprenda. Porque el franquismo es ignorante y carente de sutileza. Se le puede torear. Si algún día Franco leyera, lo tendríamos jodido. Pero como eso no pasará, elijo el mal menor. Es preferible alguien que no sepa nada de La Rochefocauld o que no haya leído El Príncipe a esos nazis que tienen una cultura enciclopédica. No todos, pero los que dirigen el asunto sí la tienen. Por ejemplo, Heydrich. Un violinista de primer orden. En fin, todo sea por la tortilla, el paseo con los pescadores y escribir alguna cosa potable. Eso solo podremos hacerlo si Franco vuelve. Y a mí me gustan mucho las tortillas, si les he de ser sincero.

Todos rieron aliviados la broma final de Pla.

—Y usted, Foxá, con ese carácter que tiene, ¿qué carajo hace metido en estos líos? —preguntó el escritor al aristócrata que estaba visiblemente aliviado.

—Es curioso, amigo mío. Un anarquista me hizo esa misma pregunta hace unos días en Washington. Creo que tiene usted una vena ácrata en el fondo.

—Qué va. Yo soy un pequeño propietario rural que cometió el error de estudiar derecho y después escribir en las gacetillas.

—Insisto. Es usted un anarquista conservador, don José.

—Muchas gracias, usted también me lo parece. Un anarquista de derechas.

—Hombre, soy conde, soy gordo, fumo puros. ¿Cómo quiere usted que no sea de derechas?

El grupo volvió a reír y los vasos se llenaron de nuevo. Todos estaban tan contentos que nadie se había percatado de que un caballero impecablemente vestido había tomado nota de todo lo que se había dicho. Cerrando la libreta de tapas de cuero rojo en la que se veía una cruz gamada estampada en oro, se levantó, dirigiéndose a las cabinas telefónicas que había al fondo de la sala de juegos. Marcó un número y, tras una corta espera, habló en alemán susurradamente.

—Gruppenführer, tenía razón. Franco está dando los últimos detalles a su plan de invasión. El conde de Foxá, actuando como su emisario personal, acaba de reclutar un pequeño grupo de intelectuales y escritores para que le den apoyo. ¿Considera oportuno que los haga detener? Perfecto. ¡Heil Hitler!

Al cabo de diez minutos, el mismo hombre interrumpió la reunión dirigiéndose a ellos en su propia lengua.

—Señores, les ruego que me acompañen. Standartenführer Millet, servicio de seguridad del Reich.

Un grupo de SS rodearon a los asistentes, encañonándolos con sus ametralladoras.

—¡Esto es un escándalo! Soy el conde De Foxá, gozo de inmunidad diplomática y estos señores se encuentran bajo la protección personal del Mariscal Pétain.

—Seguro que se trata de una equivocación. ¡Se producen tantas en estos tiempos! Ya tendrán tiempo de aclararlo en la Gestapo. ¡Andando!

Pla apagó el cigarrillo mientras uno de aquellos hombres lo agarraba por el brazo. La boina del escritor cayó al suelo, siendo pisoteada por las botas claveteadas de los SS. Al intentar recogerla, Pla recibió un manotazo en el brazo, seguido de un ladrido *¡Schnell, Macht Schnell!*

Pla respondió con un correctísimo *Entschuldigung*. Su expresión era la de un niño al que hubiesen pillado robando mermelada en la despensa. El flequillo rebelde le caía sobre la frente. Mirando a Sentís dijo en voz baja «Ya lo ve, Sentís. Al final, ni tortilla ni hostias». Un culatazo en la espalda le advirtió al escritor que hablar entre los detenidos estaba prohibido. De hecho, quizá entre aquellas gentes lo realmente prohibido era hablar, simplemente. Mientras se los llevaban, la orquesta atacó *Ich Weiss es mird einmal ein wunder Geschenn*, de la popular artista cinematográfica Zarah Leander. «Sé que algún día sucederá un milagro», tradujo Pla mentalmente mientras era llevado en volandas por aquellos matones. Parecía una burla cruel que el destino gastaba a unos hombres que, por breves instantes, habían creído que la posibilidad de volver a sus vidas habituales albergaba cierta posibilidad de éxito. El ruido seco de las portezuelas de la camioneta de las SS que se los tragó en la noche se difuminó entre aquellos acordes de opereta que sugerían un mundo perfecto, ideal, diseñado solo para ser feliz.

La vida en aquel oasis artificial proseguía.

5. EL CORAZÓN DE BARCELONA ES NEGRO COMO EL CARBÓN

La capital catalana es un camaleón, capaz de adaptarse a quien mande. La ciudad que fue a despedir de manera entusiasta a Miguel Primo de Rivera cuando partió hacia Madrid para convertirse en dictador era la misma que se congregó a vitorear al secesionista Francesc Maciá. La ciudad que lloró en el entierro de Durruti, un acto de masas sin parangón en su historia, era la misma que recibió sin disparar un tiro a las tropas de Franco aclamándolas hasta tal punto que causó estupefacción en los militares sublevados. Una ciudad que había sido nido de espías durante la gran guerra, de pistoleros, de anarquistas, de putas cocainómanas y corales catalanistas, wagnerianos furibundos y cupletistas sicalípticas, burgueses envarados y menestrales salaces. La ciudad del comercio y de la vagancia, de las fábricas y de las ociosas tertulias, del hambre y del lujo, de las menores prostituidas y de las casadas con amante. Era un nido de basura y corrupción, de idealismo y de generosidad, de dinero y de carencias, de chabolas y casas lujosas, de automóviles modernos y carros reumáticos. Una ciudad que albergaba por igual a la cárcel Modelo y al templo de La Sagrada Familia.

Para Duran era su ciudad, un lugar que le devolvía a unos tiempos que tenían el mismo sabor que los besos de Rosita.

Paseaba representando el papel de hombre de negocios cubano de origen catalán que había venido a la nueva Cataluña para hacer negocios en el Reichsprotektorat. No tenía que hacerse pasar por catalán, porque lo era. Pero ¿realmente lo era? Viendo el apabullante despliegue de cruces gamadas y banderas de las SS, los desfiles de sus paisanos formados ordenadamente, con uniformes ideados en el Reich, tan serios, tan duros, apenas reconocía a esa gente como suya. Eran los mismos sin serlo. Algo oscuro, demoníaco, había aflorado tras estar sepultado décadas tras una máscara de bonhomía, pasión por la cultura, por la lengua, por la tradición. Incluso la religiosidad, que a Duran siempre le había repugnado por su cinismo y su melifluo patriotismo de juegos florales, tardes de té y comadreos entre viejas ricas, parecía haberse evaporado en aras de un paganismo sin nada que ver con Cristo. Cataluña, por vender, hasta se había vendido el alma. Los rituales basados en viejas leyendas, los solsticios, las hogueras crepitantes y las procesiones de antorchas durante la noche sin otro sonido que el repicar de botas y tambores habían desterrado pluviales, procesiones y rogativas. Se celebraban fiestas en honor de las brujas y en lugares que el esoterismo catalán consideraba emblemáticos, como el Pedraforca, se celebraban ceremonias enterradas hasta entonces. Era otra Cataluña, que siempre estuvo ahí sin que nadie la supiera ver. Para intentar erradicar de su mente aquella idea, se permitió callejear por el antiguo Barrio Chino. No quedaba nada del turbulento distrito que conoció en su agitada infancia. Incluso el vicio parecía haberse contagiado de la exagerada seriedad del régimen. Todo debía hacerse de manera grave, marcial, rígida, ordenada. Se lo había dicho Mera durante el viaje que les había llevado de Estados Unidos a Francia.

—No vas a reconocer tu tierra. Por lo que me dicen, hasta para cagar esperan que alguien toque un silbato y les dé la orden. Se me hace difícil pensar que una ciudad como la tuya, que vio cómo frenamos el dieciocho de julio, que asombró al mundo con la gesta de los hermanos Ascaso, con Durruti al frente, que envió a sus columnas de milicianos a defender Aragón, a Madrid y que supo ser tan generosa con su sangre, se haya convertido en un monumento de los nazis. ¡El Dios que los batanó!

Duran sabía demasiado bien —él también había leído los informes que describían cómo estaban las cosas en la Ciudad Condal— que Mera estaba en lo cierto y aquello le hacía sentir un regusto amargo en la boca. Para solucionarlo se sirvió un coñac y cambió de tema.

—Esa frase que sueles decir cuando te cabreas, lo de batanarse, ¿de dónde coño la has sacado?

—Está en Cervantes.

—Joder, Cipri. No te creía tan ilustrado —replicó zumbón Duran.

—Los cojones, ilustrado. Lo digo como otros dicen la madre que parió a paneque. Y nadie sabe qué carajo quiere decir.

Un oficial que acababa de entrar en la cámara de oficiales del submarino norteamericano en la que Duran y Mera estaban instalados terció en la conversación tras poner encima de la minúscula mesa una botella de *bourbon* y tres vasos, apartando la cantimplora del coñac que bebía Duran como si aquel brebaje no fuera suficientemente bueno. Los norteamericanos tienden a pensar que lo suyo es lo mejor.

—Sírvanse, señores. Este es el puto *bourbon* de mayor calidad que puedan encontrar. Lo fabrica mi familia. En lo que respecta a su conversación, puedo darles una respuesta a ambas cosas.

—Coño —dijo Duran—, no sabía que en los submarinos se aprendiese español.

—Soy licenciado en literatura hispánica y luché en su guerra. Junto a ustedes.

—Siendo así —dijo Mera sirviendo tres más que generosas porciones de licor—, diga usted, compañero.

—Lo de Paneque o Panete es de Cádiz. Se refiere a un tipo nacido en Dos Hermanas de origen bilbaíno. Era alguien que con sus dos compinches, el Yiyi y el Boliche, se metía en líos, de ahí que la gente se refiera a él como alguien pesado, metomentodo.

—¡A tu salud, escritor! —exclamó Mera.

—¿Y lo del bataneo? —inquirió Duran.

—Eso es más difícil. Un batán es una máquina que transforma tejidos normales en otros más tupidos, más espesos. Es un artilugio antiguo movido por las ruedas de un molino de agua que movía unos mazos que golpeaban la tela hasta hacerla más compacta. Se usaban mucho en el siglo XIX. No sé decirles más.

—¿Lo ves, Cipri? Esto es lo que yo llamo un hombre ilustrado.

—La madre que os batanó a los dos, carajo...

El comandante aprovechó para desplegar el plano que Donovan le había entregado antes de partir. En él estaba marcada la ruta que los dos anarquistas debían seguir por tierra. El oficial yanqui, que a pesar de su barba rubia parecía un crío, se apretujó contra ellos con un compás en la mano.

—Ustedes desembarcarán en este punto, cerca de Biarritz. Está poco vigilado. Los alemanes no se preocupan mucho por esa zona. La frontera española y vasca les parece inofensiva ahora que son dueños de su país. Allí nos esperará un agente de la OSS y podremos adoptar nuestras identidades falsas. Mera será el asistente personal de Duran, que se hará pasar por un hombre de negocios cubano con intereses en azúcar y tabaco.

—Perdone, ¿ha dicho identidades, en plural?

—Efectivamente, coronel Duran. Dispensen, no me he presentado. Mi nombre es Phelps, comandante ejecutivo de un grupo especial de la OSS a las órdenes directas del general Donovan.

—¿Tiene usted la misma misión que nosotros? —preguntó Duran con cara de malaleche porque nadie le había avisado.

—Solo acompañarlos hasta España y asegurarme de que puedan pasar a Cataluña sin problemas. La Operación Barcelona no es de mi incumbencia, eso es cosa suya. Permítanme que les presente a los otros dos agentes que forman parte de mi equipo.

La cortinilla que aislaba la cámara de oficiales del pasillo se descorrió y asomaron una mujer hermosísima con una mirada, sin embargo, capaz de frenar en seco al rijoso más pesado, y un hombre de aspecto serio, con aire de hablar poco y hacer mucho.

—Coroneles Duran y Mera, mis mejores operativos. La señora Carter y el señor Hand. No los hay mejores.

—Un placer —dijo la mujer mientras que el hombre se limitó a estrecharles la mano.

—Bien —dijo el comandante—, la situación es la siguiente. Desembarcaremos de noche en una balsa de goma. Cuando lleguemos a la playa, un grupo de nuestra gente y nuestro enlace estarán esperándonos para guiarnos hacia una casa segura. Allí pasaremos uno o dos días hasta que recibamos el aviso de que nuestro transporte está listo. Contamos con algunos elementos de la policía de Vichy. Cuando todo esté preparado, los llevarán hasta la frontera catalana. El viaje será pesado y largo, porque las carreteras son pésimas.

—¿Y no sería mejor entrar por la frontera española y de ahí entrar en Cataluña? —objetó Mera.

—Es más sencillo entrar por Francia. Muñoz Grande lleva mal lo que denomina el latrocinio teutón que consintió, según dice, de manera transitoria hasta que la guerra finalice. De vez en cuando la embajada alemana en Madrid tiene que enviarle alguna protesta diplomática por salirse del guión. Ni que decir tiene que las relaciones entre el gobierno español y el Protectorado del Reich son inexistentes. Si Heydrich no estuviera al mando de Cataluña, el actual Caudillo ya habría enviado sus tropas a ocuparla. Hitler fue muy listo colocando al verdugo al frente del tinglado. Nadie tiene cojones de chistarle en toda Europa.

—¿Incluido el Reich? —dijo Duran.

—En el Reich, menos. Pero recuerde, coronel, Cataluña es también el Reich. Que sus paisanos crean que son un Estado que acabará siendo independiente es una cosa. Que lo sea, otra muy distinta. Allí no existe más gobierno ni ley que la del Reichsprotektor. No hay otra cárcel más sólida que Cataluña. Si existe un lugar ejemplo de Estado policial, es Cataluña, lleno de gentes delatoras y controlado al milímetro por los nazis.

—Y, sin embargo, todos los informes que he leído indican que los separatistas viven felizmente bajo esa bota —terció Duran.

—Mientras les aseguren que son unos privilegiados, que el Reich les dará la independencia y que jamás volverán a formar parte de España, tan contentos. Bueno, y que les dejen mangonear con sus negocios y tengan a la clase obrera bien sujeta, claro.

Aquellas palabras no se habían borrado de un Duran al que el viaje hasta su ciudad natal se le antojó un paseo comparado con lo que tenía por delante. Nada había cambiado, cabronazo yanqui, se dijo Duran. El aspecto de prosperidad y paz que parecía reinar en las calles era pura apariencia, un trampantojo hábilmente fabricado que ocultaba el terror de la cruz gamada y sus aliados separatistas, convencidos de que iban a obtener de la mano nazi una Cataluña racialmente pura. El orden jerárquico de siempre, el orden feudal en el que el señor tiene derecho de vida o muerte sobre sus súbditos. Justo todo lo que le hizo convertirse en anarquista. Temía que su cólera lo delatase y por eso llevaba gafas oscuras, para esconder el odio que brotaba de sus entrañas como un torrente de lava rugiente. Compró varios diarios. Todos llevaban el águila del Reich y las palabras «Aprobado por la censura». Las portadas eran monótonamente parecidas. Fotografías de Heydrich inaugurando fábricas, recibiendo ramos de flores de niñas rubias, blanquísimas y vestidas de pubilla, certámenes sardanísticos con un mástil en el que la esvástica parecía controlarlo todo o el retrato del ganador de los últimos Juegos Florales convocados por el ayuntamiento barcelonés, un joven vestido con uniforme pardo y pelo repeinado que se había llevado la flor natural con unos versos titulados *Almogávares*. Todo medido al milímetro. Una noticia le llamó la atención. En ella aparecía un hombre entrado en años al que Heydrich imponía la Gran Cruz de Oro Alemana en agradecimiento del Reich, lo que el plumilla denominaba pomposamente «El hercúleo esfuerzo de colaboración con el Gran Reich en la esfera común de prosperidad catalano-germana». Era un empresario muy conocido, incluso por el propio Duran. En los turbulentos años veinte había sido uno de los promotores del Sindicato Libre, pistoleros que asesinaban a los líderes sindicalistas que osaban plantar cara a los patrones. Cuando estalló la guerra se refugió en Francia, pasando después a Burgos, donde formó parte del núcleo de catalanes que financiaban a Franco. Al finalizar la contienda volvió a Cataluña para recuperar sus fábricas, pero pronto se desencantó del régimen. A pesar del dinero que había puesto en la causa del Caudillo, Cataluña seguía sin tener ni siquiera el grado de autonomía de la que disfrutó durante la República.

Bartomeu, que así se apellidaba el industrial, se había entregado a la causa nazi. En el discurso de agradecimiento por la medalla, la más alta distinción que el Reich hacía con una personalidad extranjera, Bartomeu acudía a su monotema favorito, que gustaba de repetir en los numerosos actos en los que las SS agasajaban a la flor y nata de los empresarios catalanistas. «Lo intentó Cambó con su Lliga Regionalista bajo una monarquía borbónica, la misma que nos arrebató nuestros derechos como nación con el maldito Felipe V; lo intentamos con aquella república de españolistas anticatalanes como Azaña en la que los anarquistas venidos de Murcia o de Andalucía, hartos de comerse el pan que les dábamos, nos lo pagaron asesinándonos a placer; lo intentamos ayudando a Franco a derrocar aquel sistema criminal que negaba nuestra sagrada tradición, nuestra pureza, poniendo nuestros capitales y la sangre de nuestros jóvenes a su servicio. Ahí tienen al Tercio de Montserrat, que se batió el cobre de manera heroica. ¿Y todo para qué? Pues para que en la entrada de Franco a Barcelona se prohibieran los folletos en catalán; ahora, caminando junto al Führer y de la mano del Reichsprotektor, lo vamos a conseguir. Estamos tocando nuestra libertad con la punta de los dedos. No nos detendremos. Cataluña y el Reich serán milenarios e imbatibles, a despecho de esos muertos de hambre españoles que solo han sabido robarnos. La afrenta del 1714 quedará vengada gracias al nacionalsocialismo».

Duran no se sorprendió. Todos aquellos hijos de puta llevaban un nazi dentro. Solo había bastado dejarlo salir para que se manifestara sin camuflajes. Una tropa de camisas verdes pasó junto a Duran entonando una versión a la catalana del Horst Wessel, el himno nazi: «Las calles serán siempre nuestras, adelante catalanes, la señera ondea, nuestras filas están tozudamente alzadas, ¡comienza el día de la libertad!».

Duran, que ahora se hacía llamar Sixte Ramentol, se dirigió hacia el Gran Hotel del Reich, una monstruosidad edificada sobre los cimientos del Hotel Colón de antes de la guerra.

Águilas rampantes, mármoles perfectamente prescindibles, tapices y cortinajes representando escenas de la falsa mitología catalanista como la creación de la señera y una porción de botones, camareros, lacayos y sirvientes vestidos como el príncipe Danilo de *La Viuda Alegre*. Había elegido aquel ostentoso lugar por indicación de Mera, que se había instalado en una habitación más modesta en el mismo establecimiento. Repartiéndose las tareas, a Duran le había tocado relacionarse con los mandamases mientras que Mera, como su secretario, tenía que contactar con los elementos de la red. Duchado, afeitado y vestido atildadamente, se miró en el enorme espejo del cuarto de baño de su suite. Griferías de oro, materiales de primerísima calidad y un mobiliario que Duran calificó sarcásticamente como estilo presunción separatista. Todo era demasiado cargado, demasiado caro, demasiado ostentoso, como si aquello lo hubiera diseñado alguien con complejo de inferioridad. Desde luego, el Ritz hubiera estado mucho mejor. Ahí había lujo, pero del que esperas en cualquier sitio en el que la riqueza ha desgastado las alfombras de tanto pisarlas. El Gran Hotel del Reich era cosa de nuevos ricos que pretenden apabullar a sus visitantes vistiéndose de domingo.

Tras un vaso de whisky escocés Brothers Arians —los nazis se habían quedado con la propiedad de las destilerías cuando invadieron el Reino Unido—, se sintió preparado para la cena con Bartomeu. Un padre nazi y una hija que era su contacto de la OSS en la Ciudad Condal. Una luchadora por la libertad, le habían dicho en Washington. La persona que coordinaba todas las acciones de sabotaje en el Reichsprotektorat. La mujer que no dudaba en hacerse pasar por camarera de burdel, la que alternaba con lo más granado de la sociedad nazi catalana, la que el mismo Mera reconocía como una brava resistente. Jinete, universitaria, políglota, deseada por todos e inaccesible en su independiente vida. La misma persona a la que Schellenberg había salvado de las garras de Heydrich en una paradoja extraña cuyas consecuencias todavía resultaban imprevistas. El centro de un laberinto en el que Duran debía intentar seguir el sutil hilo de Ariadna que, en teoría, aquella mujer tendría preparado para él y para sus propósitos.

Queralt Bartomeu.

6. CENA EN FAMILIA

Los Bartomeu eran ricos por vocación, por vicio, por ansia, por dejar como unos pelafustanes a sus conocidos. Ricos por egoísmo, porque en su fe de bautismo ya estaba escrita la palabra «rico». Cuando el primer Bartomeu pisó la próspera isla de Cuba, allá por el siglo XIX, se frotó las manos diciéndose *Molts duros hi han per aquí*. Venía con una mano atrás, la otra delante y sus posesiones se limitaban a un par de camisas, una muda, unas alpargatas de repuesto, una pipa de arcilla y un puñado de calderilla que le había sobrado después de pagar el pasaje. Dinero que, con astucia de rapaz, había sustraído de la caja del comercio en el que prestaba sus servicios como repartidor. Desde entonces fue tradición en la familia Bartomeu no trabajar más que con el dinero de los otros y robar a manos llenas.

El Bartomeu indiano, con calles que llevaban su nombre y estatuas con su figura en Barcelona, que llegó a ser nombrado título por una monarquía atenta con quienes estaban dispuestos a pagar por un título —la nobleza catalana de raigambre se limita a un pequeño número de familias—, se puso rápidamente manos a la obra. De acuerdo con elementos del hampa local de La Habana organizó un lucrativo negocio de contrabando de ron con los norteamericanos. A esto le siguieron otros: ingenios azucareros que le dieron el aldabonazo para formar parte de los más distinguidos miembros de la satrapía económica cubana; también venta de armas tanto a los insurrectos mambises como al ejército español, sobornos a autoridades para que le permitieran traficar con esclavos sin preguntas, plantaciones de tabaco en las que los trabajadores caían como moscas, numerosos terrenos y edificios en La Habana, en fin, un hombre de negocios corrupto y sin escrúpulos. La protección que gozaba por parte de las autoridades españolas le permitía todo tipo de excesos: golpear hasta la muerte a sus lacayos, violar a prostitutas tras propinarles palizas de órdago, incendiar los campos de sus rivales, empujar al suicidio, real o simulado, a periodistas y policías que intentasen denunciar sus manejos, todo le estaba permitido dado los numerosos sobornos que, semanalmente, pagaba con puntualidad.

Volvió a la península archimillonario, respetable y admirado. Una vez en Cataluña, mantuvo su *modus operandi* robando, expoliando, maltratando y acumulando más y más riquezas. Sus descendientes heredaron su legado con la sana intención de proseguir la línea trazada por aquel patricio ante el que la gente se quitaba respetuosamente el sombrero al verlo pasar, lascivamente opulento, en su suntuoso coche de caballos. El Bartomeu que esperaba con su mejor vajilla a Duran no era, por descontado, una excepción a la saga. Hábil para moverse en los resbaladizos pasillos de la política había tocado todos los palos y cantado en todos los coros. Ahora era el máximo financiero de los nazis, porque otra característica de aquella familia era el profundo desprecio que sentían hacia todo lo que no fuera su caja de caudales. Sus trabajadores eran reses que debían producir hasta la extenuación y su máxima ambición era operar con total impunidad, esa que el Reich les prometía con un Estado propio. Bartomeu había apostado todo a la carta de Hitler, convencido del triunfo alemán. ¿Acaso Hitler no era el amo de toda Europa, incluida Gran Bretaña? ¿No se había deshecho de rojos, liberales, judíos, masones? ¿No había conquistado Moscú?

Duran, que había estudiado a conciencia el perfil sicológico del rico separatista nazi, poseía además un dato importante. En su papel de hombre de negocios, el anarquista tenía que emplearse a fondo si quería obtener información acerca del restringido círculo que aportaba millones a Himmler. Y había descubierto un punto flaco en aquel ambicioso: como todos los nazis separatistas, era terriblemente emotivo. Lloraba al escuchar *El Cant de la Senyera,* aunque minutos antes hubiera ordenado la muerte de un hombre. Era de lágrima fácil. Lo sabía por un contacto de Mera, acomodador en el Liceo. Nadie lloraba como Bartomeu cuando muere Mimí en La Boheme o cuando Tosca se arroja al vacío desde la torre del Castillo de Sant Ángelo. Incluso un día en el que las SS vinieron a detener a su acompañante en el palco familiar, la esposa de un comerciante que había venido a dejarse follar por Bartomeu para obtener la condonación de la deuda de su marido, siguió llorando con el final de La Traviata. *Pobreta, pobreta,* se le oyó decir entre sollozos. A ese cabrón le da más pena el personaje que la desgraciada a la que ha acusado falsamente de comunista, había dicho con un asco infinito el acomodador. Duran debía ser, por tanto, tan sensible e hijoputa como Bartomeu.

Cuando el Hispano Suiza que Duran había alquilado, sabedor de lo devotos de las apariencias que eran los separatistas, se detuvo frente a la enorme puerta de roble de doble hoja que daba acceso al palacete, no pudo reprimir una mueca de asco que ocultó prudentemente detrás de su pañuelo. Con sus impecables credenciales, el propietario de la mansión había decidido recibirle para intercambiar opiniones. Aquella cena era una jaula de leones en la que el anarquista debía entrar. Así que cuando un lacayo con una librea que parecía salida de *Los Tres Mosqueteros* se precipitó para abrirle la portezuela del vehículo Duran cambió la expresión de su cara, trocándola en una máscara.

El interior de la casa no desentonaba con el exterior. Esculturas clásicas, pinturas de autores alemanes, cortinas de Damasco, alfombras en las que caminaba con la misma sensación de hacerlo sobre arenas movedizas. Un mayordomo circunspecto y silencioso recogió su sombrero y le indicó que pasara a la biblioteca donde el señor lo recibiría. Duran aprovechó para repasar los anaqueles repletos de libros cuidadosamente seleccionados: Howard Stewart Chamberlain, Gobelin, el Doctor Robert, Pompeu Fabra, Pompeyo Gener, Rosenberg, y, en medio de todos, en un pedestal cubierto por una urna de cristal, reposaba sobre un cojín de terciopelo rojo con brocados de oro un ejemplar de la primera edición del Mein Kampf dedicada por el mismo Hitler. La estancia estaba presidida por un gigantesco cuadro del primer Bartomeu vestido con uniforme de gentilhombre del rey y el pecho cuajado de condecoraciones, apoyado en un globo terráqueo. Se sentó en uno de los inmensos butacones Chester y hojeó alguna de las revistas que había encima de una mesa de caoba. Alemanas y catalanas. Fijó especialmente su atención en las segundas. *Lluita Lliure*, publicación oficial de los *escamots* y émula del pornográfico y mendaz *Der Stürmer* alemán, contenía todo tipo de embustes acerca de los crímenes que los españoles habían perpetrado a lo largo de los siglos contra los catalanes. Otra, lujosamente editada y a todo color, se titulaba *Nuestra Historia*. Patrocinada por Himmler, sus artículos trataban de demostrar de manera peregrina que la mayoría de personalidades notables que en España habían significado algo eran, en realidad, de origen catalán. Del Cid Campeador a Miguel de Cervantes, pasando por Santa Teresa, incluyendo a Erasmo de Rotterdam, Beethoven o Leonardo da Vinci. Era la locura sancionada por las autoridades, lo irracional elevado a categoría científica. Las monografías de la revista tampoco tenían desperdicio. Aseguraban que el Santo Grial se encontraba en unas grutas situadas bajo Montserrat o que la sangre catalana era demostrablemente aria por ser descendiente de los godos, mientras que los españoles eran un sucio amasijo de sangre semita y árabe. Un librito encuadernado en terciopelo verde le llamó la atención: *Constitución de la República Catalana*. Concedía todo el poder al líder, supeditando a su criterio la elección de jueces, alcaldes, cargos públicos y representantes de la Asamblea Nacional Catalana, un burdo remedo de parlamento.

Más siniestro era el apartado dedicado al orden público. Se confiaba a los *escamots*, antigua fuerza de choque del Estat Catalá, el mismo rol que detentaban las SS en el Reich, pudiendo detener a cualquiera sin orden judicial, *habeas corpus* ni ninguna otra salvaguarda legal. El texto decía: «El interés de Cataluña está por encima de las viejas y españolas prevenciones de leguleyos». Todo estaba controlado por aquella policía, desde los diarios hasta los espectáculos. Se establecía una clara división entre los habitantes: los que pudieran exhibir un carné de catalanidad y el de simples habitantes que carecían del menor derecho salvo reventarse a trabajar para sus amos. «Ser catalán es una forma de vida y no podemos permitir lo que sucedió en el pasado, cuando elementos foráneos acudieron a nuestra sagrada tierra para contaminarnos con sus costumbres ajenas a nuestra forma de ser».

Duran no daba crédito. Las Leyes de Núremberg no tenían nada que envidiar a aquello. El sonido de la puerta abriéndose lo sacó de su estupor. El mismo mayordomo que lo había dejado en aquel antro de depravación de la letra impresa anunció con voz solemne «El señor». Duran se levantó elásticamente y alzó el brazo, acompañándolo de un sonoro ¡Heil Hitler, Heil Cataluña! Al que Bartomeu respondió de igual manera con una amplia sonrisa.

—Querido amigo mío Sixte, le pido mil perdones por este retraso, pero uno de mis invitados se ha presentado antes para discutir algunos aspectos de la próxima Diada. Ya sabrá usted que el mismísimo Führer nos honrará con su presencia.

—Entre compatriotas no hay que darse excusas.

Bartomeu volvió a exhibir aquella sonrisa en apariencia simpática y cordial que escondía a un lobo sediento de sangre.

—Todavía disponemos de unos minutos antes de pasar al comedor. Las señoras están acabando de arreglarse, pero ya sabe usted cómo son las mujeres. Estiran los minutos convirtiéndolos en horas. ¿Está usted casado?

Duran pensó en Rosita. Nunca le había hecho esperar. Con ella todo era verdad, sin subterfugios, sin apariencias, sin más que la bendita realidad del aquí y ahora.

—Le seré sincero. He tenido algún compromiso en el pasado, pero todo ha sido siempre muy vago, sin que me lo tomase demasiado en serio. Prefiero esperar a una chica con mi misma sangre, y formar con ella una familia tradicional, *com Déu mana*.

—Así se habla. Me parece que usted y yo nos vamos a entender. Trae unas magníficas referencias y me inclino a sospechar que, con su manera de pensar, acabará por quedarse en nuestra patria común que necesita hombres que sepan trabajar.

—Por eso me he dirigido a usted antes que a cualquier otro. Todos mis contactos financieros coinciden: si quiere hablar con una persona seria en los negocios, de moral irreprochable, patriotismo de *pedra picada* e ideología sin mácula, ese es el señor Bartomeu. Y aquí me tiene, dispuesto a escuchar sus consejos acerca de mis posibles inversiones en Cataluña.

Bartomeu sacó de un humidificador un par de soberbios Partagás, ofreciéndole uno a Duran. El millonario catalán lo observó atentamente mientras este le arrancaba la punta con los dientes y lo encendía con una astilla de madera de las que había dispuestas en una mesita, desdeñando cerillas o un encendedor de oro. Bartomeu encendió el suyo de la misma manera.

—Usted entiende de habanos. Ha procedido como solo lo haría un cubano. Nada de cerillas, que con el azufre echan a perder el aroma del buen tabaco. Ni tampoco el encendedor, que no prende de la misma manera que la madera. Querido Ramentol, conoce usted el paño. Entre los nuestros hay poca inclinación hacia el placer. Aquí existe un culto desmedido hacia el dinero. ¡Qué le vamos a hacer! La gente solo lee los extractos de sus cuentas corrientes, muchas situadas en Suiza. La cultura es para ellos una oportunidad de exhibirse. ¡Si viera usted las vergüenzas que paso cada vez que el Reichsprotektor acude al Liceo! La gente habla, entra y sale como si aquello fuera un apeadero de la estación de Francia, ríen, se van al palco de sus queridas y no quiera usted saber lo que pasa allí. Muchos dirigentes son simples *botiguers* a los que la noción de raza superior les es tan ajena como a una hormiga la ley de la gravedad.

«Ahora viene lo bueno», se dijo Duran, que estaba al cabo de la calle de las pretensiones políticas de aquel hombre miserable.

—Nos hace falta un líder, alguien que sepa aglutinar a todas las facciones patrióticas catalanas que, siento decirlo, están muy desunidas. Cada día surgen jefecillos que aspiran a medrar más que sus competidores bajo el ala protectora del Reich. Se creen todavía en aquellos tiempos en los que el primero en abordar al ministro del ramo era el que se llevaba el contrato. Y no es eso.

—Le comprendo perfectamente. No han entendido el signo de esta nueva época que el Führer ha comenzado de manera gloriosa.

—¡Exacto! Usted lo ha dicho. Una nueva época en la que solo los que comprendan que el envite es mucho más que hacer y deshacer a su antojo la economía catalana. Heydrich me lo ha confiado. «Solo quien sea digno de figurar entre la nueva raza de los señores es digno de liderar Cataluña». Y eso me preocupa. Por esas razones y otras que ya le iré contando, mis inversiones se dirigen hacia el terreno armamentístico. En nuevas tecnologías que permitan asegurar que nada perturbará nuestro nuevo orden.

—Eso me interesa y, de hecho, me gustaría conocer más acerca de ese campo que juzgo imprescindible en el momento presente.

Bartomeu se frotó las manos mientras emitía una risita de satisfacción. Sixte Ramentol era todo lo que le habían prometido y mucho más.

—Dejaremos para otro día los detalles, pero cuento con usted para estimular ciertas investigaciones del máximo interés para el Reich y Cataluña. ¿Qué cantidad tenía prevista invertir?

Duran extrajo de su bolsillo interior una cartera que contenía sendos pagarés avalados por tres de los principales bancos suizos.

—Aquí tiene usted. La cifra total es de doscientos millones de Reichsmarks, pagaderos a mi orden en favor de quien yo decida. Lógicamente, el pago puede ser en moneda o en oro, a tenor del precio de este en el mercado mundial.

Bartomeu se quedó sin aliento. Doscientos millones. Duran, que adivinaba lo que estaba pensando el banquero, habló ingenuamente.

—Comprendo que es una cantidad ridícula si tenemos en cuenta su patrimonio, señor Bartomeu, pero esto sería un pago a cuenta. Dispongo de más capital, lógicamente.

Bartomeu recompuso el gesto y volvió a ser el millonario de siempre. Cogiendo por el hombro a Duran de manera casi fraternal, lo condujo hasta la puerta de la biblioteca.

—Amigo mío, creo que usted y yo vamos a hacer grandes cosas por nuestra patria. Cosas notables. *Hem de fer país.*

—Eso es. *Hem de fer país.*

Cuando llegaron al inmenso comedor en el que se iba a servir la cena, un pequeño grupo de invitados estaba esperando a su anfitrión. Duran vio a Queralt de refilón charlando con un apuesto oficial. Era Schellenberg, lógicamente. A su lado, el máximo representante de la nueva conferencia episcopal catalana, el excelentísimo y reverendísimo Cardenal Soler, hablaba en voz baja con unos oficiales de la milicia catalana a los que el coronel anarquista tenía fichados. Formaban parte de un grupo autodenominado *Alliberadors de Catalunya*. Su jefe, un hombre corpulento de mediana estatura con aspecto brutal que se hacía llamar Savalls en honor a un viejo general carlista, estaba sentado en un rincón, acechante. Bartomeu insistió en que el anarquista se sentase a su izquierda. Un hombre alto, rubio, vestido impecablemente con el uniforme de gala de general de las SS, se acercó al dueño de la casa.

—No creo que se conozcan. Reichsprotektor, este es un joven patriota catalán que ha venido a su tierra para ayudarla, y con ello al Reich. Me permito presentarle a don Sixte Ramentol.

Heydrich, con la cortesía que le caracterizaba cuando interpretaba su papel de hombre de mundo, tras el Heil Hitler de rigor estrechó la mano del coronel. Una mano fría, huesuda, fuerte, con dedos más propios de un pianista que del amo y señor de Cataluña.

—Es un placer contar con hombres como usted, Herr Ramentol. Su nombre es muy interesante, Sixte. ¿Conoce su origen?

—Por supuesto, Reichsprotektor. Proviene del griego *systos* y significa «Aquel que es listo y pulido».

—¡Bravo! —dijo Heydrich mientras aplaudía.

—Tengo cierta afición por la etimología, Gruppenführer.

—Así sabrá usted que también es el nombre que se le otorgaba al sexto de los hijos y que lo han llevado incluso papas.

—Efectivamente, San Sixto II, aunque yo prefiero otros como el papa Silvestre II, occitano y por tanto catalán, que estuvo tres años en el monasterio de Ripoll y tuvo como protector al conde Borrell II.

—Conozco la historia de ese papa, de nombre Gerberto de Aurillac. Se decía que era un brujo, un nigromante que inventó una cabeza mecánica capaz de hablar y hacer cálculos matemáticos.

—Era un hombre sabio que tuvo que luchar contra los prejuicios de una Iglesia dominada por la judería inspirada por Saulo. Pero intuyó los vientos de la historia, se puso bajo la protección del emperador Otón I, ario e hijo de Heinrich der Vogler.

Heydrich quedó asombrado por los conocimientos de aquel joven de apariencia tan educada y exquisita. Mirándole a los ojos, le habló en voz baja.

—No sé si sabrá que nuestro Reichsführer afirma ser la reencarnación de ese rey.

—Un lazo más que une a catalanes y alemanes.

—Me parece, amigo Bartomeu —dijo Heydrich—, que el joven Ramentol es más interesante de lo que usted opina. Lo veo muy versado en historia, en esa epopeya germánica que une a los mejores pueblos de Europa. Tendremos una conversación privada cuando finalice la cena.

Duran bajó la mirada como si estuviera abrumado.

—Es un privilegio que el Reichsprotektor quiera hablar conmigo.

Todos se sentaron en cuanto Heydrich lo hizo y muchos de los presentes observaron con envidia la familiaridad con la que este y el dueño de la casa trataban al desconocido que estaba junto a los dos. No cabía la menor duda. Aquella iba a ser una cena muy interesante.

7. EL VIOLÍN DE HEYDRICH

La cena había sido copiosa y tan pomposa como su anfitrión. «Una cena a la catalana», había anunciado Bartomeu cuando las muchachas del servicio, de uniforme negro, delantal y cofia blanca, habían empezado a servirla. De aperitivo, bandejas de embutidos catalanes, desde Bull blanco y negro, secallona, salchichón de Vic a la butifarra de huevo; aceitunas arbequinas, anchoas de La Escala, ensalada catalana, tortilla de judías blancas y escalivada asada al horno de leña. Siguió una enorme *escudella i carn d'olla* con la sopa de primero y las *mongetes*, patatas, zanahoria y col después, rematados por ternera, las butifarras negras y blancas, el tocino, la gallina, el cerdo y la imprescindible *pilota*.

Cuando los comensales masculinos empezaban a desabrocharse discretamente los cinturones, apareció la *piece de resistence*: capón asado a la catalana, relleno con carne de butifarra, pasas, orejones y frutos secos. De postre, crema catalana, *neules*, cafés y licores de la tierra como la Ratafía o el moscatel. Habanos para los caballeros y cigarrillos para algunas damas, puesto que buena parte de las señoras catalanas consideraban que las mujeres que fumaban no estaban bien vistas en el Reich. Aunque a escondidas fumasen como carreteros. A pesar de lo insustancial de las conversaciones, el anarquista no dejó de observar que existía una tensión larvada en los comensales que se esforzaban terriblemente en disimular, especialmente entre los *escamots*. También advirtió la familiaridad que existía entre la hija de Bartomeu, que se había limitado a picotear la cena, y Schellenberg. Si su contacto con la OSS se dedicaba a coquetear con el responsable de la inteligencia de las SS, mal empezaba aquello.

Bartomeu, por su parte, no dejaba de halagar a Heydrich que, buen conocedor del ser humano, se dejaba querer. Hablaron mucho de la amistad germano-catalana, de los preparativos para el próximo once de septiembre, de cómo la nueva división SS Katalonien se ganaría la gloria en el frente ruso, de cómo el Führer había pronosticado que antes de Navidad lo que quedaba de la URSS estaría derrotada y de algunos cotilleos referentes a Muñoz Grande y su enorme enfado con el Reich debido al trato de favor que dispensaban a Cataluña. Bartomeu se dirigió a Duran, que se había limitado durante la cena a frases cortas, de esas que se emplean cuando se quiere decir poco.

—Camarada Sixte, quien sí que debe estar realmente enfadado es Franco. Al fin y al cabo, Muñoz Grande es el Caudillo mientras él ha quedado al margen de la historia, ¿no le parece?

A pesar de que la pregunta había sido formulada con la mayor naturalidad, Duran advirtió el peligro. La manera en la que Heydrich lo miraba atentamente le indicó que lo estaban sometiendo a una prueba.

—Si le soy sincero, creo que Franco debe preocuparnos muy poco. Cuando se opuso a que las tropas de la Wermacht entrasen en España para garantizar el control del Estrecho, garantizando el completo dominio de la Kriegsmarine y la Armada italiana en el Mediterráneo, firmó su suerte. No hay nada peor que un socio malagradecido y Franco debió recordar que mandaba en España porque el Führer le había ayudado de forma extraordinariamente generosa durante la Guerra Civil. Franco no comprendió que vivimos un tiempo de cambios gigantescos en el que la vieja política no sirve para nada. Por otra parte, los catalanes debemos estar agradecidos al inmenso privilegio que nos ha dispensado Alemania al concedernos la condición de Reichsprotektorat, algo que jamás habría consentido Franco. Es una oportunidad de oro para que Cataluña adquiera, bajo las águilas nacionalsocialistas, el lugar que merece en este nuevo orden mundial que el Führer ha sabido crear gracias a su prodigiosa inspiración y liderazgo.

—Veo que es usted un entusiasta —terció Heydrich.

—Reichsprotektor, yo soy, antes que nada, un nacionalso-cialista catalán que desea un Estado propio donde el concepto de raza sea determinante. Soy entusiasta y también soy de la opinión de que todo lo que se oponga a esto debe ser suprimido sin contemplaciones. No podemos permitirnos debilidades ni falsos humanitarismos. El Reich ha marcado un camino único en la historia y nuestro deber es seguirlo hasta la victoria final.

—¡Bravo! —dijo aplaudiendo el arzobispo Soler, secundado por Savalls y su grupo de camisas verdes—, eso es *parlar clar i català*.

Duran había hablado con un tono lo suficientemente alto y vehemente como para que sus palabras fuesen escuchadas por todos. Quería ver las reacciones a su discurso patriotero, inflado y pronazi.

—Querido Reichsprotektor, amigo Bartomeu, creo que el señor y su humilde servidor no hemos sido presentados.

—Nadie que ame nuestra patria desconoce al arzobispo ni su papel en el desarrollo del nuevo Estado. He seguido aten-tamente sus homilías y puedo decirle que me reconcilia usted con la Iglesia que, debo confesárselo, no habla normalmente con su claridad.

—El arzobispo es un extraordinario auxiliar —dijo Heydrich— al mostrar al Vaticano que no somos unos paganos, como dice la prensa judía. Aquí se tiene en consideración todo lo católico y se reprime con dureza a quien atente contra la Iglesia. Se acabó el tiempo de los anarquistas asesinos. El propio Reichsführer acude con frecuencia a Montserrat y ha dispuesto numerosas sumas para restaurar lugares de culto emblemáticos como la Sagrada Familia, a la que considera de un misticismo extraordinario.

Con reverencia versallesca, el arzobispo Soler agradeció las palabras de Heydrich mientras Bartomeu indicaba a sus invitados que podían pasar al salón de fumadores. Un piano de cola presidía la enorme estancia, decorada con el mismo lujo ostentoso que el resto de la mansión. Duran se sentó frente al teclado y pulsó algunas teclas.

—¿Toca usted el piano, Duran? —preguntó el Reichsprotektor.

—Lo justo para que me inviten a fiestas para distraer a los invitados —bromeó el coronel. Heydrich respondió con una carcajada.

—A mí también me pasa lo mismo con el violín. Provengo de una familia de músicos, ¿sabe? Yo hubiera debido ser un intérprete y tocar ante multitudes las diabólicas composiciones de Paganini o Sarasate, pero ya ve, aquí estoy de uniforme y alejado de ese mundo ideal. ¿Qué le parecería tocar juntos usted y yo?

—¿Ahora?

—Claro que sí. Algo emotivo, que complazca a las damas. Que traigan mi violín, por favor. Siempre acostumbro a llevarlo por la misma razón que usted. Así me aseguro las invitaciones.

Un SS le entregó a Heydrich un estuche del que extrajo un precioso violín. Pulsó las cuerdas y tensó alguna de ellas con mano experta.

—¿Qué le parece? ¿Conoce alguna obra para violín y piano?

—Así de repente, me viene a la cabeza la sonata *Traume*. ¿Le parece, Reichsprotektor?

—Excelente elección. Es una de mis preferidas.

Duran esperó a que Heydrich asintiera y empezó a deslizar sus manos sobre las teclas introduciendo la melodía para que el violín lánguido apareciera marcando una música suave, romántica, nada que ver con los excesos germánicos. Heydrich parecía sonámbulo, daba pasos adelante y atrás siguiendo la melodía con los ojos cerrados. Su mente se encontraba muy lejos de allí, en un mundo ajeno. Era un hombre distinto del implacable funcionario de la seguridad del Reich que desconocía la piedad. Al finalizar la pieza, todos aplaudieron con entusiasmo. Más allá del riesgo que hubiera supuesto no hacerlo, lo cierto es que el general nazi era un auténtico virtuoso y Duran no se había quedado atrás. Heydrich lo abrazó con una cordialidad inusual. Cogiéndolo por los hombros sonreía satisfecho, asintiendo con su rubia cabeza.

—Maldito impostor, usted es un concertista de piano que viaja de incógnito. ¡Maravilloso, amigo mío, maravilloso! Lástima que mi esposa Lina no haya podido estar aquí, pero lo solucionaremos rápidamente. Tiene que venir a mi casa. Ya lo ve, yo también soy de los que lo buscan por su talento pianístico —añadió guiñándole un ojo y sonriendo.

Bartomeu estaba entusiasmado. Que Heydrich, siempre parco en demostrar sus emociones, hubiera simpatizado tan rápidamente con aquel hombre podía resultar sumamente útil en sus proyectos para erigirse como líder catalán. Miró de reojo al arzobispo y a Savalls. Con cara compungida, ambos contemplaban al Reichsprotektor y a Duran con la expresión del perro al que le arrebatan un hueso.

—Quisiera hablar un momento a solas con mi amigo pianista, Herr Bartomeu. No se lo robaré mucho tiempo. Pero cuando conozco a un hombre notable, siento la curiosidad de tratarlo de tú a tú.

—Es un honor, Reichsprotektor. Pasen a mi despacho, allí no les molestará nadie. Podrán hablar sin injerencias molestas.

—Como las del arzobispo, *¿nicht war?* —dijo en voz baja el nazi con expresión maliciosa.

Cogiéndolo del brazo, Heydrich y Duran salieron del comedor. Parecían viejos camaradas. El Reichsprotektor situó en la puerta del despacho a dos de sus hombres con órdenes de no dejar pasar a nadie salvo al dueño de la casa. Una vez sentados en dos cómodos sillones Chester, Heydrich jugueteaba con su espadín de oficial de las SS.

—Camarada, me tiene usted impresionado y conste que eso en mí es una rareza. Su pasión, su técnica, su interpretación han sido de lo mejor que he escuchado. ¿Dónde aprendió a tocar así?

Duran no podía decirle la verdad. Cuando era un golfillo que se buscaba la vida por las calles del Barrio Chino, una puta que regentaba un antro lo adoptó como recadero. A cambio, le daba un techo bajo el que guarecerse, comida y clases de música. La puta, completamente alcoholizada, había sido antaño corista del Liceo con un futuro brillante. Pero sus ansias de dinero y su vanidad desmesurada la llevaron a tratar con indeseables que la empujaron por el abismo hasta que terminó ahogada en un charco de vino y degradación. No obstante, sus conocimientos musicales eran enormes y, cuando no se encontraba idiotizada por la bebida, enseñaba al pequeño Duran solfeo. Encontraba consuelo tocando el piano, haciendo escalas, abriéndole al pequeño un maravilloso mundo al que no podría volver jamás. Había conseguido un montón de partituras ajadas y con ellas Duran se convertía en aprendiz de pianista a horas perdidas y ratero, correveidile, buscavidas y señuelo para busconas el resto del día. El anarquista tenía una predisposición natural para la música y al poco tiempo sabía leer una partitura a vista e interpretar piezas populares. Cuando no estaba sirviendo a la puta, que proporcionaba compañías a barceloneses que buscaban placeres negados en sus camas matrimoniales, estaba pegado al piano.

Con los años, Duran acabó por trabajar de pianista en los cines, acompañando las primeras cintas mudas y terminó por ganarse la vida en locales de moda como La Criolla. La puta acabó, como no podía ser de otra forma, internada en el manicomio, presa de *delirium tremens.* Murió en un camastro, sola, imaginando quién sabe qué lujos. Pero como a Heydrich podía no gustarle la historia, Duran se inventó otra. El viejo recurso frente al poderoso, decir lo que quiere escuchar.

—Recibí clases particulares y desde el primer día me apasionó el piano. Yo hubiera querido dedicarme a interpretar por todo el mundo la música de Wagner, de Grieg, de Beethoven o de Bruckner, pero eso no me habría permitido ganar la fortuna que poseo. Los catalanes somos prácticos. La obligación antes que la devoción.

—Le comprendo —dijo Heydrich estirando las piernas— porque es mi caso. Y ahora que ya somos en cierto modo cómplices musicales, permítame una pregunta, no como Reichsprotektor, ni siquiera como general de las SS. ¿Qué opina usted de Bartomeu?

Duran no dudó un segundo. Heydrich captaba las pausas al vuelo.

—Lo conozco poco. Acudí a él porque me dijeron que, para hacer negocios en Cataluña, era la persona adecuada.

—No me refería a eso. Le pregunto acerca de su carácter.

—Le reitero que lo he conocido hace poco, pero a primera vista parece que sabe lo que quiere. Le gusta decir que le importa más la política y Cataluña que su patrimonio. Si fuera cierto sería un idealista. Pero no sé distinguir si sería bueno

194

o malo para el Reich. Bartomeu me ha confesado que el arzobispo le disputa el puesto de líder que desea en una Cataluña independiente.

—Interesante. ¿Le parece conveniente esa posibilidad?

—¿Que Bartomeu sea líder o la independencia?

—Las dos.

—Soy partidario de que el Führer decida. Nadie como él conoce lo que precisa el Reich. Lo mismo puedo decirle de la independencia. No le ocultaré que vería con buenos ojos tal cosa, pero me remito a mi juicio anterior. Será lo que quiera el Führer que sea. Si la concede, magnífico. Si decide esperar, también. Reichsprotektor, mi patriotismo catalanista solo se ve superado por mi fe en la ideología nacionalsocialista. Todo lo que nos beneficie como raza está bien; todo lo que la entorpezca debe ser eliminado. Es la ley del más fuerte, un principio en el que se basa el liderazgo.

Heydrich parecía sentirse satisfecho con aquella contestación de manual, lo que en realidad era. Pero se cuidaba en mostrar la más mínima expresión que delatase sus pensamientos. La cordialidad que había exhibido hacía pocos minutos había desaparecido, quedando tan solo su fría cara y su mirada inquisitorial.

—¿Y el arzobispo? ¿Qué le parecería tener como dirigente de su pueblo a un hombre como él?

—Lo que diré quizá sea inadecuado, pero no creo que el Reich esté pensado para que curas al servicio del Vaticano sean quienes deban interpretar los designios del Führer.

—Pero ahí tiene usted a monseñor Tiso, presidente de la república eslovaca independiente y fiel aliado nuestro.

—Sí, y si así lo ha decidido el Führer, no tengo nada que decir. Pero bajo mi punto de vista, curas, judíos, masones y toda esa ralea no tienen lugar en nuestro nuevo orden. Es una opinión personal.

Heydrich esbozó una levísima sonrisa. Aquel muchacho bronceado y de mirada severa parecía alguien muy especial.

—¡Una opinión impecable que encaja perfectamente con la mía y con la del Reichsführer! Y, si me lo permite, con el credo de las SS e incluso con el mismísimo Führer.

—Él sabe muy bien lo que hay que hacer en cada momento y conoce detalles que a los demás se nos escapan. Los enemigos de nuestra raza son muchos y hay que tener siempre la espada levantada. Vivimos tiempos históricos.

Heydrich se levantó y empezó a pasear por el despacho hojeando unos papeles por aquí, examinando un libro por allá, deteniéndose ante una escultura o un cuadro. Parecía vagar sin un punto concreto al que dirigirse, como si estuviese pensando en mil cosas triviales. Pero, deteniéndose en seco, se dirigió a Duran.

—Los jóvenes como usted nos interesan, Sixte. Muchos de sus compatriotas buscan medrar bajo nuestra protección y se comportan como judíos. Le doy completamente la razón. Este es un momento único, irrepetible, en el que los goznes del cosmos giran para que se abran las puertas de la eternidad y está en nuestras manos que permanezcan abiertas. Ha dicho cosas que me inclinan a pensar que conoce la gravedad del momento. Los celos de esos aprendices de Führer que ha visto en la cena y sus envidias no son nada para el Reich. Bartomeu se cree por encima del arzobispo, pero son iguales. Ninguno ha sabido captar que lo que aquí se disputa es la lucha por el nuevo hombre. Uno quiere la independencia para eliminar a los rivales en los negocios, el otro para ser elegido papa. Usted cree en algo muy distinto.

Duran estaba atónito. Heydrich se expresaba con una vehemencia digna del mismo Hitler. Su rostro, de natural hierático e inexpresivo, se agitaba en muecas de odio constantes, revelando una naturaleza mucho más peligrosa de la que suponían sus enemigos. Aquel hombre creía en el mal, se consideraba en guerra, ya no con comunistas o judíos, y quería traer a este mundo algo atávico, maligno y aterrador.

—Camarada, permítame que le dé un consejo. Sé que usted eleva su mirada mucho más allá de los vulgares negocios que le pueda proponer Bartomeu, incluso si son beneficiosos para el Reich. Imagino que le habrá sugerido invertir en armamento.

—Ciertamente, Reichsprotektor.

—En ese terreno es usted muy libre de proceder según crea. Pero si quiere emplear su fortuna en algo decisivo para nuestra raza, permítame que lo invite a una reunión de espíritus selectos, una reunión en la que conocerá los objetivos más importantes para nosotros. No se arrepentirá.

—Es un honor. Cuente conmigo, Reichsprotektor.

—Y recuerde, todo esto queda entre nosotros. No comente con nadie esta conversación. Cualquier problema que tenga, diríjase a mi directamente. Le he tomado bajo mi protección y espero de usted grandes cosas. Pero exijo obediencia absoluta y fidelidad total.

—No le defraudaré, Reichsprotektor.

Duran recitaba frases manidas, tópicas, pero de suma eficacia con Heydrich, que esperaba una actitud mecánica de sumisión.

—Nos vamos a ver con frecuencia. Sería conveniente buscar una razón más plausible que el trato social. ¿Sería un engorro ingresar en las SS como, dijéramos, asesor del Reichsprotektor? Entiéndame, se trata de una cobertura, nada formal.

—Un honor. ¿Qué formalidades debo cumplir?

Heydrich sonrió astutamente.

—Siendo su ingreso a propuesta mía los trámites serán sencillos. No se preocupe. Y ahora, volvamos con esos fenicios. Se deben estar preguntando de qué demonios estamos hablando.

—Puede decir que hablamos del futuro líder catalán.

—Usted quiere que me asesinen —dijo entre risas Heydrich.

Definitivamente, aquel muchacho prometía y, por el contrario, Schellenberg le estaba decepcionando últimamente. Eso de no informarle acerca de Queralt podía considerarse una traición. Quién sabe, a lo mejor había llegado la hora del relevo. Mientras entraban en la sala, donde, efectivamente, los invitados no habían dejado de especular sobre acerca de qué estarían hablando el Reichsprotektor y el joven millonario, Heydrich lo miró como un criador de caballos a un potro. «Habrá que domarlo, pero no se me ocurre nadie mejor para ayudarme con el asunto catalán. Lo someteremos a prueba y, si todo está en orden, Walter va a tener que emprender un viaje hacia los hielos rusos. Claro que siempre podrá ir acompañado de Queralt. Es bonito tener compañía en los viajes y más entretenido que leer un libro».

8. ORFEO Y EURÍDICE

Mientras Heydrich y Duran conversaban en el despacho de la mansión Bartomeu, la hija de este y Schellenberg habían salido al jardín dejando al resto de los invitados enfrascados en una maraña de hipótesis acerca del repentino interés de Heydrich por el recién llegado. La joven aspiró con fruición el Camel que el general alemán le había encendido.

—¿Qué opina usted de ese individuo, amiga mía? ¿Su intuición femenina la hace recelar de esa impecable apariencia?

—No tengo demasiada fe en las apariencias. Son como los espejos, lo dicen todo al revés. Desde luego, es demasiado perfecto como para ser verdad. Un auténtico mirlo blanco llegado justo en vísperas de la llegada de Hitler, de la consagración de la división SS catalana, de las disensiones en el seno del separatismo. Si me dijeran que es un agente de la OSS, lo creería. Lo extraño es que Heydrich no tenga las mismas dudas que yo.

Schellenberg miró indolentemente la luna y, como si estuviera recitando un verso, respondió en voz bajísima.

—No sospecha porque yo le he facilitado un dosier acerca de Ramentol totalmente impoluto: un nacionalsocialista de los pies a la cabeza, un idealista que lucha por un mundo en el que la esvástica impere, un acaudalado heredero que quiere contribuir a la causa. Ya lo ha visto usted: incluso es un pianista excelente.

—Es decir, todo es pura fachada.

—Más falso que un dólar de madera, amiga mía. Ese individuo se llama, en realidad, Alberto Duran y es un operativo de la OSS cuya misión todavía desconozco. En mi calidad de agente aliado, y dada mi posición relevante en los asuntos de la seguridad del Reich, me llegan antes que a nadie los informes de Donovan.

—A través de Dulles, claro —añadió Queralt con un mohín irónico.

—Exactamente. Por eso sabía que iba a venir junto a un antiguo compañero suyo, Cipriano Mera. Y ahora viene lo bueno: ¡los dos son anarquistas!

Queralt no pudo reprimir una risa cristalina que hizo que a Schellenberg algo se le moviera muy dentro de él a pesar suyo.

—¡Heydrich se moriría si se enterase!

—Creo que quien moriría sería su humilde servidor. Pero no crea que son dos tipos de esos que tiran un ¿cómo los llamaban en los folletines decimonónicos?, ah, sí, un artefacto infernal al paso de la carroza. Combatieron en la guerra y son soldados duros, muy duros. Se me ha pedido que facilite en lo posible su misión.

—O sea, que Heydrich se ha confiado a un agente enemigo.

—Tampoco es eso. Heydrich se ha creído las pruebas que he puesto encima de su mesa. Lo que le ha decidido a inclinarse por él es que en su ficha he incluido su filiación en varias sociedades secretas en Cuba. En la masonería y luego en otras...

—De inspiración nazi.

—El Tercer Reich se fundamenta en una serie de supersticiones, mitos paganos y teorías racistas que, aunque parezcan increíbles ante una mente racional, son creídas a pies juntillas por quienes lo dirigen. ¿Sabe usted que tanto el Führer como los miembros de su círculo íntimo eran miembros de una hermandad conocida como Thule? ¿Ha oído hablar de la Logia del Vril? *¿Nein?*

La joven miró interrogadoramente al general. Dios, está bellísima, pensó Schellenberg. Cuanto más tiempo estaba junto a ella, más ganas le daban de abandonarlo todo y marcharse al último rincón del mundo cogido de su mano. El ayudante de Heydrich tuvo que obligarse a contestar. No era el momento de comportarse como un estudiante de Heidelberg, prendado de la primera chica guapa que se encuentra.

—Ha pasado un ángel. Vuelva a la tierra, Walter —dijo Queralt con ironía, porque había sabido leer en los ojos de Schellenberg todo lo que no podía decirle.

—Usted disculpe. Le preguntaba si conocía usted la Thule.

—No. ¿Debería?

—No se lo aconsejo. Es un cenáculo inquietante. Lo fundaron un grupo de extremistas de los Cuerpos Francos, milicias que luchaban contra los comunistas. Contaban con numerosos aristócratas, financieros, ocultistas y todo tipo de elementos anti-Weimar. Ahí se conocieron Hitler y Hess, se fraguó que el primero se apoderara de un partido minúsculo, el DAP, partido obrero alemán, y lo transformase en ese monstruo que el mundo conoce como partido nacionalsocialista. De ahí ha salido Rosenberg, el ideólogo de la doctrina de la sangre y la tierra. Ese es el instrumento usado para dominar el Reich.

—¿Hitler fundó esa Thule que me dice? —susurró Queralt, que también empezaba a mirar con ojos semicerrados al apuesto oficial con algo parecido a la lascivia adolescente que se experimenta ante un profesor seductor.

—No, la fundaron dos locos alcohólicos y drogadictos, Rudolf von Sebottendorf y Dietrich Eckhardt, la única persona de la que Hitler se ha declarado discípulo. El *Mein Kampf* se lo dedicó a él.

—¿Y ahora dónde están?

—Muertos. Uno se suicidó y el otro por haberse destrozado los pulmones inhalando quién sabe qué. Es una locura. Si le digo que las SS disponen de una sociedad ocultista, la Ahnenerbe dirigida por un hombre que tiene locura diagnosticada, Karl María Viligut, ¿lo podría creer? Dispone de infinitos recursos, tanto económicos como técnicos. Todo para demostrar que las teorías de esos locos tienen una base científica.

—Por Dios, eso suena a locura, efectivamente.

—Porque lo es. Se reúnen en una logia en la que llevan a cabo rituales ocultistas pretendidamente arios. Tienen su sede principal en un castillo llamado Wewelsburg, con Himmler como Gran Maestre. No quiero ni imaginar las delirantes ceremonias que llevan a cabo.

—Si están tan lejos, no deberíamos preocuparnos, ¿no cree?

—Mi querida Queralt, tienen sucursales en las principales capitales europeas y, como Barcelona está considerada como una de las más importantes, también están aquí. Heydrich es su máximo dirigente. Junto a su padre, claro está, y no pocos de los separatistas catalanes.

—¿Mi padre metido en asuntos esotéricos? No me haga reír, Walter, si a él solo le preocupan el dinero y la influencia.

—Es que ahí se obtienen ambas cosas, *fraulein*.

—Es extraño. Perdón por la pregunta, pero ¿tiene usted a alguien infiltrado, a un informante?

Schellenberg encendió otro pitillo con aire displicente, aunque bajo la máscara de superficialidad que usaba el joven general se escondía una preocupación demasiado profunda como para que la joven la advirtiese.

—No, no tengo a nadie. Es un círculo exclusivo y cerrado. No me han solicitado ingresar. Supongo que mi bien ganada reputación de escéptico les ha hecho considerar mi adscripción como poco adecuada. Solo buscan fanáticos de la religión de la raza aria.

Queralt sonrió de manera especial. Le gustaba aquel hombre. Era tan contradictorio como ella, y le gustaban las contradicciones. Siempre había sentido pavor ante la gente que decía ser de una sola pieza, sin matices. Los que jamás se plantean una duda suelen ser los mejores asesinos, se decía cuando escuchaba conversar en la mesa familiar a su padre y a los amigos de este. Gente cabal, sensata, de un solo libro, una sola idea. Gente que conjugaba los verbos en primera persona.

—¿De qué se ríe, Queralt? —preguntó el general a la chica que seguía mirándolo con una sonrisa.

—De lo que habríamos podido ser los dos de habernos encontrado en circunstancias muy diferentes. Y de que me gusta usted, general Schellenberg. Tanto como me disgustan su jefe, su ideario, mi padre y el estercolero en el que han convertido España y Europa.

—Queralt... lo que usted dice es...

Schellenberg no tuvo tiempo de terminar la frase. Su instinto profesional le hizo vislumbrar con el rabillo del ojo un brillo siniestro entre la vegetación. Solo le dio tiempo para arrastrar consigo a la joven al suelo y esquivar una ráfaga de ametralladora que impactó contra la pared. Levantándose con gran agilidad, Schellenberg sacó su Walther haciendo fuego hacia el lugar del que provenían los disparos. Un grito sordo seguido de una ráfaga disparada al azar le indicaron que había hecho blanco. A los pocos segundos el jardín estaba lleno de SS con el Reichsprotektor al frente. Potentes focos instalados en camionetas barrían la superficie verde y órdenes ladradas por voces guturales conminaban a la rendición de quien se ocultase entre los arriates y árboles. Las grotescas sombras que proyectaban y el ir y venir de aquellos hombres enfundados de negro le parecieron a Queralt una pesadilla, la imagen de las hordas de Satán que venían a capturarla. Schellenberg la abrazó, soltándola para hablar con Heydrich.

—¿Están heridos? ¿Frau Queralt, está bien?

El padre de la joven también corría hacia ella. Un pequeño círculo de los invitados asistía con miedo a la escena, frenados por una barrera de los SS que les impedían el paso. Entre ellos se abrió paso la figura de Duran empuñando resueltamente una automática Walther PPK. Heydrich, capaz de seguir observándolo todo a pesar de las circunstancias, no pudo evitar observar la profesionalidad con la que aquel joven llamado empuñaba el arma. La tensión de los músculos de su cara, el lenguaje corporal, todo indicaba que estaba familiarizado con el uso de pistolas y de la violencia.

—No ha pasado nada, vuelvan a la casa. Mis hombres se ocuparán de todo y detendrán a los responsables. Vaya, Schellenberg, y llévese consigo a la señorita. Usted no, Ramentol, quédese un instante.

Duran se había guardado la automática en el interior de la chaqueta y miraba divertido al hombre más poderoso del Reich después de Hitler. Sabía que le había desconcertado y eso le producía un secreto regocijo.

—Ignoraba que poseyera usted una pistola —dijo Heydrich con voz que no presagiaba nada bueno. Pero hacía falta más que aquella pose de inquisidor para impresionar al anarquista.

—Autorizada por su Kommandatur, Reichsprotektor, y adquirida en la armería de un honrado comerciante alemán aquí mismo, en Barcelona. Fue lo primero que hice cuando llegué a mi ciudad.

—¿Tan malo juzga el orden público en el Protectorado?

—En absoluto. Pero debe saber que estoy acostumbrado a llevar siempre encima un tirabalas por lo que pudiera suceder. Reconozco que el dueño de la armería insistió mucho en que comprase la P38, pero me acomoda más este modelo. Es sencilla, pequeña, fácil de esconder en cualquier bolsillo y tiene un calibre más que conveniente.

—Diríase que estoy hablando con un profesional.

Duran estalló en una risotada ante un Heydrich estupefacto.

—Profesional en evitar que intenten asesinarme. En lo que va de año llevo ya tres intentos y es lógico que tome mis precauciones. Mis enemigos pueden esconderse en cualquier parte y debo estar preparado porque, se lo confieso, tengo un cierto apego a mi pellejo.

—Habla usted de enemigos. ¿Cuáles son, si puede saberse?

Duran fingió dudar. Fingiendo que intentaba superar su discreción, habló en voz baja.

—Le seré sincero. Hará cosa de unos años, cuando apenas había cumplido la mayoría de edad, ingresé en una logia masónica en La Habana, cosa bastante habitual en aquel lugar.

—Prosiga —dijo en tono helado Heydrich mientras abría sin disimulo la funda de su pistolera.

—La dirigía otro catalán que había hecho fortuna en aquellas tierras. Lo consideraba poco menos que un referente, un amigo, casi diría que un segundo padre. Cuando me dijo que sería muy bueno para mis negocios ingresar ni siquiera lo cuestioné. Además, existía un factor personal. Estoy vivamente interesado en el ocultismo. Pensé que la masonería era un buen lugar para aprender. Pero, cuando fui iniciado, lo que vi me repugnó tanto que salí de aquel maldito lugar de estampida mientras aquellos hombres proferían terribles amenazas contra mí.

—¿Qué vio?

—Reichsprotektor, allí estaban sentados unos al lado de otros en franca hermandad arios y judíos, mulatos y blancos, ateos y creyentes, marxistas y hacendados ricos. Muchos de ellos en estado de embriaguez. Hablaban de la orgía que nos esperaba al finalizar la reunión. Mi cabeza daba vueltas. Aquellas paredes tapizadas de rojo, los juramentos que me habían obligado a hacer, todo me puso físicamente enfermo. Pero cuando al final tuve que dar tres besos a todos los presentes y se plantó ante mí el rabino local, gordo, sudoroso, sucio, que hedía a vicio y a whisky barato, mi repugnancia llegó a su límite. Me negué. Mi amigo me obligó a besarlo con una virulencia inusitada en él. Mirándome con los ojos inyectados en sangre musitó a mi oído «Ahora eres de los nuestros y tienes que considerar a todos los presentes como a hermanos. El rabino es digno de todo respeto y debes pedirle perdón por tu actitud profana». Cuando los miembros de la logia me apuntaron con sus espadas, intentando que me arrodillase ante el hebreo, algo en mí saltó y le di un puñetazo en la mandíbula a aquel judío seboso. Creo que me excedí, porque según supe después le hundí el cráneo. Por eso salí a escape de aquel siniestro lugar.

—Entiendo. De ahí que los masones le persigan, por haber matado a un sucio judío.

—No solo por eso. Mi protector me visitó para que recapacitara porque, de no hacerlo, el castigo sería la muerte. Yo había visto más de lo que le convenía a la secta. Y estaba lo del judío. La logia pedía sangre, pero él intercedería si transfería una cantidad a la cuenta de cierta empresa controlada por ellos. Me negué, pues mi conciencia racial está por encima de cualquier otra condición.

—Le honra —dijo Heydrich, que volvió a cerrar la pistolera—. ¿Algo más?

—Cuando comprobó que mi decisión era firme, me dijo con voz áspera que me había condenado y que si quería escapar de los masones debía marcharme de La Habana. En caso contrario, él se encargaría de ejecutarme. Sacó un enorme cuchillo. No hablaba en broma.

—¿Y qué hizo usted?

—Le disparé tres balas con un revólver que tenía preparado. Desde entonces la secta me ha perseguido por medio mundo. De ahí que guarde las debidas precauciones porque es conocido el empeño que masones, judíos y marxistas ponen en vengarse. Y esa es la historia.

Heydrich lo cogió por los hombros con gesto paternal, comprensivo.

—Tenía alguna referencia acerca de sus problemas con la secta, pero desconocía los detalles. Puede usted sentirse seguro. El incidente de esta noche obedece a un ataque terrorista, aunque lo investigaremos a fondo. Y en lo que respecta a su búsqueda de conocimientos, estoy en disposición de prometerle que tendrá ocasión de hallar esa puerta que ha estado buscando. Conocimientos a los que solo deben acceder quienes son fieles a su raza. Deje que ejerza de Orfeo y vaya a buscarlo a ese infierno del que, por fortuna, va a salir muy pronto.

Y, como haría el Virgilio con Dante, Heydrich llevó a Duran de nuevo al interior de la mansión Bartomeu. En ese mismo momento, Cipriano Vera recibía una comunicación por vía secreta. El falso atentado había sido eficaz. El viejo anarquista se rio para sus adentros.

—La madre que batanó a Duran. Qué huevos tiene, alternando con Heydrich sin que le tiemble el pulso. Hay que joderse.

9. INTERROGANDO A UN ESCÉPTICO

Pla notaba la sangre que manaba de la comisura de su boca. Era un hilillo rojo que contrastaba con aquella piel cerúlea. Había sido abofeteado por un SS, apenas un niño, que no paraba de repetirle que era un hijo de puta, un *botifler*. El escritor tenía miedo. No era ningún héroe ni pretendía serlo. El interrogador lo sabía y quería aterrorizarlo mediante la violencia física. Pero no debía excederse, había ordenado el Reichsprotektor. Conseguir que explicase los planes de Franco y sonsacarle información acerca de elementos refractarios al Reich, sí. Pero sin cadáveres, había ladrado Heydrich, que no quería cargar con el peso de la muerte del escritor.

—Millet, ¿me daría usted un poco de agua, por favor? Llevo dos días sin beber nada —susurró Pla al joven SS.

—Beberás agua cuando lo permita, perro. ¿No preferirías alcohol?

—No, gracias —respondió Pla intentando una sonrisa que se quedó en un levísimo esbozo.

Millet, que llevaba la camisa verde de los *escamots* asomando por el cuello de la guerrera negra, hojeó por enésima vez los papeles que tenía delante suyo. Era un informe completo acerca del escritor: amigos, libros, artículos, deudas, amantes, todo.

—Te gustaría que trajera a una de esas putas judías que frecuentabas, ¿eh? ¿O prefieres que llamemos a Adi y la interroguemos delante de ti? Ya sabes, Adi Enberg, tu mujer, con la que has tenido una hija.

Pla, haciendo un esfuerzo que incluso sorprendió al SS, se enderezó sobre la silla a la que estaba atado.

—*Fill de puta! A l'Adi i a la nena ni tocar-les! Et mataré, malparit, et mataré, ¿ho escoltes?*

Millet le propinó un puñetazo en el estómago. ¿Quién se había creído que era aquel juntaletras? Odiaba a Pla. Odiaba a todos los que habían triunfado en la literatura. Millet era un escritor ramplón, cursi y sin el menor talento. Había intentado medrar frecuentando las tertulias literarias en los años treinta, sin éxito. Lo que le hervía la sangre era que aquellos intelectuales eran mucho mejores que él. En cierta ocasión en la que osó presentar un cuento corto a uno de los certámenes que organizaba el Ateneo Barcelonés, fue rechazado. *La catalana maridada a la força,* se titulaba, y relataba, a través de hipérboles y una pésima ortografía, la historia de una doncella obligada a casarse con el rico del pueblo, en clara alusión a Cataluña y España. Violada por su marido y cargada de hijos, uno de ellos la vengaba asesinando al padre. Pla había dicho, entre sorbo y sorbo de coñac, que aquella sucesión de escenas le producía el mismo asco que los folletines, y que en el siglo actual no estaban para *collonades.* Sagarra, que solía mostrarse en desacuerdo con Pla —este último lo envidiaba por la pasmosa facilidad que tenía aquel hombre, que escribía versos y versos sin tachar una palabra—, coincidió con el de Palafrugell. Aquello no servía ni para limpiarse el culo, soltó con procacidad del hombre.

A Millet le llegaron los comentarios y juró que se vengaría. A Sagarra no había podido pillarlo, porque no había vuelto a pisar el continente europeo, sabedor de lo poco que valdría su vida si caía en manos de los nazis catalanes. No le perdonaban los versos satíricos que les había dedicado y que circulaban por los Estados Unidos, traducidos por el mismo autor. Pero tenía en sus garras a aquel cabronazo de Pla. Españolista borracho, follador de judías, franquista de mierda, repetía Millet mientras bebía a gollete de una botella que contenía algo de Ratafía, un licor popular entre los nazis separatistas que a Pla le había parecido siempre una solemne marranada. Tambaleándose, el SS se acercó a Pla, que estaba exánime, agotado, al borde de sus fuerzas. Verlo así, indefenso, maniatado y sangrando, le proporcionó un placer enorme, sintiéndose abundantemente vengado por las ofensas que aquel deshecho humano le había infligido. Acarició con su fusta el rostro tumefacto del escritor, mordiéndose el labio inferior igual que un escolar que estuviera tramando una jugarreta.

—Pla, ¿y ahora? ¿Le arrancamos las uñas y después le rompemos los dedos? ¿O lo engancharemos a unos cables después de mojarlo de pies a cabeza y haremos pasar una considerable cantidad de voltios por su cuerpo asqueroso? Le dejo. Dígame cómo desea que le torture.

Pla respondió con un hilo de voz. El nazi tuvo que acercarse para entender lo que le decía.

—Si quiere torturarme, lo peor es leerme algo que haya escrito usted.

Millet, rojo de ira, empezó a darle puñetazos al escritor de manera salvaje. Manipuló entre las piernas de este sin resultado, porque Pla se había desmayado. Al borde del paroxismo, ladró a sus ayudantes, asombrados de la crueldad que demostraba el SS catalán. Incluso entre ellos, aquello era excesivo. No era eso lo que había dicho Heydrich, que quería información, no una venganza personal. Uno de ellos hizo una seña imperceptible a otro SS. Se habían entendido. El Reichsprotektor debía saber lo que estaba pasando.

—¡Traedme una inyección para reanimar a este cabrón! Si cree que me va a interrumpir con esos desmayos, se equivoca. Tenemos métodos para que alguien mantenga la conciencia por mucho que se le haya castigado. No te vas a morir, *fill de puta*, todavía no he acabado contigo.

Josep Pla no escuchaba nada. Su mente divagaba por el Empordanet, su país natal, con suaves colinas y verdes pastos, con esas calas pequeñas en las que los pescadores se refugian para prepararse un *suquet*, ese guisado de pescado común a todo el Mediterráneo y que Pla prefería a la mejor de las bullabesas. Pla solo veía cielos azules, con una luz hiriente, límpida, imposible de encontrar en ninguna otra parte del mundo. Movía los labios pensando que charlaba con el herrero de Palafrugell, con quien solía hablar de cosas tan importantes como si el tiempo iba a cambiar o de si la yegua de fulanito había parido. Pla era un desclasado, alguien arrancado de su tierra y trasplantado a un mundo que ni entendía ni le gustaba. Cuando le tocó cubrir la revolución de Asturias en 1934, al volver a Madrid y ser preguntado qué había experimentado solo atinó a decir que venía con las manos en la cabeza. Mucha gente opinaba que cuando el escritor decía que debería haberse dedicado a cultivar la tierra y producir lechugas lo hacía por pose, pero Pla lo decía de verdad. Tenía en la masa de su sangre el sentimiento individualista del pequeño propietario rural catalán, apegado a las cosas prácticas y poco dado a teorías. Para la gente como él lo sólido era el terruño, la cosecha, los precios, la masía, la escudella y el cielo ampurdanés bajo el que se sentían protegidos. Y luego estaba el asunto de las mujeres. Mientras el SS observaba con alegría biliosa y rencor profundo aquel cuerpecillo escuálido, blanco como el yeso y ensangrentado, espetándole todo tipo de promesas de dolor y de muerte, Pla seguía saltando de amor en amor, porque aquel colosal cínico que se jactaba de no haber tenido jamás ninguna novia y de no saber en qué consistía el amor tenía en su lista no pocas féminas que habían conseguido hacer bailar su corazón duro de descreído oficial.

Esperanza, amor de juventud en aquel Palafrugell próspero y pueblerino, hija de una familia amiga de los Pla, casa con casa, jardín con jardín, cuerpo con cuerpo. Pla se marchó a Barcelona y aquella *bona noia* de *poble* quedó atrás como otras tantas cosas en la vida del ampurdanés. En la Barcelona fría, estudiantil y apasionante de la juventud de Pla apareció Mercedes, hija de la patrona de la pensión donde este se alojaba. Ninguna de las dos dejó huella en el corazón ni en los papeles de un Pla tendiente a la nebulosa, cuando no a la mentira, en lo que a su vida privada se refería. En Génova, como corresponsal de La Veu de Catalunya, se prendó de una quiosquera, Rosetta. Llegó a visitar la casa de los Pla, pero su desinhibición, por llamarla de alguna manera, chocó con la madre del escritor, que la echó de casa tildándola de mandangüela. A Pla aquello le sonaba a lluvia cayendo encima del tejado, porque en el fondo lo que buscaba en la mujer era ser admirado, además de la cama.

Trasladado a Berlín, al igual que los marinos que tienen un amor en cada puerto, conoció a Aly Herscovitz, judía emigrada de Rusia. Se amaron con pasión en la turbulenta década de los años veinte en los que la esvástica empezó su terrible e inexorable camino. Tampoco logró penetrar en el corazón de aquel hombre que la definió a su hermano Pedro como una muchacha que lo distraía bastante. Eso era a lo que aspiraba Pla, a que la mujer lo distrajera. En París inició una de sus relaciones más duraderas. Adi Enberg, rubia, ojos azules, de Barcelona, Adi fue la señora de Pla. Pero tampoco la mencionó en ninguna de sus obras. Tuvieron una hija y aunque ambos trabajaron para los servicios de Franco, su relación terminó al poco tiempo del matrimonio. Lo que Millet ignoraba era que Pla compartía algo muy íntimo con el ministro Goebbels, la relación erótico sentimental que había mantenido con la actriz Lillian Hirsch mientras esta pasaba el verano en Calella de Palafrugell. La gran diva del cine nazi resultó ser una tórrida amante, cosa que complacía al escritor. Aquellas noches de pasión, jadeos y ataques de furor sexual que le hacían penetrar a sus parejas como un loco, aquella actitud distante al acabar mientras fumaba, aquella sensación de vacío tras la cópula, ¿cómo podía conocerlas Millet?

¿Qué sabría aquel niñato del sabor que tiene la piel sudorosa de mujer en una noche de agosto al lado del Mediterráneo? ¿Conocía la sensación de abandono y entrega que produce tener la cabeza de una bella mujer entre tus piernas, buscando con avidez tu miembro, para insistir en un combate eterno, ancestral, atávico, hasta dejarte exangüe? ¿Qué sabrían aquellos nazis de literatura, de las mujeres, de la vida? ¿Qué podrían decir de la excitación que supone que en una cena con varios comensales la mujer que tienes enfrente se descalce y acaricie tu sexo con su pie desnudo mientras sigue hablando con el comensal de al lado de cualquier vaguedad, sin descomponer el gesto ni la mirada? Se habían refugiado en la grandilocuencia porque, en el fondo, temían a la vida, temían quedarse en cueros al lado de una mujer, temían hablar, sentir, llorar, reír. Tenían pavor a la vida porque no sabían qué hacer con ella, por eso la habían sustituido por ese horrible *ersatz* que era el nacionalsocialismo, donde no cabía sentimiento que no fuese el odio.

Pla murmuró *Feu molta pena*, dais mucha pena, pero Millet no consiguió entenderlo o, si lo entendió, prefirió fingir que lo que había escuchado era un insulto. Era solo un pretexto para sentar de un golpe a Pla a la silla desvencijada y volver a golpearlo una, dos, cien veces. Al final, el cuerpo cayó de nuevo al suelo como un saco vacío. Millet comprobó el pulso del escritor. Nada. Muerto. Bueno, ya encontraría una excusa para el Reichsprotektor. Por un cerdo menos que se acostaba con judías no iban a fusilarlo. De ahí que cuando su camarada entró en la sala de interrogatorios gritándole que Heydrich le reclamaba al teléfono, un sudor frío empezara a anegar su frente. Sus compañeros se alejaron prudentemente. Heydrich podía ordenar las barbaridades más terribles, pero ¡ay de ti si obrabas por tu cuenta! Todos recordaban cómo había muerto el Oberscharführer Willy, asado lentamente empezando por los pies. Sus gritos llegaban hasta Barcelona. Tardó una semana en consumirse del todo. Se hizo en los fosos del castillo de Montjuic para que los presos de aquella infame fortaleza viesen lo que les pasaba a quienes se atrevían a desobedecer al Reichsprotektor. Por eso escuchaban con curiosidad a Millet.

—¡Heil Hitler, Reichsprotektor! Efectivamente, los detuvimos a todos. A Josep Pla lo trajimos al centro especial de interrogatorios. ¿Quién se ha ocupado del escritor? Yo mismo, Reichsprotektor —Millet sudaba a chorros—. Por desgracia ha sufrido un síncope mientras era interrogado. Tenía el corazón débil. Sí, el certificado de defunción ha sido firmado por el Oberführer Menke —dijo diabólicamente mientras miraba al médico de las SS que negaba vigorosamente con la cabeza— y confirma lo que le digo. ¡Reichsprotektor, le estoy diciendo la verdad! Yo... sí... sí... Menke, el Reichsprotektor quiere hablar con usted.

Millet se sentó en una silla mientras oyó cuchichear a aquel mierda de Menke por teléfono. Si le traicionaba se las haría pasar putas. Lo había cubierto cuando aquel asunto de las putas del Barrio Chino asesinadas por el médico, un sádico que gustaba de violar a aquellas desgraciadas para luego torturarlas y, finalmente, inyectarles gasolina en las venas. Había servido a las órdenes del doctor Mengele y venía muy recomendado por el Reichsführer. Lo ayudó, pero si ahora lo traicionaba, sacaría la mierda de aquel matasanos. No pensaba ir a la horca solo.

Cuando el médico colgó, miró a Millet con una sonrisa de complicidad.

—Le he confirmado al Reichsprotektor tu informe. Ahora mismo voy a redactar el certificado de defunción tal y como has descrito. Ese individuo no es más que un saco de pus menos.

—Gracias, camarada Menke. Recordaré este gesto, no lo dudes.

—No lo dudo.

Mientras el hombre de las SS con bata blanca hablaba, un SS se acercó por detrás a Millet con un lazo de alambre, estrangulándolo. Era una práctica que habían aprendido en el frente ruso. Los Ivanes lo usaban para suprimir a los alemanes sin hacer ruido. Dos trozos de madera unidos por un alambre fino. Millet intentó forcejear y sacar su pistola, pero fue inútil. Su asesino tenía más de ochenta muertos a sus espaldas empleando ese sistema. Cuando cayó al suelo su cara violácea reflejaba el horror de la sorpresa y le salía un palmo de lengua de la boca. Los SS lo miraron con indiferencia y Menke dio las órdenes oportunas con la misma voz con la que habría preguntado la hora.

—Meted a esos dos en el crematorio y que no quede ni rastro. De Pla diremos que intentó atacar a Millet, que este se defendió y que el escritor se apoderó de su arma matándolo y cayendo a su vez muerto por disparos de los otros SS presentes.

Todo limpio, ordenado y adecuado a lo que se esperaba del Reich. «Hemos venido a traer el orden —dijo el Führer cuando accedió a la cancillería—. De ahora en adelante, se terminó el desbarajuste y el caos democrático». Tanto Pla como Millet entendieron en su día a la perfección lo que aquello significaba, solo que uno lo rechazó de plano mientras el otro se entregó en cuerpo y alma a una ideología que le otorgaría el poder y la influencia que jamás habría sido capaz de obtener por sus propios méritos. Solo que ahora ambos habían muerto a consecuencia de lo mismo. Dos catalanes que, una vez más, caían bajo la bota de hierro de la dictadura terrible de la esvástica. Uno, en contra de su voluntad; el otro, por no haber sabido dónde se metía. O quizás sí. No importaba. Cataluña se había convertido en un cementerio en el que enterrar sin honras fúnebres a los que, por una razón u otra, resultaban incómodos para el Reich. Que hubieras sido un hijo de puta o un genio era lo de menos. Los cadáveres acaban por parecerse.

Mientras tanto, algunos de los detenidos por los SS cenaban en un conocido restaurante de la zona tras suscribir una declaración de adhesión al Reich. Fingían no saber nada. Les daba lo mismo con tal de seguir vivos. Claro que ninguno de ellos tenía un enemigo como Millet. Tampoco ninguno le llegaba a la suela del zapato a Pla.

10. SCHELLENBERG, ROSSELL Y QUERALT

Habían concertado verse en un lugar al pie de las fuentes mágicas de Montjuic, *Der Kreisverkher*, de moda entre la *fashion people* barcelonesa. «A mi padre no le gustaría saber que nos hemos citado. Se le hace la boca agua imaginando a Sixte como su yerno», dijo la joven. Era verdad. Bartomeu, con un ojo siempre puesto en los negocios y el otro en su carrera política, veía más ventajoso que su hija se comprometiera con Ramentol que con Schellenberg. «Los Schellenberg van y vienen, pero los Ramentol se quedan», decía. Al fin y al cabo Sixte es catalán, le había dicho a su hija cuando le afeó su asiduidad con el jefe de la contrainteligencia alemana en Cataluña. Ramentol explotaba sabia y discretamente la debilidad del industrial y le había proporcionado, siempre bajo la supervisión de las OSS, un par de negocios que habían hecho las delicias del prócer catalán. Al principio, Ramentol-Duran había temido que sospecharan de él. Era un recién llegado, sin familiares, sin conocidos. De acuerdo que las referencias filtradas a las SS gracias a Schellenberg hubiesen tranquilizado los recelos alemanes, pero los catalanes ¿por qué habían de creerle?

La respuesta era tan simple que, al tomar conciencia, Duran se quedó perplejo. A los mandamases de la Cataluña nazi no era complicado engañarlos porque estaban encantados de creerse al primero que les diera la razón. Jamás en la historia de la humanidad había existido una sociedad tan predispuesta a aceptar lo que fuese, siempre que concordase con sus prejuicios. Necesitaban creer como un acto de fe irracional y perverso para poder disponer de una coartada que justificase su sórdido pensamiento racista. De modo y manera que cualquiera, bien provisto de billetes y siendo miembro del *poble català*, podía llegar y hacerse un lugar al sol entre aquellos racistas sin que le hiciesen demasiadas preguntas. *És de els nostres*, era la letanía que entonaban cuando algún nazi catalán cometía un delito. Ser de los suyos exoneraba de cualquier culpa. Si robabas, por algo sería y, además, más roba España; si violabas, la chica debía ser una puta española o una aprovechada que quería buscarte un disgusto; si matabas, podías esgrimir un argumento patriótico. *És de els nostres*, dirían los catalanes en las altas esferas. Ese era el principal motivo por el que Bartomeu prefería a Ramentol, el millonario catalán desconocido, antes que a Schellenberg, el alemán todopoderoso conocido por todos.

Queralt, sin embargo, prefería al general de las SS. Quién se lo iba a decir. Tanto tiempo en la Resistencia, tanto odio acumulado hacia aquellos hombres con la calavera en la gorra, y su corazón se aceleraba como el de una colegiala cuando se citaba con el jefe del contraespionaje nazi. Temerosa de que todo fuera un sueño, la noche anterior a sus encuentros no solía dormir. Aquel día había llegado puntual a la cita, aunque estaba preparada hacía cinco horas. Pero Walter se retrasaba. Era algo impensable en una persona tan metódica. Prefiero la injusticia al desorden, solía decir el alemán citando a Goethe. Cuando Queralt ya iba a telefonear al despacho del general, un SS con la insignia de los *escamots* en su guerrera se le acercó como un tiburón ante su presa. «Buenas tardes, *senyoreta* Bartomeu. Rossell, seguridad del Reich. Haga el favor de acompañarme». La joven miró hacia la puerta y vio que la bloqueaba otro SS de los *escamots*.

—Ah, sí, el camarada de la puerta es otro compatriota. También de las SS y de los *escamots*, claro.

—¿No tendría usted que estar en este momento de viaje hacia el frente ruso? —dijo Queralt con aplomo digno de cualquier primera actriz.

Rossell contrajo los músculos de su cara. Pronto sabría aquella cabrona cómo se las gastaban los *escamots* con los traidores.

—Perdone, Rossell, pero espero al general Schellenberg. Si los *escamots* ni usted tienen inconveniente, claro —añadió con una ironía gélida preñada de amenazas que no se le escapó al nazi catalán.

—Lo sabemos *fraulein*, ha sido él quien me ha pedido que lo disculpara por no poder acudir. Sus obligaciones se lo han impedido.

—Entonces, ¿me lleva a reunirme con el general? —repuso Queralt mientras se preguntaba qué podía hacer para sacarse de encima a aquel bestia. Intuía que algo iba mal, terriblemente mal. Llevaba una cápsula de cianuro dentro de una muela vacía, pero no quería morir. No cuando tenían una oportunidad, cuando la pesadilla podía terminar. Pero lo que le ataba en realidad a la vida no eran sus ideales. Era Walter. No quería morir sin besarlo una vez más, sin acariciar su pelo, sin sentir cómo le hacía el amor, sin escuchar cómo le prometía que todo saldría bien, que escaparían juntos, que lo dejaría todo para compartir el futuro con ella. La fría mano de Rossell cogió la suya de manera dura, brusca, con fuerza, interrumpiendo sus pensamientos. Queralt palpó disimuladamente con la otra mano la

Beretta que llevaba atada al muslo. Fue entonces cuando escuchó una voz cordial que la llamaba. Era Sixte Ramentol.

—¡Queralt! Qué sorpresa. Si está sola comerá conmigo. Bueno, siempre que al camarada de las SS le parezca bien. ¿Es usted el acompañante de *fraulein* Bartomeu, acaso?

El SS enrojeció hasta las raíces del pelo. Con esto no contaba. Había decidido matar dos pájaros de un tiro. Por un lado, le había tendido una trampa a Schellenberg, atrayéndolo a un lugar apartado para asesinarlo fingiendo un atentado terrorista; por otro, sabedor de su cita con la joven, se proponía hacerla confesar para tener algo que poner encima de la mesa de Heydrich. Con la muerte del primero, podría ascender; con la confesión de ella se vengaría de tantos años de desprecio. Si conseguía llevarse a aquella puta a una de las antiguas checas comunistas, reactivadas bajo la férula nazi, le sacaría la información a latigazos. Y luego la violaría. Cuántas noches se había masturbado pensando en ese momento. Cuántas noches había soñado que la penetraba sintiendo sus nalgas duras, sus senos pequeños con grandes pezones, su mirada ansiosa de más sexo. Pero la llegada del protegido del Reichsprotektor le había fastidiado el plan. Se fijó en la insignia SS que el joven catalán llevaba en la solapa. Era de plata con brillantes y Heydrich las regalaba personalmente. Debía andarse con cuidado. Una cosa era el frente ruso y otra que te fusilaran en el castillo de Montjuic.

—Camarada, estoy aquí cumpliendo órdenes. Del Reichsprotektor, precisamente. Me ha dicho que llevase a la señorita a su despacho.

Queralt miró al supuesto millonario. Si salía de aquel restaurante con el hijoputa de Rossell nadie la volvería a ver con vida. Ramentol se sentó con toda naturalidad, encendió dos cigarrillos, uno para él y otro para la joven sin ofrecerle a Rossell, y habló con toda la ingenuidad del mundo.

—Me parece que está equivocado. Vengo precisamente de hablar con el Reichsprotektor y me ha dicho que salía hacia Berlín para entrevistarse con el Reichsführer. Ahora debe estar en pleno vuelo. Me extraña que le haya dicho que deseaba charlar con esta apuesta *fraulein*. Además, creí entender que a la reunión era más que posible que se les uniese el mismo Führer, si es que llegaba a tiempo de su visita a Londres. Un triunfo, por supuesto. Mañana lo leerá usted en los diarios. Esos malditos británicos haciendo el saludo alemán en el palacio de Buckingham al Führer ha debido de ser un instante supremo.

Rossell no sabía qué cara poner. ¿Los detenía a ambos, gritaba, les pegaba un tiro a aquella puta y al insolente mamarracho que tenía delante? Lo refrenaba saber que era un protegido de Heydrich y había que ir con mucho cuidado cuando el Reichsprotektor concedía su confianza a alguien. Hacía poco, un Sturmbanführer fue torturado tres días y ejecutado por haberse propasado con la hija de un empresario amigo del general SS. Todo por un simple toqueteo en el culo.

Antes de que pudiera empezar a balbucear, Ramentol lo cogió amigablemente por la manga llevándoselo unos pasos lejos de la mesa.

—Vamos, vamos, camarada, todos somos hombres y la jovencita está de muy buen ver. Admita usted que sabía que la joven comería hoy aquí, que por el motivo que sea Schellenberg no podía acudir y ha decidido venir usted para, ¿cómo diríamos?, reforzar los lazos del servicio de seguridad con la joven Bartomeu. *¿Nicht war, Parteigenosse?*

Rossell tuvo que admitir que con aquella teoría quedaba a salvo y tan solo se le podía acusar de querer hacer una conquista aprovechando las circunstancias. Mucho mejor que un tiro en la nuca. Pero sabía que tenía un billete hacia Rusia con su nombre escrito y decidió aprovecharse.

—Tiene razón, camarada. Conozco a Queralt desde niños y confieso que siempre he estado enamorado de ella. Sé que he caído en desgracia con el Reichsprotektor y que ha decidido enviarme al frente del Este. Y como no me queda mucho tiempo aquí...

Ramentol le cortó en seco con la mano y habló con esa voz cordial que ponen los hermanos mayores cuando descubren que el pequeño ha hecho alguna tontería.

—Le comprendo perfectamente. Hablaré con la chica y el asunto quedará olvidado. En lo que se refiere a enviar a un compatriota como usted, miembro destacado de los *escamots*, a luchar contra los rojos me parece una equivocación. Incluso los grandes hombres como el general Heydrich pueden cometer alguna, ¿no cree? Ande, vuelva usted a su cuartel y déjeme que, a su vuelta, hable con el Reichsprotektor. Comentando la visita del Führer a Inglaterra, me decía que existe una vacante en la dirección del SD en Londres. Quizá pueda convencerlo para que en lugar de al páramo ruso lo envíe usted a la tierra del té. Y del whisky, claro. *Els catalans hem d'ajudar-nos, no creu?*

—Efectivamente, tenemos que ayudarnos. Se lo agradezco mucho, Sixte, ¿me permite que lo llame así?

—Por descontado. Tenga usted mi teléfono particular. He hecho instalar una línea privada en la habitación de mi hotel. Conozco por el padre de la señorita su extraordinaria labor con los *escamots*, su fe inquebrantable en nuestra patria y su altísima moral. Usted es de los hombres con los que hay que contar para cuando Cataluña sea libre.

Rossell le ofreció la mano, estrechándosela enérgicamente. El falso Sixte había conseguido amansar a aquel monstruo.

—Camarada —dijo el joven SS al despedirse—, desde ahora considéreme como su hermano. Lo digo de todo corazón. ¡Heil Hitler!

Y, dando un taconazo que resonó en todo el local, dio media vuelta y salió de estampida hacia el automóvil negro que le esperaba en la puerta. Duran volvió a la mesa y cogió de la mano a Queralt que, a pesar de haber mantenido la compostura, estaba a punto del ataque de nervios.

—Ese cerdo de Rossell no será un problema, al menos de momento. Ahora vayamos a lo importante. Schellenberg, ¿por qué no está aquí?

—Lo ignoro y me parece extraño. No es propio de él.

—Me da mala espina. He estado, efectivamente, con Heydrich y en el SD no sabían nada de su amigo. Se ha ido de repente. No se conoce a dónde ni por qué. De hecho, el Reichsprotektor me ha encargado que lo vigile. Como sabía que estaba citado con usted, me he dejado caer y ya ve que he sido providencial. Rossell llevaba malas intenciones, créame.

—Lo sé. Ese cerdo lúbrico es un maltratador, un pervertido y un asesino. Ya ha tenido algunos problemas de los que se ha librado gracias al uniforme de mierda que lleva. En la casa de putas en la que trabajo infiltrada, ya sabe, Los Tilos, lo tienen muy calado. Una vez casi se carga a una chica polaca que trabajaba allí.

—Razón de más para tenerlo en parrilla.

—¿Cómo dice?

—Vigilado. Argot de espías —dijo sonriendo Duran.

—Pensará usted que soy una aficionada, una niña burguesa que se mete en estos líos por experimentar emociones.

—Al principio, sí, para qué le voy a engañar. Pero profundizando en su dosier, porque lo he leído, me di cuenta de que usted y yo tenemos algo en común que nos une profundamente.

—No querrá coquetear conmigo, coronel Duran.

—Ni se me ocurriría. Tengo a cierta señora esperándome que es muy capaz de cortarle a usted el cuello, a mí lo que cuelga y después beberse una botella de ron.

—Ha de ser toda una mujer.

—Lo es. Y ni siquiera sé si la volveré a ver. A lo que íbamos, usted y yo hemos nacido para nadar contra corriente, para hacer lo que no debemos, para ser un grano en el culo. *Uns torre collons.*

—Cualquiera diría que usted me cree anarquista.

—Yo no diría tanto. Pero una iconoclasta con mala leche, seguro.

Los dos se miraron con inteligente complicidad mientras Duran le hacía señas al camarero para abonar lo que había bebido Queralt. Ahora debía investigar por su cuenta dónde coño estaba Schellenberg.

—Usted no debe tener ni idea de dónde puede estar su galán, ¿no? —dijo Duran cuando ya habían salido de aquella perrera de lujo decorada con el mal gusto de un chatarrero enriquecido por la posguerra.

—A veces recibe soplos de confidentes suyos que solo él conoce y de los que no tiene noticia nadie más. En el SD lo saben y Heydrich se lo permite siempre que obtenga resultados. Es arriesgado, pero eso le permite entrevistarse con agentes como nosotros.

A Duran le estaba empezando a dar un mal pálpito.

—Dígame una cosa, Queralt, imagine que usted quiere asesinar a un oficial nazi y que parezca que la resistencia le ha tendido una trampa. Un sitio apartado que el oficial conozca. Un sitio en el que sea fácil ocultar media docena de hombres. Poco frecuentado.

El rostro de Queralt se congestionó de horror y Duran cayó en la cuenta al mismo tiempo que la chica.

—La carretera del Tibidabo, la Rabassada, donde se les daba el paseo a los fachas durante la guerra. ¡Idiota, cómo no he caído antes! Queralt, váyase a Los Tilos y escóndase. Yo me ocupo de Schellenberg, descuide.

La joven se fue sin estar convencida, pero Duran había conseguido impresionarla con su fuerza y convicción. Cosa nada fácil en aquella mujer, por cierto. Duran llamó desde una discreta cabina telefónica a un número que no figuraba en ningún listín.

—Cipriano, ten preparado un grupo armado para ya mismo, que paso a recogeros en el punto indicado para estos casos. Te parecerá una locura, pero hemos de salvarle el culo al ayudante de Heydrich.

INTERLUDIO EN WASHINGTON

La reunión había resultado un desastre. El portazo del general Eisenhower se había escuchado en toda la Casa Blanca. Francisco Franco se quedó cara a cara con Patton. El militar norteamericano dio una calada al enorme cigarro que colgaba de sus labios y echó una ojeada al mapa de operaciones que detallaba cómo discurriría la invasión de España. Torció la cara con una mueca de desprecio.

—Mire, general Franco, puedo comprender que esté usted enfadado con ese hijo de perra de Ike. A mí suele pasarme a menudo. Pero no crea que eso le va a ayudar. Es el favorito del presidente y tiene carta blanca para hacer lo que le pase por sus gloriosos e inmaculados cojones. Créame, aunque tenga usted a Hoover en el bolsillo, meterse con Eisenhower es como atacar un Panzer a escupitajos. Ese bastardo es más escurridizo que una anguila. No se esfuerce, se lo digo yo.

Franco no pareció haber escuchado una sola palabra. Dio una vuelta alrededor de la mesa. Sentados en un extremo de la sala estaban Millán Astray, Carrero Blanco y Nicolás Franco, que no habían abierto la boca durante las cuatro horas que había durado la conferencia, si bien Millán estuvo a punto de saltar varias veces. Solo la firme mano de Carrero lo había hecho volver a su sitio. Al Glorioso Mutilado, como le gustaba ser llamado, le hervía la sangre al ver cómo aquellos militares de guardarropía se atrevían a cuestionar a su general, que había ganado la guerra en España, aplastado al comunismo, eliminado la ponzoña roja. Al final de un silencio incómodo para el general yanqui, Franco se dirigió a Patton con una mirada que contradecía el aspecto atildado de aquel general con bigotito y barriguita incipiente, mucho más bajo de estatura que el gigantón norteamericano. Aquellos ojos duros y sin compasión demostraban lo que realmente anidaba bajo su apariencia de persona sin importancia.

—General Patton —dijo mascando las sílabas en un inglés francamente mejorable—, es soldado como yo y comprenderá que lo que piden es inaceptable para quien está acostumbrado al campo de batalla y a la muerte como compañera. Si aceptase su proposición, que no es digna de un militar español, sentiría que estoy traicionando a mis hombres. Mi puesto de mando ha de estar comandando las fuerzas aliadas, al lado de mi Legión. Y no pienso admitir ninguna otra opción.

Millán no pudo aguantarse y gritó un sonoro ¡bravo, mi general, viva la Legión! Franco sonrió con indulgencia, pero rápidamente volvió a ponerse en plan de mando, como decía su compañero del Tercio cuando el Generalísimo hacía valer sus galones. A nadie de los presentes se le había escapado que Franco había dicho estas últimas palabras con violencia y, al hacerlo, el falsete de su voz había adquirido una tonalidad de soprano coloratura. Pero sus ojos seguían siendo pedernales inflexibles. Patton comprendió que, a malas, aquel hombrecillo que parecía más una caricatura que un dictador, podía ser un peligroso enemigo. «Este te manda fusilar a la primera», se dijo.

—Entiendo que no le parezca bien quedarse en retaguardia mientras el peso de las operaciones recae en otros, pero lo importante es que el desembarco sea un éxito y que usted no corra riesgos innecesarios.

—Soy militar. Poner la vida en peligro forma parte de mi oficio y no puedo pedirle a mis hombres que vayan a emprender una empresa tan difícil si no me ven a su lado —replicó Franco—. En África siempre luché con mis legionarios.

—¡Y le pegaron un tiro en la barriga del que casi no se salva, coño! —gritó Millán Astray, que no perdía ocasión en defender a su amigo.

—Lo entiendo —respondió Patton dando otra chupada a su habano—, pero se trata tan solo de horas. Cuando hayamos consolidado las playas usted se reunirá con nosotros. Entienda que es cosa de poco tiempo.

—No es admisible. El primero que debe pisar tierra he de ser yo. No pienso aceptar nada que no sea eso. Si es preciso, me entrevistaré con el presidente. O aceptan o ya pueden buscar a otro. No transigiré.

—Sabe que eso no es posible.

—Por eso. Las mareas serán propicias en el periodo fijado para la invasión. Si no las aprovechamos, la operación sufriría un retraso enorme. Eso, sin contar con el efecto del atentado contra Hitler en Barcelona. Dudo que su presidente esté dispuesto a postergarlo todo porque a Eisenhower se le haya ocurrido que yo permanezca en la retaguardia. General, conozco muy bien a mis compatriotas y si saben que un militar extranjero ha desembarcado en territorio nacional lo considerarán un invasor. En tal caso no me hago responsable de lo que puedan hacer los españoles. España debe ser liberada por un general español, y eso se ha de percibir claramente en mi patria.

Millán Astray quiso decir algo, pero Franco lo cortó con un gesto. El glorioso mutilado se calló refunfuñando. Pensaba cuántas heridas recibidas en combate habían recibido aquellos militares de chichinabo. Patton miró atentamente al general español. Vestía de capitán general, con el escudo de la Legión cosido al bolsillo derecho y la Laureada en el pecho. Se había negado a vestir el uniforme norteamericano.

—Y dicen que es usted hombre de pocas palabras.

—Cuando conviene. Y hoy no convenía. Por cierto, general, existen aspectos del plan que no acaban de convencerme. ¿Piensan utilizar las Azores como punta de lanza? Hay más de mil seiscientos kilómetros hasta la península. ¿Cómo piensan proteger a su armada? Hasta donde yo sé, sus aviones Mustang no tienen autonomía más que para seiscientos kilómetros. Aunque destinen la flota de portaaviones entera, me parece poco. Eso, teniendo en cuenta que se pueda atravesar el Atlántico hasta las Azores sin verse mermada por los submarinos alemanes. Son muchos días de travesía y eso no ha de pasar inadvertido para la inteligencia alemana. Dispongo de informes independientes de los suyos y estoy en condiciones de asegurarle que sería mucho mejor una ofensiva con tropas de infantería y carros de combate desde las colonias francesas no sometidas a Vichy e ir subiendo hasta Marruecos. Y, desde ahí, cruzar el estrecho. Ya lo hice en una ocasión y es factible si se cuenta con superioridad aérea. Es más lento, pero en una guerra el tiempo es relativo, cosa que también puedo garantizarle porque he estado en alguna que otra —dijo Franco con mala leche, porque sabía que Patton nunca había estado en combate.

Patton se revolvió inquieto. Los dos revólveres con cachas de nácar que llevaba siempre tintinearon. Empezaba a entender a Hitler cuando dijo que prefería que le arrancasen los dientes antes que negociar con el Caudillo. Con aquella pinta de Charlot sobrealimentado y sus maneras de burguesito, Franco se le apareció por primera vez como lo que realmente era. Un soldado duro, inflexible, que va directo al objetivo sin importarle los medios y sin admitir otra autoridad que la suya. Millán Astray intercambió una mirada de complicidad con el

Caudillo. El único ojo que le quedaba parecía decirle «Paco, hay que ver cómo le has dado por el culo a ese hijoputa yanqui». Franco, que conocía al general mutilado mejor que si lo hubiese parido, se permitió una levísima sonrisa como si respondiera «Estos nos van a enseñar por los cojones cómo se dirige una guerra, Pepe». Patton carraspeó, se tragó de un golpe el *bourbon* que tenía ante sí y ofreció a Franco la botella que este denegó con un gesto.

—General, usted no conoce todos los pormenores de esta compleja operación. Quizá sería mejor que Ike se los explicase en su totalidad. Si me lo permite, voy a llamarlo a ver si salimos de una puta vez de este callejón sin salida.

—Pues sí, va siendo hora. Tengo derecho a estar informado al detalle ya que me juego algo más que el favor de un presidente o el aplauso de la opinión pública. Me juego mi honor y el destino de mi patria.

En aquel momento, como si hubiese estado escuchando tras la puerta, entró en tromba Eisenhower. Encendió un cigarrillo ávidamente. Fumaba como un carretero, pensó Franco. Vaya militar de opereta, jamás había entrado en combate y no sabía más que lo que le habían enseñado en la academia. Era un chupatintas, un burócrata, un granjero metido a general.

—Acabo de obtener permiso del presidente. Hemos pecado de ingratos con usted general Franco. Le presento mis excusas si se ha sentido ofendido y se las presento también en nombre de mi gobierno.

Franco asintió con la cabeza. Nada más. Esperaba que Eisenhower le informase, como si se tratase de un cabo que da el parte a su superior. Recordaba aquellos tiempos en los que una mirada suya bastaba para fulminar a cualquiera y ahora estaba allí, aguantando la insolencia de aquel yanqui con cara de haberse pasado la vida ordeñando vacas. Eisenhower miró a los ojos de Franco y tuvo que desviar la mirada. Detrás del español había un sólido bloque de hielo. Eisenhower no había visto a los moros de Franco cortar las cabezas a los rojos para, después, cortarles también los testículos y metérselos en las bocas ante la aquiescencia del general. Tampoco sabía lo que era concentrar a cientos de soldados republicanos en una plaza de toros y acribillarlos a ráfagas de ametralladora hasta que la arena del coso fue incapaz de absorber más sangre. Ni Ike ni Patton sabían nada de la furia de las kábilas marroquís, del salvajismo al que los anarquistas se entregaban en el combate, de Paracuellos ni de las sacas falangistas. No tenéis ni puta idea de lo que conlleva llevar uniforme, pensó Franco mientras su labio superior tembló imperceptiblemente de indignación. Ellos no habían tenido que ordenar el bombardeo de Guernica o permitir a la aviación italiana ametrallar Barcelona a la hora de la salida de los colegios. No habían firmado la sentencia de muerte de un familiar, de un amigo, de un compañero. ¡Qué coño iban a saber aquellos dos!

Eisenhower, que intuyó el soberano desprecio que bullía en su aliado de circunstancias, encendió un cigarrillo y, desplegando uno de los mapas que atestaban la mesa, indicó con un puntero la costa marroquí.

—General, usted propone desembarcar en Marruecos, pero primero deberíamos controlar las Canarias. Es un terreno que conoce. Muchas islas, playas volcánicas, bases de submarinos alemanas, aeródromos de la Luftwaffe, una fortaleza que sería imposible batir en poco tiempo. Eso, por no contar con la lejanía que nos haría mucho más vulnerables, porque si las Azores, según sus cálculos, quedan lejos, las Canarias ni le cuento. En cambio, el presidente acordó en un memorándum secreto que se batiera la costa portuguesa con un nuevo ingenio del que disponemos merced a algunos ingenieros alemanes que se han pasado a nuestro bando. Le estoy dando una muestra de la confianza que mi gobierno deposita en usted, porque esto es alto secreto. Son armas dirigidas desde tierra que, alcanzando la estratosfera, pueden caer donde queramos independientemente de la distancia del punto de lanzamiento. Es una suerte que el Reich no las tenga. Por desgracia solo podemos disponer de unos veinte prototipos, pero usadas adecuadamente pienso que nos darían la suficiente ventaja táctica para...

—No se moleste. Tengo conocimiento de esos cohetes y creo que no son suficientes para garantizaros que la costa española esté despejada. Con Canarias es otra cosa. Tengo aquí un plano elaborado por mi Estado Mayor con datos aportados por mi servicio de información en España que quizá puedan serle de utilidad. Pepe, los planos.

Ante la estupefacción de los generales norteamericanos, Millán Astray sacó de una cartera unos papeles que entregó a Franco.

—Gracias, Pepe. Aquí lo tienen, el fundador de la Legión, un hombre que sabe lo duro que es el combate. Un español de los pies a la cabeza.

—Menos un brazo, un ojo y la parte del cráneo que me falta, mi general —dijo Millán—, que son mis mejores medallas.

—Señores, llamo su atención sobre los emplazamientos que en el archipiélago deberían ser el objetivo de esas bombas volantes que nos van a ser de mucha utilidad. Si somos capaces de neutralizar estos puntos, podemos desembarcar en las Canarias convirtiendo las islas en un portaaviones para desembarcar en Marruecos. El punto débil del Reich es su armada. Tienen submarinos, pero carecen de portaaviones, cruceros, destructores y, en cambio, ustedes están bien surtidos.

—Dice usted disponer de sus propios informes de inteligencia. ¿Podemos saber de dónde provienen y cuáles son sus fuentes? —terció Patton. Aquel pájaro no paraba de sacar conejos de su chistera.

—No tengo ninguna objeción en revelárselo. Al fin y al cabo, somos aliados y ustedes me llamaron, ¿no es cierto, general Eisenhower?

Ike se puso colorado como un tomate ante el indisimulado regocijo de Franco. Sabía que aquel espectáculo estaba dirigido contra él. Franco sacó del bolsillo superior de su guerrera un papelito doblado cuidadosamente.

—Este es un telegrama que se me ha cursado esta misma mañana a través de terceras personas. Proviene de Juan March, un financiero español adicto a mi causa y financiador de esta modesta organización de inteligencia. Me notifica que el responsable operativo de preparar el terreno en Canarias para nuestra llegada ya está ahí. Su nombre les sonará. Se trata del coronel Otto Skorzeny. Un hombre capaz de cualquier proeza, que ha entendido perfectamente que mi cruzada es más provechosa para su futuro que seguir junto a Hitler.

—¡No me dirá que ha puesto al tanto a ese asesino de nuestros planes! —casi gritó Eisenhower.

—Yo pongo al tanto lo que me interesa a quien me interesa y cuando considero que es mejor. También les informo que cuento con apoyo terrestre en el continente africano. Dos divisiones blindadas francesas y una de la Legión Extranjera, actualmente acuarteladas en el Marruecos de Vichy, están preparadas para sublevarse y unirse a nosotros cuando yo lo disponga. He llegado a ese acuerdo personalmente con el general De Gaulle.

—¡Con De Gaulle!

—Sí, y he encontrado en él a un excelente militar además de un brillante estratega. General Patton, usted debe conocer el libro sobre el empleo de los blindados en campaña que escribió De Gaulle. Si no lo ha leído, se lo recomiendo. Supera en capacidad de despliegue y táctica a los alemanes. Si le hubiesen hecho caso durante la ofensiva de los Panzers en suelo francés,

Hitler no habría podido pasearse por París. Yo he estado en esa capital y él solo escogió los lugares más vulgares, los que elegiría cualquier turista. Esto es todo. Los detalles están a su disposición, el general Astray tiene copias para ustedes dos.

Ike se derrumbó en la silla. Con aquel individuo no había forma humana de hacer nada que no fuese su santa voluntad. Se levantó sin dirigir la mirada al gallego, pero este todavía no había terminado.

—General, antes de marcharse, porque estará usted muy ocupado con todos estos preparativos, dos cosas más. Primero, el nombre en clave de la operación será Reconquista, en español. Segundo, acerca de que yo no voy a desembarcar con la primer oleada, nada, ¿comprendido? Iré al frente de mis tropas como corresponde. Cuando tenga establecido mi puesto de mando en la cabeza de puente elegida por mí se lo comunicaré. Nada más. Gracias por su atención.

El portazo que dio Eisenhower al salir debió escucharse en todo Washington. Hay que ver qué afición tiene este hombre a salir pegando golpes con la puerta, se dijo Franco. Patton, boquiabierto ante la exhibición de mando del español, lo miraba con una mezcla de admiración y envidia. Eso era tener cojones. Se cuadró militarmente dirigiéndole un saludo impecable.

—Mi general, sería un privilegio desembarcar junto a vuecencia. No he conocido a nadie que lleve uniforme y los tenga tan bien puestos. Y si he de apuntarme a la Legión, me apunto de soldado raso.

Dicho lo cual, dio media vuelta y salió. Ya más relajado, Franco miró a sus leales con gesto interrogativo. Nicolás Franco fue el primero en hablar.

—Me parece, Paco, que después de esto no van a ponerte demasiados impedimentos —dijo Nicolás Franco.

—A mí me cae bien Patton, habla en legionario —terció Millán Astray.

—Creo, mi general, que debería ponerme en contacto con los ayudantes de los dos generales americanos para poner por escrito todos los aspectos logísticos que deberán ser forzosamente numerosos y complicados —añadió con la seriedad y prudencia habituales en él el almirante Carrero.

—Estoy de acuerdo —dijo Franco sin referirse en concreto a ninguno, suspirando aliviado. No tenía del todo claro que fueran a aceptar su estrategia. Pero los años de Guerra Civil le habían enseñado que nunca había que apresurarse y que, si quería ganar, debía convencer a los españoles de que aquella era una guerra de reconquista, como la que llevaron a cabo los Reyes Católicos, como la guerra de la independencia. Y para meterle algo en la mollera a sus compatriotas hacía falta tiempo, mucho tiempo. Sonrió juvenilmente.

Si algo sabía era cómo hacer que el tiempo se estirase según sus intereses. Lo hizo calculando el momento oportuno para que los generales rebeldes lo nombrasen Generalísimo y Jefe del Estado, renunciando a la toma de Madrid y desviando sus tropas hacia El Alcázar; lo hizo durante la batalla del Ebro, esperando a que los rojos se desangrasen por falta de armas y municiones; lo hizo con las aspiraciones conspirativas de la Falange o de los monárquicos alfonsinos. El tiempo es siempre relativo para un gallego.

TERCER ACTO

1. SALVÁNDOLE EL CULO
A SCHELLENBERG

Era una emboscada. El joven general creyó que lo había convocado uno de sus informantes y le habían hecho salir de su auto para acribillarle. Ya averiguaría qué persona próxima al jefe del contraespionaje de las SS le había traicionado. Por lo pronto, los emboscados, miembros de las SS, se encontraron con que un grupo bien organizado había frustrado la operación. Duran y la gente de Mera llegaron casi al unísono y si no hubiese sido porque los hombres de Himmler se entretuvieron por una providencial avería en el motor de su vehículo, habrían podido desaparecer sin el menor problema dejando tras de sí el cadáver del jefe de la SD en Cataluña. Dios protege a los idiotas, se dijo Duran que, en cuanto frenó en seco derrapando en la vieja Rabassada, salió de su coche rodando por el suelo empuñando su arma mientras escuchaba el crepitar del fuego de la gente de Mera y el de los nazis, que respondían al mismo.

Duran disparó con ráfagas cortas. Ante el fuego cruzado del coronel anarquista y Mera, los SS tuvieron que guarecerse detrás de su Kubel averiado. Duran hizo una seña a Cipriano con el pulgar hacia arriba y luego hacia abajo. Era una antigua señal que habían empleado durante la guerra civil española.

Significaba que Duran necesitaba fuego de cobertura. Mera ordenó a sus hombres que abriesen fuego a discreción, lo que obligó al comando a girar sus MPI hacia el muro tras el que se parapetaban los hombres de Cipriano. Esquirlas de piedras saltaban en todas las direcciones. «Esos tíos no tienen ni puta idea de cómo disparar», pensó Mera. Mientras intercambiaban balas, Duran consiguió llegar hasta el Mercedes blindado de Schellenberg, al que encontró sangrando. Una bala le había atravesado el brazo derecho y la pérdida de sangre lo había dejado inconsciente. Apartando el cuerpo del general, Duran se sentó al volante y encendió el motor. Funcionaba. Dando gas a tope mientras sujetaba el freno de mano, esperó a que el ruido del motor le indicara que estaba a punto. Liberando el freno, salió disparado hacia los SS. Todas las ametralladoras enfocaron a aquella masa negra de acero sin éxito. Los disparos rebotaban en la chapa y en los vidrios. Con la mano izquierda, Duran empuñó su ametralladora y disparó a todo lo que se movía mientras los hombres de Mera se lanzaban al asalto. Tres balas impactaron en el pecho del nazi que mandaba el grupo de asesinos, haciéndole dar una voltereta hacia atrás. Frenando bruscamente, el Mercedes derrapó, permitiéndole a Duran disparar a los SS que había dejado a retaguardia. Cipriano y su gente habían acabado con los que quedaban. Paró el motor y echó un vistazo a Schellenberg. Respiraba. Ahora se trataba de convertir aquello en una obra de teatro en la que el adjunto de Heydrich quedase como un puto héroe.

Mientras arrastraban a los muertos cerca de los cadáveres SS en posiciones que resultasen creíbles, Mera rezongaba como siempre.

—La madre que te batanó. No tan solo hemos de matarlos sino que, además, hemos de hacer quedar bien al hijoputa este. No dirás que es un mierda como una catedral.

—Cipri, te estás volviendo una vieja que no para de refunfuñar. Mejor esto que arruinar la tapadera del hijoputa. Piensa que gracias a él estamos vivos y desarrollando la operación como se había pensado.

—Estarás de cachondeo, ¿no? No hay nada de lo que se planificó que haya salido bien. Esto ha sido un puto fracaso desde el principio.

Duran quitó el casco de acero a un oficial al que le había metido una bonita carga de plomo en el cuerpo. «Rossell. Qué cabronazo. Perdió el culo por estar presente en el momento en el que se cargaban a su jefe. Menudo pájaro. Seguro que cuando me dijo que lo considerase como un hermano también tenía pensado cargársenos a mí y a Queralt».

—¿Amigo tuyo? ¿Fuisteis al mismo colegio o lo conoces de la parroquia? —dijo Mera entre la ironía y la mala leche.

—Un hijoputa al que creía haberme quitado de encima esta noche. Pero estos nazis son como la falsa moneda, siempre acaban volviendo. Le preparó esta sorpresita a Schellenberg mientras intentaba detener a Queralt y llevársela para torturarla, follársela y vete a saber qué más.

—No sé cómo consigues meterte en estos embolaos, Alberto.

—Mira quién habla —dijo Duran mientras acaba de colocar el cadáver de Rossell en una postura heroica—, el tío que me enredó para meterme en este asunto. Te recuerdo que yo estaba en La Habana con una nueva vida. Vete a hacer puñetas, Cipri. Si alguien tiene derecho a cagarse en todo lo que se menea, soy yo.

—Tienes razón. Pero me hierve la sangre saber que Franquito está tocándose los cojones mientras le estamos haciendo el trabajo sucio. Siempre lo mismo. Igual que con Azaña, con Miaja, con la Pasionaria, con Negrín. No contamos más que la meada de un perro.

—Normal. Somos anarquistas. Ningún régimen nos quiere. Dime un solo gobierno que no se corra de gusto pensando en colgarnos de una horca, a poder ser de los cojones. ¿Qué te figurabas? ¿Qué podías venir a Cataluña a proclamar la república federal anarquista ibérica? Qué poco has aprendido, Cipri. Nosotros somos prescindibles. Si conseguimos el objetivo, los triunfos se los llevarán ellos y mucho me extrañará que nos dejen vivir, porque somos testigos bastante molestos. Y si no lo logramos solo se habrán perdido unos cuantos tipos que, de todos modos, andaban sobrando. Entonces, los de Washington o los de Canadá o los de no sé dónde coño pactarán con Hitler, con Mussolini, con Franco o con quien haga falta. Lo importante es que el negocio no se detenga. ¿O te crees que los ricachos aquellos de la recepción en la embajada tienen el menor problema en sentarse con los fascistas? ¿Sabes que la Coca-Cola se siguió vendiendo en el Reich hasta que Hitler declaró la guerra a los yanquis?

—No jodas.

—Los nazis sacaron un sucedáneo de puta pena. Lo probé en Cuba. También fabricaron un refresco de naranja. Fanta, lo llaman, de fantástico. Pues mira, me juego los cojones a que ese brebaje acabará por comprarlo Coca-Cola. Porque *la pela es la pela*, que dicen en esta tierra.

—Tu tierra, Duran.

El anarquista se secó el sudor de la frente. La escena había quedado de postal. Ahora solo quedaba llamar a la Gestapo. Una escaramuza con unos anarquistas repelida valientemente por las SS con la lamentable pérdida de vidas, excepto Schellenberg. Mejor que Hollywood.

—Cipri, no es mi tierra. No lo ha sido nunca. Cataluña es una puta en venta a quien pague más por follársela. Aquí la gente está encantada de que le den por el culo si pagan lo suficiente y si le jode al vecino. Pero cuando dices que no te gusta, te conviertes en un peligro social. En el fondo, creo que siempre he pensado lo mismo y que ese es el motivo por el que me hice anarquista. ¿Sabes dónde está mi patria?

—¿Dónde? —respondió Mera al que, en el fondo, le producían una desazón enorme el rostro y las palabras de su compañero.

—En los brazos de mi Rosita. Y en esta —dijo Duran enarbolando su ametralladora todavía humeante—. Quien piense que existe otra causa se equivoca. El amor y la muerte, eso es lo que tenemos. El resto no significa nada. Que mande Franco o Muñoz Grande da igual que una república presidida por vete a saber qué intelectual con la cabeza llena de mierda. O un banquero millonario. O un rey que no sabrá por dónde van los tiros al que le dará igual con tal de seguir tirándose a las tías que le dé la gana. O esa república anarquista tuya que acabaría con todos nosotros liándonos a tiros por la menor idiotez.

—Tú ya no eres anarquista. Eres un nihilista que prefiere ver al mundo hundido porque no esperas nada de él. Me das lástima, amigo mío. Mucha. Consideras que el mundo es una puta cloaca y te has acostumbrado a vivir como las ratas. Ya no esperas nada de nadie.

Duran no se molestó en contestar. Lo que había dicho se parecía terriblemente a la verdad. Dándole la espalda, se dirigió al coche de Schellenberg. Tenía que llamar al comando central de la Gestapo fingiendo que era un SS y pedir ayuda con voz de moribundo. Mera seguía ahí, de pie, esperando una respuesta, quizás porque la necesitaba tanto como Duran, inmóvil como un estatua de sal, como si Duran fuera Lot y Mera su esposa indisciplinada.

—Te equivocas, Cipri. Claro que espero algo de este mundo.

—¿Qué?

—Que me deje en paz y se olvide de mí.

Un débil quejido procedente de Schellenberg les hizo centrar su atención en él. Lo habían agujereado a conciencia, pero todo indicaba que el blindaje del automóvil del general así como el chaleco antibalas que llevaba le habían evitado una muerte cierta.

—Ni un solo tiro apuntado a la cabeza, ¿te das cuenta? Estos nazis mucha boquilla, mucha eficacia germana, pero ni siquiera saben que hay que rematar al pájaro cuando has intentado darle matarile.

—Natural. Seguro que se les ha puesto dura cuando lo han visto en el suelo, más quieto que un farol. Son unos pipiolos, lo que yo te diga, cabrones y asesinos como el que más, pero pipiolos. Bueno, ¿vas a dar el parte falso o voy yo? Hay un teléfono aquí al lado en un chiringuito que es propiedad de un antiguo compañero. No hará preguntas.

—Ve tú, Cipri, yo me quedo aquí haciendo de ama de cría.

—Pues no te entusiasmes, a ver si pide que le des la teta.

Tras comprobar a fondo que no había ninguna herida seria, Duran dio de beber de su petaca un chorro de coñac al alemán, que entreabrió los ojos intentando forzar una sonrisa.

—Gracias. Parece que han querido cazarme.

—De poco le ha ido. Cuénteme, ¿cómo ha sido?

—Recibí una llamada de alguien que colabora con nosotros, un paisano suyo. Dijo que tenía documentación que comprometía a Queralt, que podía hacerla detener, que le dolía mucho hacer esto, pero se veía obligado por deber patriótico... ya conoce esa mierda... las excusas de los cabrones siempre acaban detrás de una bandera... —una tos seca interrumpió al general alemán.

—No se esfuerce. Pronto vendrán a buscarlo. Nos hemos inventado que a los SS que están en estos momentos hablando con Satanás y a usted los atacó un grupo anarquista. Debe atenerse a esta versión.

—Pero el que ha organizado esta marranada sabrá que es mentira...

—En lo que respecta al que montó esta cerdada está a pocos metros de usted.

—Rossell... —dijo entre jadeos.

—Así es. No tiene usted mucha vista con sus colaboradores. En cuanto al informante, no puede decir «Quisimos asesinar al adjunto del Reichsprotektor», ¿no le parece? Ahora dígame, ¿quién le llamó?

—Lo de Rossell no me pilla de nuevas —murmuró Schellenberg con apenas voz—. Mi mundo está basado en la traición. En lo que respecta al que me hizo venir es un amigo de su padre, el doctor Llobet.

—Es difícil pensar que haya sido capaz de organizar este teatro.

—Estoy seguro de que lo ha hecho por orden del padre de Queralt.

—Bueno, estese quietecito que de esta no se muere. Y sepa que a Queralt la he rescatado del mismo Rossell al que le he metido tres balas. Vaya panda de hijoputas de los que se rodea, y perdone mi franqueza. Descuide, ella está a salvo. Me pondré en contacto con usted cuando esté mejor. Ahora descanse y reponga fuerzas.

Schellenberg no pudo escuchar las últimas palabras porque se había desmayado. Duran encendió un pitillo mientras observaba la respiración del jefe del SD, lenta, pero regular.

—Manda cojones, Alberto. Un nazi que lucha contra los nazis, la hija de un catalán pronazi que también lucha contra estos y está liada con el primero. Cipri, que no para de cagarse en todo. Un atentado para cargarnos a Hitler con una bomba en la que ni me atrevo a pensar. Y todo para que Franco desembarque y vuelva a montar un régimen a su medida. No me digas que no es un mundo de locos.

La voz de Mera lo sobresaltó.

—Coño, vaya susto me has dado, Cipri.

—¿Qué, hablando solo?

—Estaba haciendo estadillo.

—¿De qué?

—De lo curiosa que es la vida. Anda, démonos el piro que dentro de nada esto va a estar repleto de SS.

2. EL DOCTOR LLOBET

El médico tenía perdida la mirada ante el amplio ventanal de su casa en la falda del Tibidabo. Una zona de la alta burguesía que el dominio nazi se había cuidado en respetar. Cada mansión tenía nombre y apellidos compuestos. Incluso algunos títulos de la nobleza catalana fraguada, básicamente, durante la Restauración del siglo XIX, otorgados como pago a los servicios prestados financiando el retorno de los Borbones. Aquellos condes y marqueses debían aflojar abundantes sumas para obtener un blasón tan bastardo como caro, pero a los burgueses les encandilaba lucir una tarjeta con un escudo de armas para presumir ante los que no podían alcanzar ese paraíso creado por el vil metal.

Llobet, que no participaba de aquellas mascaradas de ricachones de pueblo, sintió frío. Barcelona era húmeda en invierno y en verano. Por eso cuando bajaba la temperatura no había manera de calentarse. Miró a su ciudad con mirada profesional, como si reconociese un paciente. Cubierta por una niebla tímida, las luces del alumbrado público que el Reichsprotektor permitía mantener encendidas parecían pequeñas fogatas trémulas, vacilantes. Diríase que Barcelona también temblaba porque sentía el mismo frío que él. Si hubiera tenido que diagnosticarla diría que empezaba a mostrar demencia senil, una demencia necesaria para no pensar en qué había ido a parar la próspera capital que siempre le había parecido llena de luminosidad, de vida, con su cielo azul y aquella luz. Ahora todo se había vuelto espantosamente gris, el gris de los uniformes, el gris de los trajes, el gris de las conciencias.

Pensó que su bata blanca era un reducto de aquella claridad pasada, pero rápidamente le vinieron a la memoria los integrantes de una delegación médica del Reich que había tenido que recibir. Sonrientes, reputados, con las batas blancas encima de sus uniformes SS y el pecho cuajado de condecoraciones que exhibían como trofeos de caza. Quisieron mostrar a un selecto grupo de médicos catalanes los resultados de sus investigaciones en unas diapositivas que comentaban con aire científico. Llobet no pudo negarse. Bartomeu le había indicado que sería imprudente. «Hay cosas que prefiero que no sepas, amigo mío, pero de esta no podrás librarte. Heydrich quiere que el mejor médico de Cataluña asista. Confiamos en tu discreción, porque lo que se mostrará es alto secreto y quien difunda esa información... Ya me entiendes».

Lo entendió mejor cuando empezó lo que pretendía ser una clase de ciencia médica sin ser otra cosa que un museo del horror. Hombres y mujeres abiertos en canal, mellizos cosidos por la espalda, amputaciones en vivo, un catálogo de horrores que no habría superado el más perverso inquisidor. Todos participaban en un congreso que la Cámara Médica Catalana había organizado bajo el título de «La medicina del futuro: avances en el Tercer Reich».

Llobet había tenido que abandonar la sala, precipitándose a los lavabos, para vomitar. Lo peor fue tener que volver entre aquellas bestias como si nada hubiera pasado, aceptando como meritorio el satánico trabajo de aquellos asesinos. Fue entonces cuando tomó una de esas decisiones que cambian la vida de una persona. Tenía que destruir al leviatán y lo mejor era hacerlo desde dentro. Hacía mucho que no tenía la menor esperanza de una intervención aliada o una insurrección. Por lo tanto, se ofreció a Schellenberg como confidente. Aquellos niños demacrados, aquellas mujeres embarazadas a las que destripaban sin anestesia para comprobar el estado del feto, era más de lo que podía soportar. Cada noche soñaba con rostros inexpresivos, con aquellos ojos vacíos, con aquellos cuerpos esqueléticos consumidos por el odio racial de unos depravados. Seres humanos reducidos a cobayas que acababan evaporándose del mundo en forma de humo a través de las chimeneas de los hornos crematorios; seres que habían tenido nombre, padres, familia, amores, hijos, profesión; personas con sus manías, sus deseos inconfesables, con méritos y bondades, seres humanos, en suma, como cualquiera. Reducidos a un número que les tatuaban en el antebrazo, los nazis habían cometido con ellos un pecado todavía peor que torturarles hasta la muerte. Les habían despojado de su condición humana de manera metódica en aras de una ideología que exigía servir a su Moloch infinidad de sacrificios humanos, un dios sediento de sangre, ávido de víctimas que inmolar en los altares pervertidos de científicos y médicos que habían olvidado la principal misión de la medicina: salvar vidas y ahorrar sufrimiento.

Llobet había visto cosas espantosas durante la Guerra Civil: gente proveniente de las checas sin ojos, con miembros amputados o con los genitales serrados con un cuchillo sin filo, pero nada le había preparado para aquello. Los chequistas eran sádicos que se amparaban en un pañuelo rojo y el carné de un partido. Pero las SS lo hacían todo sin apasionamiento, con fría deliberación y en nombre de la ciencia. Ni un gramo de conciencia, ni un mínimo de humanidad. El joven general no parecía tener mucho en común con los nazis. Era el jefe de la inteligencia de las SS, el ayudante de máxima confianza de Heydrich

249

y llevaba el terrible uniforme negro, sí, pero algo le decía al viejo doctor que tras aquella máscara se escondía una persona capaz de sentir compasión, de horrorizarse ante el espectáculo de montañas de cadáveres. Los años de práctica médica habían desarrollado en Llobet una sexto sentido para ver más allá de las apariencias. Pensó que podía servirse de su condición de informante para perjudicar a determinados personajes. Destrozar a los colaboradores de toda aquella colosal monstruosidad. Un rumor aquí, una insinuación allá, una media verdad trufada de mentiras. Era su guerra secreta, su manera de contribuir a plantar cara a aquella legión de criminales. Eso le satisfacía, alejándole del complejo de culpabilidad que experimentaba cuando veía a esos millonarios catalanes pavoneándose, podridos de dinero y hasta el tuétano por la ponzoña del régimen hitleriano. Haciendo valer su condición de amigo de los Bartomeu y la posición que ostentaba como médico de cabecera de la alta sociedad, sus chismorreos tenían gran valor para alguien que, como Schellenberg, también sabía leer entre líneas y extraer oro entre la ganga del comadreo a menudo interesado o envidioso. Al médico jamás se le había pasado por la cabeza que el depositario de sus informes fuese, en realidad, un agente de los aliados. Como tampoco creía que las labores de su hija no reconocida, Queralt, pudieran tener alguna relevancia. Todo lo más, algún que otro susto a los invasores. Contemplar cómo aquella muchacha joven y decidida jugaba con su vida era más de lo que podía soportar.

Por eso la había delatado a su padre, por eso lo había puesto sobre aviso acerca de las malas compañías de Queralt, por eso Bartomeu, al que parecía no importarle demasiado su hija salvo en lo que concernía a sus planes como futuro dictador de Cataluña, había notificado sin el menor cargo de conciencia el poco juicioso comportamiento de la chica. Por eso Bartomeu le había convencido en mala hora de participar en el atentado contra Schellenberg, valiéndose de Queralt. *Aquest home no li conve*, le había susurrado con voz repugnante a Llobet. No le dijo que prefería como yerno a Ramentol, con una fortuna infinitamente mayor que la suya e influencia entre las altas personalidades del Reich en Cataluña. Dinero, influencia, poder. Tres cosas que podría haber grabado en el frontispicio de su mansión aquel negrero sin escrúpulos al que el honor, el deber o la honradez le hacían sonreír con desprecio.

El millonario demostraba que había hecho fortuna a base de una estricta falta de escrúpulos. En pocas palabras, le hizo saber que sabía desde hacía mucho tiempo que Queralt era hija del médico y que no tenía intención de formar un escándalo. Salvar a Queralt implicaba condenar a Schellenberg. Una mano lava la otra y las dos lavan la cara, había dicho Bartomeu. Ni siquiera mencionó el hecho de que Llobet hubiera mantenido una relación con la madre de Queralt. Al millonario no le parecía relevante nada que no afectase a sus libros de caja.

¡El poder! ¿Qué era eso?, se preguntaba Llobet. Alzarse sobre montones de cadáveres ¿no acaba por convertir al asesino en víctima de su condición depredadora? No, se dijo horrorizado, nada de contemporizar con el mal. Existen la luz y la oscuridad. Bien lo sabía cuando se enteraba de que a fulano los nazis se lo habían llevado detenido para desaparecer en los calabozos de la Gestapo gracias a las informaciones que proporcionaba a la inteligencia de las SS. Que fuesen unos miserables no atenuaba su sentimiento de culpabilidad, pero había que hacerlo. No había nacido para empuñar un fusil. Solo tenía como armas su conocimiento médico y su agenda. Eran su dinamita.

Volvió a mirar hacia Barcelona y sacó una botella de licor de un armarito bellamente decorado que había adquirido en un anticuario del Barrio Gótico, que ahora los nazis querían convertir en el epicentro de la ciudad, el *Gotisches Viertel* por el que circulaban a diario obedientes manadas de turistas de la organización *Kraft durch Freude*, aleccionadas por nazis catalanes que explicaban las mixtificadas historias de una Cataluña solo existente en las mentes de los separatistas. Aquello era el mejor ejemplo de la falsedad sobre la que se edificaba el nacionalsocialismo catalán. Porque el Barrio Gótico ni era tal ni siquiera antiguo. Era un invento más de la burguesía barcelonesa, que solo sabía hacer negocios vendiendo y revendiendo el mismo suelo generación tras generación. Cuando el líder de la Lliga Regionalista Cambó se cargó todo un barrio para abrir la Vía Layetana, con motivo de una gigantesca operación de especulación de solares urbanos, se fabricó la leyenda del Gótico aprovechando vetustos edificios y trasladando palacios de otros lugares. Lo irónico era que lo auténticamente medieval era el Call Judío, que había sido barrido oportunamente de las guías.

Le pesaba su ciudad, su tierra, su idioma, sus amigos, su vida. La medicina te hace convivir a diario con la frágil condición de los seres humanos, pero nada había preparado al médico para el terrible espectáculo de ver una Cataluña tan postrada. Él había soñado con una tierra libre, independiente, limpia, edificada sobre la igualdad, la fraternidad, una sociedad de hombres libres en la que la tiranía y la ignorancia hubiesen sido desterradas. Cuando ingresó en la masonería, allá en su juventud, creyó encontrar en las logias catalanistas espíritus afines. Aquellos masones decían defender la fraternidad universal, pero allí se gestaron no pocos de los futuros colaboracionistas. Gente de *Estat Català* que anteponía su odio a España a los valores de hermandad. En la sede de la Gran Logia situada en la calle Aviñó de Barcelona, la misma en la que había estado el burdel en el que Picasso se inspiró para su cuadro de las señoritas, había tenido ocasión de departir con no pocas personalidades de la República, como Companys.

Que esos mismos hombres fueran después responsables de las checas, de la persecución religiosa, de más de ocho mil sentencias de muerte solo por pensar de otra forma, destrozaba su alma. Ya no le quedaba nada, solo una hija que no podía abrazar como tal y una examante que le consideraba un entretenimiento más, un motivo para darle celos a su marido, una anécdota, una molestia al saberse embarazada. ¡Lo que tuvo que porfiar para que no abortase! En aquel crepúsculo que parecía presagiar una noche eterna, Llobet vio que todo lo que había defendido se desplomaba como un castillo de arena de los que construyen inocentemente los niños junto a las olas, ignorantes de que un súbito embate del mar puede acabar con su obra. Cuántas vidas, cuántas ilusiones echadas a perder. Se sirvió una generosa dosis de licor mientras miraba fascinado los colores del sol que retrocedía lento, testarudo, como si se resistiera a ceder su puesto a la oscuridad. Encendió el aparato de radio. Sonaba el aria *E Lucevan le Stelle*, mal traducido como «Adiós a la vida», de la ópera Tosca. Nunca había amado tanto a la vida, decía el tenor en un lamento que invocaba la dulce y amorosa imagen de Tosca. Su mano derecha buscó en el interior de su batín. Un roce frío y metálico le produjo un involuntario estremecimiento. Una pistola automática. Aquel pedazo de hierro azul cargado con seis heraldos de muerte esperaba ser devuelto a la oscuridad o a hacer caer el telón de una obra que duraba demasiado.

Nadie se cansa tanto repitiendo lo mismo como un actor de teatro, se dijo Llobet. Cerró los ojos sin soltar el instrumento de muerte. Los recuerdos desfilaban por su cabeza. Se veía junto a sus compañeros de facultad por las Ramblas de Barcelona, yendo a esperar a las dependientes de los almacenes El Siglo para galantearlas e invitarlas a merendar en una granja de la vecina calle Petritxol. Romances blancos como la nata que acompañaba al chocolate que servían en esos locales siempre acompañados por *melindros* y ensaimadas. Miradas que ellos pretendían terriblemente sensuales y aspavientos comedidos y falsos por parte de ellas. Luego, tras un beso casi de primera comunión, las mozas se marchaban y ellos se metían en algún figón barato a cenar para fanfarronear acerca de conquistas que tan solo existían en sus imaginaciones calenturientas de estudiantes.

También estaba la peña del Ateneu donde escuchar a los grandes de la literatura. Quizá algún amigo subvencionado por su padre se prestase a una excursión en algún cabaré. Expediciones nocturnas al Distrito Quinto para coquetear con la absenta y alguna *cocotte* fingidamente francesa nacida en Vilanova y la Geltrú. Recordaba aquellos pasos indecisos, vacilantes, agarrado siempre a alguien, Ramblas arriba, con destino a su pensión en la calle Muntaner. Aquel olor a madrugada, a alcohol, al agua de los empleados de la limpieza que intentaban, regando, borrar la noche incierta y turbia. Y despertar escuchando a Marieta, la chica que servía en la pensión, canta que canta, con buena voz. Algún día seré *vedette* en el Paralelo, decía riendo a los estudiantes que se la comían con los ojos sin pasar de ahí porque doña Patrocinio, la dueña, estaba como un águila siempre encima de la adolescente.

Baixant de la Font del Gat, una noia, una noia, baixant de la Font del Gat una noia i un soldat, pregunteu-li com és diu, Marieta, Marieta, pregunteu-li com és diu, Marieta de l'ull viu... ¡Cuánta inocencia y qué poco sabía entonces de la vida! Todo parecía risueño, amable y, como recordaba haberle escuchado decir a Pla, las preocupaciones eran menores puesto que todo era sólido. Ahora ni siquiera conocía al hombre que era. No conocía a sus paisanos, no conocía su ciudad, su tierra, al mundo, a la humanidad. A lo mejor no los había conocido nunca. Al doctor Llobet le pareció que su vida había sido una mentira que se había creído como creía los cuentos que imaginaba para él su padre, cuando era un niño y leía a Julio Verne. Ya lo verás, decía su progenitor mientras lo arropaba en la cama, algún día tendremos dirigibles para desplazarnos por la ciudad, y habrá canales en lugar de calles y en vez del tranvía de mulas tomaremos un submarino. Y viajaremos a la Luna el domingo para hacer un arroz con conejo o unas costillitas de cordero a la brasa, de esas que tanto te gustan. ¿Hay corderitos en la Luna?, preguntaba al padre, a lo que este respondía que sí, y ballenas en el Mar de la Serenidad, ¿por qué iban a llamarlo mar si no hubiera agua? Y el chiquillo felizmente crédulo se dormía entregado a sueños en los que la ciencia había desarrollado todo su ingenio para poblar la tierra y el espacio de artefactos milagrosos.

Su mano asía cada vez con más fuerza el arma, sin que fuese consciente de ello, como tampoco lo era de que la iba acercando poco a poco a su sien. Estaba muy cansado. Le fatigaba el mismo hecho de respirar, de saber que ese aire lo compartía con bestias humanas. Sonrió con tristeza infinita mientras, en un acto que le costó mucho menos de lo que pensaba, apoyó el cañón en la sien derecha mientras canturreaba en voz baja *Baixant de la Font del Gat...* Pobre Marieta, se la encontró muerta en la morgue del Hospital de Sant Pau en plena guerra, mutilada, torturada y violada en alguna checa. Quizá había llegado el momento de juntarse con ella en otro lugar mejor, un sitio en el que nunca faltase la música y la risa. Cuando quitó el seguro y el índice empezaba a curvarse sobre el gatillo, la puerta de la habitación se abrió y, a contraluz, el médico percibió la silueta del joven Ramentol que le gritaba un desesperado «¡No lo haga, Llobet!».

El doctor le dirigió un última mirada con los ojos llenos de lágrimas y se descerrajó un tiro, desplomándose cadáver. Una riquísima alfombra persa se echó a perder al instante por el torrente de sangre que brotó de la herida. El anarquista no pudo hacer nada por él. Sin saber explicarse la razón, le cerró los ojos tras santiguarse. En el bolsillo interior encontró una

carta dirigida a Queralt que no quiso abrir. Si algo había aprendido después de tantos años de guerra era que los muertos se
merecen todo el respeto del mundo. En ocasiones, más que los
vivos.

3. UNA CORDIAL INVITACIÓN

No dormía bien desde el suicidio de Llobet. Lo duro fue tener que contárselo a Queralt. La fue a buscar a Los Tilos y la encontró en un gran patio en el que estaban tendidas decenas de sábanas. Esos establecimientos gastan más en ropa de cama que los hospitales, le había dicho Cipriano, que prefirió esperar en la calle. Los que vamos de miranda, sobramos, espetó. A Duran se le formó un nudo en la garganta al ver cómo la cara de aquella mujer se transformó en la que seguramente había tenido de chiquilla a la que empezó a explicarle la muerte del médico. Rompió a llorar de manera sorda, hacia adentro, como si le avergonzase exteriorizar el dolor. Le preguntó al anarquista cómo se había enterado. Este le dijo que hacía días que la gente de Mera lo tenía vigilado y que se habían extrañado de que aquella noche hubiese dado permiso a todo el servicio. Era algo poco usual. Mera se había puesto en contacto con Duran advirtiéndole que algo no iba bien y al anarquista le faltó tiempo para salir a escape en dirección al domicilio del médico. Había visto a demasiada gente saltarse la tapa de los sesos como para no conocer los motivos que pueden impeler a una persona a suicidarse. La chica miró a los ojos de aquel hombre que había visto tanto dolor y dijo «No tenía por qué acabar así».

Duran encendió un cigarrillo y aspiró el humo como si pretendiese inhalar algo de una verdad que se le escapaba. Ignoraba el detonante que había movido a Llobet a pegarse un tiro, pero no era descabellado suponer que, si no era una mala persona, debía sentirse asqueado al tener que convivir obligatoriamente con aquella hez. Era una suposición plausible. De repente, recordó la carta dirigida a Queralt y se la entregó. Estaba un poco arrugada y en el borde superior había unas ligeras salpicaduras de sangre. La muchacha la miró sin saber qué hacer. Finalmente, rasgó el sobre y extrajo tres folios escritos con una letra inusualmente clara y legible para ser de médico. Los leyó una, dos, tres veces para luego introducirlos de nuevo en el sobre que dobló y metió entre el pecho y el sostén. Le cogió el cigarrillo a Duran.

Después, como si se dirigiera a un auditorio invisible, empezó a hablar. Era como si Duran no estuviese allí. La voz sonaba igual que la de una locutora de radio que tuviese que cantar las excelencias de un sopicaldo cualquiera. Una locutora harta de dejarse meter mano por todo Dios en la emisora para ponerse ante el micrófono. El cliente, el director, el técnico de sonido, el censor, el amigo del censor, el jefe de redacción. Duran reconoció en el acto el tono porque había conocido a una locutora en Barcelona durante la guerra que hablaba igual. Era la voz de un cuerpo al que le habían arrebatado el alma. Mentía incluso cuando reía. Los desalmados que abusaban de ella la llamaban «El fichero policial», porque aseguraban que en su cuerpo podían encontrarse las huellas dactilares de toda la profesión. Una noche, en casa de la mujer de veintidós años y que parecía la más encanallada de las putas, empezó a contarle a Duran la historia de su vida. El anarquista estaba cansado de escuchar cómo le explicaban la misma historia de traiciones y desesperación. ¿Qué podía ofrecer la República a personas así? Ni se le ocurrió acostarse con la chica. Duran era de moral estricta. La muerte en la guerra era inevitable; una canallada, jamás.

En aquellos días solía sacar de su gastada cartera una estampa que había cogido de un sacerdote asesinado por el SIM. Había llegado tarde para salvarlo, pero no para vengarlo. Sus asesinos yacían junto a él. Manchada con la sangre del sacerdote, la estampa era la de El Cristo de Lepanto. La miraba durante mucho tiempo y pensaba en aquella imagen, no como hijo de Dios, sino como alguien que vino al mundo para ser sacrificado por los que pretendía salvar. ¿Por qué? ¿Qué revelación tan terrible, qué amenaza a los poderosos podía haber lanzado un carpintero de Galilea para que todos se conjuraran en su contra? ¿Era porque se había mostrado crítico con el Sanedrín o por rodearse de pobres y necesitados? ¿Por sanar a leprosos? ¿Por convertir a sencillos pescadores en gigantes de fe robusta? Duran llegaba siempre a la misma conclusión. «Te atreviste a decir un nuevo mandamiento, amaos los unos a los otros, y esa es la verdad más revolucionaria que nadie ha dicho jamás. Llegaste a decirle a Dios, clavado en la cruz y con el último aliento, que perdonase a quienes te infligían aquel dolor porque no sabían lo que se hacían. Te crucificaron porque la bondad asusta a los poderosos, a los asesinos, a los ricos, a eso que llamamos el mundo. Nadie quiere ser bueno cuando puede ser rico, general, presidente, chulo de putas o tendero de ultramarinos. Nadie quiere amar a su vecino si este posee más cosas. Nadie concibe amar al que tiene más talento. Te mataron porque, contigo, llegaba un mensaje de perdón y justicia. Envidiaban tu capacidad infinita de amar. Incluso a tus verdugos. Y la envidia mata más que nada en esta cochina tierra».

Escuchó cómo Queralt le decía que el médico era en realidad su padre. Cayó en la cuenta de que la locutora y Queralt podían ser hermanas. Almas rotas que no tenían con quien hablar. No le dijo a Queralt lo que pensaba. Que Llobet era más culpable que los nazis porque no había sido ni padre ni valiente. Que Llobet era un cobarde porque con su muerte cargaba a su hija con un peso que no merecía. Que los Llobet eran los causantes de que se hubiera llegado a vivir bajo la esvástica. Es ese afán por no decir nunca lo que se piensa, por contemporizar, el que ha perdido a esta tierra, se dijo Duran mientras se limitaba a ver llorar en silencio a Queralt. Se le daba mal consolar a la gente.

Le vino a la cabeza cómo el hijo de un millonario que se hizo rico en la primera guerra vendiendo telas de ínfima calidad a precios desorbitados a los países contendientes le repetía incesantemente que a su padre deberían ahorcarlo por criminal de guerra. Cuando estalló el movimiento, fue a buscar a su progenitor junto a tres patrulleros de la FAI y le disparó un tiro en la nuca. Después marchó con Durruti al frente y lo mataron por la espalda unos del PSUC. Carne de cañón. Como Queralt. Como tanta gente en esta tierra maldita en la que solo te dejan ser víctima o verdugo. Pero ¿qué pasaría si los primeros se alzaran contra los segundos? ¿Por qué a los catalanes les gustaba tanto callar y no *fer soroll*? ¿Qué maldición pesaba sobre aquel pueblo que obligaba a la buena gente a tragar quina hasta que, un día, no podía más y estallaba?

Aquel pensamiento desazonaba a Duran y, aunque creía haberlo dejado atrás desde que se fue, olvidándose de Cataluña, de España y de su compromiso político, aquella maldita misión lo había traído de vuelta al sitio al que no habría querido regresar jamás. Y ahora estaba ahí, junto a una rica heredera que trabajaba para la OSS, llorando por su auténtico padre que acaba de suicidarse, mientras él debía planear un atentado contra Hitler que según decían los yanquis, Franco y todo Dios iba a cambiar el curso de la historia. Abrazó a Queralt y esta se apoyó en el anarquista buscando al padre que, en realidad, jamás había tenido. Duran se sintió también víctima y eso le revolvió el estómago. Víctima, no, víctima, jamás. Después de acariciar el pelo de la muchacha y estamparle un beso en la frente, la dejó en aquel mar de sábanas inmaculadas, acaso lo único inmaculado en Barcelona, dejándola en manos de la patrona del burdel, que le proporcionó un sedante gracias a los buenos oficios de un farmacéutico cliente del burdel. Duran salió con urgencia a la calle, a respirar aire fresco, a sentirse dueño un poco de su destino. Al lado de un Renault negro estaba Mera, vigilando, con su cigarrillo encendido y la mano en la culata de la STAR de siete milímetros sesenta y cinco que llevaba siempre en el bolsillo de la chaqueta.

—Ha ido mal, ya lo veo —dijo Cipriano.

—Más que mal. La chica está hecha una mierda y, por si te interesa, yo también. Todo esto parece una novela barata de las que, a la que te descuidas, te aparece un padre ilegítimo y la gente se va muriendo hasta que no queda ni el apuntador.

—Razón de más para que te centres en lo nuestro. Mi gente dice que ha llegado el paquete que esperábamos. Bueno, los paquetes, porque meterlo todo en un mismo saco hubiera sido peligroso. Tenemos diez cajas guardadas a buen recaudo en un almacén del barrio de San Andrés. Es de un compañero.

—¿De confianza?

—Ese antes vuela con dinamita el sitio con él dentro que permitir a la Gestapo meter la nariz. Un carretero de pelo en pecho, yo le vi luchar en el frente de Madrid. Un catalán con dos cojones.

—Eso está bien, para variar. Lo de tener un catalán valiente, digo.

—Estás diciendo gilipolleces.

—No, Cipri, estoy hasta los huevos, que no es lo mismo. Bueno, ¿cuándo armamos el trasto ese?

—Tenemos que esperar a mañana, que viene un ingeniero para que no saltemos por los aires y nos carguemos la sorpresa para el cabrón del Führer.

—¿Es de fiar? —Duran se ponía demasiado pesado con lo de la confianza, se dijo Cipriano.

—Tiene que serlo. Trabajó en los grupos guerrilleros durante la guerra, los que volaban puentes y trenes y desaparecían como fantasmas.

—Pues arreando. Llévame al hotel y nos tomamos algo. Me hace falta.

—Se nota. Siempre dije que eras demasiado sensible para estas cosas, Duran.

—Pues no haberme llamado, cabrón. Además, el día que deje de serlo me pegas dos tiros. ¿De acuerdo?

Cipriano sonrió y se puso al volante del automóvil con un Duran que no dijo palabra a lo largo de todo el trayecto. Al llegar al Gran Hotel del Reich un obsequioso *groom* les abrió la puerta sonriendo, esperando mercenariamente la propina. Era demasiado joven, casi un niño, para exhibir aquella expresión tan servil. Qué puta es la vida. Al llegar al bar, Cipri pidió dos coñacs de la casa sabedor de que, a pesar de ser un matarratas de categoría, entonaría a su amigo. Mientras se lo tomaban, otro botones con un uniforme que llevaba más entorchados y galones que un mariscal turco, se les acercó discretamente.

—Perdone, señor Ramentol, tiene una llamada telefónica. Es de la oficina del Reichsprotektor —murmuró como el que nombra a Dios Padre omnipotente—. Es urgente.

—A ver qué carajo quiere ese ahora, la madre que lo batanó —dijo Cipri casi escupiendo las palabras.

Duran se acercó a las discretas cabinas del hotel mientras le indicaba al muchacho que le pasaran la llamada. Se divirtió durante un segundo adivinando lo que pensarían los escuchas que operaban en el hotel al saber que uno de sus clientes tenía relación directa con Heydrich. Levantó el auricular, tomó aire y ladró, más que pronunció, un sonoro «¡Heil Hitler,

Reichsprotektor!». La voz de Heydrich sonó como la de un sacerdote indulgente. Cuando quería, sabía ser encantador.

—Querido Ramentol, perdone que le moleste. ¿Soy importuno?

—Usted no lo es nunca, Reichsprotektor.

—Creo que ha llegado para usted el momento de conocer el corazón del que emana nuestra ideología. Debe visitar Germania, empaparse de la revolución que estamos irradiando, conocer a las personas que ayudan al Führer. ¿Le apetecería un viaje a la capital del Reich?

Duran tuvo que contenerse. Aquello podía retrasar sus planes y no le convenía en absoluto pero, por otra parte, no podía desairar una oferta del mismo amo de Cataluña. Si quería mantener su fachada como nazi, no tenía más opción que aceptar con entusiasmo.

—Será un honor, Reichsprotektor. Es un viejo anhelo que ahora gracias a usted podré hacer realidad.

—Pues no se hable más. Mañana a primera hora un coche de mi servicio pasará a recogerlo y lo llevará hasta el aeródromo privado de las SS donde le esperará mi Junker personal que lo llevará al Reich para que vea lo que espera a su patria.

—No tengo palabras. Gracias.

—Ya me las dará a su vuelta. Además, estoy autorizado para decirle que lo esperan dos personas que han manifestado un vivo interés en conocerlo. Uno es el Reichsminister Albert Speer, arquitecto personal del Führer y ministro de armamento, un hombre forjado en el más duro acero alemán además de un intelectual, un artista, un espíritu selecto como usted.

—Será un honor conocer a quien está tan cerca del Führer y sabe interpretar en piedra sus designios.

—Me alegra oírle decir eso. Pero no es todo. El mismo Reichsführer quiere entrevistarse con usted.

Un espeso silencio se apoderó de la línea telefónica. Himmler.

—¿Está usted todavía ahí o se ha desmayado? —bromeó Heydrich.

—No esperaba tamaña distinción. El Reichsführer es la piedra angular, junto al Führer, naturalmente, de la nueva Europa en la que soñamos los arios.

—Pues le está esperando. Además, le conviene tener presente que de esa entrevista depende su futuro. Yo le he hablado, lógicamente, de usted y he ensalzado las virtudes que posee, pero el Reichsführer es hombre que prefiere juzgar personalmente a los hombres. Le deseo un feliz viaje y espero ansiosamente su regreso. Si todo va como imagino, a su vuelta podremos hablar de manera concreta acerca de su papel en Cataluña. ¡Heil Hitler!

Sin esperar respuesta, Heydrich colgó el auricular. Cuando Duran volvió a la barra del bar, Cipriano Mera puso los ojos en blanco.

—Chico, ni que hubieses visto un fantasma. ¿Qué coño quería Heydrich? —añadió en voz baja.

—Cipri, al paso que vamos me acabarán nombrando heredero de Hitler. Mañana por la mañana salgo en el avión de Heydrich. Destino: Germania, la antigua Berlín.

—¡La madre que te batanó! Pero ¿y lo que tenemos en el almacén?

—Os las tendréis que apañar si mí. No he podido negarme.

—Pero, coño, ¿qué carajo pasa? ¿Te va a recibir el del bigotito?

—No el que imaginas. El que me ha invitado y quiere hablar conmigo también lleva bigote, pero no es Hitler.

—¿Y quién es, Charlot?

—Un Charlot perverso. Quien se interesa por mi humilde persona es el jefe de las SS en persona, el que dicta quién vive y quién muere en el Reich, Heinrich Himmler.

Mera no dijo nada. Se limitó a decirle al barman «Traiga la botella de coñac y dos copas más». «¿Los señores celebran algo?», insinuó respetuosamente el camarero que debía estar avisado de con quién había hablado Duran. Mera le respondió con una media sonrisa.

—Nunca se sabe, amigo, nunca se sabe.

4. EN EL CORAZÓN DE LA BESTIA

Germania era más que una ciudad, era el sueño adolescente de un loco megalómano, el culto a la vacuidad absoluta. *Welthauptstadt* Germania, así la había bautizado Hitler. Capital mundial germana. Duran solo veía edificios ideados para que los humanos no pudieran sentir más que miedo ante ellos. Heydrich le había concedido el gran honor, según le dijo, de que el Reichsminister Albert Speer le enseñase aquella descomunal tarta de hormigón edificada a mayor gloria del Führer. El arquitecto de Hitler demostró ser de trato agradable, sencillo, nada pomposo, a diferencia de sus camaradas. A bordo de un autobús especial, el responsable de que el armamento nazi hubiera triplicado su producción le iba mostrando aquella nueva acrópolis, como Hitler había definido a la capital que debía durar mil años. Desde el aeropuerto de Tempelhof a la Gran Sala, una cúpula descomunal coronada por un enorme águila que tenía el orbe entre sus garras, pasando por el palacio del Führer, todo era un quiero y no puedo, se dijo el anarquista. No cabía la menor duda de que aquella ciudad estaba pensada para, además de halagar al dictador, intimidar a quienes la visitaran.

Las enormes estatuas de Thorak en posiciones anatómicamente imposibles y decenas y decenas de cañones capturados al enemigo que flanqueaban la antaño avenida Unter der Linden lo deprimieron. Sustituir tilos por metal oxidado no decía nada bueno de quien había pensado el cambio. Pero su papel de nazi catalán le obligaba a poner cara de admiración aunque le costase horrores no ponerse a gritar ante aquel despilfarro de mármol y piedra granítica traída desde los lugares más lejanos. Cada metro cuadrado de la capital del Reich había costado la vida de miles y miles de trabajadores. La vida tenía un valor escasísimo en el Reich y el propio Speer no ocultaba que su milagro como ministro de armamento residía en el uso de mano esclava en las fábricas de las que salían a diario centenares de carros blindados, aviones a reacción, misiles V-2 y otras armas declaradas como *Gekados*, secreto del Reich. Al final de aquel *tour* de casi tres horas, Speer le propuso visitar el interior de la Gran Sala que había supuesto algo más que una proeza arquitectónica. *Grosse Halle*, indicaban numerosos letreros. Inútil advertencia. Era visible desde toda la ciudad.

«Más de doscientos metros de altura y un diámetro de doscientos cincuenta. Dieciséis veces más grande que la cúpula de San Pedro», dijo un triunfal Speer. No dejaba de ser curiosa la manía que tenían los nazis de compararlo todo con algo que ya existiera. Es el mayor espacio cerrado construido de todo el mundo, añadió el arquitecto de Hitler. Uno se sentía allí dentro insignificante, indefenso, una hormiga ante la magnificencia del nacionalsocialismo, que incluso no dejaba pasar la oportunidad de imbuir la idea de que el individuo carecía de importancia comparado con la raza. Speer le ofreció un *knirps*, un pequeño paraguas plegable alemán, porque bajo la bóveda llovía. Era un singular efecto producido por el aliento de las miles de personas que la visitaban, cuyo vapor se condensaba en el techo y descendía en forma de suave lluvia.

—No fue algo premeditado, pero al Führer le gustó. Como era él quien la había diseñado, le pregunté si quería que elimináramos esa lluvia de alguna forma y se negó categóricamente. «Speer —dijo—, me parece poético que bajo el águila del Reich la gente se empape de la lluvia del nacionalsocialismo. Déjela. La providencia está con nosotros y este es un signo que lo demuestra».

—El Führer sabe leer en el libro del destino, Reichsminister —respondió Duran con entusiasmo.

—No le quepa la menor duda. Y, en confianza, tiene grandes planes para Cataluña. Cree que están destinados a grandes cosas y me ha encargado que haga en Barcelona una limpieza a fondo, reedificándola de acuerdo con los nuevos tiempos.

—Espero que se carguen ustedes todo lo que de decadente tiene mi ciudad que, debo confesarlo, me ofende por su grotesca fealdad.

—Ya tengo elaborado un catálogo, pero desearía que le echara un vistazo. El Reichsprotektor me ha dicho que usted es uno de los catalanes más adictos a nuestra causa y eso, viniendo de Heydrich, no debe tomarse a la ligera. Me gustaría que me diese su opinión acerca de lo que podríamos llamar lista de derribos. Esas formas grotescas de Gaudí, el pabellón Mies van der Rohe, el monumento a Colón, que parece un lápiz, la mugre del Barrio Chino, en fin, todo lo que constituya una mancha en la luminosidad de la ciudad que, según me ha confesado el Führer, debe ser la capital del Mare Nostrum.

—Será un placer colaborar con usted, Reichsminister. Deberíamos también tener en cuenta las infraestructuras: un aeropuerto digno de ser llamado como tal, un puerto capaz de acoger tanto a turistas como buques mercantes, estaciones de tren soterradas, autopistas como las alemanas que permitan llegar a Barcelona desde todos los puntos cardinales y, lo más importante, derruir hasta el último ladrillo esos barrios obreros edificando viviendas como las que el Reich ha construido. Si queremos gozar del apoyo popular es necesario poner de nuestro lado a la clase trabajadora, porque de ahí saldrán nuestros soldados, nuestros científicos.

—Completamente de acuerdo. Revisaremos juntos el plano de su ciudad que, gracias a la visión de Cerdá, tiene una plantilla geométrica adecuada a nuestros deseos. Pero, aunque esta conversación sea de lo más estimulante, debo recordarle que le espera el Reichsführer y no tolera la impuntualidad. Tengo un coche oficial que le llevará hasta la sede de las SS en la Wilhelmstrasse. Una calle interesante, ya lo verá. Las oficinas centrales de las SS, la Gestapo, el SD y la RSHA, la oficina central de seguridad del Reich, tienen su sede ahí. Mal sitio para llamarse Moisés —dijo Speer con una risita infame.

—La judería no tiene lugar en nuestro mundo. Son ellos o nosotros. Esta es una lucha que se da cada mil años y nos enfrentamos a nuestro destino frente al bolchevismo judío que pretende esclavizarnos, arrebatándonos lo que nos pertenece por derecho de raza. Es un combate cósmico en el que cualquier sentimiento personal debe quedar supeditado a la visión que la providencia ha dado al Führer. No exageramos al decir que la nuestra es una misión sin parangón en la historia. Es la batalla por la raza. O los *Untermenschen* o los *Herrenvolk*. Debemos ganar. Tenemos que ganar. No hay otra alternativa que la victoria —contestó Duran con tal solemnidad que a Speer se le heló la risa en los labios. Este catalán es más nazi que muchos de los nuestros, pensó. Como sus paisanos sean así, acabarán por mandar en Alemania. Se sintió aliviado cuando, tras un sonoro Heil Hitler, metió al catalán en un potente Mercedes rumbo al despacho de Himmler. Estos dos se entenderán, pensó mientras veía alejarse el automóvil entre colosales edificios destinados a albergar la burocracia que generaba el Reich.

Lo que ignoraba Speer era que toda la parrafada que había soltado de corrido y con ojos de iluminado aquel joven no era más que el fruto de horas ensayando en una habitación de Washington, memorizando una y otra vez pasajes enteros del Mein Kampf, de Rosenberg, de Goebbels, de Streicher, de Himmler, en fin, de todos los que nutrían el imaginario ideológico nacionalsocialista. Adecuadamente mezclados, añadiéndole la sal gruesa del catalanismo, Duran había construido un armazón ideológicamente irreprochable con el que poderse enfrentar dialécticamente a cualquier nazi y quedar como un adepto a la causa. Para ayudarse había escrito una especie de breviario en el que agrupar las citas bajo temas generales. Por ejemplo, comunismo, judíos, mujer, delincuencia, patria, Europa y otros muchos. La OSS se había mostrado sumamente interesada y, una vez cumplido el objetivo de auxiliar a Duran en su misión, el general Donovan lo había adoptado como manual de instrucción para sus infiltrados en el Reich.

El automóvil circulaba a tal velocidad por las amplias calles, amparado por el gallardete de las SS, las luces azules y las potentes sirenas, que a Duran le pareció que había durado segundos. Cuando salió del vehículo, un oficial del Estado Mayor de Himmler estaba esperándole.

—Parteigenosse Ramentol, el Reichsführer le aguarda en su despacho.

El interior era tan lujoso y artificial como el resto de las edificaciones públicas en el Reich. Los resbaladizos suelos de mármol, perpetuamente encerados, parecían advertir al visitante lo peligroso que era caminar por los pasillos de aquella casa. Los nazis de uniforme negro con las onerosas runas Sieg en sus cuellos y las calaveras que brillaban siniestramente en sus gorras de plato parecían deslizarse sobre ellos; rostro duro, las manos cargadas con voluminosas carpetas en las que debía encontrarse la vida o la muerte de miles de personas, la angustiosa sinfonía de negro de aquellos uniformes tan solo se veía aliviada por la blancura nívea de las camisas y el brazalete rojo sangre con la esvástica que portaban. Ni una sonrisa, ni una palabra. Allí lo importante era ver, oír, callar y obedecer al pequeño hombrecillo con antiparras y ojos asiáticos que se sentaba en el despacho al que fue introducido Duran, no sin antes ser registrado a conciencia por dos *Rottenführer* escogidos por el propio Himmler, que se mostraron extremadamente experimentados y eficaces. El anarquista se había aprendido el laberíntico esquema de grados, jerarquías, uniformes y equivalencias imperantes en la Alemania nazi. Dos cabos primero, se dijo. En España decimos que el que vale, vale, y el que no, para cabo. Pero cualquiera se lo decía a aquellos perros de presa, bastante decepcionados por no haber encontrado nada sospechoso. Se limitaron a devolverle sus pertenencias, entre ellos una lujosa pitillera de plata con sus iniciales grabadas y unos magníficos puros habanos, mientras uno de ellos gruñó «Está bien, puede usted pasar, pero está terminantemente prohibido fumar en presencia del Reichsführer».

Las enormes puertas del despacho se abrieron y el edecán del Reichsführer tronó «¡El camarada Ramentol!». Himmler estaba sentado en el borde de su mesa en una pose perfectamente estudiada. Normalmente, recibía a las visitas sentado en su sillón de forma que fuera el invitado quien debiera acercarse a él, pero en este caso juzgaba más oportuno ir al encuentro de aquel prometedor joven que podía facilitarle mucho las cosas en Cataluña. Con paso elástico, y tras hacer el saludo hitleriano, Himmler se acercó al presunto nazi catalán. Su rostro era un poema de simpatía, confianza y calidez. Le estrechó vigorosamente la mano y no se la soltó hasta estar sentados frente a una chimenea muy de agradecer con aquel tiempo tan húmedo. Duran, perro viejo, sabía el porqué de aquel gesto por parte del jefe de las SS. Cogiéndolo de la mano evitaba cualquier movimiento, como sacar una pistola que pudiera habérsele pasado por alto a sus perros de guardia.

—Agradezco mucho la confianza que me demuestra, Reichsführer. Me parece que a los camaradas de la puerta no les he debido parecer tan inocente.

—Oh, eso. No se preocupe, no es personal. Ha de existir una rutina de seguridad y se oyen tantas cosas que no hay que descuidarse. Además, son muy eficaces en su cometido. No se les pasa nada por alto, créame.

—Me parece que es usted muy benévolo, Reichsführer.

Himmler achinó aquellos ojos que le daban un aspecto asiático del que él tanto intentaba huir.

—¿A qué se refiere?

—A esto —y sacó su pitillera y los habanos. Deshojó uno y apareció un curioso aparato alargado que parecía una estilográfica. Himmler enarcó las cejas interrogativamente.

—Comprendo su sorpresa. Es un artilugio fabricado por la OSS. Se llama Stinger, aunque entre los agentes se le conoce popularmente como Scorpion. Una pistola de un solo disparo. Calibre 22. No pesa nada y es perfectamente camuflable dentro de un cigarro, una pluma fuente o un bastón. Si yo hubiera sido un masón al servicio de la judería internacional, la entrevista habría terminado mal para usted.

—Pero usted no habría salido vivo de este edificio —dijo Himmler con voz felina, casi como si maullara.

—Nunca se sabe, pero considere que a esos masones les importa poco su vida si se lo ordena la logia. Estoy seguro de que al desgraciado que le encargasen tamaña atrocidad le darían garantías suficientes acerca de que su familia viviría a cuerpo de rey el resto de su vida.

—¿Por qué ha hecho usted esto? ¿Qué pretende demostrar, Ramentol? —dijo asombrado Himmler.

—Reichsführer, la secta ha intentado acabar con mi vida en varias ocasiones por no haberme plegado a sus órdenes. Son una amenaza para la raza aria y para la obra que están iniciando el Führer y usted. Toda precaución es poca. Solo quienes hemos tratado con esos traidores sabemos hasta dónde puede llegar su perfidia. Usted me pregunta la razón de mi conducta. Se la diré. También se la expuse al Reichsprotektor en Barcelona. No se fíen.

Himmler se levantó y empezó a pasear por su amplio despacho. Súbitamente, se volvió hacia Duran, que también se había levantado.

—Camarada, sé de sus peripecias con esos canallas del triángulo por los informes de Heydrich. Me dice que es usted un nacionalsocialista al cien por cien y que nuestro servicio de seguridad da las mejores referencias acerca de su persona. También sé que no forma parte de esos grupos de ambiciosos catalanes que solo ven en la independencia el negocio de sus vidas. Usted cree en una Europa gobernada por el orden y la paz del Führer, ¿me equivoco?

—Cierto, Reichsführer —dijo el anarquista en posición de firmes. Sabía lo que debía responder a aquel bilioso enfundado en tela negra.

—Pero siéntese, siéntese. Me gustaría profundizar en sus íntimas convicciones, sus sueños, sus ambiciones. ¿Qué busca usted aliándose con quienes, según la judería, hemos invadido su país?

Himmler hizo esa pregunta con el tono más cordial posible pero el anarquista sabía que, tras la amabilidad de aquel carnicero, se escondía la desconfianza de quien ha triunfado a base de traicionar a los demás.

—Reichsführer, considero Europa como un todo. El concepto de nación ha quedado depuesto gracias a la cosmovisión del Führer. La única diferencia radica entre pertenecer a la raza aria o no pertenecer. Dice usted que judíos, masones y la chusma americana califican a las SS como fuerza invasora. A mi modo de ver, son ustedes unos libertadores. Nos han librado de ese caldo amargo de semitas y árabes que es España. Protegen ustedes mi patria con el mismo celo con el que protegen al resto del continente, aplicando medidas de control racial sin las cuales es imposible concebir un futuro para nuestros hijos. No busco nada en lo personal. He tenido la suerte de ser beneficiado por la fortuna, pero ¿qué he hecho para merecerla? Nada. Y creo que es obligación de todo ario colaborar en esta era que ha iniciado el partido, las SS, el Führer. En todo y sin que nada se interponga.

Duran había dicho toda aquella parrafada con la mirada extática de un orate y el mayor acento fanático posible. Las horas de ensayo parecían haber sido de utilidad. Himmler le habló con voz fría.

—Sé que no me lo está diciendo todo, camarada.

—Tiene razón. Toda la vida he sentido un impulso hacia lo trascendente. Considero al nacionalsocialismo como la nueva religión, la que anunciara la Orden de la Aurora Dorada, la religión del Hijo que ha de traer a un hombre nuevo que sepa conectar con las fuerzas que dominan el cosmos. Sí, Reichsführer, más allá del plano político yo busco un misticismo, una práctica que eleve al ario hacia niveles impensables. Entiendo que esté reservado a los más dignos, los más leales, y por eso dedico mis esfuerzos para hacerme valedor de esa distinción para que, si lo quiere el destino, llegue el día en que pueda acceder a la sabiduría que atesoraban los antiguos lamas, los druidas, los sabios de la Thule hiperbórea, los conocedores de secretos sepultados por siglos de cristianismo judaico y racionalismo masónico.

Himmler sonrió indulgentemente.

—Dígame, ¿qué sabe usted del Sol Negro?

—Lo que he leído. Es el sol ario que nos purifica a través de la auténtica iniciación. Es la central mística de poder de la que hablan muchos estudiosos de la teosofía y del ocultismo de la vía izquierda.

—¿Qué diría si le dijera que el Sol Negro existe y está en un castillo propiedad de las SS?

—¡Reichsführer! Eso sería una proeza digna de usted y de la Orden Negra.

—Pues así es, Ramentol. En mi castillo de Wewelsburg, que espero pueda visitar pronto, tenemos una sala consagrada a nuestro símbolo secreto, un símbolo que solo conocen los auténticos iniciados. De momento, le invito a formar parte de nuestro círculo íntimo. Allí podrá aprender lo que usted busca. La sabiduría del viejo Grial, de la lanza de Longinos, de la fuerza Vril y de la Thule que siguen vivos más que nunca en el Reich para quienes sabemos apreciar su poder. Ha sido una entrevista muy fructífera, camarada. Me siento orgulloso de usted y de su visión profética. Volveremos a vernos. Muy pronto. ¡Heil Hitler!

Al salir del despacho donde el jefe de aquella orden de alucinados servía a su delirio asesinando a millones en todo el mundo, el asistente de Himmler le tendió un documento. En él se nombraba Standartenführer de las SS a Sixte Ramentol y se le adscribía a la sociedad Ahnenerbe, lugar en el que se daban cita todos los magos, ocultistas y devotos de lo esotérico del partido nazi. «Por la presente, concedo los cargos que se describen con efecto inmediato al camarada catalán Sixte Ramentol, en la esperanza de un futuro común ario». Firmaba Heinrich Himmler. Duran supo mantener la compostura hasta llegar a la habitación del lujoso hotel en el que los nazis lo habían hospedado. Una vez seguro de que estaba solo, se precipitó al baño y vomitó mucho rato. Es el peaje que paga un agente, tragar mierda hasta que te salga por las orejas.

5. LOS PREPARATIVOS

Heydrich le esperaba en el aeropuerto. Con su elegante uniforme de Gruppenführer y la mejor de las sonrisas le estrechó la mano cordialmente para acompañarlo hasta el Mercedes blindado descapotable que esperaba con el motor en marcha. Una escuadra de las SS les rindió honores. Había algo diabólico en la simbología nazi, pensó el anarquista mientras se acomodaba al lado del Reichsprotektor en el vehículo, algo que te atrapaba como una viscosa tela de araña.

—Creo que puedo felicitarle, Standartenführer Ramentol —dijo Heydrich con sonrisa lobuna.

—Mi visita a Germania y la entrevista con el Reichsführer han reafirmado mi convicción en la obra que estamos llamados a realizar.

—Muy justo, camarada. A partir de ahora forma parte de una comunidad juramentada, una orden dedicada a realizar trabajos ingentes, descomunales, apenas concebibles para las mentes estrechas de esos burgueses que solo entienden de libros de caja.

—A mis compatriotas catalanes.

—Así es, aunque me parece que todavía no es consciente del mundo que acaba de abrirse ante usted. Sus compatriotas ya no son esos intrigantes, somos nosotros, los arios que servimos al Führer, a las SS, los que estamos en el círculo interior. Le hemos admitido porque tenemos grandes planes para esta tierra y usted forma parte de ellos. Planes que no tienen por qué coincidir con los de Herr Bartomeu y sus negocios.

—Lo comprendo, Reichsprotektor. Todo lo que se interponga en nuestro camino debe apartarse.

—¡Una respuesta digna de un SS, camarada! Veo con satisfacción que la influencia del Reichsführer ha sido definitiva. Pongámonos al trabajo rápidamente. Le dejaré en su hotel para que descanse. Tómese el día libre, pero mañana lo quiero en mi despacho a las ocho en punto. Nos reuniremos con Schellenberg y nos pondremos manos a la obra de cara a la visita del Führer. Todo debe estar previsto. De uniforme, si puedo pedírselo.

Cuando, finalmente, Duran se encontró a solas en su habitación, se permitió respirar profundamente. Todo se complicaba por momentos. En sus cálculos no entraba pasarse el día junto a Heydrich vistiendo el uniforme de coronel de las SS. Cierto que aquello podía facilitarle el acceso a información reservada que podía ser de utilidad, pero la limitación de movimientos que supondría iba a resultar enojosa. Por otro lado, le parecía obsceno, sucio, vil. Se duchó largamente con agua hirviendo, como si quisiera eliminar esa pátina de nazi que se veía obligado a representar. Cuando sonó el teléfono estaba enfundado en un albornoz regalo del hotel y bebiendo una generosa copa de brandy. Era Mera. Tenía noticias. En uno de los negocios del supuesto Ramentol habían encontrado bichos. «Una plaga de cucarachas. Sería bueno que viniera a comprobarlo». Eso significaba que a Duran le habían puesto micrófonos, bichos en jerga de la inteligencia. Duran cogió las palabras al vuelo y le dijo que bajaba en un minuto. Una vez en el bar del hotel, encontró a Cipriano inquieto, cosa poco habitual en él. De manera lacónica le informó que la noche anterior el SD había hecho una redada y buena parte de los miembros de la red de Mera había sido detenida. Queralt estaba a salvo, de momento, y los almacenes de San Andrés no habían sido localizados, pero conociendo los métodos de aquellos tipos era de esperar que alguno de los resistentes acabase cantando. Mera había organizado el traslado de las cajas que contenían la bomba a otro lugar igualmente seguro, un viejo refugio de la Guerra Civil olvidado por situado en la falda de Montjuic, en el barrio de Pueblo Seco. Había que moverse rápido. Se rumoreaba que el Reichsprotektor había decidido pasar por la criba a toda Barcelona, incluidos sus colaboradores. ¿Y Schellenberg?, preguntó Duran. Nadie sabía dónde se encontraba. ¿Habían descubierto su doble juego? ¿Estaba Heydrich jugando al gato y al ratón con Duran? Eran cosas a tener en cuenta. Morir sabiendo que habías acabado con uno de los hijos de puta más grandes de la historia era una cosa, pero hacerlo en un oscuro calabozo de la Gestapo sabiendo que has fracasado no era admisible.

—Hubo un tiempo en el que creímos que podíamos con cualquier cosa —dijo Duran amargamente.

—También hubo un tiempo en el que creímos en los Reyes Magos y ya ves cómo hemos acabado. Anarquistas, republicanos y ahora espías a cuenta de los americanos.

—Y trabajando junto a Franco.

—Eso es, con Franco. La madre que nos batanó.

Duran encendió un cigarrillo mientras apuraba su copa de coñac y pedía otra.

—¿Te has planteado que Franco es un perdedor como nosotros?

—No jodas, Alberto. Ese no ha perdido nada.

—Claro que ha perdido. Toda una vida esperando ser alguien y, cuando lo consigue, va Hitler y se lo quita. No solo eso, sino que pone a uno de sus amigos, Muñoz Grande, en su lugar y

Franquito tiene que convertirse en un exiliado. Y ahí lo tienes, de pelele en manos de Hoover, de Donovan, de Eisenhower, del gobierno *yankee* y de los masones.

—Me parece que no has entendido al gallego. A Franco lo mismo le da un arre que un so. Cualquier método que considere útil para recuperar el poder le parecerá aceptable. Es un individuo sin ideología. Monárquico, republicano, falangista, carlista, católico, masón, ¿qué más le da? Las ideologías y los credos a Franco le sirven de traje para capear el temporal. Pero cuando le quitas el disfraz debajo solo queda una cosa: Franco.

—Algunos llamarían a eso coherencia.

—Yo lo llamo falta de vergüenza.

—Ya. Bueno, vamos a lo nuestro porque el tiempo corre. Según ha dicho la OSS, Adolfito va a venir antes de la Diada.

—¿Y eso?

—Pues nada, que quiere pasar unos días en Cataluña, conocer al movimiento de los *escamots*, hablar con gente como Bartomeu, en fin, viene en plan relaciones públicas. Se rumorea que quiere ver hasta qué punto la futura división SS catalana está preparada ideológicamente. Le es imprescindible para Rusia.

—Creí que el asunto con los Ivanes estaba casi solucionado.

—Qué va. La cosa ha adquirido proporciones gigantescas y es imposible mantener una línea de frente tan enorme. Se precisa una victoria rápida que aniquile de una vez al Ejército Rojo y, en especial, a las tropas partisanas que hacen estragos en la tierra conquistada por los nazis. Ahí es donde las SS catalanas tienen un papel especial. Las quieren asignar a la división Dirlewanger.

—¿La de los asesinos sacados de la cárcel, la responsable de millones de crímenes que incluso han hecho que el alto mando de la Wermacht haya elevado su protesta ante el Führer por los métodos sádicos que emplean?

—Esos mismos, los que llevan en el parche negro de las solapas dos granadas doradas. Ni los mismos SS quieren tocarlos con la punta de un palo. Todos los tienen por unos cerdos, y con razón.

—Así que nuestros patriotas catalanes están destinados a convertirse en torturadores, violadores, sádicos y genocidas.

—Exactamente, solo que tengo la sospecha de que algunos de ellos no necesitan instrucción en ese sentido.

Los dos anarquistas se miraron. Entre los SS catalanes se fanfarroneaba mucho aquellos días acerca de los cadáveres que iban a cosechar en Rusia. Habían adaptado una versión arcaica de *Els Segadors* para la ocasión. La estrofa *Amb la sang de els castellans en farem la nostra ensenya* había sido cambiada por «Con la sangre de los rusos pintaremos una señera». Los más fervorosos simpatizantes del Tercer Reich eran un grupo que se declaraba admirador de los hermanos Badía y ya habían sido amonestados por provocar escándalos intimidando a quienes les parecían sospechosos de ser españoles, llegando a agredir a ciudadanos que no hacían más que circular por la calle. Como decía Heydrich, eran más nazis que los mismos nazis.

Duran y Mera acordaron ir por separado al refugio donde se encontraban escondidas las piezas de la bomba. El primero tenía pensado visitar a Queralt y ver cómo se encontraba. Con su flamante uniforme de coronel de las SS podía pasearse tranquilamente por aquella Barcelona sometida al imperio de la cruz gamada sin el menor riesgo. A Mera no le hizo mucha gracia, pero conocía lo suficiente a su amigo como para intentar disuadirlo. Primero las personas, luego la guerra, le había dicho Duran en infinitas ocasiones cuando el albañil anarquista defendía las prioridades bélicas.

Duran no tuvo ningún problema para llegar hasta la discreta casa de putas. Aparcó su automóvil y caminó con los ojos abiertos y la mano derecha sobre la culata de la automática que llevaba en el bolsillo del pantalón. Al preguntar a la dueña por Queralt esta le dijo que se había marchado sin decirle nada. Duran sintió una mano que le agarraba las tripas y se las retorcía. La dueña no tenía ni idea de dónde podía estar, solo sabía, según le había dicho la portera de la casa de enfrente, que la chica se había marchado con un hombre que la esperaba en la esquina dentro de un coche de categoría, según sus propias palabras. De mucha categoría, había insistido. Duran lo entendió. Schellenberg. La muchacha se había ido con el adjunto de Heydrich creyendo que podía prestarle mayor protección que Duran, Mera o la OSS. Evidentemente, estaba colada por el alemán y eso había nublado su inteligencia. Los sentimientos, los jodidos sentimientos, los mismos que hacían que Duran tardase en conciliar el sueño pensando en su mulata, en lo que estaba sacrificando por una causa en la que apenas creía ya. Esos sentimientos que pueden convertir en traidor al héroe y en valiente al cobarde. Demasiado conocía él esa misteriosa punzada en el corazón que te empuja hasta el límite del abismo, haciendo que te preguntes si saltas o no. Esos sentimientos que te hacen consciente de la jaula en la que te han metido. Así se sentía, enjaulado en un drama en el que no tenía nada que ganar y mucho que perder. Heydrich, Franco, Hoover y su puta madre podían irse a la mierda. ¿Qué tenía que ver él con todo eso? Ya había pagado de sobra su cuota de dolor, de desengaño y de muerte en la guerra. ¿Qué sentido tenía continuar ese peregrinaje? Y la única respuesta que Duran sabía encontrar se llamaba Rosita. Si cumplía con su deber y conseguía que no lo matasen, podría volver junto a ella, esconder su cabeza entre los generosos pechos de la mulata e intentar olvidar la mierda de la que estaba hecha la vida.

Decidió reunirse con Cipriano sabiendo que cuando le dijera que la chica se había ido con el jefe de la SD se cagaría en ella, en Schellenberg, en Duran, en el amor y en la madre que los batanó a todos. No se equivocó. Tuvo que aguantar la catarata de exabruptos que su compañero vertió durante media hora. Duran fingía que lo escuchaba, pero por dentro su mente iba pensando en el atentado. Desde luego, por muy bueno que fuera el escondite que Cipri tenía preparado en San Andrés, el de Pueblo Seco parecía infinitamente mejor y más seguro. Como el refugio estaba olvidado, tenía la entrada tapiada y la vegetación de la montaña de Montjuic había hecho el resto. Se accedía al mismo por una trampilla hábilmente disimulada en el almacén de la bodega donde Cipri lo había citado, propiedad de un viejo catalanista apodado El Ros por haber sido en su tiempo rubio. Ahora presidía la imponente cabeza de aquel hombre de rostro colorado por trasegar demasiado con los alcoholes que vendía una calva imponente en la que apenas quedaba rastro de pelo rubio ni de ningún otro color.

El Ros se había desengañado rápidamente de sus correligionarios durante la República cuando vio que no tenían la menor intención de erradicar las diferencias entre ricos y pobres. Pero había sido lo suficientemente prudente para no exteriorizar sus ideas, haciéndose pasar por un pseudocomunista nacionalista. El mejor método para que no le mirasen mal los hombres del SIM. Hizo entonces muchas amistades entre los radicales separatistas y mantuvo los contactos cuando Franco ganó la guerra. El Ros tenía un inteligencia natural infalible para camuflarse. Cuando las tornas volvieron a cambiar y llegó Heydrich no tuvo ningún problema para reclamarse adicto a la causa. Con los avales de algunos miembros de Estat Catalá a los que había ayudado y algunos hechos novelados por el propio Ros, se fabricó una reputación sólida. Igual que el camarero del Berlín de Noche. Igual que muchos otros catalanes, acostumbrados a acercarse al sol que más calienta en una tierra en la que, aunque cambien las estaciones, los que mandan siempre son los mismos. Para todos era un viejo camarada en quien confiar, un separatista sólido y de confianza como rezaba en su ficha policial en la que en letras rojas podía leerse «Completamente adicto a Cataluña y al Reich». Mera lo conocía desde antes del treinta y seis y sabía de la habilidad del tabernero para nadar y guardar la ropa. Había conseguido escapar de las checas y del temible SIM comunista durante la Guerra Civil, del Servicio de Información de Falange durante el lapso en el que el régimen de Franco dominó España y ahora de los inquisidores de la Gestapo y del SD.

A Ros había que añadírsele otra particularidad: le faltaba la pierna derecha. Él solía decir que había sido una bomba lanzada por esos españoles hijos de puta, pero la verdad era que la había perdido cuando uno de los inmensos toneles que decoraban su local se le había caído encima mientras intentaba esconder en su interior un kilo de heroína, droga con la que traficaba y que le reportaba unos beneficios que le habían hecho rico. Ros acostumbraba a explicar su mutilación con todo lujo de detalles, convirtiéndola en una gesta heroica. Además, su invalidez le hacía convenientemente inútil para cualquier servicio de armas, lo que le hacía decir con lágrimas en los ojos «¡Qué desgraciado soy, mis compatriotas alistándose en la Gestapo, en los *escamots*, en los servicios del Reich o en la División SS y yo aquí, hecho un puto cojo que no puede servir a su patria más que con el entusiasmo de su corazón!». Era un hijo de puta de primer orden, sin duda alguna, se dijo Duran. Un emboscado que chaqueteaba. Pero también formaba parte de ese bajo mundo criminal de Barcelona en el que se respetaban las reglas so pena de caer acribillado cualquier noche en una esquina del Barrio Chino. Por algún favor que Mera le había hecho en su día y del que Duran no tenía la menor noticia, el Ros podía considerarse de confianza. En lo único que no mentía era en sus vinos y licores, que eran de primer orden y que vendía a lo más selecto de la sociedad, entre ellos al mismo Heydrich.

Cuando a Mera se le pasó el cabreo, bajaron por la trampilla de la bodega y, tras recorrer un largo trecho húmedo y oscuro, llegaron a un boquete que conectaba con el refugio. Duran no quiso saber cómo se las habían apañado Mera y su gente para meter las cajas, pero ahí estaban, vigiladas por un grupo de anarquistas con ametralladoras. Entre ellos destacaba un joven recién salido del cascarón. Con la cara picada de viruelas, ojos azules y unas gafas de alambre que se sostenían con esparadrapo, estaba ajustando las piezas del ingenio infernal destinado a llevarse por delante demasiadas cosas.

—Te presento al profesor, el genio que va a hacer que esta mierda salte por los aires.

—En-en-en-can-can-tado —dijo el joven.

«Joder —pensó Duran—, y además, tartamudo. Seguro que también es virgen. En fin, hay que torear el toro que te toca».

—Dígame, profesor, ¿cuánto tardará en completar el montaje?

—Ca-casi está lista, mi co-coronel. Estará o-operativa en un día.

—Perfecto. Cuanto antes tengamos todo a punto, mejor. No quisiera que nos pillasen con las bragas en la mano —dijo Mera con la sonrisa de quien enseña a sus amistades a una hija feísima y sosa que, sin embargo, toca muy bien el piano.

Una emisora de onda corta instalada en un rincón del refugio empezó a transmitir. El mensaje no era tranquilizador. El operador, un hombre maduro de cara severa y barba cerrada que se había batido el cobre en todos los frentes tendió a Duran el mensaje desencriptado.

—Mierda, Cipri.

—¿Qué pasa, la chavala otra vez? ¿O hay contraorden?

—No sé qué decirte. Nos dicen que Schellenberg sale mañana con Heydrich en la avioneta de este.

—¿Destino?

—Gekados, ya sabes, secreto del Reich. Lo que significa que, o lo van a apiolar, o que se lo llevan a cualquier otro sitio del Reich. Cualquiera de las dos cosas sería una putada porque nos conviene, y mucho, la cobertura de este pájaro.

—¿Y de Queralt no dice nada? —preguntó Mera más por amabilidad que por interés.

Duran arrojó el papel a un rincón con rabia y tardó unos instantes en responder.

—A la chica que le den, lo siento por ella. Lo que importa ahora es la bomba, matar a Hitler y volver a nuestras vidas.

Cipriano asintió, aunque sabía perfectamente a qué se refería Duran al hablar de volver a casa.

6. EL ARMA DEFINITIVA

El Fieseler Storch Fi 156 siempre le había parecido una avioneta de feria dispuesta a estrellarse al menor soplo de viento. Ese avión de reconocimiento, con su estrecha carlinga, su fragilidad y su tamaño más próximo a un juguete caro que lo que entendía como un avión, le hacía palidecer cada vez que Heydrich le invitaba a acompañarle en uno de sus paseos por las nubes. Schellenberg sentía su estómago bailar y su cara había adquirido un tono verdoso desde que despegaron de Barcelona. Heydrich no paraba de mirarle sonriendo, con esa expresión tan propia en él que daba escalofríos. Aquella no era una cara humana. Era un calavera. Sabedor del pánico de su ayudante a volar en aquel avión, Heydrich forzó el motor Argus del Storch poniéndolo a ciento setenta y cinco kilómetros por hora, su velocidad punta. Los catorce metros de envergadura del aparato se estremecieron como si estuviera a punto de romperse. Incluso los Messerschmitt que escoltaban al Gruppenführer estaban impresionados por la audacia de Heydrich.

—Parece que el Reichsprotektor quiere que su ayudante vomite hasta la primera papilla —dijo riendo uno de los pilotos, que sabían cuánto le gustaba a su jefe gastar bromas pesadas.

—Seguro que alguien tendrá que limpiar la cabina cuando aterrice —respondió jovialmente el otro.

Por suerte, pronto apareció ante ellos el pequeño aeropuerto privado que las SS habían construido cerca de la localidad costera de Blanes solo para uso privado de los nazis autorizados. Con extremada pericia y suavidad, el avión tomó tierra y no fue hasta que la hélice dejo de girar que Heydrich se permitió hablar a su acompañante.

—Excelente vuelo, ¿no cree, querido Walter? —dijo con indisimulada ironía.

—Gruppenführer, he estado a punto de ensuciar su bonito avión. Lo máximo que soporto en el aire es el Junker del Führer —contestó Schellenberg. Agradeció la petaca del excelente coñac que su jefe llevaba siempre encima. Heydrich bebía como un cosaco y era de los pocos a los que se permitía hacerlo en presencia de Himmler o del mismo Hitler. Privilegios de aquel a quien se le llamaba el hombre del corazón de hierro.

Confortado por el licor picante y cálido, saltó al campo de aviación sujetándose fuertemente la gorra gris en la que brillaba a la luz del amanecer la calavera de plata. No sabía ni qué hacía allí ni qué era aquel lugar. A Heydrich le gustaba actuar así con sus subordinados. Les sorprendía cada vez que tenía ocasión para demostrar que, aunque pudiera apreciarles, quien tenía todas las piezas del rompecabezas era él. Un Mercedes negro blindado con el banderín de las SS acudió disparado como un cohete hacia ellos.

—Creo que encontrará este transporte más civilizado. Siento habérselo hecho pasar tan mal, pero debíamos guardar el más riguroso secreto acerca de este viaje y lo que hay detrás del mismo. Excuso decirle que todo esto es Gekados. Por eso hemos volado tan bajo, para escapar incluso a nuestros propios radares. De hecho, ni usted ni yo estamos aquí, ¿comprende?

—Perfectamente, Reichsprotektor, pero ¿qué hay de los dos cazas que nos han acompañado? —preguntó Schellenberg mientras aceptaba un cigarrillo de su superior.

—Es personal de nuestro departamento. Por lo que concierne a ellos, hemos venido a pasar un agradable día en la Costa Brava con dos amables señoritas catalanas de buena familia. Hay que mantener siempre buenas relaciones con todo el mundo.

Los dos estallaron en una sonora carcajada. Schellenberg sabía muy bien a qué se refería. Cuando le encargaron por orden directa de Himmler organizar un burdel de lujo en Berlín en el que las esposas de los más altos cargos del partido, del ejército o de las SS ejercieran de prostitutas refinadas para comprometer a diplomáticos extranjeros filmándolos con cámaras ocultas, se llevaron una sorpresa cuando, al mostrarle a un diplomático sueco algunas instantáneas obtenidas en una de sus habituales sesiones con dos hermosas valquirias, este contestó «Excelentes fotos. ¿Me permitiría quedarme con alguna de ellas? A mi gobierno le gustará saber que aprovecho el tiempo estrechando unas cordiales relaciones con las esposas de los altos dirigentes del Reich». La salida de aquel hombre le hizo tanta gracia a Heydrich que lo puso inmediatamente en libertad. A Himmler, en cambio, no le hizo ninguna. Que un representante de un país neutral estuviese al tanto de que el Salón Kitty berlinés era una tapadera de los servicios de inteligencia de las SS y que sus prostitutas fuesen identificadas como las alemanas de rostro severo que aparecían como fieles esposas de los altos oficiales que regían el Reich, le pareció indigesto. Al poco tiempo, el diplomático sufrió un accidente cuando su automóvil derrapó, estrellándose contra un árbol. Heydrich se lo explicó a su ayudante con fingida tristeza. «Ah, mi querido Schellenberg, nuestro amado Reichsführer carece de sentido del humor».

Heydrich se permitió aclarar a dónde se dirigían.

—Lo que va a ver usted quizá le sorprenda. Pero debe comprender que responde con su vida ante la menor indiscreción posible.

—Lo comprendo perfectamente, Reichsprotektor.

—Lo celebro. No quisiera que hubiera el menor malentendido al respecto. No tardaremos en llegar. Disfrute del paisaje.

Los puestos de control se intensificaban a medida que avanzaban por la estrecha carretera recién asfaltada. Nada que ver con los caminos de tartana habituales en Cataluña. Las barreras se levantaban con presteza al paso del automóvil de Heydrich y los centinelas saludaban con estentóreos ¡Heil Reichsprotektor! acompañados de vigorosos taconazos. En el décimo, una escolta de motoristas del Leibstandarte, la guardia personal del Führer, se incorporó abriendo paso al vehículo. Giraron en un recodo del camino, adentrándose en un sendero de gravilla fuertemente vigilado por casamatas y unidades Panzer. El camino rural desembocaba en un recinto custodiado por tropas de las SS, rodeado de una valla electrificada y torres de vigilancia cada diez metros. Varios carteles de prohibido el paso salpicaban la entrada principal, una reja de sólido hierro en la que se había colocado una inscripción en catalán que rezaba *Tal faràs, tal trobaràs,* lo que traducido significa que así como tú obres, así obtendrás el resultado.

—Schellenberg, usted sabe que el Reich dispone de cierto número de campos de internamiento en los que, digámoslo así, los enemigos del nacionalsocialismo tienen ocasión de arrepentirse.

—Veinticinco mil, sin contar los campos locales.

—Como siempre, muy bien informado. El camarada Eichmann ha trabajado mucho para erradicar la plaga judía, ciertamente, y nuestro sistema ha depurado Europa de intelectuales, masones, comunistas, liberales y todo lo que anda sobrando por ahí. Pero este campo es especial. No existe otro como él, se lo aseguro. Fue un encargo especial del Führer. Dudo que haya visto nada igual.

Tres ordenanzas se precipitaron para abrir las puertas del automóvil. Un Gruppenführer sonriente saludó a Heydrich.

—Mi querido Reinhard, bienvenido a la sede del proyecto *End Sieg.*

—Gracias, amigo mío. Schellenberg, permítame presentarle a uno de los más brillantes oficiales de las SS, el general Kammler, encargado por nuestro Reichsführer del proyecto que pondrá fin a la guerra con esos malditos bolcheviques y demostrará al masón de Roosevelt que mejor habría hecho quedándose en su logia sin meter la nariz en nuestros asuntos.

—Es un placer, Gruppenführer. Naturalmente, he oído hablar mucho de su trabajo aunque está calificado como Gekados.

—El placer es mío. Creo que lo que verá aquí le dejará sin habla, y no soy hombre dado a exagerar.

—Tiene razón —dijo Heydrich—, nuestro Kammler es persona modesta a la que, sin embargo, debemos no pocos de los avances que nos han situado por encima de nuestros enemigos. Desde que el Führer retiró a ese hatajo de generales cobardes del programa de armas de la venganza, transfiriéndonoslo a nosotros, las SS, nuestro camarada se ha ocupado de supervisarlas con éxitos asombrosos. El avión reactor Me 262, los misiles V1 y V2, las bombas sucias cargadas con bacterias y ahora esto, el arma final, la bomba de uranio. Con el nuevo avión cuatrimotor en forma de ala delta, el Amerika, capaz de volar hasta Nueva York y soltar allí nuestro regalo tendremos por fin la paz necesaria para asegurar mil años de nacional socialismo.

—Aquí está reunida la flor y nata de nuestros científicos, querido Schellenberg. Los profesores Hahn, Von Laue,

Gerlach, Harteck y muchos otros dirigidos por nuestra gran eminencia atómica, el profesor Werner Heisenberg. Tenemos casi culminado el proyecto y puedo comprometerme a que esté totalmente finalizado el once de septiembre. El Führer ha decidido anunciarlo en la Diada.

—Supondrá un impacto tremendo en la opinión mundial, querido Kammler —dijo Schellenberg mientras sacaba un pitillo.

—Lo siento, pero está prohibido fumar en las instalaciones. Trabajamos con materiales altamente sensibles. Y no le gustaría ver el efecto que tiene una chispa en un átomo de uranio 235.

Schellenberg se guardó el cigarrillo con gesto comprensivo. Atravesaron un salón y bajaron varios pisos en un ascensor escoltados por guardianes de rostro severo y mirada huraña. A juzgar por el descenso, el subterráneo era enorme. Cuando el ascensor llegó a su destino entraron en un monumental laboratorio excavado en la roca.

—Le felicito, Kammler —dijo Heydrich—. Esperaba mucho de usted, pero esto supera con creces sus anteriores realizaciones.

Filas interminables de obreros demacrados vestidos con pijamas a rayas se afanaban transportando bidones y cajas de un lado a otro, afanándose sobre complejas máquinas y arrastrando pesadas vagonetas.

—¿Y estos? —preguntó Schellenberg a un Kammler visiblemente orgulloso de su obra.

—Mano de obra que nos proporciona Cataluña. El Reichsprotektor sabe que andamos escasos y le he pedido que incremente el número de presos para avanzar más rápidamente, pero es difícil. Este es un país sin apenas judíos.

—Por eso —dijo Heydrich— echamos mano de gitanos, izquierdistas, masones, curas, plutócratas, delincuentes, de todo un poco.

—¿También homosexuales?

—Naturalmente. Aunque a esos les damos trabajos especiales. No me gusta que mi gente se mezcle con ellos, ¿sabe? Se cuidan de asuntos relacionados con traslados de uranio y así pueden ir expirando, por así decirlo, de manera natural.

Una carcajada subrayó las palabras de Kammler, conocido por su inhumanidad. Responsable del diseño de los campos de exterminio y de las cámaras de gas, había asesinado sin piedad a los habitantes del antiguo gueto de Varsovia, demoliéndolo hasta los cimientos. Coordinaba personalmente las instalaciones secretas de Peenemünde, Mittelwerk, Jonastal, Ebensee y Karkonosze. Precisamente en esta última el Reich estudiaba su programa atómico. Por eso a Schellenberg, que sabía todo eso a través de una investigación que el Reichsführer le ordenó realizar sin informar a Heydrich, le sorprendía encontrárselo en un campo secreto en Cataluña.

—¿Han llegado ya nuestros invitados japoneses? —preguntó el Reichsprotektor.

—Aterrizarán esta noche. Una notable delegación. Todos los responsables del proyecto japonés F-Go con el profesor Bunsaku Arakatsu al frente, incluido su viejo amigo el comandante Kitagawa. El ensayo atómico que llevaron a cabo en Konan ha sido muy prometedor.

Schellenberg aparentaba estar tranquilo, esbozando esa sonrisa enigmática que tantas veces le había salvado del paredón de fusilamiento. Lo que se cocinaba en aquel campo estaba ligado con la famosa bomba atómica de la que tanto se jactaban los norteamericanos y de la que estaban, por sus informes, bastante lejos. Kammler les hizo pasar a su despacho y ante unas copas de licor y sendos cigarros, Heydrich le tendió a su ayudante una gruesa carpeta.

—Ahí lo tiene todo, mi querido Walter. ¡Ha llegado el momento en el que esos soberbios prueben una amarga medicina! Por primera vez vamos a llevar hasta su territorio la guerra.

—Imagino que el objetivo de este operativo es la detonación de una bomba nuclear en suelo americano.

Heydrich sonrió mientras se servía otra copa de aquel excelente coñac.

—El Fhürer siempre piensa a lo grande. Lee en el libro del futuro y ha visto una Alemania gobernando el mundo durante mil años. No, no se trata de explosionar un ingenio de estas características.

—¿Entonces?

—Con la ayuda de la armada japonesa, vamos a detonar no una, sino dos bombas en las narices de esos hijos de puta. A ver cómo saca del embrollo a Roosevelt la judería internacional.

A Schellenberg le costó no descomponer la sonrisa. Dos bombas. Su cerebro se negaba a calcular el número de víctimas que aquella monstruosidad podía cobrarse. Su diabólico jefe fijó aquella mirada helada que sabía penetrar en los más ocultos pensamientos de sus subordinados y la expresión del nazi apodado el hombre del corazón de hierro se endureció hasta parecer una máscara pétrea.

—Ya entiendo que algún idealista afectado por el humanitarismo decadente y liberal pueda sentir repugnancia ante una medida semejante pero, óigame, Walter —Heydrich acercó su cara hasta Schellenberg hasta casi tocarse ambas—, este no es momento para mostrarse débil. Ni el Führer ni, por descontado, yo mismo lo permitiremos. Le he querido mostrar estas instalaciones para que comprenda lo importante del próximo paso que va a dar el Reich. Aseguraremos mil años de prosperidad germánica haciendo realidad el sueño de un mundo en paz bajo la esvástica. Abandone sus contactos con la oposición. Hasta ahora los he consentido porque al Reichsführer le parecían convenientes por si había que buscar una puerta de salida, pero ya no es preciso. Con esta tecnología somos invencibles y cualquier otra solución está fuera de lugar. Bien, ¿está usted con el Führer y conmigo?

El joven ayudante de Heydrich, tras una pausa calculada, miró directamente a aquel hombre que solo vivía para servir al Reich y carecía de la menor compasión. Su lánguida sonrisa y su mirada indolente eran una magnífica composición que pocos actores habrían sabido imitar.

—¿Acaso tiene dudas, Reichsprotektor? ¿Cuáles son sus órdenes?

Heydrich sonrió a su subordinado. Schellenberg ignoraba que, si su respuesta no hubiera sido la correcta, detrás de las puertas de acero estaba preparada una escuadra de las SS seleccionada por el Reichsprotektor para fusilarlo en el bosque que rodeaba el campo.

7. UNA REUNIÓN DE PLUTÓCRATAS

Bartomeu estaba radiante. La cena había sido un éxito, lujosa, abundante, pensada para apabullar a los demás. Como todo lo que hacía aquel hombre que vivía más pendiente de la opinión ajena que de la propia. Alrededor de su mesa estaba la flor y nata de la Cataluña nazi. Si se consolidaba el estatus de nación independiente, sabía que sus posibilidades de negocio y poder personal iban a multiplicarse por mil. Lo cierto es que al millonario el Reich, el Führer o la Virgen de Montserrat le daban lo mismo. Bartomeu era un amoral que había encontrado en la causa separatista la excusa perfecta para revestir de patriotismo lo que era pura codicia.

Si bien era cierto que sentía un profundo desprecio por los españoles, no lo era menos que ese mismo asco lo experimentaba hacia cualquier persona que no fuese él mismo. Si en lugar de la invasión nazi de Cataluña el franquismo hubiese durado décadas, Bartomeu habría sido un conspicuo defensor del general gallego. La única razón de su existencia era atesorar. Atesorar fortuna, propiedades, cargos, influencias, amantes, sirvientes. Mientras saliera ganando, el resto no tenía relevancia. Como solía decirle a uno de sus contables más antiguos, un viejo profesor de ciencias económicas al que pagaba una miseria a cambio de no revelar su filiación homosexual a la Gestapo, lo que cuenta es que al final el balance salga a mi favor. El resto *bajanades*, tonterías. Era, como la mayoría de sus socios y conocidos, eso que se denomina siempre en mayúsculas y con tono laudatorio «el empresario catalán», el intrépido capitán de empresa, el patrón de mano de hierro de los negocios, el osado, el trabajador incansable, siempre audaz y visionario. Tras aquella pantalla urdida a lo largo de los tiempos por una prensa aculada por los amos de Cataluña, que jamás fueron los españoles, se escondían unos comisionistas rapaces. Eso sí, en catalán, porque hablar español *fa minyona*. Duran, sentado al lado de un banquero catalán que le hacía la pelota constantemente murmurando algo acerca de un negocio de tráfico de divisas, no pudo por menos que mirar a aquel pájaro engominado con asco.

Aquella gentuza jamás perdía. Daba igual quién ganase o perdiese una guerra, daba igual qué régimen se impusiera, sabían que cualquier sistema precisaría de ellos, los del dinero, los que mueven los hilos de la economía, la ralea capaz de hacer pasar hambre a toda una nación si con ello se enriquecía, siempre prestos a sobornar al mandamás político de turno. El campaneo del cuchillo de Bartomeu contra la delicada copa de cristal de Bohemia, regalo personal del gremio de empresarios catalanes, le hizo prestar atención. Todavía mejor, hizo que el canalla que le proponía negocios delictivos tuviera que guardar silencio. El anarquista tuvo tiempo de susurrarle unas palabras al oído.

—Fingiré que no he escuchado sus proposiciones, Balcells. Por respeto a la casa en la que estamos olvidaré mi deber, pero se lo advierto: la próxima vez que se acerque a mí o a otro oficial de las SS proponiéndole esa cerdada digna de judíos, acabará en una celda de la Gestapo y no le gustará.

El banquero palideció e intentó balbucear una excusa, pero Duran le siseó con voz cortante «Y ahora, ¡cállese o me lo llevo ahora mismo y le juro que sabrá apreciar los métodos que tenemos para tratar con escoria como usted!». Al instante, con los intestinos borboteando sonoramente, el banquero se levantó musitando una excusa al anfitrión. «Creo que le ha sentado mal alguna cosa por el ruido que hacían sus tripas», dijo Duran. Bartomeu sonrió cómplicemente. Se imaginaba a la perfección lo que debía haber pasado entre aquel crápula de Balcells y el joven Standartenführer. El anfitrión se levantó con el aplomo de un rey, luciendo en su frac hecho a medida la insignia dorada del partido nazi y toda una serie de condecoraciones alemanas y separatistas ganadas por su hijoputez que eran la envidia del resto de sus compañeros de causa.

—Camaradas, compatriotas, amigos míos, no sabéis lo que me complace veros en mi casa. Esta noche tenemos muchas cosas que celebrar. Pero antes os propongo un brindis.

Todos los presentes se levantaron al unísono con la copa en la mano.

—¡Por el Führer, por el Reichsprotektor, por una Cataluña libre!

Todos gritaban con las voces barnizadas por la copiosa ingesta de los surtidos alcoholes que se les había servido durante la cena.

—Bien, ha llegado el momento de compartir lo que me ha comunicado el Reichsprotektor. Me consta que deseaba estar con nosotros, pero las muchas responsabilidades que carga sobre sus hombros se lo han impedido. No obstante, os traigo sus mejores deseos.

De nuevo sonaron los Heil y los vítores. Era evidente que muchos de los presentes estaban bastante ebrios.

—También me habría gustado que estuviera entre nosotros mi querida hija Queralt, pero una leve indisposición se lo ha impedido. En cambio, es para mí un honor contemplar a nuestro compatriota, ¿me atreveré a decir que casi pariente?, el Standartenführer Sixte Ramentol, ejemplo vivo de nuestra juventud catalana de la que tanto esperamos en el futuro.

El falso Sixte se inclinó levantando su copa hacia el anfitrión esbozando una sonrisa que habría hecho huir al millonario si hubiera adivinado lo que se escondía detrás de ella.

—No quiero demorar más lo que tengo que deciros. El Führer ha decidido anticipar su visita y tendremos el inmenso honor de contar con su presencia dentro de poco. Es inútil que os diga lo que esto supone. El Führer confía en nosotros y es preciso no defraudarlo. Es preciso que todo esté dispuesto para recibirlo como se merece. Es el mejor amigo de Cataluña, el hombre providencial que nos ha librado del yugo español, y debemos demostrarle que tiene en los catalanes su más fiel aliado. A tal fin, se debe crear un comité organizador presidido por el Reichsprotektor y, no dudo que lo aceptaréis, yo mismo. No tengo que deciros que cuento con todos para que el éxito de nuestra bienvenida sea total.

El cardenal Soler, que hasta entonces había permanecido callado, cosa poco habitual en él, se levantó con la untuosidad propia de la clerecía catalana, entregada por completo al nuevo régimen.

—Queridos hermanos, propongo la celebración de un solemne Tedeum en la catedral de Barcelona en honor de nuestro amado líder. Que vea cómo nuestros corazones unen en un mismo aliento a Dios y a su persona.

—No diga tonterías, al Führer no le interesan ni sus Tedeums ni sus rituales católicos —rezongó el líder de los *escamots*, el bronco Savalls, que no había dejado de mirar con envidia a Duran.

—Quizás al Führer le interesase más que el oficio tuviese lugar en Montserrat. Al fin y al cabo Himmler lo visita frecuentemente —murmuró el cardenal.

—Si me lo permiten, señores —dijo Duran—, creo que interpretar los deseos del Führer excede nuestro criterio, infinitamente inferior al suyo. Dejémonos de misas, de Montserrat y de liturgias. Yo también tengo información acerca de la visita y puedo asegurarles que su propósito es pulsar el ánimo de los patriotas catalanes. Le recuerdo, cardenal, que todavía no somos independientes. Hemos de ganarnos esa condición y aunque gocemos del privilegio que supone vivir bajo el amparo del Reich no ostentamos el grado de nación libre. En esta época todo debe ganarse con esfuerzo y hemos de demostrarles a nuestros camaradas alemanes que estamos dispuestos a lo que haga falta. Son palabras del Gruppenführer Heydrich y las repito tal y como me las ha dicho justo antes de esta cena en conversación telefónica. Si quieren aceptar un consejo, pongan al día sus libros de caja, preparen a sus hijos para alistarlos en nuestra División SS y los que todavía no se hayan inscrito en el partido o las SS háganlo rápidamente. Es lo menos que se puede pedir. Y en lo que respecta al comité organizador, el Reichsprotektor me ha encomendado ser yo quien lo dirija. ¿Quién mejor que un SS catalán para hacerlo? Además —el falso Ramentol adoptó un tono inquisitivo—, tal es el deseo de Heydrich.

Bartomeu se quedó de piedra. Ramentol estaba pidiendo a gritos que alguien le dijera cuál era su sitio. ¡Ese imbécil se había excedido! Tendría que recordarle que, en la nueva Cataluña, el que sacaba los pies del tiesto acababa en una cuneta con un tiro en la nuca o en los calabozos de la Gestapo. Pero no tuvo ocasión de hablar porque una esbelta figura vestida con un vestido negro de seda pegado a su cuerpo como una segunda piel avanzaba por el comedor. Queralt. Estaba más guapa que nunca y hasta a Bartomeu se le pusieron los ojos en blanco. ¿Qué coño hace aquí después de días sin saber de ella? La aparición de la chica despertó murmullos de admiración entre los comensales, salvo en el Standartenführer, que sonreía tranquilamente como si hubiera estado esperando la llegada de la hija del millonario.

—Queralt, cariño, no esperaba que te hubieses repuesto de tu indisposición. De hecho les he dicho a estos amigos que no podíamos contar con tu presencia —balbuceó Bartomeu.

—Querido padre, ha sido una ligera molestia, pero gracias a un eficaz medicamento que me ha suministrado el Standartenführer Ramentol he podido recuperar mis fuerzas y ya lo ves, aquí estoy, dispuesta a sentarme a tu lado como siempre. La farmacopea alemana ha hecho progresos enormes, ¿nicht war?

Lo que Bartomeu no podía saber era que su hija había estado en un piso franco propiedad del SD bajo la protección de Schellenberg y con la escolta de la gente de Mera. Queralt había preparado su espectacular entrada a la cena que Bartomeu había convocado. Era evidente que pretendía adelantarse siendo el primero en anunciar la llegada de Hitler para ofrecer una vez más su imagen de hombre poderoso. Pero la intervención del anarquista y la llegada de la muchacha lo habían dejado fuera de juego. Aquella humillación había despertado el sentido depredador en aquel puñado de arribistas que hacía tiempo deseaban ponerle las peras a cuatro a Bartomeu, hartos de su prepotencia y de su posición privilegiada, que les restregaba constantemente por la cara.

El resto de la cena fue puramente protocolario y se desarrolló entre silencios preñados de amenazas. Savalls se relamía pensando cómo iba a sacar partido para sus escamots ahora que su principal rival estaba de capa caída, y el cardenal, que aspiraba a ser el monseñor Tiso catalán, se veía creando una nueva Iglesia nazi ad hoc, instaurado en el cargo de gobernante por obra y gracia de Hitler y de las SS. Bartomeu despachó de forma arisca a sus invitados. Ramentol y Queralt lo habían dejado en ridículo y no podía consentirlo. Esperó a que el último se hubiera marchado y con voz teñida de rabia pidió al Standartenführer y a la chica que lo acompañasen a la biblioteca. Una vez dentro, y con las puertas cerradas, el millonario estalló en un ataque de ira.

—¡Si los dos os pensáis que podéis tratarme como a una mierda delante de esa gente, os equivocáis! Contigo, Queralt, ya sabré qué hacer y pronto. Las tropas de las SS que partirán hacia Rusia necesitarán personal auxiliar femenino y no dudes que sabré encontrarte una plaza. Cuando estés en el frente ruso quizás sabrás apreciar mejor la vida de lujos que has llevado a mis expensas.

La muchacha miraba divertida a su padre, como si estuviera asistiendo a una obra de teatro interpretada por un cómico de mala muerte. La ironía que derrochaba su rostro enfureció más al supuesto padre.

—¡Y en cuanto a ti, Sixte, nunca creía que al protegerte y encumbrarte lo estuviese haciendo con una víbora de la peor calaña! Repugnante cabrón, te has aprovechado de mis contactos, de mi amistad, y ahora que llevas ese uniforme te crees con derecho a venir a mi casa, ¡a mi propia casa!, para humillarme y dejarme como un don nadie. Pues bien, esto se ha terminado. Recurriré a lo más alto del Reich, hijo de puta, y vivirás el tiempo suficiente como para maldecir el día en que me conociste —ladró mientras tiraba con la mano toda una hilera de libros.

El falso Ramentol ni siquiera se inmutó. Se limitó a sacar un cigarrillo y encenderlo con parsimonia. Aquella calma impresionó al millonario y le produjo más miedo que si el SS hubiera tenido un acceso de furia. Sabía que los hombres callados son los más peligrosos.

—Cálmese y siéntese. Siéntese, o me veré obligado a pegarle un tiro, querido Bartomeu —dijo Duran mientras echaba mano de su pistolera quitándole el cierre.

Bartomeu no estaba acostumbrado a que nadie le hablase así y, a pesar del miedo, intentó abalanzarse sobre Duran, que lo repelió propinándole un golpe con la automática en la cara, dejándole un arañazo del que manó un chorro de sangre que manchó la blanca camisa del nazi catalán.

—Eso está mejor. Ahora cállese y escuche. Si le oigo murmurar una palabra, le prometo que será la última que pronuncie en su asquerosa vida.

Bartomeu hervía de indignación, pero el apego que tenía por su vida superaba cualquier circunstancia, así que adoptó la actitud de quien sabe que se está enfrentando con alguien perfectamente capaz de matarte sin compasión.

—Usted ha oído las órdenes de Heydrich, usted comprende lo estúpido que sería por su parte ignorarlas y ya no digamos contradecirlas. Usted sabe mejor que nadie que lo que está en juego va más allá de sus negocios, de su dinero o de sus ganas de acaparar todo el poder en Cataluña para enriquecerse más. Así que hay dos soluciones: o firma usted aquí y ahora este documento que he escrito y en el que me reconoce como la persona idónea para el cometido que el Reichsprotektor me ha encomendado y esto sale publicado en la prensa mañana, o no tendré más remedio que detenerlo por traición y sabotear las órdenes de un superior.

—¡Superior! Tú no serás nunca mi superior, tú solo eres una mierda y no vales más que la meada de un español.

—Cuando hablo de superior me refiero a Heydrich. Se lo vuelvo a repetir, ¿se atreverá a desobedecerlo?

El millonario emitió una risa breve, casi inaudible.

—Te debes creer muy importante, con ese uniforme, con tu amistad con ese carnicero de Heydrich o por haberte entrevistado con el chiflado de Himmler, pero escucha lo que tengo que decirte: el Führer está hasta los cojones de las SS y de sus fanfarronadas. Y de la misma manera que supo ponerle las peras a cuarto a Röhm y a las SA piensa hacerlo, y muy pronto, con esa banda de cuervos. Anda con cuidado. Porque si tú tienes hilo directo con el Reichsführer, yo lo tengo con el Reichsmarshall Hermann Göring, el hombre indispensable en materia económica para el Reich, el designado por el mismísimo Führer como su sucesor. ¿Quién tiene los contactos en Suiza con los banqueros occidentales? Göring. ¿Quién conoce los números de cuenta en el extranjero donde hay depósitos millonarios de los que nadie en el Reich sabe nada, ni el mismo Hitler? Göring. Mientras las SS se preocupan de quién va a ir al crematorio, Göring trabaja para el futuro. Es quien maneja el oro del Reich, el que decide qué empresa ha de gozar de privilegios y cuál debe confiscarse. Göring mantiene contacto vía Suecia con los financieros estadounidenses. Es el único hombre serio de toda esta mierda. Te equivocas al jugar la carta de las SS. Estáis acabados y cuando el Führer venga lo acompañará el Reichsmarshall, que sabe distinguir quién es imprescindible y quién ha de ser tirado por el retrete. Porque entiende que el poder radica en el dinero y no en las ideas, así que no tiene duda acerca de quién ha de mandar en Cataluña. Ya podéis iros metiendo por el culo toda esa mandanga de la raza aria, hijoputa. Dentro de cuatro días estaréis todos en un campo de exterminio mientras que yo y los que son como yo estaremos follándonos a las mejores putas de Barcelona en un palco del Liceo. Como siempre ha sido. Como debe ser, imbécil.

Bartomeu jadeaba y un poco de espumilla le salía de la boca, como si estuviera preso de un éxtasis rayano en la locura. Habían caído todas las máscaras y aquel explotador se mostraba tal y como era, peor que un torturador de la Gestapo. Un ser cruel e indiferente al resto de la humanidad. Duran, que no había movido ni una ceja, volvió a dirigirse a aquel despojo humano.

—Lo diré por última vez. ¿Desobedecerá una orden directa del Gruppenführer Heydrich, del Reichsprotektor nombrado por el Führer, la persona de mayor confianza del Reichsführer Himmler, el hombre al que idolatran nuestras SS?

—¡Iros a la mierda Heydrich, Himmler, las SS y tu puta madre, cabrón!

El sonido tintineante de un cristal rompiéndose y un disparo sordo interrumpieron los exabruptos del millonario, que se desplomó muerto en la butaca con un tiro en la cabeza. Detrás de la ventana, un SS provisto de una automática con silenciador esperó que Duran le confirmase el éxito de su tiro. El falso Ramentol asintió con la cabeza. Al instante, la imponente figura de Heydrich entró en la biblioteca.

—Así pues, tenían ustedes dos razón. Este cerdo intentaba puentearnos con el Führer mediante Göring. Muy bien, camarada Ramentol.

—¿Ha podido escuchar toda la conversación, Reichsprotektor?

—Perfectamente, gracias a la camarada Queralt y a su habilidad para instalar micrófonos ocultos. He escuchado a este traidor, como si hubiese estado presente. Perdone, camarada Queralt.

—No tiene por qué disculparse —dijo Queralt con tono frío y desapasionado— porque lo era. Un traidor de mierda.

—¡Bien dicho! Querida muchacha, no le negaré que en algunos momentos he experimentado ciertas dudas acerca de usted, pero con la acción de esta noche mis sospechas se han disipado. Por otro lado, comprenda que es muy difícil orientarse entre su gente. No hay manera de saber cuándo un catalán te va a clavar una cuchillada por la espalda.

—No en todos los casos, Reichsprotektor —dijo Queralt con un mohín de picardía.

—Tiene razón, disculpe. Bueno, ahora habrá que pensar cómo arreglamos este pequeño embrollo.

—No hay problema, Gruppenführer —dijo Duran mientras examinaba de cerca el agujero de bala que había acabado con Bartomeu—, está todo organizado. Queralt y yo diremos que Bartomeu ha sido víctima de un atentado. Y que, si bien nos ha sido imposible evitarlo, hemos podido dar buena cuenta de los terroristas, dos tipos con antecedentes policiales que, por casualidad, están ahora mismo siendo sacados de una camioneta del SD y depositados convenientemente al pie de la ventana con sendos disparos salidos de mi propia automática.

—Impecable, querido Sixte. Ni yo lo habría podido preparar mejor. La provocación urdida por los dos ha sido perfecta y la solución tiene la elegancia de un profesional. Es una lástima que no lo haya conocido antes, Standartenführer. Lo habría hecho mi suplente hace tiempo. Pero lo que no ha sucedido, bien puede suceder.

—Yo estoy en todo y siempre a sus órdenes, Gruppenführer.

—Hablaremos cuando acabe la visita del Führer. Pero no lo olvide, le tengo en mi campo visual y eso solo puede favorecerlo. Y sabe que no me gusta hablar por hablar.

Cuando Queralt y Duran se quedaron finalmente a solas, después de que el SD fotografiara la escena del crimen y se llevara el cadáver del dueño de la casa, se miraron con complicidad. Aquella muerte saldaba muchas deudas en muchas partes.

8. EL ENTIERRO DE UN PATRIOTA

El cementerio de Montjuic estaba abarrotado de personalidades que habían ido al entierro del catalán más poderoso del protectorado. Después de una misa de difuntos oficiada por el cardenal Soler en la basílica de la Buena Nueva Catalana, en cuya edificación había contribuido generosamente el finado Bartomeu, la comitiva había recorrido la ciudad hasta llegar ante el suntuoso panteón de la familia, un horror hecho de mármol, ángeles, esqueletos, vírgenes y querubines con una descomunal esvástica presidiendo aquel monumento *kitsch*.

Los *escamots* habían cubierto la carrera luciendo sus estéticamente discutibles camisas verdes, lo que les había hecho objeto de numerosos chistes entre la gente. Los habían motejado como las aceitunas chillonas, las ranas catalanas o los reyes de la bilis. Pero todos se guardaban muy mucho de decir tales cosas en su presencia, porque sabían que podían superar en crueldad y sadismo a los hombres de Heydrich. Presidiéndolos, fatuo como un pavo real, estaba Savalls con el uniforme de jefe de *escamots*, diseñado por él mismo, con charreteras doradas y el pecho guarnecido de condecoraciones creadas por y para los separatistas. La Gran Encomienda de Cataluña, la medalla del Pi de Les Tres Branques, la medalla al valor Miquel Badía que se había autoconcedido él mismo a falta de otro valedor, la Cruz de la Victoria Catalana, la Legión de Honor de Maciá, la Orden de Servicios Distinguidos Almogávar, la Gran Cruz de Sant Jordi, en fin, todo lo que la retórica hueca de aquel régimen podía dar de sí. Pura quincallería de hojalata que ni siquiera estaba forjada en materiales nobles como el oro o la plata, puesto que los separatistas eran más bien dados a economizar lo tangible y, por el contrario, enriquecer la fabulación. Salía más barato. En su día, alguien había dicho del gran pintor Sert, el autor de los frescos de la catedral de Vic y conspicuo franquista, que pintaba con mierda y purpurina. La frase se adaptaba a la perfección a la Cataluña nazi. Savalls caminaba con cierta dificultad. Las altas botas de montar con espuelas de oro le apretaban los juanetes de sus pies. El líder de los *escamots* anda cojo, pensó Duran. El lugar de desfilar al paso de la oca debería hacerlo al paso del pato.

Acompañando el féretro cubierto por sendas banderas nazi y estelada, transportado en un lujoso carro tirado por seis caballos, acompañaba al difunto todo el quién es quién catalán. Desde el responsable de propaganda que tenía bajo su control las emisoras de radio y las publicaciones impresas catalanas, camarada Forner, a la presidenta de la Asamblea, camarada Molins de Tarrida. Banqueros, financieros, SS catalanes, numerosos periodistas incluido el director del popular diario *El Vanguardista Catalán* o el de *Ara és l'hora*, nadie había querido dejar de acudir a lo que se consideraba el acto público más importante en el Reichsprotektorat. El mismo Heydrich encabezaba la comitiva vestido con el uniforme de gala de las SS, con Schellenberg a la derecha y Ramentol a la izquierda, que sostenía a una Queralt enlutada y con un velo negro que escondía lo que suponían era un torrente de lágrimas.

Pebeteros con llamas ardientes y gallardetes que alternaban la esvástica con la estelada jalonaban el itinerario y un selecto grupo escogido entre los mejores integrantes de los coros catalanes los recibieron en la puerta del cementerio interpretando, acompañados por la banda de guerra de las SS, *Els Segadors*, *Jo tenía un camarada* y el himno nazi *Die Fahne Hocht* que el público asistente entonó con la letra adaptada por los separatistas como *La Senyera enlairada*. Ni que decir tiene que, al pie del mausoleo, los discursos que pronunciaron los dirigentes fueron vibrantes y cargados de conceptos tan espesos como repetitivos. Todos hablaron del muerto en términos tan elogiosos como mendaces: el coraje de un patriota de *pedra picada*, la inteligencia y astucia del hombre de empresa, su servicio constante a Cataluña, el padre afectuoso, el esposo atento —la mujer de Bartomeu no había podido asistir porque, según la explicación oficial, estaba en Suiza tratándose un grave problema de salud cuando, en realidad, pasaba unos días en París junto a su último amante, cierto pintor que había adquirido fama entre las señoras del régimen por su hábil manejo del pincel, dicho sea en forma figurada—, el político que había puesto al servicio del Reich una Cataluña sana, aria, libre de la contaminación semítica española y foránea, en fin, una catarata de elogios que cayó sobre el ataúd como el granizo cae encima de una mala cosecha.

Duran pensaba que en Cataluña se enterraba mejor que en ningún otro lugar del mundo. Porque si existe una ocasión de mostrar en sociedad el nivel de hipocresía es en un entierro. Y no existía un lugar con mayor número de gente falsa que la tierra natal del anarquista. Pero cuando Heydrich depositó la corona de flores que el mismísimo Führer había enviado y empezó a hablar, los asistentes percibieron que alguna cosa pasaba. Quienes esperaban con ansia saber quién podría ser el sustituto de Bartomeu en el lugar de privilegio que ostentaba en el Reichsprotectorado aguzaron los oídos y lo que en principio eran rostros beatíficos se tornaron en expresiones de asombro a medida que las palabras del SS iban calando en sus mentes.

—Camaradas, damas y caballeros, estamos aquí para rendir un último homenaje al hombre que supo entender que el Reich era el mejor y más sincero amigo del pueblo catalán. Asesinado vilmente por dos dementes al servicio de los enemigos comunes de todos, su puesto de vital importancia queda vacío. Su ocupante ya cabalga en el Valhalla junto a todos los patriotas nacionalsocialistas que le han precedido. Bartomeu, el querido camarada Bartomeu, era un hombre único y, por tanto, insustituible. Es casi imposible encontrar a alguien con su fervor hacia el Reich y hacia nuestro Führer. Este me ha hecho llegar su dolor de amigo, casi de padre, hacia todos vosotros, catalanes leales. Y también me ha dicho que la obra emprendida no debe detenerse, porque así lo habría querido nuestro amigo ahora muerto. No ha querido demorar su visita ni tampoco, y esta es su principal preocupación, que se retrase la organización de la División SS catalana. Hemos de centrarnos en asegurar la presencia de las tropas catalanas para que puedan participar del exterminio del judeo-bolchevismo y desfilar hermanados con el resto de las Waffen SS en el desfile de la victoria que se anuncia próximo. Estoy autorizado a deciros que, a fin de que todo siga con la eficacia y rapidez que exige el momento presente, se ha designado a un catalán valiente, un hombre perseguido por la masonería y la judería internacional, que ha puesto a disposición de su patria y del Reich todo su capital incluida su propia persona, puesto que forma parte ya de nuestra comunidad SS con el grado de Standartenführer otorgado por nuestro Reichsführer Himmler. Hablo de Ramentol, el hombre que Bartomeu supo reclutar y al que vio como providencial. El me lo presentó y es un servicio que nunca podré agradecerle. Así pues, a partir de ahora, le nombro representante máximo del Reichsprotektorat ante mí y os ruego que le prestéis vuestro apoyo como lo hicisteis con el camarada Bartomeu. Se convocará una reunión en la que el Standartenführer os comunicará sus propósitos a la que, lo doy por supuesto, acudiréis con fervor y pasión. ¡Honor a nuestros caídos! ¡Heil Hitler!

Si Heydrich hubiera derramado una cuba de aceite hirviendo encima de aquellos emboscados no habría causado más ampollas. Todos se miraron con cara de no entender nada. ¿Un recién llegado iba a decirles cómo llevar los asuntos catalanes? ¿Pero qué se había creído ese muchachito? Y cuando parecía que el acto tocaba a su fin, Heydrich cogió de la mano a Queralt y le cedió el micrófono para que hablase.

—La mujer aria catalana no esconde su dolor —dijo alzándose el velo y mostrando una cara pálida—, y estoy en luto y orgullosa por mi padre. Sé lo que pensaba de Sixte y cómo su máxima aspiración era que entrase en la familia. Pues bien, siguiendo las directrices del Führer, que ha devuelto a las mujeres del Reich el sagrado deber de velar por la casa, el marido y los hijos, anuncio mi solemne compromiso con el hombre que ha llegado a nuestras vidas para enriquecerlas con su ejemplo. Sixte y yo nos hemos comprometido y, si los hados son propicios, nos casaremos antes de que finalice este año. Entre tanto, como heredera de la fortuna Bartomeu, he otorgado un poder especial a mi novio para que actúe según su criterio y el de las SS con el capital que, no lo dudo, mi difunto padre quería poner en su totalidad al servicio de Cataluña y del Reich. ¡Heil Hitler!

Aquello causó el efecto de una bomba incendiaria entre los asistentes. Solo la presencia de Heydrich y, básicamente, de los numerosos SS fuertemente armados que se encontraban allí impidió que alguien dijera un improperio. Todos se retiraron silenciosamente mascullando en silencio, percatándose de que una nube de tormenta se había cernido sobre sus cabezas haciendo peligrar la *dolce vita* que habían mantenido hasta entonces. Una cosa era tener a los nazis gobernando dejándoles hacer, y otra muy distinta que la principal fortuna del país estuviera gestionada por las SS. Tanta insistencia en la División SS catalana inquietaba a aquellos estraperlistas que solo sabían de beneficios adquiridos por su actitud ventajista y servil. Si el mismo Heydrich se metía en sus caudales, la cosa podía acabar mal. En el Reich corrían rumores de cómo trataban aquellos hombres de negro a los magnates del Ruhr, a los gigantes del acero, a los industriales como Thyssen, gente que había financiado en su día al nacionalsocialismo y ahora tenían que someterse a la política despótica del ministro Speer.

Uno de los asistentes, dueño del textil catalán, susurró al propietario del consorcio bursátil más importante del protectorado «Esto pinta mal. Creo que va siendo hora de contactar de manera discreta con Göring. El *malparit* de Bartomeu lo había hecho a nuestras espaldas, me he enterado de buena fuente. Sé que defiende al empresariado al que esas fantasmagorías de Himmler y las SS se la traen al pairo. Es un hombre práctico con el que podemos entendernos para el que un marco es un marco y lo demás son pijadas. Tengo ciertos amigos comunes a través de mis negocios en Suecia, gente seria, empresarios de la madera, el hierro, personas con las que el Reich debe contar si quiere sobrevivir.

—¿Tan mal ves las cosas? —dijo su interlocutor.

—El Reich es demasiado grande en extensión y la guerra con los comunistas, digan lo que digan, vive un *impasse* hace tiempo. Los rusos reciben suministros de los norteamericanos desde Alaska sin que los japoneses hayan logrado impedirlo, y Stalin todavía está lejos de haber agotado sus posibilidades. Fíjate que después de tantos años de guerra, Hitler no ha sido capaz de conquistar el puerto soviético de Múrmansk, en el Ártico. Y eso que está a pocos kilómetros. No, los que hasta ahora han sostenido a Hitler entienden que ha sido una solución a corto plazo. Si lo que se pretende es blindar a Europa de la influencia roja es preciso cambiar de actores. Imagínate si cae el edificio del Reich. Stalin reclamaría la mitad de Europa en el mejor de los casos. Nuestro futuro depende de un acuerdo con los norteamericanos, un cambio en la dirección de Alemania y que los países europeos los dirijan gente moderada, respetuosa con la propiedad privada y de pensamiento tradicional, gente de orden, con una visión de la sociedad jerárquica, sólida, conservadora.

—Eso parece muy prometedor. Estoy empezándome a hartar de tanto saludito con el brazo alzado, tanta comedia y tanto cántico patriótico. ¿Cómo lo ves en la práctica?

—Bueno, es arriesgado pero no imposible. Y, desde luego, nos costará dinero porque me dicen que el Mariscal tiene una desmedida afición al lujo y a que le regalen cosas. Pero siempre es mejor un corrupto que un fanático, ¿no?

Aquellos dos hombres no eran los únicos en pensar así. No pocos empresarios estaban empezando a cansarse de tanto desfile y tanta fanfarria. Ellos querían contratos en exclusiva y Berlín solo sabía decirles palabras bonitas. En ese estado de cosas, la única opción realista era entrar en contacto con la gente de Göring y ver cómo se desarrollaba el asunto, pero sin desairar a Himmler ni a Heydrich. A fin de cuentas, jugar con dos barajas había sido siempre la principal estrategia de la clase dirigente catalana. ¿No lo había hecho el Fomento del Trabajo durante la Restauración borbónica, que prácticamente financió de su bolsillo, mientras alentaba al incipiente catalanismo y la *Renaixença*? ¿No lo había hecho Cambó con su Lliga Regionalista, su oposición a la monarquía y, aunque pareciera una contradicción, su apoyo al golpe de Estado del general Primo de Rivera y su apoyo, posteriormente, a Franco? Para aquellos hombres la ecuación siempre había sido muy simple: todo se resumía al negocio. Nada más.

Heydrich miraba divertido desde su automóvil con sus prismáticos las caras de aquella tropa de traidores. A su lado, Ramentol intuía lo que le pasaba por la cabeza.

—Creo que le hecho ganarse un montón de enemigos, querido Sixte.

—Si lo son también del Reich, para mí es un honor.

—No debe inquietarse por ellos. Los barreremos de un plumazo cuando nos convenga. Siempre hemos sabido que su lealtad tenía el mismo valor que una letra de cambio sin fondos. Nos quieren porque esperan que les demos todo y, encima, legalicemos sus juegos de tahúr. Pero las SS y el Reich no se crearon para satisfacer los intereses de este o de aquel grupito financiero, como bien saben en el Reich. Algún que otro vástago con apellido compuesto y descendiente de un largo linaje de magnates de la industria está en estos momentos languideciendo en Dachau, aprendiendo que a nosotros nos importa una mierda si tienen el Von delante de su apellido. Siempre he creído que, y no se ofenda, hay algo de judío, de prestamista usurero, en eso de hacer negocios. El hombre ario no debe perder el tiempo en buscar otro beneficio que no sea el de su raza, su pueblo, al que debe fidelidad eterna.

—Aprenderán lo que significa el nacionalsocialismo, Gruppenführer. Por las buenas o por la malas. Ellos sabrán si quieren ser los más ricos de la fosa común.

Heydrich estalló en una risotada escandalosa que hizo que los presentes se estremecieran al oírla de lejos. Miraron con aprensión a los dos hombres que se alejaban en el automóvil del Reichsprotektor, preguntándose hasta cuánto podría durar aquello. La muerte de Bartomeu les había dejado la terrible sensación de que algo había empezado a girar hacia un lado oscuro. Su mundo podía desaparecer si no actuaban rápidamente y sabían evaluar de manera acertada qué cartas jugar para asegurar el futuro de sus patrimonios. Si se equivocaban, conocían cuál era el destino que les aguardaba. El Reich no hacía distinciones entre ricos o pobres si los consideraba enemigos. Aquella misma mañana, sin perder un segundo, al llegar a sus despachos empezaron a tomar disposiciones para evitar que el desastre se apoderase de sus riquezas. Se transmitieron órdenes de manera discretísima y confidencial para sus representantes en países neutrales como Suecia o Suiza. Debían abrirse vías de comunicación con dirigentes del Reich menos intransigentes, más dúctiles, más abiertos a iniciativas emanadas del sector empresarial y alejadas del griterío de las SS y los radicales del partido.

Göring era la palabra que susurraban en aquellos momentos todos los cenáculos de la burguesía catalana. Göring era el nombre que les insuflaba esperanza, tranquilidad, seguridad. Göring, repetían todos como un mantra. Igual que antes lo habían hecho con Primo de Rivera o Franco. *El negoci és el negoci*, se decían los unos a los otros porque, además, nosotros somos catalanes y nos da lo mismo este que el otro si con ello salvamos a Cataluña. Naturalmente, Cataluña eran ellos y sus enormes capitales que había que salvaguardar de cualquier manera. Las ratas empezaban a abandonar un barco que ni siquiera había empezado a hundirse. Era la vieja historia en Cataluña. La burguesía era capaz de utilizar el cadáver de su propia madre como salvavidas si era menester con tal de sobrevivir al oleaje de la historia.

Esa era una verdad que, para desgracia de ellos, conocían perfectamente Heydrich y Duran.

9. TIEMPO DE FÜHRER

Barcelona lucía un cielo azul cegador que se colaba por los ojos para recorrerte todo el cuerpo. Con cielos así uno podía permitirse el lujo de creer que el mundo giraba en la dirección adecuada, pensó Duran. La luz producía ese efecto pernicioso. Dulcificaba lo horroroso y hacía que la vida pudiera esconder su condición de tragedia bajo la máscara risueña de la fiesta, el mar, el vino y la sensualidad de la que carecían, por ejemplo, los pueblos germánicos. En ese sentido, eran sociedades mucho más honestas. La niebla solo podía engendrar niebla y la ausencia de sol justificaba que muchos de quienes vivían en esos lugares sombríos albergasen pensamientos acordes con el entorno. Un nativo de Hamburgo podía, perfectamente, justificar su afición por el romanticismo decadente alemán, por las visiones cosmológicas y rotundamente falsas del imaginario wagneriano o por el sentido fatalista de la vida. Duran siempre había creído que el nacionalsocialismo, hijo de esa luz fantasmal, era una impostura descomunal que negaba la luz mediterránea y vital, permutándola en explosiones de raza, de eugenesia, de un futuro brillante. Tanto desfile de antorchas era un reconocimiento implícito de la negra noche que dominaba aquella sociedad en un desesperado y pueril intento de aportar una luz forzosamente pasajera, mortal.

En eso también el racismo nazi le debía mucho a Wagner: una gran *mise en scéne*, grandes decorados, utilería y comparsas. ¿O no era pura superchería teatral el arco lumínico que Speer había creado con cientos de reflectores antiaéreos en el congreso de Núremberg? De hecho, le había confesado que ese artificio de luces y sombras estaba pensado, en primer lugar, para simular una catedral de luz, la que se creaba a partir del pensamiento mágico y religioso que yacía en el nazismo. Tenía también otro propósito: ocultar a la vista de los espectadores las panzas y los rostros sudorosos y congestionados por el alcohol de muchos dirigentes del partido a los que la llegada al poder había sumido en un charco de cerveza que se mostraba en unos cuerpos monstruosamente obesos. Pero ahora él estaba allí, ante las fuentes luminosas de Montjuic, mundialmente conocidas como una maravilla sin parangón, obra del ingeniero Buigas y de las que Barcelona se jactaba con razón. Duran había elegido aquel emplazamiento para la bomba. Debajo de la fuente principal se encontraba un enrevesado complejo de maquinaria y tuberías, el lugar ideal para esconderla. Como responsable de los festejos para agasajar el Führer había podido hacerse con los planos de aquel ingenio y los hombres de Mera ya trabajaban en ello. «Al paso que vas, acabarán por nombrarte Führer de esos *desgraciaos*, la madre que te batanó», le había dicho Mera, secretamente orgulloso de que su amigo hubiera sabido infiltrarse de manera tan rápida y eficaz entre los nazis. Era un mérito, ciertamente. Duran parecía haber nacido para llevar el uniforme de las SS y al verlo moverse entre aquella tropa vestida de negro o hablando con Heydrich, cualquiera lo hubiera tomado por el más leal de todos los nazis.

Hacía años, Durruti le había dicho al falso SS, cuando solo se llamaba Alberto Duran y lucía un pañuelo rojinegro al cuello, que tenía dotes naturales para la interpretación. Lo había hecho después de que se hubiera infiltrado detrás de las filas nacionales fingiéndose un sacerdote que se pasaba de la zona roja, para después apoderarse de los planos del ataque que Franco pensaba llevar a cabo en el frente de Madrid. Aquello podía haber cambiado el sentido de la guerra si no fuera porque a Durruti lo asesinaron al día siguiente. Siempre se especuló con un accidente o el disparo de un francotirador, pero Duran y Mera sabían que fue un atentado de los comunistas de acuerdo con un miembro del séquito personal del líder anarquista. Los responsables de la defensa de Madrid que todavía no habían huido cobardemente a Valencia para poner una distancia respetable entre sus personas y el fuego enemigo, se negaron a aceptar aquella valiosísima información so pretexto de que era falsa. A Duran se lo llevaron a una checa para intentar que confesara que todo había sido una mentira urdida por los servicios de Franco con el objeto de engañar a la República. No sería la única ocasión en que se las tendría que ver con aquellos criminales.

A Heydrich le había explicado lo que sería un magnífico espectáculo de hermandad germano-catalana, una apoteosis de agua, luz y música que a buen seguro encantaría al Führer, demostrando que los catalanes sabían conjugar perfectamente el aspecto ideológico con el espíritu artístico. Duran le había proporcionado al Reichsprotektor una película con las fuentes iluminadas y este se había quedado boquiabierto ante el despliegue perfectamente sincronizado que aunaba los compases de la música con unos efectos lumínicos deslumbrantes. La infinidad de posibilidades geométricas que brindaban aquellos chorros de agua permitía convertirlos en una infinidad de armoniosas figuras que parecían danzar en la noche como si un genio invisible las moviera.

—Es curioso cómo esta gente, tan criminal y carente de compasión cuando de asesinar se trata, pueda emocionarse hasta las lágrimas al escuchar a Wagner acompañado por unos chorritos de agua de colorines —había dicho Mera que, evidentemente, no compartía las veleidades estéticas de Heydrich.

—Es más que un chorrito, Cipri. Estas fuentes son una maravilla de la tecnología, un logro artístico de primer orden. Lástima que este talento no sirva para algo útil. En España hay suficiente tierra inculta que precisa de regadío y a la que el ingenio de Buigas podría abastecer si su talento se hubiera aplicado a la ingeniería hidráulica destinada a la agricultura y no a estos festivales para encandilar a bobos.

—O sea, que a ti también te parece una gilipollez.

—Eso tampoco, pero fíjate qué tipo de cosas se hacen en mi tierra. Buigas, con estos fumismos acuáticos; Gaudí, edificando una catedral o haciendo parques para nobles como Güell en lugar de aplicar sus conocimientos fuera de lo común en obras públicas como naves industriales, viviendas para los trabajadores, puentes, teatros populares o cualquier otra aplicación con una finalidad social. ¿Te das cuenta? Cuando surge una inteligencia privilegiada, o acaba trabajando para los ricos o se dedica a mantener encandilados y con la boca abierta a los pobres. Y a los que no tragan se les impide trabajar y tienen que emigrar o acaban desesperados, solos y condenados al exilio interior, que es el peor de todos los exilios.

—Ya, pero eso pasa porque tus paisanos quieren —sentenció Mera mientras liaba un cigarrillo con sus manos grandes y callosas, convertidas en rocas por los años que había trabajado en el andamio.

—Tienes toda la razón. Aquí nadie protesta por no caer en desgracia, por no ser mal visto, porque si hay algo que teme el catalán es ser una excepción en medio de la masa. Este es un pueblo gregario que no perdona la individualidad.

Dos disparos interrumpieron la conversación. Un joven SS, con la pistola todavía humeante en su mano, miraba con expresión vacía a su alrededor, como si buscase alguna cosa que nadie más podía ver. A sus pies se encontraba una joven que apenas había alcanzado los dieciocho años, con la blusa blanca de la Liga de las Muchachas Alemanas empapada de sangre. La trenza rubia enrollada alrededor de su cabeza se había soltado y el pelo le tapaba parte de la cara. Era evidente que estaba muerta. Algunos SS lo rodeaban, encañonándolo e instándole a que arrojase la automática. El SS, un adolescente, se negaba. Cuando Duran y Mera se acercaron, el chico se fijó en el uniforme de Duran.

—Yo no quería, Standartenführer. Ella se reía de mí. Le insistí en que no lo hiciera, en que no podía reírse de un soldado del Führer, pero no dejaba de reírse y sus burlas se clavaban en mi cabeza haciéndome daño, como cuando mi padre me golpeaba con la hebilla de su cinturón.

—Está bien, deja la pistola en el suelo y hablaremos de todo esto. No pasa nada. Tranquilo —dijo Duran que había descubierto algo inquietante en el muchacho. Algo que le hacía ser muy cauto.

—¡No! Usted también quiere reírse de mí, también cree que no soy lo suficientemente hombre como ella, que después de esta noche me dijo que nunca había estado con alguien tan torpe y que supiera menos acerca de cómo hacerle el amor a una mujer. ¡Era mi primera vez, Standartenführer, nunca lo había hecho con nadie y si accedí era porque me volvía loco con sus caricias, con su lengua! Yo quería reservarme para la madre de mis hijos y crear una familia numerosa, como dice el Führer. Pero ella era una puta que había estado con no sé cuántos e incluso se jactó de ello estando los dos en la cama. Era una perra, una puta, indigna de formar parte de nuestra sociedad aria. ¡Aléjese o le dispararé también a usted, no me tome por un crío que no puede matar a un hombre!

Mera había sacado su pistola discretamente. Aquel muchacho no sabía que tenía delante a dos de los hombres más peligrosos de Cataluña. Duran hizo una señal imperceptible a su compañero, indicándole que no disparara. Los SS que rodeaban al muchacho estaban expectantes, esperando la orden de fuego. Duran, por el contrario, se despojó del cinturón y la pistola, levantando las manos.

—Está bien, SS, no voy armado. Te creo perfectamente capaz de disparar a un hombre con una automática, pero sé que eres un buen nacionalsocialista que no podría hacerlo si se trata de un camarada que no lleva ningún arma encima y que solo quiere hablar contigo. ¿Cómo te llamas, SS?

El muchacho movió la cabeza a los lados, como si intentase despertarse de una pesadilla.

—Heinrich. Me llamo Heinrich y soy de Múnich.

—Perfecto, camarada. Te llamas como nuestro Reichsführer. Dime, Heinrich, ¿por qué no bajas el arma, la dejas en el suelo y hablamos tranquilamente? Estoy convencido de que todo tiene arreglo y de que no querrás empeorarlo.

El tono amable, casi paternal, que empleaba Duran parecía tranquilizar al adolescente al que el uniforme de las SS parecía irle dos tallas más grande. Lentamente, dejó la pistola en el suelo persuadido por la actitud de Duran. Cuando la había dejado a sus pies, el tableteo seco de una ametralladora casi lo partió por la mitad. Duran se echó con una rapidez increíble al suelo para coger su arma y apuntar hacia el lugar desde el que provenían los disparos mientras que Mera, con la rodilla hincada en el suelo, hacía lo mismo.

—¡Calma, no disparéis! —tronó una voz acostumbrada a mandar y a ser obedecida en el acto.

—¡Reichsprotektor!

—Standartenführer Ramentol, ¿qué coño estaba usted esperando para abatir a ese mierda? ¿Acaso quería darle el biberón? Es usted un jefe de las SS y cuando uno de nuestros hombres demuestra que es indigno de pertenecer a nuestra Orden su deber es liquidarlo en el acto sin escrúpulo ni cargo de conciencia.

—Reichsprotektor, me ha parecido que se trataba de un niño que jugaba a ser hombre sin saber lo que se hacía y he preferido evitar otra muerte al ver que había asesinado a la muchacha.

Heydrich se acercó a los dos cuerpos y apartó el de la chica con la punta de su bota, dándole la vuelta.

—Era guapa, desde luego. Y seguramente tan puta como bella. Pero ese no es motivo para ir cargándose a nuestras jóvenes. Si tuviésemos que llevarnos por delante a todas las miembros de la Liga que han follado con alguien no quedarían futuras madres en todo el Reich. Además, por lo que he escuchado, el individuo era un cobarde, un neurótico con nervios de gelatina. Hombres así no tienen sitio entre nosotros, Ramentol. Haría usted bien en tenerlo presente. La compasión es incompatible con nuestro credo. Solo el más fuerte tiene derecho a sobrevivir, es la ley de la naturaleza y la obligación que nos impone nuestra raza.

—Comprendo perfectamente lo que dice, Gruppenführer, pero si he procedido con prudencia ha sido por la identidad del hombre. ¿O es que no lo ha reconocido?

Heydrich miró el rostro del muerto con atención y una expresión de sorpresa seguida de enfado se reflejó en aquel rostro aquilino.

—¡Este cabrón es el sobrino de Göring!

—Así es, Gruppenführer. En cuanto lo he reconocido por las fotografías de las revistas me he dicho que lo mejor sería desarmarlo sin más víctimas para luego meterlo en un calabozo hasta recibir órdenes del Reichsführer. No era compasión, era prudencia ante las implicaciones que podía tener para las SS lo que me ha hecho ser más comprensivo, lo acepto, de lo que habría sido en cualquier otro caso.

—Creo que Heydrich la ha cagado del todo —murmuró Mera al oído de Duran.

—¡Sáquenme esa mierda de delante y que no la vea más! Sixte, a ver qué se le ocurre para que no nos metamos en un avispero, porque el Reichsmarshall tiene muy malas pulgas, créame.

Duran miró a los ojos de aquel hombre y se dio cuenta de que, a pesar de todo, era un nazi más. Podría tener todo el poder del SD en sus manos, podía ser el verdugo más acreditado de las SS, podía ser el hombre del corazón de hierro, pero no dejaba de ser un burgués que se orinaba encima cuando se trataba de enfrentarse a sus mandos. Igual que le pasó al inicio de su carrera, cuando fue expulsado de la marina al conocerse que había mantenido una relación íntima con una joven de buena familia. Entonces lo rescató su actual mujer, Lina, la misma que le había hecho ingresar en el partido, la que movió cielo y tierra para conseguirle una entrevista con Himmler, la que le hacía de relaciones públicas con la élite del Reich. Sabiendo que no hay nada que te una más a un asesino que encontrar una buena razón para sus crímenes, tras fingir que estaba pensando una solución, Duran se dirigió a un Heydrich visiblemente preocupado ante la posibilidad de tener que encararse con un Göring ávido de venganza acusándole delante de Hitler de haberse cargado a un familiar suyo.

—Reichsprotektor, tal y como yo lo veo, la cosa es muy simple. Este chico, Heinrich, es un héroe de las SS que ha evitado con el sacrificio de su vida junto a esta noble integrante de la Liga un terrible atentado.

—¿Cómo dice?

—Heinrich, franco de servicio, paseaba por las inmediaciones con la chica cuando han visto un individuo sospechoso. Su acreditado sentido del deber lo llevó a seguirlo junto con su valerosa acompañante y descubrieron que portaba varios cartuchos de dinamita para volar por el aire las fuentes, saboteando así uno de los actos más importantes en la visita del Führer y demostrando que la resistencia existe en Cataluña. Al darle el alto, el terrorista les disparó a ambos no sin que Heinrich respondiera al fuego. Los resultados: nuestros héroes muertos en una brillante acción al servicio al Reich y un terrorista menos.

—¿Y los SS que lo han visto todo?

—No dudo que el frente oriental está necesitado de soldados, Gruppenführer. Como el trayecto es largo, quién sabe las cosas que pueden sucederle a alguien. En cuanto al terrorista, seguro que habrá un cadáver de sobra por ahí.

Heydrich miró fijamente al joven. Tenía que vigilarlo muy de cerca. Era demasiado peligroso como para no tenerlo controlado.

—Si le dejo suelto, acaba usted por pedirme diez cadáveres al día.

—Lo que haga falta por cumplir nuestro servicio para el Reich.

Cuando se quedaron a solas, Duran le habló a Mera con tono amargo.

—Ya lo ves, compañero. Hace un buen tiempo de cojones. Tiempo de Führer, dicen estos hijos de puta. Un tiempo perfecto para matar inocentes, encubrir crímenes, ayudar a Heydrich a quedar bien y fregarles el suelo a esa panda de mierdas.

—Es verdad. Pero la bomba está en su sitio y eso es lo que cuenta.

—Sí. La bomba. Me pregunto si no estaremos haciendo lo mismo que Heydrich.

—¿A qué te refieres?

—A cometer un crimen a sabiendas de que es una barbaridad.

—No me jodas. Nosotros vamos a cepillarnos a un montón de nazis.

—Heydrich también acaba de cepillarse a uno. Un muchacho que debería estar en la universidad o en un salón de baile babeando detrás de las chicas. Un producto de la mente enfermiza de Hitler y toda esa ralea de pensadores de mierda que les meten en la cabeza un ideario lleno de valquirias y héroes que no tiene nada que ver con la realidad. De ahí solo salen perturbados o sádicos. La muchacha era de los segundos. El crío, de los primeros.

—Nadie le había obligado a ser nazi, a vestir ese uniforme negro y a tragarse todas las milongas de la raza pura y la familia perfecta.

—Cipri, nosotros hemos visto a una generación de jóvenes españoles dejarse la vida en el campo de batalla por unas ideas que casi ni entendían. Los unos y los otros. No veo la diferencia entre esos y este. Son víctimas del veneno de la propaganda que nosotros, los que se supone que estamos más formados, les suministramos para que sean de esta manera o de la otra.

—A mí no me líes, que yo no le he metido en la cabeza nada a nadie. Además, ese SS al que Heydrich se ha cargado era pariente de Göring y no parecía descontento con la ideología nazi cuando ha soltado el folletín de si la chica era puta y no sé qué más.

—También ha dicho que su padre le pegaba con la hebilla.

—Oye, oye, Alberto, que había matado a una chica, a ver si ahora me dirás que era una víctima. Se lo había buscado.

Duran suspiró mientras los dos compañeros caminaban lentamente Montjuic abajo por la avenida del Salón de Adolf

Hitler. El sol seguía resplandeciendo, cruel e indiferente a los asuntos de los hombres.

—Heydrich consideraba lo mismo. Se lo había buscado por desobedecer a un mando de las SS. Por apuntar a un Standartenführer. Por romper un esquema de normas pensadas para autómatas y no para personas. Y dices que se lo había buscado. Los dos veis un uniforme. Esa es la diferencia.

—¿Cuál?

—Que yo he visto a un chaval perdido, que había metido la pata terriblemente y al que, en otras circunstancias, la vida habría llevado por otros derroteros. Pero esa misma vida lo ha llevado hasta aquí, hasta hoy, hasta esta mierda de situación de la que no podía salir con bien. Mi error ha consistido en pretender forzar un destino que el mismo invocó al querer integrarse en un mundo que no tolera las excepciones.

Llegaron hasta lo que antiguamente había sido la avenida del Paralelo, el lugar de esparcimiento popular de toda Barcelona, tanto la rica como la menesterosa con sus teatros, sus locales de vicio, sus bares y que ahora era un cadáver insepulto asesinado por moralistas y amargados. Mera fruncía las cejas. Aquello no acababa de gustarle.

—Hay veces en las que me cuesta no pegarte dos tiros. En serio.

Duran meneó la cabeza y, encendiendo dos cigarrillos, le tendió uno a Cipriano. Habló con una voz melancólica, como si estuviera confesando algo muy íntimo, algo que no decía a nadie desde hacía mucho tiempo.

—Me pasa lo mismo, Cipri. Hay días en los que ni yo sé por dónde voy, días en los que me pondría esta Walther en la sien, apretaría el gatillo y se acabó lo que se daba. Igual lo hago cuando terminemos este encargo de mierda.

10. HA LLEGADO EL ÁGUILA

La llegada del Führer a Barcelona había sido un éxito «total», como le gustaba adjetivar a Goebbels las cosas importantes. La guerra debía ser total, la voluntad de victoria era total, la moral del pueblo alemán era total, incluso existía cierto juego de mesa que acababa de ponerse a la venta que se anunciaba como un juego total para jóvenes nazis en el que los jugadores debían organizar la busca y captura de un judío. Los publicistas del Ministerio de Educación Popular y Propaganda lo habían bautizado como juego de rol. «Eso permitirá a cada jugador identificarse con el papel de investigador —de la Gestapo, naturalmente— y competir para ver quién es el primero en capturar al elemento asocial».

Ni que decir tiene que la organización de la visita era perfecta. Recepción en el aeródromo rebautizado como Adolf Hitler en honor al ilustre visitante, asistencia de las autoridades del Reichsprotektorat, revista a las tropas SS, himnos alemán y catalán, ramos de flores, en fin, lo que se espera de un pueblo agradecido y servil. A lo largo del trayecto Duran había situado estratégicamente cientos de figurantes que vitoreaban el automóvil descubierto del Führer mientras, con precisión milimétrica, cada doscientos metros había pancartas escritas en alemán y catalán que daban la bienvenida al amado líder. Muchachitas que, preparadamente, rompían el cerco de seguridad para ofrecerle flores a Hitler, aplausos atronadores y una alfombra de rosas que el todo terreno del Führer pisoteaba sin la menor consideración. Hitler estaba radiante. «Esto es mucho más de lo que esperaba, querido Heydrich. Ni en mi tierra natal austríaca he visto un recibimiento semejante. Realmente, estos catalanes quieren de todo corazón al Reich». «Se lo había dicho, mi Führer. Si existe un lugar en el que nuestra simiente puede encontrar un terreno fructífero para crecer es este». Las masas no cesaban de gritar los eslóganes escritos por Duran: *Això és un home!*, y la más coreada *In-inde-independència!*

Hitler llegó al antiguo palacio de Pedralbes, antaño residencia de reyes, posteriormente de Azaña cuando fue presidente de la república y luego de Franco tras ganar la guerra. Ahora era la residencia oficial del Führer durante la visita. Remozada y reamueblada con obras de arte expoliadas, la que había sido calificada como casa de peones por Alfonso XIII parecía algo importante. Aquel regalo que la cicatera burguesía catalana había hecho al antiguo rey parecía brillar con una nueva luz. Una vez instalado en sus habitaciones, toda ceremonia quedó aplazada hasta la recepción de la noche. Nadie sabía que, discretamente, otro avión perteneciente a la Cancillería del Reich había transportado a una mujer rubia que fue recibida por el Standartenführer Ramentol, encargado en persona por Heydrich de tan delicada misión. «Es el secreto mejor guardado del Reich, camarada. Pongo esta inmensa responsabilidad en sus capaces manos». Se trataba de la amante de Hitler, Eva Braun, que al anarquista le pareció una mujer vulgar, de rostro bovino y expresión estúpida. Todos se preguntaban qué veía Hitler en aquella muchacha. Se rumoreaba que había intentado suicidarse varias veces, como parecía ser el destino de todas las amantes del Führer, solo que esta había sabido ganarse el afecto, que no el amor, del monstruo. Algunos miembros del círculo íntimo susurraban que las prácticas sexuales con las que satisfacía a su amante eran de todo menos normales, y que esa era la base de la relación. Sadismo, coprofagia, cualquier cosa que satisficiera al perturbado de flequillo y bigote era solícitamente concedida por aquella rubia que, de ser cierto lo que se decía, ostentaba el privilegio de cagarse encima del hombre que tiranizaba medio mundo.

Una vez la Braun se encontró en una habitación adyacente a la de Hitler, Duran pudo por fin alejarse de aquel repugnante deber y reunirse con Mera para ultimar los últimos detalles. Habían transmitido a la OSS el mensaje cifrado que confirmaba la presencia del objetivo en Barcelona. «Ha llegado el águila». La frase se le había ocurrido a Duran en irónica referencia al cacareado *Adler Tag*, Día del Águila, con el que la Luftwaffe pretendió en su día sojuzgar a Gran Bretaña por medio de una campaña de bombardeos sin parangón a lo largo de la historia. La perfidia de la clase dirigente británica con Halifax a la cabeza le ahorró a Londres verse destruida por los Heinkel de Göring a cambio de entregarse de pies y manos al invasor nazi. Aquel cabrón se había jactado en público de tamaña villanía diciendo que su pacto con los nazis había evitado que ciudades como Londres hubieran sido borradas de la faz de la tierra. ¿A cambio de qué?, le había respondido desde Canadá el Rey Jorge en un célebre discurso del que los británicos no tuvieron conocimiento más que a través de las emisoras clandestinas.

Schellenberg, relegado ostensiblemente por Heydrich a un segundo plano en aras de Ramentol, la nueva estrella que brillaba en el firmamento del Reichsprotektor, se había unido junto con Queralt al falso nazi catalán y a su inseparable Mera en un apartado merendero de la playa de la Barceloneta especializado en pescado y paellas que Duran conocía desde hacía años. El Côte D'Azur había conocido días mejores en los que los parroquianos acudían en tropel buscando sus recetas de toda la vida: sopa de rape, un arroz de marisco en el que el cocinero se cegaba poniendo material de primera clase o el inigualable *llobarro* al horno. Duran eligió el menú para un Mera que comía como un pajarito, una Queralt a la que el hecho de comer le parecía igual que dormir o respirar sin concederle la menor importancia, y un Schellenberg que se quejaba de acidez. Entremeses de pescadito frito, gambas a la plancha y mejillones a la marinera, la rotunda y abacial sopa de rape y como *piece de resistence* unas langostas fresquísimas a la brasa. Vino blanco catalán, frío. «Demasiado dulce», se quejó Duran.

Apenas hablaron durante la cena; Duran, dedicado a satisfacer su gusto por los platos populares de su ciudad; el resto, porque no tenían nada que decir. Al finalizar, cuando los cafés, el coñac y los puros aparecieron sobre los blanquísimos manteles que mostraban aquí y allá ligeras manchas de salsa como heridas recibidas tras un duro combate, Duran habló con la voz más fría que Mera le había escuchado.

—Comprenderéis que no hemos concertado esta cena para que vierais cómo me atiborro de comida por si acaso esta es la última vez que puedo disfrutar de lo único que no ha pervertido esta mierda de Reichsprotectorado, es decir, la sana cocina popular.

—Creía justamente lo contrario —dijo irónicamente Queralt.

—Para ser que estamos comprometidos, no parece que vayamos a llevarnos bien en asuntos de comedor —replicó Duran.

—Ni de alcoba —respondió con una sonrisa insolente la muchacha.

Duran aspiró con fruición el Partagás que estaba fumando. De La Habana fumarás Partagás y nada más, decía la publicidad. Expiró el humo y siguió hablando con el mismo tono glacial.

—Se trata de atar los últimos cabos. Mañana por la noche habrá una recepción que Hitler da a *la creme de la creme* nazi catalana. Y, al día siguiente, presidirá el desfile de la flamante división SS catalana y verá como todos esos cerdos nazis ondean señeras con la esvástica y le lamen las botas en lo que antes llamábamos el paseo de la Exposición junto a las fuentes de Montjuic, ya sabéis, ahora Salón de Adolf Hitler. Será allí donde estallará la bomba. Mucho mejor que en el recinto del Palacio Nacional.

—Tienes razón, compañero, todo eso ya lo sabemos igual que sabemos que la misma noche de la recepción un submarino nos espera en la costa para sacarnos de Barcelona antes de que el tinglado salte por los aires y esto se convierta en un cementerio.

Duran dio otra calada al habano. Ninguno de los presentes podía saber las últimas noticias que les había facilitado Ros. El hombre de la pata de palo había actuado en los últimos días como informante personal de Duran, que tenía por costumbre guardarse un as en la manga, por mucha confianza que tuviera en sus colegas. El mismo Mera se lo había dicho cuando el golpe de Estado del coronel Casado y las negociaciones secretas con Franco a fin de terminar la guerra a espaldas de Negrín y los comunistas: «Chico, a veces eres más reservado que el cabrón de Franco», a lo que Duran respondió secamente levantándose la camisa y mostrando una cicatriz en su espalda que tenía forma de zigzag, «La última vez que me fié de una persona fue en 1932 y ya ves, una puñalada impregnada con un veneno tan potente que a los médicos les costó Dios y ayuda salvarme la piel. No me vengas con tus mierdas de confianza, Cipri, eso se queda para los que no tienen que bregar con gentuza como hacemos tú o yo».

—El detonador de tiempo se ha jodido y no sirve.

—¡Cómo que no sirve, cojones! —gritó Mera.

—Eso mismo, no sirve, está roto, *kaput*, inservible —contestó Duran como si estuviera leyendo el recibo de la tintorería.

—Esto lo cambia todo, Duran, no podemos permitir que una ocasión así pase de largo —dijo Schellenberg mientras Queralt ponía los ojos como platos al darse cuenta de lo que significaba aquel terrible contratiempo—, además ¿cómo ha sido? ¿Quién ha saboteado el dispositivo temporizador?

—Me temo que he sido yo mismo, Walter —dijo Duran—, aunque no de manera voluntaria. El que diseñó el dispositivo de retardo no contó con la humedad que hay debajo de las fuentes de Montjuic y ha afectado al dispositivo. No hay tiempo para preparar otro mecanismo con la sofisticación del estropeado, que ahora solo sirve como pisapapeles. Lo que nos lleva a una conclusión: la bomba debe ser accionada presencialmente.

Un silencio oneroso cayó sobre la mesa. Duran, perfectamente sereno, observó las arrugas en la frente de Cipri, la cara de preocupación de Schellenberg y la expresión de miedo en la de Queralt.

—He decidido que yo accionaré el detonador —dijo Duran en un tono que no admitía réplica. Pero Mera, o no entendía de tonos, o apreciaba demasiado a su compañero.

—De eso nada, Alberto. Si hay que apretar el botón de ese chisme que Dios batanó, lo haremos los dos. Si estás aquí es porque yo te lié, así que punto en boca. Schellenberg, Queralt, el submarino será para ustedes. Sálvense y ayuden a que esta mierda de país sea mejor, sin Heydrich ni Hitler ni SS ni ricachos separatistas.

Schellenberg, sacando un cigarrillo Camel y, tras encenderlo, expiró el humo con la misma cara pícara que un estudiante al que han pillado copiando en un examen.

—Creo que olvidan varios factores. Primero, su misión estará cumplida, ¡y de qué modo!, cuando la bomba destruya a Hitler, a todo su Estado Mayor, al Reichsführer y, lamentablemente, a la ciudad de Barcelona.

Si Schellenberg vio la cara de disgusto de Duran fingió no percatarse.

—Segundo, quien accione la bomba es algo totalmente secundario. Ustedes son españoles, así que de cara a ese nuevo mundo por el que se supone que estamos luchando harán más falta que un oficial de inteligencia de las SS. Usted, Mera, es albañil y sabe Dios el trabajo de reconstrucción que le espera al mundo civilizado cuando esta pesadilla termine. Y usted, Duran, tiene una cita ineludible con la mujer a la que ama, y si eso no contiene en sí mismo el germen de la esperanza ya no sé sobre qué ha de construirse el porvenir. Y Queralt, tú representas lo mejor de este pueblo, tan fácil de engañar y pervertir por los charlatanes de feria. Si Cataluña ha de ser una sociedad libre de racismo, un pueblo unido sin falsas divisiones donde lo que cuente sea el mérito individual, los valores, la honradez, el talento y la humanidad, será de la mano de personas como tú, gente con unas convicciones sólidas asentadas sobre lo más decente que puede albergar el ser humano. Así que, si alguien ha de apretar el puto disparador soy yo. Y ahora, ¡arriba las manos!

Schellenberg los apuntaba con su Walther y en la mirada se podía adivinar que no lo estaba haciendo en broma. Queralt intentó un amago de abrazo que fue rechazado dulce, pero firmemente.

—No es momento de sentimentalismos —dijo en voz baja.

—Completamente de acuerdo, Schellenberg. Por eso le ruego que abandone esa pose de héroe germánico —dijo Duran— porque esas cosas están pasadas de moda. Además, eso que nota usted apretándole los cojones por debajo del mantel es mi automática que, se lo prevengo, tiene el seguro quitado y el gatillo más sensible que una gata en celo. Déjese de hacer el enamorado y tire su arma para que podamos hablar como personas adultas.

Schellenberg se encogió de hombros, dándose por vencido.

—Tenía que intentarlo, Duran. No todos los días se presenta la oportunidad de quedar como un héroe delante de la mujer que quieres. Pero usted me ha, ¿cómo es?, roto la guitarra, ¿no?

—Se dice chafar la guitarra, imbécil —dijo Queralt— y si vuelves a hacer algo parecido te chafaré algo más que un instrumento musical.

—Bueno, señores, ¿vamos a lo que vamos o qué? —ladró Cipriano, que no era dado a expansiones sentimentales.

—Cipri tiene razón. Dejémonos de tonterías, porque el problema es de difícil solución. Si hay que detonar la bomba situándose en las inmediaciones, lo que significa que quien lo haga tendrá asegurado un billete para hablar con San Pedro, las posibilidades se reducen a los que estamos aquí. No podemos confiar la parte más importante de la operación a nadie que no seamos nosotros —dijo Duran.

—¿Es demasiado tarde para intentar otro método, yo qué sé, colgar el detonador en un globo o algo parecido? —dijo Queralt que, justo en el momento en que acabó de hablar se dio cuenta de la tontería que había dicho.

—Por favor, solo ideas prácticas —habló Duran.

Schellenberg se mordió los labios, un gesto habitual en él cuando estaba pensando.

—A lo mejor podríamos utilizar a alguno de los presentes para que actuase como agente pasivo.

—¿A qué se refiere? —dijo Duran.

—A que Heydrich siempre lleva consigo una cartera de mano con documentos y, por cierto, dos granadas de mano. Podríamos colocar dentro un explosivo que, junto a esas dos granadas, hiciera explotar la bomba por simpatía. Donde esté Hitler, estará Heydrich a corta distancia.

—Pero el servicio de seguridad del Führer registrará a todos los que estén en el palco presidencial, incluida esa bestia parda.

—No necesáriamente. Si yo le entrego, digamos, un dosier urgente referente a cierta planta de experimentación de la que le he hablado, Duran, y le digo que debería echarle un vistazo, Heydrich lo metería en su valija y no se separaría de esta. ¿Cree usted que el Reichsprotektor va a dejar que metan sus narices unos SS de tres al cuarto sabiendo que lleva consigo el secreto más importante del Reich? Y si se niega a abrir la maleta ¿qué cree usted que harán, lo detendrán, lo pondrán cara a la pared con los brazos en alto y las piernas separadas, se lo llevarán a los sótanos de Vía Layetana? ¿Delante de Hitler? Duran, no me defraude, usted sabe cómo funcionan las cosas. ¿Qué le parece, confiamos el papel más importante al hombre del corazón de hierro? No me negará que presenta una cierta justicia poética.

Duran y Mera se miraron sin decir nada. Se resistían a dejar el golpe final en manos extrañas aunque, al fin y al cabo, ese cabrón de Schellenberg tenía razón. No podía confiar en nadie y dada la situación, que uno de los asistentes actuase como espoleta no parecía la peor de las soluciones. Lo más probable es que nadie tuviera cojones de registrar a Heydrich. Por otra parte, si se descubriese el pastel y los artificieros de la Wermacht intentasen desarmar el complejo aparato infernal cabía esperar que les explotase en las manos. Además, las opciones eran mínimas y el reloj corría en contra suya.

—Le compro su idea, Walter —dijo Duran—, pero a cambio ustedes dos se vienen con nosotros en el submarino.

—Es usted muy amable, compañero —dijo Queralt con un mohín que resultaba tan gracioso como elegante.

—Se lo agradezco, Duran, pero ya tenía prevista la fuga. Un avión Dornier, cargado de combustible y con un piloto a punto, nos esperará a Queralt y a mí. Tengo preparados nuestros pasaportes y todo lo necesario para empezar una nueva vida en América.

—¿Y lo dejarás todo atrás? —dijo Queralt, refiriéndose a la esposa de Schellenberg.

—Todo lo que quiero lo tengo delante, *libchen* —dijo el alemán dulcemente.

—Bueno, si ya hemos terminado con las miraditas, los piropos y la ñoñería, quedamos en que usted se ocupa de endiñarle el explosivo al cabrón de su jefe, que la chica se pira con usted en un avión y que este tonto del culo de Duran y servidor se marcharán en la lata de sardinas. ¿Es esto, no? Pues hala, demos por terminada la sesión, que llevamos aquí un buen rato y en este protectorado de los cojones no es bueno para la salud quedarse quieto mucho tiempo.

—Cipri, siempre he creído que deberías haberte dedicado a la poesía. ¡Qué verbo más florido tienes! —dijo riendo Duran en medio de las risas de los presentes. Sería la última ocasión en la que reiría en mucho tiempo.

ENTREACTO EN ALTA MAR

El hombre apoyado en la barandilla parecía fundirse con el mar que rodeaba el buque de guerra. Francisco Franco, cuya mirada parecía estar fijada en un lugar que solo él conocía en medio de aquellas aguas coronadas por blancas nubes de espuma, meditaba. La proa del acorazado USS Missouri, lo último en buques de guerra y al que habían rebautizado Reconquista, fuertemente custodiado por seis navíos, cortaba el frío océano Atlántico como si se empeñase en apartar del Caudillo el obstáculo tozudo de aquel muro de agua que salpicaba su cara taciturna. Estaba solo, más solo que en toda su carrera militar. En los albores del día del desembarco el protagonista de aquel despliegue de tropas, buques y aviones prefería refugiarse en sus propias meditaciones. Franco solo necesitaba estar en compañía de Franco.

Dos hombres se le acercaron. Eran su hermano Nicolás y Luis Carrero Blanco, ambos marinos, personas de la máxima confianza de alguien que no solía fiarse de nadie. Decían que por eso había llegado tan alto. Franco ni negaba ni confirmaba. Como siempre, dejaba que los demás formulasen cábalas y alimentasen suposiciones. Se contaba una anécdota, real o falsa, de cuando la guerra. Decían que un general había solicitado audiencia con el Generalísimo. Unos decían que si el general era fulano y otros que si mengano. El caso es que aquel atribulado hombre venía a suplicarle a Franco que indultase a su hijo, capturado en batalla y oficial del ejército republicano con el grado de comandante. Se le había sometido a consejo de guerra sumarísimo y condenado a la pena capital, teniendo que ser fusilado al día siguiente. El general, como padre, había acudido a Franco como último recurso apelando a los años en que habían combatido juntos en África. «Mi general —dijo— yo nunca me he arrodillado, pero lo hago ahora delante de Su Excelencia, implorándole que le perdone la vida al único hijo que me queda. Hágalo por su madre, que está en cama muriéndose de pena después de perder al resto de sus hijos, y la Virgen del Carmen se lo pagará. Y si debo ser degradado a soldado raso, bendito sea Dios. O fusíleme a mí, por no haber sido mejor padre». Franco levantó a su antiguo compañero del suelo y, con lágrimas en los ojos, dijo «Yo no puedo quitarle ese hijo a una madre y a un padre modelos de patriotas que han sacrificado al resto de su prole en el altar de la Patria. Vaya tranquilo, su hijo será trasladado a una compañía penitenciaria de la que, si acredita su valor y compromiso con el Movimiento Nacional, saldrá con todos los honores». El general casi besa las manos de aquel hombre y salió dando vivas a Franco y a su justicia imparcial. Nicolás, testigo de aquello, le dijo que había hecho muy bien, aunque no se esperaba esa reacción. A lo que Franco, totalmente serio, le replicó «Con Franco nunca se sabe qué puede suceder». Se refería a él como si de otra persona se tratase, como cuando refiriéndose a cierto oficial fusilado dijo «Ah, sí, ¿a ese no lo mataron los nacionales?».

—Paco, llevas ahí horas y vas a coger una gripe, mira cómo está el tiempo. Deberías ir dentro y tomar algo caliente —le dijo su hermano.

—El tiempo es lo de menos, voy muy abrigado, gracias Nicolás.

—Mi general, su hermano tiene razón, su salud es impres-cindible para España y para los españoles. No debe exponerse y más en vísperas del día en que Su Excelencia va a recobrar nuestra patria —dijo respetuosamente Carrero, serio y cir-cunspecto como siempre y con ese tono de admiración perma-nente que mantenía respecto al Caudillo, al que servía con la dedicación y el tesón que otros hombres reservan para la reli-gión, el juego o las mujeres.

Franco se permitió una sonrisa fugaz. Apreciaba mucho a aquel marino adusto y eficaz que llevaba todos los asuntos que le encargaba con la diligencia y rigor. Franco lo había dejado claro: «Si todos los españoles fuesen tan trabajadores y riguro-sos como Carrero, España sería mucho mejor. En un país que pierde el tiempo con tanta charla de café, un hombre como Carrero vale su peso en oro».

—Les agradezco su preocupación. Es cierto, llevo dema-siado tiempo a la intemperie, pero quería pensar un rato a solas acerca de lo que estamos a punto de emprender, y que no será cosa fácil, se lo puedo asegurar.

—Me dicen los de inteligencia que el atentado está a punto y que todo está listo para su ejecución —dijo Nicolás.

—Lo sé. Duran y Mera han resultado ser unos buenos ele-mentos y, si salen vivos y lo piden, me gustaría contar con ellos en el futuro. Pero que lo pidan, no se lo ofrezcamos nosotros.

—¿Y si son los americanos los que quieren quedárselos? —preguntó Nicolás.

—Entonces ya veremos —respondió Franco.

—A la orden —dijo Carrero al que, en el fondo, lo de utilizar a viejos anarquistas no acababa de parecerle bien. Uno no hace la guerra contra los rojos para después admitirlos en el ejército vencedor.

Franco dirigió de nuevo su vista al mar y con la mano des-cribió un gesto amplio que abarcaba un cielo preñado de nubes de tempestad y en el que los relámpagos iluminaban las grandes olas como si desde el cielo alguien proyectase la luz de miles de reflectores.

—Ahí al final está nuestro destino. Para bien o para mal. Ya no habrá marcha atrás cuando pisemos tierra.

—Paco, pero contigo no podemos fallar.

—Qué equivocado estás, Nicolás. Lo gordo vendrá cuando tengamos que formar gobierno, decidir la forma de Estado y quiénes pueden participar del mismo. Todos querrán una parte del pastel y los americanos pretenderán que bailemos al son de la música que nos dicten desde Washington. Que si democracia, que si república o monarquía, que si legalización de partidos, que si estos sí y estos no. Estaremos en la misma casilla que en el treinta y seis. Y no puede ser. No hemos pasado por todo lo que hemos pasado para volver a discutir cuál ha de ser la bandera, el himno, la forma de gobierno y si los rojos han de tener su parte del pastel o no.

—Pero tú has aceptado la ayuda de los americanos a cambio de establecer un sistema de gobierno democrático.

Franco se quedó callado, como si las palabras de su hermano le hubiesen recordado una cita que había olvidado.

—Respecto a eso, Nicolás, guarda este manifiesto que he redactado y que deberás hacer público solo cuando hayamos desarrollado con éxito nuestra campaña de reconquista —y le tendió un sobre grueso que sacó del interior de su abrigo impermeable.

—¿Qué es esto?

—Esto que te doy es el futuro de España. Que nadie lo vea hasta que no recibas mi autorización de viva voz. Es imprescindible que el contenido de este sobre se mantenga en secreto hasta que, insisto, yo te autorice a hacerlo público.

—A tus órdenes.

—Bien, muchas gracias. Pueden retirarse.

El hermano de Franco y Carrero dieron un taconazo y volvieron al confortable interior de la nave mientras el Generalísimo volvió a mirar al infinito. Solo él conocía las disposiciones que había redactado de su puño y letra referentes a la organización de la España que quería volver a tener en sus manos. Si Roosevelt y Eisenhower hubieran conocido el contenido, no habrían sido tan entusiastas del general. O sí, porque Franco sabía que en aquel momento a los yanquis les preocupaban más Stalin y el comunismo que un Reich que daban por acabado si el atentado contra Hitler salía como estaba planeado. «Hay que mirar al futuro, mi general» le había dicho Allen Dulles en una conversación privada que los dos habían mantenido en la lujosa villa que este poseía en las afueras de la capital norteamericana.

—Debe usted comprender que el escenario de posguerra en Europa pasa forzosamente por países con gobiernos fuertemente anticomunistas y que tengan al frente personas como usted, mi general. Gente que defienda los valores tradicionales de Occidente: patria, Iglesia, la propiedad privada y una sana libertad alejada de experimentos liberaloides que ya se ha visto a dónde conducen. Hoover y Donovan se equivocan en su visión geopolítica. Acabar con Hitler está bien, pero ¿eso significa entregar de nuevo el poder en Alemania a los políticos de Weimar, a gentes que propiciaron el ascenso de locos como Hitler, Himmler o Heydrich? Y no creo que sea preciso comentarle las ganas que tiene Stalin de meter sus zarpas en la Europa cristiana. Es preciso llegar a un compromiso con las personas serias que, gracias a Dios, todavía podemos encontrar en ese país y en muchos otros. Gente que sabe que sin la empresa y los empresarios la reconstrucción europea sería una labor imposible. Usted conoce el valor que tiene la industria, usted sabe conjugar los intereses legítimos de un Estado moderno con las necesidades de los mercados internacionales.

Por eso creo que las exigencias de una parte de mi gobierno con respecto a España son, ¿cómo decirlo?, algo radicales.

—Explíquese —dijo Franco que había entendido a la primera lo que el joven con aspecto de profesor le estaba proponiendo.

—Bueno, uno no puede convertir a los españoles en ingleses y viceversa. Como tampoco puede pretender que un italiano piense como un danés. Se trata de encontrar soluciones políticas a la medida de cada nación. Y, seamos sinceros, la democracia liberal nunca ha dado buenos resultados en España. En cambio, un gobierno fuerte, de corte personalista y con un dirigente que, con el paso de los años, fuese introduciendo poco a poco las reformas necesarias sería lo más aconsejable. Esas reformas no son ni urgentes ni imprescindibles ahora. Las económicas, en cambio, sí que lo son. Personalmente, siempre he creído que la gente aprecia más tener una buena casa, un buen trabajo y un sueldo decente que un puñado de políticos chillones o una prensa escandalosa.

—Es posible —dijo Franco.

—Claro, usted conoce muy bien su pueblo, mi general. Usted sabe que en España hace falta aumentar el nivel de vida de los más pobres. Con una clase media sólida las revoluciones se vuelven imposibles. Nadie quiere arriesgarse al terremoto revolucionario si tiene algo que perder, una casa, un automóvil, una nevera. De ahí que insista en que, bajo su sabia dirección, España pueda convertirse en una potencia económica que garantice un nivel de vida razonable a sus habitantes. Lo de la libertad de expresión está muy bien para los intelectuales o los vagos que viven de eso, pero la libertad de verdad, la que supone no pasar hambre y sentirse protegido por el Estado, esa es la que aprecia la gente. Ahí tiene usted, expresada de la manera más sincera, cuál es mi política y la de la gente que considera que usted y solo usted es la persona adecuada para garantizar ese tránsito social tan necesario en su patria. ¿Estamos de acuerdo?

—Podría ser factible, pero existen muchos otros factores. La política de Roosevelt, por ejemplo, o las condiciones que pueden exigir sectores más liberales de su gobierno.

—No se preocupe por eso. Ya ve que no le pedimos nada, ni le exigimos que haga esto o aquello. Tengo por Su Excelencia un enorme respeto, tanto por su sagacidad como gobernante como por su liderazgo político como Caudillo de España. Tan solo quería que conociera que existe esta alternativa al programa de máximos que se le ha presentado como única solución para su patria. Hay muchas maneras de llegar a Roma, mi general.

—Y usted me está facilitando un camino contrario al de su gobierno.

Dulles atizó el fuego de la enorme chimenea que presidía el inmenso salón de estar de aquella casa construida al estilo rústico. Se limpió las gafas con una gamuza de piel y cargó de nuevo la pipa que había consumido a lo largo de su exposición, no sin antes pedirle permiso a Franco, que asintió con la cabeza sin decir palabra.

—¿Contrario? No, mi general. Distinto, si acaso, pero tendiente al mismo fin: que usted sea el líder indiscutible de su nación, que su gobierno sea estable y sólido y que mi país cuente con España como un aliado fiel contra el comunismo. Lo demás son detalles que se pueden solventar de una forma u otra. En lo sustancial estamos hablando de lo mismo, solo que yo le brindo una solución adecuada a las características de su país. Digamos, si me lo permite, que Roosevelt le da un traje cualquiera que puede sentarle bien o no mientras que yo le ofrezco uno de la misma tela, pero hecho a medida. ¿Nos entendemos, mi general?

Franco miró a los ojos de Dulles y este experimentó la misma zozobra que muchos antes que él habían sentido.

—Creo que podemos entendernos, míster Dulles, pero comprenderá que esto debe ser puesto por escrito y firmado por usted y por quienes le respaldan. En España solemos decir que las palabras se las lleva el viento.

—Eso se da por supuesto, mi general.

El Generalísimo recordaba palabra por palabra la conversación y ahora, en aquel barco que parecía un juguete en manos de la creciente tempestad, pensaba en lo que podía significar de cara a su futuro, al de su causa, al de España. Sintió frío de repente, pero no era un frío cualquiera. Era el frío de quien sabe que se lo ha jugado todo a una sola carta.

CUARTO ACTO

1. UNA TAZA DE TÉ CON HITLER

El palacete de Pedralbes, rebautizado como Anton Bruckner en honor a uno de los compositores más caros al nacionalsocialismo, relucía brillante en la noche barcelonesa. Pebeteros con antorchas jalonaban el acceso y una guardia de gala Leibstandarte recibían a lo más granado del Reichsprotektorat: industriales sin escrúpulos, catalanistas fanáticos, escritores y periodistas lacayos, pintores con pinceles empapados en nazismo, cantantes de ópera capaces de matar por un papel en Bayreuth. Ahora tocaba loar las virtudes del nacionalsocialismo como antaño con la monarquía borbónica, el regionalismo de Cambó o la España Una, Grande y Libre de Franco. Mientras siguieran obteniendo provecho, ¿qué importaba el gobierno?

La orquesta nacional de Cataluña interpretaba un repertorio de valses y operetas mientras que camareros de las SS con blancas e inmaculadas chaquetillas servían copas y más copas de cava. Los asistentes conformaban un mar en el que rivalizaban uniformes negros y pardos junto a los chaqués negros y los vestidos palabra de honor de las damas que miraban con ojos cargados de arrobo a aquellos guapos mozos rubios. Cuando Duran llegó con su flamante uniforme negro de Standartenführer, la concurrencia estaba aplaudiendo con entusiasmo al coro infantil de la Escuela Alemana que acaba de entonar *Wörwarts, wörwarts* ante el entusiasmo del Führer. Uno de aquellos jóvenes se adelantó y, cuadrándose ante Hitler, le entregó un pergamino en el que estaban dibujados los escudos de los Nueve Barones de la Fama y del rey Otger Cataló que, según la leyenda catalanista, habían fundado Cataluña. Lo primero que cambian las dictaduras, se dijo para sí Duran, es la historia. Es una venganza retrospectiva. De ahí que en todas las escuelas del Reichsprotektorat se diera por cierto que Cataluña había sido siempre un Estado independiente con su propia monarquía que abarcaba «De Salsas a Guardamar y de Fraga a Mahón», un idílico lugar en el que se había producido el primer experimento parlamentario con la creación del Consell de Cent, un lugar en el que ciencia, poesía y comercio habían llegado al máximo esplendor, siendo interrumpido por la invasión de España en 1714. Era tan grande el embuste que no podía por menos que calar en los catalanes, siempre prestos a aceptar cualquier cosa que les dijera que eran mejores que el resto de españoles.

«*Führer, Befehl, Wir folgen dir*», dijo aquel muchachito con gesto serio y ceñudo, impropio de su edad. Führer ordena, nosotros te seguimos. El líder alemán le dio unas palmaditas cariñosas en la cara preguntándole cómo se llamaba. En un alemán impecable, el niño contestó que Jordi, como el patrón de Cataluña. Pero él había insistido en cambiárselo por Sigfried, el héroe germánico. «¿Y qué serás de mayor, pequeño Sigfried?», dijo un Hitler divertido ante el pequeñín. «Mi Führer, seguiré vuestro ejemplo y me convertiré en líder de mi patria, Cataluña». Todo el séquito estalló en una carcajada ante la vehemencia de aquel muchachito al que le venía grande el uniforme. Todos, menos Hitler, que no dejaba de escrutar aquellos ojos infantiles en los que ardía un fuego, una ambición, un odio intensísimos. «No se rían», dijo Hitler. «Esta es la madera de la que debemos extraer a nuestros dirigentes. Este jovencito sabe lo que quiere y logrará su objetivo. Su mirada me recuerda la que yo tenía cuando era un pobre artista y vagaba por las calles de Viena. Sé cuándo tengo ante mí un alma gemela y puedo asegurarles que el pequeño Sigfried tiene lo que hay que tener para ejercer el mando. ¡Heil a ti, Sigfried, Heil Cataluña! «¡Heil, mein Führer!» replicó con voz aflautada el niño. No había sometimiento alguno en su actitud. Por el contrario, el crío parecía sentirse igual al Führer, que lo miraba con una expresión mezcla de admiración y afecto.

—Querido Sigfried, si tuviera un hijo me gustaría que fuese como tú. Quiero que todo el mundo escuche esto. Sigfried representa aquello por lo que luchamos: una raza noble, un carácter decidido, sinceridad de acero, determinación sin debilidades burguesas. Camaradas, a partir de ahora considero a este joven como mi ahijado. Que ingrese en una de nuestras Napolas, y que disponga de todos los medios para cumplir su destino.

Himmler se dirigió en voz baja a Heydrich.

—Averigüe quien es ese renacuajo y tráigamelo mañana. Si al Führer le ha caído en gracia, debemos hacer que ingrese en una academia especial de las SS lo antes posible. Las Napolas están bien para el ganado del partido, pero a este hay que darle un tratamiento especial. Y si sus padres no pertenecen a nuestra Orden, hay que hacerlos ingresar. Este Sigfried podría resultarnos de interés de cara al futuro de Cataluña. Los niños de hoy serán los líderes del mañana, querido Heydrich.

El Reichsprotektor sacó la libreta de tapas negras que le acompañaba siempre y tomó nota. En voz baja susurró a Himmler «Reichsführer, el invitado que el Führer deseaba ver le espera en una salita que he preparado. Puede informarle de que todo está a punto». Himmler asintió con la cabeza mientras sacaba su vieja gamuza y fingió limpiarse sus gafas de montura metálica. El Führer mantenía una animada conversación con el diseñador de los carteles de alistamiento en las SS catalanas. Un joven que había militado en la Falange pero que se había pasado al bando nazi. Era un autodidacta, lo que le granjeó de inmediato las simpatías del Führer. Admirador de Wagner, Nietzsche y el budismo Zen, una enfermedad prolongada le había convertido en una persona introvertida y poco dada al trato social. Aunque había cursado estudios de derecho para continuar la saga familiar, pronto descubrió que su pasión era el arte. Hitler se encontraba a sus anchas conversando con el joven que tanto sabía de arte alemán.

—Sus dibujos me parecen inspiradores, querido Wände, y no dudo que su porvenir como artista en el Reich está asegurado. Me gustaría que algunos de mis expertos examinasen su obra a fin de poderlo incluir en una muestra del joven arte europeo que estoy preparando para que se exponga en la Casa del Arte Alemán.

Wände, el seudónimo que había adoptado para firmar sus trabajos, renegando de su apellido catalán, escuchaba arrobado al hombre más poderoso del mundo alabar la obra a la que había consagrado su vida.

—Créame, Wände, sé muy bien lo que es pintar sin esperanza y ver a esos filisteos del mercado del arte chalanear con tus trabajos. Sí, amigo mío, la judería se apropió de lo más puro que tiene el espíritu del creador, convirtiendo ese impulso en un mero comercio de prostitutas. Ahí tiene usted a esos pornógrafos de Picasso o Kandinsky, cortesanas que solo saben pintar degeneraciones del espíritu. En cambio, usted, con su línea definida, sus rostros pétreos, sólidos, sus figuras de madres, sus escenas en las que puede verse claramente el legado de esa raza catalana heredera de la mejor tradición aria elevan el alma del espectador. No concibo a alguien con su temperamento dando brochazos, lo que me llena de esperanza de cara al futuro pana-lemán que debe presidir nuestra época y los siglos venideros.

—Mi Führer, estoy conmovido. Intento cumplir con mi deber.

—No sea modesto, sus inspiradores cuadros, en los que la señera es la protagonista, tienen un alma que hace estallar los ojos de quien los mira. Recuerdo uno en el que la bandera cata-lana aparece atada por alambres de espino mientras que un grupo de hebreos se ríe en una perfecta alegoría de la crucifi-xión, solo que no es a un judío a quien se mata, sino a todo un pueblo. ¡Me emocioné al verlo, créame! Me informaron que lo había usted cedido al museo de arte catalán.

—Es lo mínimo que podía hacer, mi Führer.

—Hablaremos más tranquilamente, Wände, y estudiaremos juntos la posibilidad de crear aquí, en su tierra, una fundación que bajo su guía pueda orientar a otros talentos en ese siempre difícil camino que supone el auténtico arte.

La conversación fue interrumpida por el sigiloso Himmler ante el cual el pintor catalán dio un sonoro taconazo mientras levantaba el brazo gritando ¡Heil Hitler, Reichsführer!

—Ah, mi Führer, veo que ya conoce a nuestro joven miem-bro de las SS, artista y nacionalsocialista catalán sólido. ¿Le ha dicho que apareció en la portada de nuestra revista haciendo guardia ante el monumento al Reich? Es uno de nuestros más prometedores camaradas.

—Atienda, Wände, mi leal Heinrich no suele prodigar los elogios.

—Gracias, Reichsführer, mi deseo es servir al Reich.

—Mi Führer, pero le recuerdo que la entrevista está preparada.

—Vamos. Nunca creí encontrar tantos buenos camaradas en esta tierra. Sabía que Cataluña era un granero de nacionalso-cialistas, pero jamás pensé que fuesen tantos y tan entusiastas.

Himmler condujo al Führer hasta un despacho situado en la parte más alejada del palacete. Allí estaba con uniforme de gala de las SS el anarquista Alberto Duran, el asesino encargado de liquidar a Hitler. «Si hace un año me llegan a decir que estaría en la misma habitación que este cabronazo y, encima, con este traje de cuervo, me hubiera acordado de los muertos de todos», pensó Duran. Tras los saludos de ritual, los dos ocuparon sendas butacas mientras un camarero de las SS, silencioso y diligente, les servía un humeante y aromático té preparado especialmente para Hitler junto con una bandeja repleta de los pastelillos de crema que volvían loco al dictador, receta de su Austria natal. El amo de medio mundo carraspeó levemente, tomó un sorbo de té y, dejando la taza, habló con aquella voz que podía resultar tan seductora como el canto de una sirena.

—Standartenführer, he querido mantener un intercambio de impresiones con usted porque tanto Himmler como Heydrich no hablan de otra cosa que no sea de Sixte Ramentol. Los dos alaban su compromiso con el Reich, su completa adhesión a mi visión de una Europa aria y su disposición para ejecutar las órdenes. Eso me anima a compartir algunas de mis ideas. Creo encontrar en usted un joven de voluntad de hierro y una comprensión absoluta del ideario nacionalsocialista.

—Es un honor, mi Führer.

—No, déjese de honores. A usted no le intimidan ni las bravatas de esos masones judaizantes ni está sujeto a las convenciones burguesas que, lamento decirlo, atenazan a no pocos de sus compatriotas. Ramentol, permítame hablarle con sinceridad. Le hablaré no como Führer, sino como un camarada.

Hitler acercó su sillón al de Duran y le aferró el brazo con un vigor que no podía sospecharse en alguien de la edad del Führer. Duran tuvo que esforzarse mucho para no mostrar la repugnancia que le produjo el contacto físico con aquel monstruo.

—Usted sabe que yo nunca quise una guerra. Lo he dicho y lo repetiré siempre, cada año de esta contienda estúpida es un año que me roban de mi principal labor, la de crear una Europa en la que la cultura, el trabajo y el bienestar sean las bases de nuestra comunidad racial. Además, y esto lo digo por los británicos que tardaron en entrar en razón, era una estupidez hacer la guerra entre hermanos de raza. Mi principal misión es erradicar la raza hebrea y a sus productos intelectuales. Purificar Europa, regenerar nuestra raza, ofrecer un nuevo mundo en el que un orden nuevo impere sobre toda la tierra. Pero para que crezca el pasto sano hay que eliminar las malas hierbas, arrancar de raíz las plantas parásitas y purgar los campos.

Hitler se levantó. Gesticulaba con las manos y sus palabras iban adquiriendo un tono gutural que recordaba al de una fiera peligrosa, poseída por una rabia feroz e inextinguible.

—En la historia hay momentos únicos en los que la humanidad debe dar un salto hacia adelante ¡y nosotros tenemos la oportunidad de vivir uno de ellos! ¡No podemos permitir que la rueda del destino gire en nuestra contra! Eso supone adoptar decisiones drásticas que escapan por completo al ideario mediocre del hombre de la calle. Decisiones de las que debemos participar todos, usted también, porque forma parte de nuestra sagrada orden interna, la de los elegidos de las SS, la Tafelrunde que mi leal Himmler ha organizado en el castillo de Wewelsburg resucitando el espíritu de los antiguos caballeros teutones.

Aquellas palabras cargadas de insidia venenosa parecían escupitajos y Duran se preguntaba cuánto tiempo más podría soportar los desvaríos de aquel orate sin reaccionar y pegarle dos tiros. Al fin y al cabo, daba igual matarlo allí que durante el desfile y, si acababa con aquel perro, ahora Barcelona se ahorraría miles de vidas. La idea empezó a apoderarse de su mente y, de manera imperceptible, la mano se deslizó hacia su arma.

Pero, de repente, Hitler giró sobre sus talones y, en éxtasis, empezó a gritar de manera desaforada.

—¡Usted debe estar en la vanguardia, usted debe formar parte de la élite que sabe cumplir las órdenes y endurecer su corazón hasta que se convierta en hierro! ¡Auschwitz, Dachau, Bergen-Belsen, Ravensbruck e incluso aquí, en Cataluña, es donde está la labor! ¡Eliminar a la hez de Europa! ¡Jóvenes, ancianos, mujeres, hombres, niños, todos deben morir! ¡Sin sentir la menor piedad por ellos, esos son sentimientos que debemos reservarnos para nuestra comunidad racial! Es la ley de la naturaleza, el más fuerte sobrevive y el débil debe perecer. No me creería si le dijera las cifras, ya hemos barrido de la tierra a millones de esos subhombres. ¡He ahí su trabajo, he ahí la responsabilidad que le encomienda su Führer, camarada Ramentol, ayúdeme en la misión más importante que me ha conferido la historia y gánese un puesto de honor en el podio de nuestros héroes!

Un Hitler con la frente perlada de sudor se desplomó en la butaca adyacente a la de un Duran que no sabía si experimentaba más repugnancia que horror. Hitler, jadeante, le cogió ambas manos mirándole de manera hipnótica. La mirada que había seducido a medio mundo y que a Duran solo le pareció la de un loco asesino.

—Debe usted aceptar ese glorioso destino de forma inmediata. En cuanto finalicen los festejos de la Diada usted partirá conmigo en mi avión personal hacia Germania y allí empezará a trabajar con un camarada de probada confianza, Standartenführer Eichmann. Estoy convencido de que ambos realizarán una labor extraordinaria. Y no se preocupe por su patria catalana, no me olvido de ella. Estoy en condiciones de prometerle que, cuando sea el momento, usted se pondrá al frente de la misma. Y ese momento no está lejos. En cuanto acabemos con los bolcheviques y hayamos liquidado lo que queda de la judería, tiene mi palabra de que yo personalmente lo nombraré líder catalán.

Hitler, agotado, despidió a Duran con un apretón de manos blando, fofo, sin energía. Cuando el anarquista oyó cerrarse detrás suyo la puerta y supo que se alejaba de aquel ser corrompido sintió que el tremendo peso que le había oprimido el pecho durante toda la entrevista se iba aliviando. Se encontró con Himmler y Heydrich, que le aguardaban exhibiendo amplias sonrisas. Aquello podía ser o muy bueno o muy malo.

2. SCHELLENBERG DEBE MORIR

—¿Y bien, camarada? —dijo Himmler.

Duran comprendió al instante que aquellos dos estaban perfectamente al tanto de la propuesta que Hitler le acababa de hacer. Era una jugada maestra. Lo apartaban de Cataluña, lo convertían en asesino al por mayor y le dejaban claro que si quería ser alguien dentro del Reich, tenía que ganárselo. Y el precio se cifraba en cadáveres. Cuando el jefe de aquellos asesinos de la calavera arqueó los ojos demandando una respuesta, Duran entrechocó los talones adoptando una posición rígida.

—Reichsführer, estoy deseando empezar mi colaboración en el grandioso proyecto que nuestras SS deben llevar a cabo. Hay que limpiar estos establos de Augias en los que el judaísmo ha convertido Europa.

Himmler y Heydrich se miraron con satisfacción.

—No esperábamos menos, camarada. Ahora debemos concentrarnos en que las festividades alrededor sean lo más solemnes y perfectas posibles e, inmediatamente, podrá centrarse en su ulterior misión que, no le quepa duda, será lo más importante que haga por su patria, por su raza y por el futuro, y digo esto sabiendo que se oyen unas campanas de boda a lo lejos. ¡Le felicito, camarada, hemos analizado la arianidad de su prometida, Fraulein Queralt, y todo ha sido aprobado por el departamento de las SS encargado de verificar que nuestros hombres se casen con auténticas mujeres arias!

Heydrich sonreía como el padre que ve a un hijo suyo prosperar en la vida. Cuando el Reichsführer los dejó a solas, estrechó la mano de su protegido con un énfasis raro en aquel hombre frío como el hielo.

—Es un gran día para usted, camarada Sixte. Una entrevista con el Führer, una misión de la más alta importancia y ahora los parabienes del mismísimo Himmler. Créame, está en el buen camino.

—Todo se lo debo a usted, Gruppenführer, a su guía y a su protección.

Heydrich cogió al falso Ramentol del brazo y lo llevó hasta uno de los amplios ventanales de aquel palacete al que el mismo Reichsprotektor había motejado como «perrera de la alta burguesía». La suave brisa nocturna traía hasta ellos el olor del mar junto con el de una Barcelona que poseía un perfume propio, según palabras de Duran. Un olor que mezclaba a partes iguales el que provenía de los restaurantes, el de los cabarés, el perfume de las mujeres de mundo y el de la gomina de sus clientes, el olor a sudor y miseria de los barrios obreros y algo muy difícil de definir, un olor a decadencia, a desesperación, el mismo que puede aspirarse en el Coliseo o en un viejo cementerio abandonado.

—Antes de partir a Germania debo encomendarle una última cosa. Debe usted hacerme un favor, y oiga bien que le estoy pidiendo un favor y no dándole una orden.

—Lo que sea, Gruppenführer.

Heydrich sonrió imperceptiblemente. Aquel muchacho haría lo que le ordenase, se dijo. Y, sin embargo, no era un estúpido fanático de los que se pasaban el día llenando los micrófonos de las radios catalanas con un montón de imbecilidades surgidas del ministerio de Goebbels. Eso le intrigaba, pero había decidido, tras la muerte de Bartomeu, que lo tenía bien cogido por los cojones. ¡Ay de él si se salía de la raya!

—Sé que puedo contar con usted, pero tengo que hacerle una pregunta. ¿Qué sentimientos experimenta hacia Schellenberg?

Duran adoptó un aire indiferente.

—¿Qué puedo decir, Gruppenführer? Es mi superior. No he mantenido un trato profundo con él, pero siempre me ha parecido una persona correcta. Algo tibio, si es que puedo permitirme decir tal cosa. De hecho, quien sabrá darle una mejor respuesta es mi prometida Queralt, porque creo que Schellenberg estuvo tonteando con ella. Nada serio, por supuesto.

—Me agrada extraordinariamente escucharle decir esto. Mire, Sixte, hace tiempo que noto en este hombre una cierta tendencia a la molicie. Expedientes que se pierden, detenidos que se evaden, incidentes en los que las investigaciones se atascan. No le estoy acusando de nada, pero suelo recelar cuando hay tantas pequeñas cosas que, vistas una a una son insignificantes pero que, a la que las agrupas, suponen una montaña de problemas para el Reich. Y no puedo pasarme el día revisando si mi segundo ha hecho bien esto o aquello. ¿Me sigue?

—Perfectamente. El Gruppenführer Schellenberg se ha convertido, de un modo u otro, en un inconveniente para la seguridad del Reich, aunque espero que tenga una justificación lógica para explicar esas irregularidades.

—Usted pertenece a esa raza de hombres con los que simpatizo, Sixte. No deja que sus emociones nublen su capacidad de análisis. Pues bien, yo, su Reichsprotektor, le pregunto: ¿qué debemos hacer con este caballero?

Duran se dio cuenta inmediatamente de que aquello era una prueba. Heydrich quería saber hasta dónde estaba dispuesto a llegar el joven nazi catalán. Esperaba algo parecido, y más viniendo de alguien como Heydrich, que no había llegado hasta su posición fiándose de lo primero que le dijeran. Con calma y aplomo, respondió.

—Si Schellenberg es un estorbo, bien por dejadez, bien por cualquier otro motivo, debe ser apartado. La gravedad de esa decisión no me compete tomarla, pero es mi deber cumplirla si me da una orden directa.

Heydrich cogió una tabaquera que estaba encima de una mesilla cercana y le ofreció un cigarrillo a Duran.

—No, gracias, Reichsprotektor, esos son de marca americana y yo solo fumo cigarrillos alemanes.

—Y puros habanos —añadió Heydrich.

—Exacto, y puros habanos.

—Bueno, pues creo que después de este intercambio de opiniones poco más tenemos que añadir. A partir de ahora considérese usted facultado por orden mía para conseguir, ¿cómo lo diría?, que el camarada Schellenberg deje de entorpecer los asuntos de la SD de manera definitiva y permanente.

—Gruppenführer, eso no es una orden directa —dijo irónico Duran.

—Lo es si la persona que la recibe es suficientemente inteligente como para entender los sutiles matices. Y como a usted le considero sutil, lo doy por enterado. Pero por si le quedase alguna duda, quiero la cabeza de ese Schellenberg dentro de una bolsa encima de la mesa de mi despacho antes de que usted se embarque en el avión del Führer. Para ser más didáctico, amigo mío, es la cabeza de él o será la suya y la de su novia. No hay más. Ya sabe usted que en las SS lo que más se valora es la capacidad de cumplir las órdenes, sean las que sean.

—Reichsprotektor, tendrá la cabeza del susodicho en veinticuatro horas. Solo un detalle. ¿Importa el medio?

—Cualquiera, siempre que no deje rastros y que no comprometa a las SS. Ya tiene usted trabajo, Standartenführer.

Duran se unió al resto de invitados de Hitler que se habían dispuesto a contemplar el colosal castillo de fuegos artificiales. Era una de las especialidades catalanas que, como en todo el Levante español, sentían especial atracción por la pólvora y la luz. Consiguió llegar hasta Cipri y Queralt y, discretamente, los llevó hasta un rincón.

—Os resumo lo que me han dicho Hitler y Heydrich: el primero quiere que me dedique a asesinar en masa a media Europa junto a un tal Eichmann; el segundo, mucho más modesto, solo pretende que me cargue a Walter. Jamás hubiera dicho que nuestro amado Reichsprotektor fuera un minorista del crimen.

Queralt tiró con rabia al suelo el cigarrillo que estaba fumando y lo pisoteó como si lo estuviera haciendo con el cuello de Heydrich.

—Qué hijo de puta. No se fía de Walter y eso nos pone en peligro a todos. Seguro que todavía sospecha de él.

—Lo dudo —terció Duran—, no creo que Heydrich quiera quitarse de en medio a Walter por falta de confianza, al contrario, pretende liquidarlo porque lo considera un estorbo para sus aspiraciones.

—A ver cómo se come eso —terció Mera.

Duran se tomó su tiempo encendiendo un cigarrillo de tabaco alemán que a todo el mundo le parecía espantoso pero que, por alguna extraña razón, al anarquista le gustaba. «Me recuerda los que nos daban en la guerra», le había dicho a Mera, que contestó con un seco «Menuda mierda soviética aquellos *papyrossky*, todo boquilla de cartón y un centímetro de tabaco».

—A ver, Cipri, no es tan difícil. En el Reich todo el mundo anda siempre mirando a sus espaldas porque ni Dios se fía de nadie. Himmler quiere ser el próximo Führer, lo mismo que Göring. Uno tiene la fuerza y el otro tiene el dinero. ¿Por qué debería ser distinto Heydrich? Ahora bien, quien lleva todo el trabajo que le ha hecho ocupar su posición en el escalafón nazi es Schellenberg. Seguramente debe temer que tenga ideas propias o que sepa algo que no le convenga, por ejemplo, que el abuelo del gran instigador de pogromos contra el pueblo hebreo es el nieto de un judío que tocaba el violín en la ópera de Viena. Eso lo sabe también Himmler, que calla como una puta para tener controlado a su adjunto, pero no quiero ni pensar lo que diría el tarado del bigotito si se enterase. Así pues, ¿qué hace el nieto del violinista? Se deshace de un ayudante que sabe demasiado y pone en su lugar a alguien que no es nadie ni tiene relación con las familias políticas del aparato nacionalsocialista, un fanático al que enviar a matar judíos y al cual, si llega el caso, hacer morir en un fatal accidente. Ya lo veis, un hombre práctico.

Cipriano Mera se pasó el pañuelo por el cuello. Estaba sudando a chorros y no le gustaba tener que vestirse con traje y corbata. «Son cosas de burgueses», decía rezongando. Queralt, en cambio, intentó encender un pitillo sin conseguirlo por culpa del temblor de sus manos.

—¿Qué te parece, avisamos a Walter? Sería lógico que fuese nuestro primer paso —dijo la muchacha sin poder disimular la emoción.

—Heydrich me ha encargado a mí que sea la mano ejecutora y no viene de un día. No olvidemos lo principal, el atentado.

—¿Y lo de tu misión con ese tío en Alemania?

—No hay de qué preocuparse. En un día será superfluo. A nadie le importará que un tal Ramentol haga o deje de hacer lo que le hayan ordenado un par de cadáveres.

A lo lejos, Hitler besaba con unción la mano de una de las damas más notables de aquella tierra de opereta en la que se había convertido Cataluña. Se la conocía como la Rosa Catalana y cada día emitía su carga de ponzoña racista a todo el orbe gracias a las poderosas antenas radiofónicas de las que el Reich disponía. Sus furibundas diatribas que arrastraban por el fango lo que ella denominaba la *Puta Espanya* habían sido motivo de protestas por parte del gobierno de Muñoz Grande, pero la Rosa Catalana continuaba impávida en su incesante escalada cotidiana de mentiras, calumnias y racismo. Se había casado, cosa curiosa, con un español, y se vanagloriaba de «haberlo convertido en un buen catalán». Ni que decir tiene que todo el quién es quién del nazismo separatista la adulaba de manera pornográfica, porque una palabra salida de sus labios podía encumbrarte a lo más alto o hundirte en el fango. A su alrededor pululaba una corte de plumillas ávidos de poder que no dejaban de alabarla. Era el precio que tenían que pagar para acceder a un puesto en la radio o la prensa del régimen. Porque era una persona rencorosa y no toleraba la más mínima. En una de las fiestas que acostumbraba a dar en su casa de la playa, un invitado se permitió advertirle de que llevaba la peluca torcida, porque era calva como una bola de billar, lo que le valió al susodicho una paliza en los calabozos del grupo local de los *escamots*, otra en el furgón que lo trasladó hasta Barcelona, otra en los sótanos de la Gestapo y un destino en un batallón de castigo en el frente del Este.

La señora, ceñida por un corsé que hacía resaltar las notables lorzas que rebosaban como un suflé por encima de los límites de este, reía exhibiendo una dentadura tan postiza como su impostada elegancia. Según ella, los españoles eran poco más que bestias, unos seres sucios y gandules, dados al robo y a la concupiscencia, gusanos corruptores en la manzana catalana —a veces se creía en la obligación de tener cierto estilo en las metáforas— y, sobre todo, sujetos que poco o nada tenían que ver con la raza humana. Sus admiradores ignoraban que copiaba palabra por palabra las definiciones que el sangriento semanario antisemita *Der Stürmer* hacía de los judíos, sustituyendo judío por español. Muy pocos sabían que sus apellidos eran, en realidad, Martínez Fernández. Duran miró a aquella mujer. Sus labios se contrajeron en una mueca de asco.

—Hay que ver cómo chilla la tía esta —dijo Cipri.

—Sus amantes explican que cuando llega al orgasmo grita como una becerra —terció maliciosamente Queralt, que lo sabía todo de aquella Cataluña tan pequeña y endogámica.

—Pues no será a mí a quien pille. Que se les apañe Hitler.

—Duran —dijo Queralt—, a eso ha venido esa vaca, a conseguir llevarse al catre al mismísimo Führer.

—No me jodas —replicó Duran atónito y divertido.

—Yo no, pero eso es justo lo que pretende la tipa esa. Para poder jactarse luego, claro. Dicen que aspira a ser la presidenta de una Cataluña independiente.

—Tiene una gran ventaja sobre sus contrincantes, desde luego.

Los tres abandonaron cada uno por un sitio diferente el palacete. Queralt se fue en el automóvil de la familia a su mansión, mientras que a Duran le esperaba un coche de las SS.

—Tómese la noche libre, camarada. Caminaré un rato con mi amigo —le dijo Duran al conductor que le saludó tieso como un huso, un crío de la Seo de Urgel que no tendría más de dieciocho años y ya respondía como un autómata a las órdenes, con el barboquejo del casco apretado hasta hacer daño, las botas refulgentes y el uniforme impecablemente limpio y cepillado. Un autómata dispuesto a matar sin la menor dilación si lo ordenaba alguien que llevase en la charretera algo que le indicase que ostentaba una graduación superior a la suya.

Una vez a solas, los dos amigos emprendieron la bajada por aquel Montjuic sombrío, alejado de la montaña que Duran había conocido de crío, llena de rincones fascinantes donde jugar a piratas o a Robin Hood entre árboles frondosos y fuentes casi secretas. Mera rompió el silencio porque tenía una duda que no acababa de resolver.

—Oye, Alberto, ¿por qué la sebosa aquella tiene más oportunidades que otros a mandar en tu tierra?

—Está claro: con ese cornetín de órdenes que tiene en lugar de voz cualquier micrófono le resultaría superfluo, pudiendo ladrar sus órdenes a toda Cataluña sin moverse de casa. No me digas que no es una ventaja. Además, bastaría con amenazar a cualquier opositor al régimen con meterlo en la cama con ella para disuadir al más bragado.

—¡Prefiero que me fusilen seis veces, la madre que la batanó!

Y los dos compañeros siguieron bromeando, fingiendo que no tenían presente la espada de Damocles que pendía sobre ellos, mientras que en el palacete Albéniz una mujer desnuda y monstruosamente obesa se hallaba acobardada ante un Hitler arrodillado que le pedía, ora aullando como un demenciado, ora poniendo voz de niño pequeño, que defecase encima de él. Cuando el grupo de separatistas que frecuentaba, ignorantes de la existencia de Eva Braun, le habían pedido que se sacrificase por Cataluña y se hiciera novia del Führer, aquella suripanta esperaba encontrarse ante las peticiones habituales que hacía años atendía de no pocos representantes de la élite catalana. Pero aquel ser que tenía delante suyo y que la miraba con los ojos desencajados, escupiendo una espuma amarillenta que olía a podredumbre y que se arrastraba a sus pies lamiéndolos como haría un tigre con una gota de sangre era demasiado, incluso para alguien que, como ella, había hecho de la cama una manera de ascender. Su instinto la guio hacia la doble puerta de la alcoba que abrió de manera frenética, presa del miedo, porque entendió que el ser que estaba aullando en el dormitorio no tenía nada de humano. Para desgracia de la señora, dos gigantes de las SS la frenaron en seco y, empujándola con violencia, la devolvieron al interior de la habitación, corriendo el cerrojo. Comprendió que no había escapatoria. Intentaba murmurar algo parecido a una súplica, ella, la todopoderosa, la vestal del nacionalseparatismo, la que con una mirada podía arruinar la vida de cualquiera, cuando la voz resquebrajada por la insana pasión que se había apoderado del dueño de Europa la interrumpió, helándole la sangre.

—No intente escapar de su destino, ni haga que me arrepienta de haberla elegido porque he sido yo quien la ha traído hasta aquí y no usted la que ha conseguido entrar. Haga lo que le pido y es posible que pueda vivir para explicarle algún día a sus nietos que tuvo el honor de compartir conmigo la intimidad.

Hitler se acercaba a ella lentamente, como el cazador que tiene a su presa acorralada. La mujer sintió un miedo como jamás había experimentado y chilló, chilló con voz ronca, igual que una campana que se resquebraja.

En el exterior, los dos SS se miraron con complicidad y uno le dijo al otro exhibiendo una sonrisa de suficiencia «Me parece que esta noche el Führer va a divertirse lo suyo».

3. DE LO CONOCIDO A LO INESPERADO

Duran miraba las Ramblas repletas de gente que iba arriba y abajo paseando con sus familias, con sus parejas o solas, ajenas al drama que estaba a punto de convertirlos en muertos vivientes. Siempre es así, pensó el anarquista que se había permitido el lujo de vestirse de paisano y tomarse un Amer Picón en la minúscula terraza del Café de la Ópera, delante de un Teatro del Liceo que lucía una enorme bandera con la señera y la esvástica. Todo parecía seguir la cotidianidad a la que se había acostumbrado Barcelona, tan bien mandada cuando se le imponía travestirse de lo que fuese.

Los niños seguían siendo niños que lloraban cuando el globo comprado por sus padres tras mil súplicas se elevaba hacia el cielo con una libertad de la que carecían los paseantes; los vendedores de chufas, altramuces, pipas y todo tipo de frutos secos y golosinas voceaban su mercancía a quien quisiera escucharles; ahí se veía al galante obrero comprarle un cucurucho de cacahuetes a su novia, posiblemente la criada de alguna familia de relumbrón, o al arrapiezo que juntaba con angustia sus monedas de céntimo a ver si entre todas sumaban la peseta que costaba el pirulí. «¡Al rico pirulí de La Habana que se come sin gana!», gritaban los vendedores que malvivían de un trabajo duro y agotador. La Habana, pensó Duran. El nombre evocaba en él una melancolía que se clavaba en el desván de sus emociones, esas que había decidido mantener cerradas a cal y canto mientras durase aquella misión maldita.

Ya no podía verse caminar muy rápido, como si tuviese una cita ineludible con el destino, a la popular Moños, la mujer de la que se decía que ocultaba una historia trágica que ribeteaba los lindes del folletín y que, en su dulce locura, saludaba a todo el mundo con la mano, risueña y feliz, acaso mucho más que quienes le decían *Adèu, Lola* con ese gesto de conmiseración que ponen quienes se creen cuerdos en este mundo de locos. Algún hijo de puta nazi había decidido que los locos debían separarse de la comunidad nacional catalana. Duran también echaba en falta a otros personajes de su niñez que, bien por haber muerto hacía tiempo, bien por haber sido arrollados como la Moños por la gigantesca ola del nazismo, ya no pisaban aquellas Ramblas tan viejas, tan desgastadas por los zapatos de multitudes que las habían recorrido quién sabe con qué fin.

El Artículos Numerados, un señor que vendía objetos sin importancia como lápices, hojas de afeitar, imperdibles o piedrecitas de mecheros pero que seguía un régimen severísimo de numeración: todo tenía su número correspondiente, incluso las personas, y si te dirigías a él debías pedirle un, pongamos, mil doscientos siete en lugar de un librillo de papel de fumar y él no se dirigiría a ti de ninguna otra forma que no fuera por el número que te había otorgado. ¡Sana y apacible locura que se había evaporado en una tierra en la que otros locos mucho más peligrosos se habían hecho con el poder!

El camarero sirvió a Duran otra generosa copa de Amer Picón que el anarquista recibió de buen grado. Era la hora del aperitivo, ese momento que un periodista había dicho que era la apoteosis de la civilización. En aquellos aperitivos la gente se preparaba para la comida charlando con los amigos e incluso con aquellos que no lo eran tanto, se intercambiaban opiniones, chistes salaces, predicciones para los partidos de fútbol e incluso había quien se jactaba de algún romance puramente inventado. Eso había quedado atrás. Ahora nadie tenía la valentía de charlar con nadie y menos en público. Barcelona había enmudecido y parecía no experimentar el menor deseo de volver a hablar de aquella manera tan lenguaraz, tan directa y viva como lo había hecho antes de la Guerra Civil. Los años de checas rojas y paseos al amanecer la habían dejado afónica y lo que vino después, los rondines de Franco que paseaban por las noches para ir a buscar a ese o a aquel, empeoraron su capacidad para el habla. Así las cosas, no fue extremadamente difícil para los nazis conseguir que una ciudad que se caracterizaba por su verbo descarado y señorial deviniera en estatua de piedra barata, muda, ciega y sorda a todos los efectos.

Duran no pudo por menos que advertir que un par de mozos vestidos humildemente rondaban con discreción escasa su mesa. Los dos se habían percatado del habano que el anarquista estaba fumándose y esperaban que este lo arrojase al suelo. También el tabaco tenía limitaciones severísimas en aquel paraíso nacional separatista. El Führer no fuma, decían unos enormes carteles fijados en muchas fachadas. Y como el Führer no fumaba, no comía carne, no consumía alcohol y, de cara a la galería, no cataba hembra, se exhortaba a la población a través del departamento de Consumo y Conductas Cívicas Catalanas a que siguiera el ejemplo. Se había popularizado la dieta estrictamente vegetariana llegando incluso a producirse una especie de cubitos de un producto llamado Vege Crem que, según decían sus fabricantes, podía dar de comer perfectamente a toda una familia si se introducía uno de ellos en un litro de agua hirviendo. El fabricante, separatista acérrimo, había ganado una fortuna vendiendo el producto a las tropas alemanas destinadas en el frente ruso. Se había popularizado el *ersatz*, el sucedáneo, al que tan aficionados eran los nazis y que tanto predicamento había encontrado en los catalanes. Mermeladas de sucedáneo de melocotón, crema de embutido hecha a base de algarrobas, algo de grasa y patata, queso que no había visto en su vida una gota de leche, pan elaborado con cereales hospicianos que era incomible e incluso un sustituto del huevo, el Huevo Max, que había motivado que el humor subterráneo que subsiste en cualquier régimen por despótico que sea, lo hubiera denominado como «el provisional», habida cuenta de que era de esperar que algún día los catalanes tuvieran huevos como para no tragarse aquella mierda.

Duran consultó su reloj de pulsera. Eran casi las dos, hora de comer. Había preferido pasar la víspera del atentado solo y así no tener que conversar con Cipriano, Queralt o Schellenberg. Estaba despidiéndose de su ciudad recorriendo los sitios en los que, de alguna manera, había sido feliz. El parque de la Ciudadela, donde había robado más de un beso a una modistilla que trabajaba de dependienta en unos grandes almacenes, la montaña del Tibidabo, aquel Aconcagua para los más pequeños que se alzaba sobre la ciudad, las calles de la Barceloneta con el olor a sal y pescado adherido a sus adoquines, las mismas Ramblas o una pequeña y discreta biblioteca que lucía un hermoso farol artísticamente forjado en el que se podía leer «Biblioteca Rossend Arús».

Era un prócer masón que a su muerte legó el edificio donde vivía y su inmensa colección de libros, básicamente masónicos, a la ciudad de Barcelona. Que tras la entrada de Franco hubiera seguido en pie era un misterio, y algunos decían que no era descartable que algún falangista de adscripción masónica oculta hubiera preservado el lugar. Todavía era más insólito que subsistiera bajo Heydrich, que la había recatalogado como centro de investigación y represión de las sociedades secretas.

Amparado tras su condición de miembro de la Ahnenerbe y su grado de Standartenführer, Duran no tuvo dificultad en sortear la pareja de soldados que montaban guardia y obtener el permiso del encargado para visitarla a sus anchas. Buscó con la mirada a un antiguo hermano suyo, el bibliotecario José Sierra, sintiendo una punzada de dolor al comprender que hacía años que aquel hombre alto, irónico, jovial y empedernido fumador de pipa estaba ausente de Cataluña. Su despacho lo ocupaba ahora un perfecto imbécil que solo tenía como mérito ser sobrino de un gerifalte separatista. Pero los libros seguían allí, intactos, con la capa que el polvo que la desgraciada historia reciente de Barcelona había depositado encima de ellos, quién sabe si para protegerlos de la estupidez de los hombres. También saltaba a la vista que los SS, *escamots* o funcionarios de medio pelo y bigotillo ridículo que intentaban remedar a Hitler no sentían el menor apego a revisar aquellas bombas de conocimiento. Seguramente, pensó el anarquista, no tanto por miedo a contaminarse con la lectura, sino por ese odio visceral que siempre han experimentado los incultos ante la presencia de un libro. Gutenberg había creado el arma más poderosa contra las tiranías: la imprenta y, con ella, la posibilidad de difundir ideas, conceptos y desafíos a la autoridad omnipotente.

Saltaba a la vista que aquello no era más que un escondite de emboscados, una tapadera para cobardes enchufados que se ocultaban ahí, parapetados tras sus escritorios para evitar ser enviados al frente del Este. Recorriendo aquellas estanterías cargadas de tantas palabras sabias, Duran eligió al azar un volumen: *Masones célebres*. Abrió el libro y se topó con una cita de Thomas Jefferson, tercer presidente de los EE. UU., masón, principal autor de la Declaración de Independencia y uno de los fundadores de la poderosa nación: «He jurado en el altar de Dios hostilidad eterna contra cualquier forma de tiranía sobre la mente de los hombres». Duran cerró el viejo ejemplar y lo depositó con delicadeza en la estantería. Volver a pasear por sus recuerdos quizá no había sido una gran idea. Debería haberse centrado en todo lo que iba a pasar en las horas siguientes, se dijo riñéndose a sí mismo como el niño que se da cuenta justo el día anterior de un examen importante de que no ha estudiado nada y le ha pillado el toro.

Había tomado una decisión, la de descartar el método propuesto por Schellenberg. Nada de meter un dispositivo en la cartera de Heydrich. Era demasiado arriesgado, máxime ahora que había caído en desgracia con el Reichsprotektor. De accionar el detonador se encargaban Mera y él, los del submarino estaban avisados de las identidades de Queralt y Walter y solo quedaba vestirse con las mejores galas para, en el momento indicado, pretextar una ausencia falsamente justificada, adentrarse en el dédalo laberíntico por debajo de la fuente de Montjuic amparándose en su autoridad como Standartenführer y dejar que la muerte llegase. Aquella sensación agridulce le pareció curiosa. Tantas ganas de seguir en el mundo con Rosita y, sin embargo, aquel fin no se le antojaba tan terrible. Hay peores maneras de espicharla, había dicho Mera con el laconismo propio del hombre que se juega la vida como albañil colgando a varios metros de altura por una miseria de paga.

Salió por la escalera de la entrada principal que había estado presidida por una réplica de la famosa estatua de la libertad de Nueva York, retirada por los nazis que consideraban intolerable aquel icono de la cultura judeo masónica, sustituyéndola por una enorme y feísima águila que sostenía en sus garras un globo terráqueo, una mala copia de la que coronaba la cúpula de Berlín que Duran había visitado. Al salir a la calle, su viejo instinto de anarquista le dijo que tuviese cuidado. En el amplio paseo había estacionado un automóvil negro y sus dos ocupantes fumaban como si nada. En la acera, otros dos sujetos fingían comentar las noticias deportivas de un rotativo catalán dedicado a cantar las alabanzas del equipo nacional de balompié.

A Duran no se le escapó que eran policías que, o bien le vigilaban a él, o estaban allí de facción para ver quién entraba y quién salía de una biblioteca considerada lugar de acceso restringido. Optó por lo segundo. ¿Quién iba a tener interés en su detención a estas alturas? ¿A él, al hombre de confianza del Reichsprotektor, al hombre al que Hitler había concedido una entrevista, al mimado de Himmler? Convencido de que no había motivo para inquietarse se dispuso a cruzar el bulevar cuando, súbitamente, el automóvil giró hacia él, encarándolo, y los devotos seguidores del balompié corrieron empuñando sendas pistolas ametralladoras y encañonándolo.

—¡Standartenführer Ramentol, arriba las manos! ¡Estamos facultados para disparar si ofrece usted resistencia!

Duran hizo acopio de toda su sangre fría y, mientras levantaba con desdén los dos brazos, increpó a aquellos sicarios.

—Si saben quién soy también sabrán que esta noche todos ustedes estarán muertos o camino del frente oriental. ¿Qué significa esta comedia? ¡Identifíquense!

El policía más próximo propinó una patada a Duran, que cayó a plomo sobre la agrietada acera, hiriéndose en la frente, De la herida no tardó en manar abundante sangre. Cuando Duran intentó coger el pañuelo que solía llevar en su chaqueta, recibió de propina otra fortísima patada en los riñones que lo dejó completamente aturdido por el dolor.

—Las manos quietas, cerdo. Hans, registra a este cacho de traidor a ver qué lleva encima.

—Una automática, Haupsturm, y su identificación. Nada más.

—Bueno, bueno, tampoco esperábamos que llevase encima los planes de ese grupo de hijos de puta catalanes que se han atrevido a traicionar al Führer. ¡No sois más que unos putos judíos, maricón! —y otra patada dejó al confuso Duran casi sin conocimiento. Pero no podía permitirse un desmayo ahora. No sin saber quién había ordenado aquello y cuáles eran los motivos.

—La orden... la causa... —murmuró Duran con los labios teñidos de rojo por la sangre que le caía desde la frente.

—Desde luego el tío tiene cojones. Preguntarle a unos oficiales de la Gestapo por las órdenes —el agente se agachó clavándole la ametralladora en las costillas a Duran haciendo que este sintiera un espasmo de dolor, cosa que el nazi aprovechó para apretar más. Su boca desprendía un pútrido aliento debido a una vieja halitosis, y le susurró a la oreja «Nene, te detenemos por orden expresa del Gruppenführer Heydrich por traición al Führer al conspirar contra él junto a una panda de maricones catalanes, unos ricachos que se han atrevido a ponerse en contacto con el Reichsmarshall Göring a ver si así sacaban de en medio a nuestro Reichsprotektor y a las SS. Pero no contaban con qué Göring es un leal camarada y le ha faltado tiempo para contarlo todo. Estás jodido, niño rico, te vamos a dar tanto por el culo que desearás no haber nacido. Y quiero que sepas que, si por mí fuera, te apiolaba aquí mismo, te ataba a la trasera del coche y te arrastraba todo el día calle arriba, calle abajo, para que estos sebosos compatriotas tuyos supiesen a qué atenerse. Pero el Reichsprotektor es demasiado indulgente y ha decidido darte la oportunidad de explicarte delante suyo en uno de nuestros calabozos de Vía Layetana. Es mucho humanitarismo para gente de tu especie, pero tal es la voluntad de Heydrich. Y ahora, ¡a dormir!», dijo el hombre de la Gestapo dándole un golpe tremendo en la nuca.

—Haupsturm —dijo inquieto el llamado Hans—, ¿no estará muerto, verdad? Heydrich es muy quisquilloso con estas cosas. Y nos dijo que lo quería vivo.

—Y vivo está —dijo el oficial cargándose al hombro a Duran como si fuera un saco de estiércol, arrojándolo al interior del coche—, pero el Gruppenführer no nos dijo nada de las abolladuras que, cuando se viaja, son inevitables. Y este saco de pus ha viajado lo suficiente como para llevarse dos o tres golpecitos en la carrocería, *nicht war?*

La broma había sido tan buena que, tras recorrer el corto trayecto que mediaba entre la biblioteca y la sede de la Gestapo, tras arrojar a un calabozo húmedo plagado de insectos y ratas a Duran, los integrantes del comando de detención se fueron a celebrarla a una popular cervecería. Una empresa que desde finales del siglo XIX había puesto todo su empeño en popularizar entre los catalanes las famosas *lager* alemanas, así como sus *wurst* y su gastronomía grasa y porcina. El dueño se apresuró a recibirlos entre sonrisas y gritos de ¡Heil!, acomodándolos en la mejor mesa y haciendo una seña a los camareros para que no se les pasara la cuenta. El Haupsturm, un analfabeto que había sido mozo de cuerda en Hamburgo y ahora se las daba de importante, le dio dos palmaditas en el hombro con aire paternal. Aquellos catalanes, pensó, son buenos hosteleros y algún día nosotros, los alemanes de verdad, vendremos a sus costas a tomar el sol y permitir que nos sirvan, pero nunca serán arios de verdad. Les faltan cojones.

Después de copiosas libaciones y una cena opípara, los hombres de la Gestapo se fueron, borrachos perdidos. Atrás dejaban a un propietario que los vio salir de su local igual que el campesino ve alejarse la tormenta, además de una cuenta de varios cientos de Reichsmarks por las consumiciones y un par de espejos rotos por una disputa con un par de soldados de la Wermacht. Rascándose la cabeza, el probo nacional catalanista empezó a preguntarse si, realmente, aquello del Reichsprotektorat era *bon negoci*.

4. LA ACUSACIÓN

A Duran le tuvieron que aplicar en sus partes dos cables conectados a una batería de automóvil para reanimarlo. Un médico lechuguino recién salido de alguna escuela SS había propuesto que mejor sería una inyección de escopolamina, a lo que Heydrich se negó en redondo. Aquellos cuidados estaban reservados para los buenos alemanes y no para desperdiciarlos en una mierda como aquella. Ni que decir tiene que cuando el falso Ramentol abrió los ojos lo primero que vio fue la nariz aquilina de Heydrich y unos ojos de mujer despechada aunque la comparación fuera risible en aquellos instantes. A pesar del dolor intensísimo, a Duran le dio la impresión de que aquel hombre al que apodaban la bestia rubia tenía una parte mucho más femenina de lo que le gustaría admitir. Eran celos, sí, e incluso con los ojos velados por la sangre el anarquista percibía la furia homicida de aquel asesino sin escrúpulos.

El cerebro de Duran ponderaba desesperadamente las posibilidades que tenía de salir vivo de aquella situación. ¿Cómo podía pasar en unas pocas horas de favorito del Reichsprotektor a detenido torturado por la Gestapo? ¿Había descubierto Heydrich su condición de doble agente? Estaba preparado para dar tres o cuatro versiones, a cual más audaz e inteligente, pero Heydrich le acusó de algo que lo pilló completamente por sorpresa.

—Maldito traidor. Después de otorgarle mi confianza, introducirlo en las altas esferas del Reich, propiciar una reunión con el mismísimo Führer y nombrarle mi adjunto me paga usted con la más vil de las felonías. Usted, sí, usted, un SS que lleva inscrito en su daga nuestro lema «Mi honor se llama lealtad» ha faltado a todos sus juramentos aliándose con los negociantes más inmundos de esta tierra, usted se ha propuesto eliminarme a mí, a su benefactor, instando a la rebelión a un grupo de locos avariciosos, usted, Judas, se ha vendido por un puñado de plata. Niéguelo si es hombre —y al hablar así la automática cromada de Heydrich no dejaba de apuntar a la sien de un Duran que no entendía nada de lo que decía aquel homicida. ¿Aliarse con negociantes catalanes? ¿Sustituirlo? ¿De qué coño hablaba?

Duran murmuró unas palabras que Heydrich no entendió. Acercó su oído a la tumefacta boca del falso Ramentol: «Agua… necesito agua para hablar», pronunció con voz hueca. Heydrich dudó un instante. Aquel hombre no le era útil mudo. Le acercó una botella y, una vez saciada la sed, Duran se dispuso a hablar sabiendo que se lo jugaba todo. No tan solo su vida, sino también la de todos los implicados en el atentado. Y aquí no existían segundas oportunidades. O convencía a Heydrich a la primera, o se acababa todo. A pesar de que le costaba respirar, intentó parecer lo más frío y tranquilo posible.

—No tengo miedo a morir, Gruppenführer, pero me parece estúpido hacerlo por algo que no he cometido. No entiendo esas acusaciones.

—Ah, ahora se hace el sorprendido —dijo Heydrich mientras uno de los guardianes de la Gestapo le alcanzaba solícito un dosier—, pero ya verá como soy capaz de hacerle recordar. ¿Sabe lo que es esto? Declaraciones juradas de cuatro empresarios catalanes que han sido interrogados por mi gente corroborando que ellos, a través suyo, han estado negociando con el Reichsmarshall Göring para que el protectorado pase a ser controlado por ese gordo seboso y para que los intereses comerciales de dichos sujetos se viesen así favorecidos relegándome a mí, ¡a mí! ¿Lo niega?

Duran se incorporó sintiendo mil agujas al rojo vivo. Sabía que no podía mostrarse indefenso ni sumiso. Al verlo erguirse a Heydrich le costó horrores disimular su sorpresa. Nadie que hubiera pasado por el «tratamiento» de la Gestapo se recuperaba tan dignamente. Decididamente, pensó, el tipo era excepcional. Si era de los suyos, valía un mundo; si, en cambio, era un enemigo, tendría que eliminarlo porque la gente como aquel hombre ensangrentado puede llegar a complicar mucho las cosas.

—Reichsprotektor, ni siquiera preguntaré lo nombres de esos hijos de puta. Solo cuando esté libre de sospecha se los pediré para encargarme personalmente, si me lo autoriza, de esas carroñas. En primer lugar, ¿de verdad cree usted a unos plutócratas que anteponen sus ruines intereses monetarios? ¿Tan tonto me imagina como para haber estado en Germania y no haberme visto con Göring o cualquier enviado suyo si hubiese sido mi intención? ¿No he sido víctima de los ataques homicidas de los masones? ¿No he venido voluntariamente a Cataluña para servir a mi raza y al Reich? ¿No le he demostrado mi lealtad en asuntos tan delicados como la muerte del padre de Queralt?

Heydrich sopesaba interiormente todo lo que decía Ramentol. Tenía lógica, pero en el Reich la norma era sospechar de todo el mundo. Aquel mundo irracional se sustentaba en base a un darwinismo político en el que solo el más fuerte sobrevivía y no podía permitirse caer en el error de considerar aliado a alguien que no lo fuese. Aunque, reconoció, la acusación en contra de gente inocente era moneda corriente en todo el territorio gobernado por Alemania. Él mismo había organizado la purga de La noche de los Cuchillos Largos para eliminar a Röhm, a las SA y a un montón de generales, políticos y demás ralea que estorbaban a las SS y a Hitler, encubriendo aquel ajuste de cuentas con falsas acusaciones de traición e intento de golpe de Estado. Duran, que sabía lo que pasaba por la cabeza del nazi, continuó hablando.

—Compruebe usted mismo, Reichsprotektor, los informes de la gente del SD que me estuvo siguiendo en Germania y dígales, ya que estamos, que aprendan a ser más discretos porque hasta un ciego se habría dado cuenta de su presencia. Aquellos abrigos de cuero, aquellos sombreros con el ala caída, los bultos que se veían a lo lejos debajo de sus sobacos, en fin, yo los mandaría al frente oriental con billete solo de ida...

Súbitamente, un acceso de tos violenta le impidió continuar. Heydrich vio como el prisionero esputaba sangre. Posiblemente los verdugos de la Gestapo se habían excedido. Había dicho que lo trabajasen a fondo, pero no que lo dejaran al borde de la muerte. Necesitaba saber si el complot con Göring era cierto o no y si Ramentol estaba implicado. Y los muertos no pueden formular acusaciones. En lo que se refería a la estancia de Ramentol en la capital del Reich tenía toda la razón, estuvo sometido a la vigilancia más extrema y no dio un solo paso en falso. Era una buena oportunidad para contactar con aquel mamarracho de aviador morfinómano o con cualquiera de sus lacayos y, sin embargo, Ramentol se limitó a seguir el programa previsto sin desviarse ni un milímetro. Pero alguien con los recursos de aquel joven podía establecer contacto con quien quisiera de muchas formas. Volvió a darle de beber ayudándole a sentarse en una silla. «Primer asalto ganado. Este cerdo no me quiere muerto, al menos no todavía», pensó Duran.

—Le escucho, camarada, pero piense lo que va a decir. Si miente no saldrá vivo de este edificio.

Duran tomó aire. Era un truco para ordenar sus ideas y ganar unos segundos antes de exponer una idea loca que le había venido de golpe, como las que surgen en momentos en los que la muerte llama a nuestra puerta y hay que buscar una excusa convincente para no acompañarla.

—Reflexione, Reichsprotektor. Usted se entera de que algunos bastardos están conchabándose con Göring para desplazarlo a usted y a las SS de mi patria. Los detiene, los interroga, les sonsaca que los ratones han estado jugando cuando creían que el gato no estaba y ellos, para salvar sus puercas vidas, se inventan que yo estoy al frente de una conspiración, abusando de mi rango y de la confianza de usted, del Führer, de Himmler y de las SS. Imagino que sus lenguas se han soltado al primer latigazo o ni siquiera eso. Llevaban la coartada preparada. ¿Quiere que siga?

—Prosiga —dijo Heydrich un tanto perplejo por la capacidad de deducir actos y conductas de aquel joven.

—Pero como nombrarme a mí no les debió parecer suficiente, y esos maricones mienten más que hablan, involucran también a Schellenberg. Y le ruego que observe que he citado a Walter, cosa que usted se ha abstenido de hacer. Era el paquete completo, con Schellenberg y yo suprimidos tenían el campo libre para que usted estuviera solo. Ya tiene el diagrama de la conspiración dibujado y en colores. Solo que tiene un defecto.

—¿Cuál?

—Que es falso. Ellos no podían saber que usted me había ordenado eliminar a Schellenberg, que usted y solo usted me había encargado una importante misión en Alemania por orden directa del mismísimo Führer, que usted, Reichsprotektor, me había prometido ser su adjunto. Ya lo ve. ¿Por qué iba a jugarme mi carrera como oficial de las SS, mi amistad leal y sincera con usted, mi devoción hacia el Führer y traicionar todo lo que creo por algo que, de hecho, ya tengo? ¿Y qué pinta en todo esto Schellenberg? ¿No se da cuenta de lo débil de la argumentación? Añadiré otra cosa: le habrán hablado de la fortuna de Queralt, a la que habrán metido en el mismo saco y le habrán sugerido que la incaute, hablando claramente, que se la quede.

—Correcto hasta ahora.

—Pues bien, si consulta usted en mi cuenta los movimientos bancarios de ese dinero verá cómo se ha trasladado todo al Reichsbank en calidad de aportación al plan de ahorro para la guerra. Es cierto que ese plan da intereses, pero le aseguro que cualquier otro banco nos daría mucho más si lo que quisiéramos fuese hacer fortuna a expensas del Reich.

Mentalmente, Duran agradeció los consejos de Schellenberg, que le había sugerido esa maniobra para disipar las dudas acerca de un capital manchado de sangre que, de todos modos, ni Queralt ni él hubiesen tocado jamás.

Heydrich se paseó por la celda con las manos a la espalda, costumbre que solía adoptar cuando reflexionaba sobre algo importante. Parecía un ave carroñera describiendo círculos sobre un cadáver.

—Camarada, lo que dice puede ser verdad o no. Comprobaré esa transacción bancaria y lo carearé con sus acusadores. Si se confirma su versión gozará usted del raro privilegio de recibir mis excusas, cosa que no suelo hacer. La alternativa ya la conoce.

—Solo un ruego, ¿podrían darme una copa de algo fuerte? Sonará impropio, pero las piernas no me acaban de sostener.

Heydrich asintió con la cabeza y al instante un SS apareció con una botella de coñac francés y una copa que Duran llenó con generosidad para bebérsela casi de un trago. El Reichsprotektor le dio unas instrucciones al guardia que el anarquista no pudo oír y se marchó rápidamente, dejándole a solas en la celda. «Este hijo de puta se irá ahora a comprobar todo lo que le he dicho y a darles una buena repasada a esos estraperlistas. Puedo disponer de un par de horas, tres, a lo sumo. En mi situación ya es mucho. Si tan solo pudiera contactar con Cipri o con Queralt...». Ese pensamiento le dolió más que todas las torturas que le había infligido la Gestapo. Recordó los versos «Dolor, tú no eres el mal» que siempre le habían parecido un estupidez. Cuando lo hirieron en el Ebro pasó por un infierno tendido bajo un sol implacable, viendo como sus compañeros no podían acercarse debido al fuego enemigo y como se iba desangrando por la bala que le había atravesado el vientre. Se retorcía intentando controlar la llama que le abrasaba y deseando que acabase aquel sufrimiento. Suerte que un par de camilleros, esquivando de manera milagrosa las balas franquistas, lo pudieron arrastrar hasta las trincheras y facturarlo hacia el hospital. Todo eso lo supo porque se lo contó Cipri cuando fue a verlo. «La bala llevaba mala idea», dijo, pero no se había incrustado en ningún hueso y había salido por la espalda sin afectar ningún órgano. Solo una parte de los intestinos pero, bromeó Cipri, «¿Para qué coño queremos intestinos, si esta República no tiene ni un mendrugo de pan que darnos?». Entregado a los recuerdos le sobresaltó la entrada estrepitosa de Heydrich. Ladrando más que hablando, empezó a dar instrucciones.

—Denle al Standartenführer un uniforme limpio. Aséenlo y curen sus heridas.

—¿Me acicalan para el pelotón, Gruppenführer? —dijo Duran sabiendo que Heydrich apreciaba la arrogancia en sus hombres.

—Habrá fusilamientos, pero no el suyo. He confirmado lo que me ha dicho. Solo queda el testimonio de sus acusadores y he creído que le apetecería estar cara a cara con ellos.

—Con sumo placer. ¿Me devolverán mi arma?

—No.

—¿Teme que le dispare, Reichsprotektor?

—Temo que dispare a esos emboscados y no quisiera aho-
rrarle trabajo al verdugo. Una cosa. Se lo habría dicho igualmente. Su actitud ha sido admirable. Pocos habrían mostrado
tanta entereza ante la muerte... y ante mí.

Ayudado por los ahora solícitos verdugos de la Gestapo, en
pocos minutos Duran estuvo casi presentable, salvo algunos
moratones en la cara.

—Vayamos en mi coche. Tengo a esos covachuelistas en la
antigua checa de la iglesia de San Elías. Es curioso cómo lo que
unos tiran, otros lo aprovechan, ¿no cree?

Duran fingió una sonrisa porque recordaba perfectamente
aquella checa. Allí el SIM comunista lo había torturado con los
mismos métodos y sadismo que los nazis. Nunca hubiera creído
que volvería a pisar aquel lugar inmundo, y mucho menos con
uniforme de las SS y acompañando a Heydrich. «La madre que
lo batanó», pensó Duran recordando la frase de Cipri. «Este
mundo es una mierda tan grande que no hay letrina suficientemente amplia para tragársela».

5. LA MUERTE DE SIGFRIDO

La parroquia de San Elías estaba situada en el barrio burgués de San Gervasio de Barcelona, donde las casas disponen de mayordomo, varias criadas, cinco automóviles y muchos billetes. Viviendas en las que el paseante puede observar las ventanas cubiertas por visillos que solo dejan pasar al exterior una luz tamizada, como si hasta las bombillas participaran en la hipocresía de las clases pudientes, obsesionadas en no dejar traslucir la podredumbre que anida en ellas. Todas disponían de dos entradas, la de los señores y la de servicio, por la cual no era inhabitual ver salir de madrugada a alguna joven llorando cargada con una maleta de cartón y un embarazo difícilmente explicable por parte del propietario de la casa o de algún hijo suyo.

Eran las mismas gentes de misa diaria que iban a confesarse y tomar la comunión escuchando con expresión pía y grave las homilías del cura, antes franquistas, ahora separatistas. Nunca hubo un escenario que sirviera para tantas obras diferentes, pensó Duran. Aunque la obra sea siempre la misma. Tenía lógica, porque los protagonistas también eran los mismos de siempre, gente importante del comercio, la banca, la industria, la política. A la burguesía catalana no le gustaba la novedad.

Cuando llegaron, el automóvil de Heydrich chirrió de manera ruidosa. El Reichsprotektor dejó allí a su chófer de confianza con la orden de arreglar aquel sonido y tenerlo solucionado cuando volviesen. Duran advirtió que el SS tembló. Cuando Heydrich decía que hicieras algo más valía darte prisa porque la alternativa era acabar en Rusia o, mucho peor, entablando conversación con las alimañas en la carretera de la Rabassada. Al ver llegar a su jefe, do hombres de paisano que estaban apostados discretamente entre unos arriates bastante mal cuidados salieron de las sombras cuadrándose y haciendo el saludo nazi. Según recordaba el anarquista, a la checa se accedía por una escalera angosta situada en el zaguán de la casa parroquial, pegada pared con pared al templo. La antigua puerta de madera había sido sustituida por una pesada reja de hierro cerrada con doble candado. Una vez dentro, descendieron hasta los sótanos cerrados por sólidas puertas de acero con mirilla, como en los bares de la prohibición, que impedían a nadie entrar sin que el centinela diera el visto bueno.

Al penetrar en aquel recinto que tantos malos recuerdos le traían a la mente, al anarquista le pareció que no había cambiado nada. El gancho en medio de la bóveda del que se había colgado a más de una víctima para irla cortando en vivo a trozos, la salida a un jardín en el que había una piara de cerdos a los que se alimentaba con los miembros amputados de los desgraciados que iban a dar ahí con sus huesos, la sala de guardia y unas celdas minúsculas construidas a propósito por los chequistas, que apenan podían contener una persona. El diseño era diabólico, no permitiendo al preso estar de pie ni sentado, viéndose obligado a permanecer inmóvil de cara a una potente luz. Algunas celdas estaban decoradas con dibujos totalmente absurdos, obra de un tal Laurencic, músico devenido en verdugo de cuando los tiempos del SIM, hechos para minar la cordura de los presos. Luego estaba la sala donde se practicaban los interrogatorios, salida de una novela de terror. Una silla metálica rodeada de cables eléctricos, un potro de tortura, una pared contra la que se ponía al interrogado y se le propinaban potentísimos chorros de agua a presión, cadenas firmemente sujetas a la pared y un invento de las SS: un gancho en el que se colgaba al individuo con los brazos a la espalda y que acababa por descoyuntarlo de manera lenta, dolorosísima.

Heydrich entró resueltamente demostrando que se encontraba igual que en su casa. Sentados en varias sillas, maniatados como salchichones y con unas oscuras caperuzas que les impedían ver y casi respirar, estaban los acusadores del Standartenführer. Heydrich hizo una señal a los hombres que custodiaban a aquellos empresarios y estos les propinaron un fuerte empujón, haciéndolos caer al suelo de cemento.

—Ustedes conocen mi voz. Soy Heydrich.

Uno de los maniatados reunió fuerzas para hablar. Por su voz, casi llorosa, Duran dedujo que los habían «trabajado» a conciencia. Sus ropas estaban manchadas de sangre y uno de ellos tenía el pie derecho envuelto en un vendaje sucio.

—Reichsprotektor, le hemos dicho lo que sabíamos. Por Dios, apiádese de nosotros, somos comerciantes...

—¿Comerciantes? Sois peor que los judíos; estos obran como lo hacen porque su raza no les permite ser más que usureros y traidores, pero vosotros, la élite de Cataluña, sois basura. Y todavía tenéis la desvergüenza de suplicarme piedad, a mí, al hombre que arrestaría a su propio padre si supiera que había traicionado al Führer. No merecéis piedad, pero os concederé la oportunidad de retractaros de vuestras declaraciones. ¡Las capuchas! —y al instante, todos los detenidos fueron despojados de ellas.

Durante unos segundos, las potentes luces de la sala los dejaron cegados, pero cuando recobraron la vista se quedaron helados al ver que estaban frente al hombre a quien habían pretendido incriminar que los miraba con el mismo desprecio y odio que Heydrich. Aunque no por los mismos motivos.

Si algo hacía vomitar al anarquista eran los chaqueteros. Un nombre brotó de sus gargantas: «¡Ramentol!».

—Ramentol, sí, el mismo a quien habéis querido eliminar para salvar vuestras puercas vidas y que ha venido aquí para deciros delante del Reichsprotektor que, si tenéis cojones, confirméis delante de él y de mí que soy el responsable de vuestros negocios turbios, de ese complot con el Reichsmarshall.

Dicen que en los últimos instantes de la vida sale a la luz nuestro auténtico rostro, ese que hemos llevado oculto detrás de la careta que el ser humano construye a base de artificios. Los de aquellos cuerpos gimientes, postrados en actitud servil, eran repulsivos. Si se les hubiera dicho que, a cambio de continuar viviendo, les exigían eliminar a sus familias, habrían aceptado sin pestañear. El falso SS y Heydrich intercambiaron una mirada que contenía el mismo sentimiento de aversión hacia aquellos cobardes.

—¡Standartenführer —ladró el Reichsprotektor tendiéndole a Duran una ametralladora—, tiene ocasión de ser juez, jurado y verdugo!

Los gritos fueron silenciados a base de patadas propinadas por Heydrich y Duran. Este último actuaba poseído por una rabia que no sabía explicarse. Debía matar a aquellos cerdos por venganza personal, poseído por una fuerza interior y maligna que lo incitaba a cometer las mayores barbaridades. Los miraba y veía a unos ricachones que no merecían vivir, a unos *panxa contents*, estómagos agradecidos capaces de subvencionar el genocidio. Heydrich esperaba. Se había colocado en un rincón de aquella habitación hecha con ladrillos de dolor. Su uniforme negro se confundía con las sombras más negras todavía que aquel demonio con forma humana. Notó cómo la irracionalidad se iba apoderando cada vez más de su subordinado. Conocía aquel veneno, aquella dulcísima sensación de saberse capaz de arrebatar una, dos, mil vidas porque tenías ese poder y nadie te lo iba a discutir. ¿Acaso no eran las SS los elegidos? ¿Acaso la Orden Negra no estaba destinada a acabar siendo dueña y señora de todo el Reich? ¿Y por qué no disparaba ese cabrón catalán? Todo el paripé que había organizado para eliminar a aquellos negociantes, a los que tenía hacía tiempo en lo que denominaba con humor negro «su lista de derribos», todas aquellas falsas acusaciones que él mismo había hecho declarar a los cerdos que yacían a sus pies para comprobar la fibra moral del sustituto de Schellenberg, la falsa detención, las palizas, ¿no habrían servido de nada y, al final, Ramentol iba a resultar un cagado más entre los dirigentes de aquel pueblo en el que lo servil predominaba?

Tres ráfagas cortas, secas, casi insolentes, lo sacaron de sus pensamientos. La sala se llenó del olor acre a pólvora y, una vez disipado el humo, Heydrich apreció que ninguno de los que imploraban por su vida respiraban. Liquidados sin compasión, sin mediar palabra, sin interrogatorios farragosos ni torturas que acababan siempre en confesiones insinceras. Sacando dos cigarrillos de su petaca, Heydrich los encendió pausadamente y le ofreció uno a Duran. Era un gesto de camaradería que el Reichsprotektor se permitía con muy pocos. Duran asintió con la cabeza, apreciando aquella muestra de afecto.

—Dígame, ¿por qué ha disparado y qué es lo que ha sentido?

Duran dejó la ametralladora encima de la mesa y, sentándose en el borde evitando mancharse los pantalones con unas gotas de sangre que algún verdugo se había olvidado de limpiar, cruzó las piernas.

—Los he ejecutado porque estaban condenados de antemano al confesar su conspiración en contra de las SS, y sobre todo de usted, Gruppenführer. Ya le dije que nada ni nadie debe interponerse en nuestro camino.

—Pero he leído en su rostro, camarada. En mi posición, un hombre ha de saber deducir por la mirada todo lo que siente un hombre. Y he visto venganza personal. Y odio, mucho odio.

Duran sacudió la ceniza del cigarrillo con la misma calma que si estuviera en el salón de un lujoso hotel.

—Es cierto, no lo niego. Primero, he experimentado un odio como jamás creí albergar. Odiaba tanto a esos cerdos que me resultaba insoportable la idea de respirar el mismo aire que ellos.

—Exacto. No debe usted reprimir ese odio, camarada. Lo ayudará en su futura labor. El odio es el combustible que alimenta nuestra gigantesca labor de eliminar a todo aquel que no encaje en nuestra sociedad, pero también he visto algo más...

—Es curioso, pero después de esa epifanía, he vuelto a la realidad y tan solo había un oficial de las SS, yo, y unos elementos a los que debía suprimir. Ha sido como pasar de la hirviente lava al frío gélido de un témpano, una sensación única, sin parangón. Puedo darle mi palabra de honor que cuando he disparado lo he hecho desde la frialdad más extrema, sin animadversión. Si hubiera estado frente a unos niños y supiera que mi deber era apretar el gatillo, lo hubiera hecho con la misma imparcialidad.

Heydrich aplaudió radiante. Aquel experimento demostraba, una vez más, su eficacia. No era la primera vez que lo empleaba para probar a sus hombres y Ramentol había pasado la prueba holgadamente.

—Me siento muy orgulloso de usted, camarada, y siento que haya tenido que pasar por momentos tan amargos, pero, como dice nuestro Führer, lo que no nos mata nos hace más fuertes. Creo que podré informar al Reichsführer muy favorablemente de su firmeza como nacionalsocialista y de su capacidad para ejecutar cualquier tipo de labor que se le encargue. Vámonos, tendrá deseos de descansar y yo tengo que mantener una conversación desagradable con Schellenberg. ¿Sabía que no pasó esta prueba? No se sintió capaz de eliminar a una puta barata, una intelectual judía que se las daba de comunista y que habíamos decidido suprimir. Alegó problemas de conciencia. Dijo que estaba encinta. Ya lo ve, como si parir otro bastardo rojo fuera una disculpa.

—No hay excusa que valga si se trata del servicio, Gruppenführer.

—Así lo ha demostrado. Es posible que el mismo Führer le demuestre el agradecimiento del Reich este once de septiembre concediéndole la Cruz de Hierro de primera clase. Ahora subamos, porque aquí huele a traidor y ese es un perfume que no me complace oler demasiado rato.

Heydrich dejó a Ramentol en su hotel y este, una vez en su habitación, llamó a Cipriano Mera. El anarquista comprobó lo bien que se respiraba lejos de los SS y de su puta madre. Porque lo cierto era que aquellos psicópatas tenían una mente retorcida, podrida, llena de desconfianza. Duran se miró en el espejo, vestido con aquel uniforme que tanto odiaba y pensó en el episodio de ira irracional que había sufrido. El nazismo era un interruptor diabólicamente preparado para activar lo peor del ser humano, sus más bajos instintos. Cuando Mera llamó a la puerta, Duran llevaba un buen rato meditando acerca de la condición humana y de lo poco que hacía falta para hacer saltar ese barniz de civilización y sacar a la bestia que llevamos dentro. Rosita le había dicho en cierta ocasión que todos éramos asesinos en potencia, que no había nadie que estuviese a salvo de ser un hijoputa y que ni las religiones, ni la moral, ni siquiera la policía, el juez o el verdugo habían conseguido cambiar eso. Rosita, cuando estaba con copas, podía ser más profunda que muchos catedráticos de filosofía, pajarita almidonada y cojones a juego con la pajarita. Después de comprobar que no había escuchas, Duran y Mera salieron al balcón y el primero pudo referirle la peripecia por la que había tenido que pasar. «Ese Heydrich es un monstruo con pelo rubio que no forma parte de nuestra especie», dijo Mera con la mandíbula contraída. Duran iba a servirse la quinta copa de coñac cuando sonó el teléfono. Era la oficina del Reichsprotektor. El anarquista no dijo nada durante el tiempo en que duró la comunicación. Cuando acabó, se quedó con el auricular de baquelita, negro como su uniforme, sin saber qué hacer con él.

—Compañero, ¿qué carajo pasa? —preguntó inquieto Cipri.

—Me acaban de decir que debo acudir inmediatamente a la dirección de seguridad del Reich en el palacio de Heydrich. Tres tíos se lo acaban de cargar en plena calle, a la vista de todo Dios.

—¿Lo han *apiolao*, así, a la brava?

—Así, a la brava. A uno se lo ha cargado el chófer de Heydrich, a los otros dos los tienen detenidos y ya les han dado una somanta de hostias. Parece que son rusos.

—¡La madre que los batanó! Pero esto, ¿qué coño es?

—No lo sé, pero o aquí la OSS juega a más de un palo o nos han vendido una burra sin dientes. Venga, Cipri, tú te vienes conmigo. ¿Sabemos algo de Queralt y de Schellenberg?

—Igual nos los encontramos en el palacio ese.

—Cipri, eso nos pasa por meternos donde no nos llaman.

—La libertad, compañero, es cosa de todos —contestó Mera como si recitase una vieja canción triste y amarga, una canción que no se creían ni él ni quien la compuso.

—Pues sabes que te digo, que me cago en la libertad.

6. UNA CRISIS DE CONCIENCIA

Queralt y el lugarteniente de Heydrich, el Gruppenführer Walter Schellenberg, estaban ya en lo que parecía ser una casa de locos. Los ordenanzas SS iban y venían con carpetas abultadas, los teléfonos no dejaban de sonar, las órdenes se ladraban con voz seca y los papeles revoloteaban por encima de las mesas mientras los altos oficiales del servicio de inteligencia bordoneaban alrededor de pizarras con mapas, listas de nombres y fotografías. El ambiente era de humo intenso y el olor era una mezcla de tabaco rancio, humedad y sudor. «Es el olor del miedo —pensó Duran—, van como pollos sin cabeza ahora que no está su líder. Es lo que tiene el nazismo, sus seguidores no están acostumbrados a pensar por ellos mismos. Quizá lo de cargarse a Hitler tenga un efecto mayor del que pensaba. A lo mejor, una vez muerto el hijo puta los otros se quedan petrificados o, mejor todavía, empiezan a dar vueltas en círculo sin parar hasta caer agotados».

La idea de ver a Göring o a Himmler sudando como cerdos mientras corrían le pareció muy divertida. Cuando era niño, si quería perderle el miedo a algún maestro que tuviese la mano más larga de lo habitual o a cualquier matón de barrio, se los imaginaba en calzoncillos en medio de la calle. «En lugar de la bomba que va a acabar con Barcelona, podríamos haber secuestrado al Führer y exponerlo en pelota picada en medio de Berlín. Los alemanes no soportarían ver a su líder en ese estado ridículo. Cuando el presidente de la república de Weimar, Friedrich Ebert, apareció en bañador en la prensa germana el asunto fue una tragedia nacional. Para estos comedores de chucrut, sus líderes no pueden ser hombres normales, tienen que ser dioses. Y los dioses no van en bañador, así como los dictadores no quieren que se les vea como los mortales. Ahí tienes a Stalin, con un brazo más corto que el otro y los dedos de los pies unidos por una membrana. O Franco. ¿Quién ha visto una foto suya en bañador? Decididamente, existe una contradicción entre esos tiranos. Les gusta mucho exhibirse, pero solo si van tapados hasta el cuello. Bueno, Mussolini no, ese presume de pecho peludo. Claro que es italiano y esos, ya se sabe...».

Se dio cuenta de que divagaba. Cada vez lo hacía más y eso lo tenía preocupado. Un agente no puede permitirse alejarse de su misión. Duran no podía ahora permitirse *badar*, , una palabra en catalán que tenía mala traducción. *Badar* era quedarse contemplando las cosas casi sin mirarlas, sin pensar, pero también podía significar no poner atención en algo y cometer un error. Se le ocurrió que el término podría ser hermano del también usadísimo *somiar truites*, literalmente soñar tortillas, que se aplicaba a los soñadores, a los que creían en cosas imposibles. Un codazo de Cipri le recordó de manera dolorosa —las heridas de su paso por la Gestapo estaban frescas— que tenían trabajo.

—Le estábamos esperando, Standartenführer —dijo Schellenberg mientras estrechaba su mano menos enérgicamente de lo que recordaba el anarquista—. El Reichsführer no para de llamar y exige una solución clara, rápida y aceptable.

Schellenberg, como siempre, hablaba entre líneas y decía mucho más con los ojos que con las palabras. Duran comprendió que lo de Heydrich podía serle conveniente a Himmler, que empezaba a considerar a su ayudante como un rival peligroso. Había que inventar una bonita fábula. ¡Y todo aquel contratiempo a punto de cometer el atentado para el que faltaban horas, casi minutos!

—Tiene usted a los rusos. Algo les habrán sacado los camaradas de la Gestapo con sus técnicas de interrogatorio.

—Ya no los tenemos. El Reichsführer acaba de ordenar que se los envíe a su residencia en el Hotel Ritz para que él y el jefe de la Gestapo, el simpático camarada Müller, puedan mantener un fructífero intercambio de impresiones.

—Eso huele a mierda, Walter —dijo Queralt.

—Coincido —intervino Cipri— porque no sé qué método puede utilizar Himmler que no tengan las SS en estas habitaciones o en Vía Layetana. Lo del Ritz tiene pinta de ser más falso que una peseta de madera. Es ilógico.

Duran fumaba pensativo un cigarrillo. Su rostro reflejaba una preocupación extrema y las arrugas que se agolpaban alrededor de los ojos aparecían más pronunciadas que nunca.

—A no ser que Himmler sepa que no llegará jamás a verse con esos rusos...

—¿Qué quiere usted decir? —dijo Schellenberg.

—Que me sorprendería que llegasen con vida al Ritz. Mucho me temo, amigo mío, que los dos rusos, si es que lo son de verdad, se «suicidarán» a lo largo del trayecto con alguna píldora oculta en un molar, por ejemplo.

—Imposible. Es lo primero que hacemos con nuestros prisioneros, inspeccionarles la boca. Claro que...

—Ahora me comprende usted, Schellenberg. Déjeme especular un poco. Supongamos que Heydrich se había convertido en un escollo insoportable para Himmler. Supongamos que su paso por Cataluña no ha sido más que un escalón en su ascenso hasta la sucesión de Hitler. Y supongamos que alguien,

Himmler, Göring, Bormann o quien sea haya decidido cortarle las alas al hombre con el corazón de hierro. ¿Me sigue?

—Con fascinación. Ha nacido usted para agente de inteligencia.

—El resto es sencillo. Se hace llegar al Reichsprotektorat a un grupo de asesinos. De origen ruso, para más señas. Rusos que podrían ser, perfectamente, provenientes del ejército de Vlassov, el general de Stalin que se pasó a ustedes y ahora comanda un supuesto Ejército de Liberación Ruso, el RONA. A ese grupo de simpáticos eslavos se les habría podido convencer para cumplir su misión de mil maneras: dinero, argumentos políticos, chantaje, amenazas a sus familias. Incluso la fama. Hay gente dispuesta a matar si con eso consigue una página en la historia. Siempre he creído que Bruto asesinó a Julio más por demostrar que era superior al César que por el poder. Bien, ahora solo tiene que esperar que suene la línea directa con el Reichsführer y comprobar si lo que le avanzo como hipótesis se confirma o es el sueño de un anarquista que ha perdido la perspectiva del mundo y de los hombres.

El agudísimo timbre del teléfono hizo que dieran un respingo menos Duran, que seguía fumando como si aquello no fuese con él. Schellenberg descolgó el auricular y, tras un breve intercambio de palabras, colgó con expresión cansada.

—Tenía usted razón. Himmler me acaba de decir que los rusos se han envenenado con unas cápsulas de cianuro y han llegado cadáveres al Ritz. Soy responsable de que no se divulgue.

—Evidentemente, quiere borrar todas las huellas. Suerte tiene, Schellenberg, de que mañana Hitler tenga que dar un hermoso e inacabable discurso delante de los catalanes para convencerlos de que son altos, rubios y que por ello deben dejarse matar en el frente oriental por Alemania y el culo del Führer. Si no fuese por esto, ahora mismo tendría aquí a unos matones de Müller poniéndole las esposas para llevárselo a alguna carretera secundaria y pegarle dos tiros en la nuca. ¿Y qué hay de Heydrich y su funeral? ¿O piensan enterrarlo en algún sitio secreto?

—Eso también forma parte de las instrucciones que he recibido. Al Reichsprotektor no hay que hacerle autopsia por orden del Führer. «No profanaremos el cuerpo sagrado de este héroe alemán» ha dicho, seguramente aconsejado por Himmler. Ahora lo están embalsamando y, pasado mañana, cuando los fastos de la Diada hayan terminado, se hará un funeral de Estado aquí en Barcelona como jamás se ha visto en el Reich. Me han ordenado que se lo encargue a usted, solo que pasado mañana ni el SS Ramentol estará en Barcelona ni tampoco habrá una Barcelona en la que poder celebrar un funeral.

El silencio de la desesperación se apoderó de todos. De nuevo fue el teléfono el que vino a perturbarlo. Era un subordinado de Schellenberg. La cara de este se transmutó en un instante. Tras un seco «Bien», colgó.

—Amigos, uno de los interrogadores de los rusos que ya descansan en paz junto a mi exjefe me acaba de informar oralmente, porque alguien les había dado órdenes de no trascribir ni grabar nada, de que aquellos dos pajaritos soltaron algunos píos mientras les daban una paliza mortal. Citaron un nombre. El responsable de haberles encargado el asesinato de Heydrich.

—¿Cuál, Himmler?

—No, mucho mejor: Allen Dulles.

—¡La madre que lo batanó, hijo de la gran puta! ¡Nos han querido dar por el culo desde el principio, Duran, qué gilipollas he sido! —gritó Mera fuera de sí.

—Pero no lo entiendo, Walter, si Dulles está de nuestro lado, ¿qué sentido tiene interferir con otra misión la que nos han encomendado a nosotros? —dijo Queralt, que cada vez entendía menos lo que pasaba.

—A lo mejor yo puedo explicárselo —dijo Duran, cada vez más distante— y lo entenderá perfectamente. Usted, como catalana igual que yo, conocerá la expresión de que no hay que poner todos los huevos en la misma cesta. Pues bien, es lo que están haciendo los yanquis. Nos tienen a nosotros para intentar acabar con Hitler y sus secuaces; tienen a Franquito para intentar invadir España y provocar una ruptura entre Muñoz Grande, los falangistas, los monárquicos y los franquistas, además del lío militar y económico que eso supondrá para el Reich; tienen a esos que han matado a Heydrich, lo que pone en la línea de sucesión de Hitler a alguien más razonable, ese Göring con el que los empresarios catalanes, que siempre han sabido ver muy bien de dónde sopla el viento, querían llegar a un acuerdo porque saben que, como ellos, la clase dirigente mundial entenderá que no solo de discursos y Gestapo vive el hombre, y querrán hacer negocios con las grandes corporaciones. Ese Dulles es un hijo de puta muy, pero que muy astuto. Si le falla un tiro, siempre tiene una bala en la recámara. Y nosotros somos sus muñecos del pim pam pum. Dan ganas de enviarlo todo a la mierda y que se apañen ellos. ¡Que se maten unos a otros! ¡Que no dejen ningún rastro de la humanidad, que llueva pólvora una semana y luego cerillas encendidas y a tomar por el saco!

En este punto, Duran se levantó y, acercándose al ventanal que presidía el despacho de Schellenberg, exhaló un suspiro que nadie podía esperar que brotase de aquel hombre endurecido por la vida.

—Alberto... —le dijo Mera.

—No, Cipri, ahora no me vengas con uno de tus sermones anarquistas acerca del deber. Me cago en mi calavera, Cipri, ¿tú te das cuenta del embarque al que me has sometido? ¿Eres consciente de que nos han tomado por imbéciles desde el primer momento? ¿No ves que los de arriba tiran de nuestros hilos como si fuésemos marionetas? Me pides que coloque una bomba que se llevará por delante una ciudad so pretexto de acabar con el nazismo, mientras los mismos que nos ordenan ir a la muerte hacen combinaciones por si fallamos nosotros. ¿Y sabes por qué? Porque les importamos una mierda, porque no quieren perder y por eso juegan todos los palos. No pienso seguir con esta enormidad. No seré yo quien cargue sobre su conciencia el peso de saberme el responsable de masacrar a miles de barceloneses. Que empleen a más rusos para matar a Hitler o, mejor todavía, que lo hagan santo y pacten con él, que bien se callaron como putas cuando Múnich.

—Cálmate, tenemos una misión y ahora no podemos echarnos atrás. Muchas cosas dependen de nosotros.

—Y un huevo. Nunca ha dependido nada. Todo se reduce a un juego de ajedrez en el que estamos destinados, nos guste o no, a ser peones, a movernos según las reglas que se nos han dado movidos por manos que ni siquiera vemos. Somos menos que una mierda, Cipri, y deberías saberlo porque siempre hemos acabado en el agujero. Luchamos una guerra para perder nuestra revolución por culpa de comunistas y traidores; intentamos poner fin a aquel horror con el golpe de Estado de Casado y nos convertimos en proscritos para unos y otros, y cuando creía haberme alejado de ese festín de hienas que se llama España vienes tú y me arrancas del único lugar en el que había encontrado algo parecido a la paz. ¿Para qué, compañero? Para volver a ser carne de cañón en manos de la OSS, de los yanquis, de Franco o de quien coño sea que tira de los hilos de todo esto.

Schellenberg se asustó al escuchar aquellas palabras en boca de Duran. Aquel hombre estaba rompiéndose por instantes y no era momento de debilidades. Sacó la botella que tenía en una gaveta de su escritorio y le ofreció una copa a Duran.

—No debería hablar así, amigo mío. Todos tenemos un papel en esta representación terrible que llamamos historia. A unos les toca ser una cosa, a otros ser otra y a los que somos idiotas como usted y yo nos toca representar varios papeles a la vez. Beba, beba y cálmese porque le necesitamos tranquilo y firme.

—Walter, no continuaré con esta locura. Matar a un hijo de puta, vale, pero matar toda una ciudad en interés de esos todopoderosos que ya están frotándose las manos acerca de los negocios que harán cuando hayamos puesto punto y final al nazismo no me parece tan buena idea como al principio. ¿Usted no bebe? —dijo Duran con un fogonazo de astucia en sus ojos. Schellenberg, sonriendo, se sirvió otra copa.

—Claro. Por que sus ideas triunfen y el mundo sea un lugar mejor.

Ambos apuraron el líquido ante un Mera y una Queralt que asistían mudos a aquella escena que no acababan de entender. Schellenberg de sentó en el borde de la mesa. Duran encendía un cigarrillo con el ascua del anterior. Schellenberg le ofreció uno de sus Camel y el anarquista lo aceptó. Aspirando el humo y con el regusto picante del licor en la boca se sintió más sosegado. Se sentó, estirando las piernas. El coñac le había calentado el cuerpo y el humo del tabaco lo calmaba.

—Walter, no crea que es cobardía. Si yo supiera que arrojándome con una bomba atada al pecho encima de Hitler se acababa con la injusticia en el mundo lo haría, qué cojones. Pero me la veo venir. Matando a ese perro no se acabará la rabia. Los Göring de todo el mundo están planeando el escenario de posguerra y dudo mucho que los nazis sean eliminados. Los disfrazarán de políticos serios, de banqueros, de hombres de negocios. Les fabricarán coartadas a prueba de bombas, los blanquearán para que queden impolutos ante la opinión pública y todo seguirá igual. No adelantamos nada matando a uno o a cien. Es lo otro lo que...

Duran notó cómo la boca se le volvía pastosa y las palabras no querían salir. La habitación giraba alrededor suyo y solo veía aquella sonrisa de anuncio de dentífrico que parecía llevar Schellenberg colgada permanentemente de la cara.

—El coñac... cabrón... pero usted... usted también ha bebido...

No llegó a terminar la frase, desplomándose sobre su cabeza.

—No se asusten —dijo el general SS al ver como Mera echaba mano de su automática—, dormirá como un niño durante un día o dos. Tenía que hacerlo. Lo más importante de su misión que era colocar el artefacto está hecho y ahora solo se trata de activarlo. Y eso lo puede hacer cualquiera.

—Pero ¿cómo carajo lo ha drogado, si usted también ha bebido del mismo coñac?

—Es cierto, pero no hemos fumado el mismo cigarrillo. La combinación de la droga que lleva el coñac mezclada con el tabaco ha obrado el efecto deseado.

Mera miró a su compañero con expresión de tristeza infinita.

—Bueno, ¿y ahora qué?

—Se marcharán en el submarino que les espera.

—Pero la bomba...

—De eso ya me encargaré yo. A diferencia de nuestro buen Duran, yo no tengo dudas. Mi proverbial cinismo me ha puesto siempre a una distancia prudente de las mismas. Y de la moral.

Dijo aquello con el mismo tono indiferente de siempre, pero Queralt intuyó en aquel hombre vestido con un uniforme que no encajaba con su personalidad algo que intentaba ocultar desesperadamente.

ÚLTIMO ACTO

ÚLTIMO ACTO

EL ONCE DE SEPTIEMBRE

—¡Camaradas, el Führer! —se oyó por la potente megafonía.

A pesar de la muerte del Reichsprotektor, no se había suspendido la Diada, a la que la presencia del Führer otorgaba una singularidad especial. En Germania se estaba organizando un funeral de Estado que culminaría con la inauguración de una inmensa plaza con su nombre. El Reich no escatimaría ningún fasto para aquel hombre que había contribuido tanto al régimen. El propio Führer, al que su médico personal tuvo que inyectarle un potentísimo calmante para aplacar su ataque de histeria cuando se enteró de la noticia, caminaba solemnemente como si nada hubiese sucedido, recorriendo en solitario el largo trecho que distaba entre el lugar en el que le dejó su automóvil y el inmenso escenario. Su paso lento y deliberado por el Salón de Adolf Hitler parecía desafiar a cualquier enemigo del nacionalsocialismo, enviándole un mensaje: «Estoy aquí». El griterío del público era ensordecedor. A los sones de la marcha Badenweiler, la que anunciaba siempre su llegada, el clamor era tremendo, con los técnicos de la radio afanándose para ecualizar el sonido. No en vano las SS habían ordenado que debía producirse la *NS-Jubel Dritter Stufe*, el máximo volumen de gritos y aplausos nacionalsocialistas, anteriormente tan solo escuchado en el homenaje a su llegada al puerto de Hamburgo de Gunther Prien y su tripulación del submarino U 47.

Al llegar a la tribuna, orlada de señeras con la cruz gamada, Hitler estrechó la mano de Himmler tras intercambiar el saludo nazi. El Reichsführer había insistido en que no se alterase ni una coma del programa. Ahora tenía al Führer solo para él, pensaba con la malévola satisfacción que experimentaría una amante demasiado tiempo postergada por otra mujer más hermosa. El podio construido al pie de las fuentes de Montjuic estaba flanqueado por estandartes con la esvástica, la estelada y la enseña de la División Katalonien. Las banderas se mecían al compás de una brisa suave. Las tropas se alienaban perfectas como una enorme masa de color negro y camisas verdes, con los relucientes cascos brillando. Los técnicos de radio y los cámaras del noticiario alemán se afanaban para captar el menor gesto del dueño de Europa. Como siempre, el Führer esperó a que el griterío de la multitud aminorase para empezar a hablar. Lo hizo con voz medida, suave, casi dulce.

—Camaradas catalanes. Es para mí un honor pisar el sagrado suelo de Cataluña con motivo de la Diada. Son momentos duros por la irreparable pérdida del camarada Heydrich, vuestro Reichsprotektor. Pero sé que no me perdonaríais que hubiese suspendido vuestra fiesta nacional que, a partir de ahora, tendrá para todos nosotros un nuevo y luminoso significado. Es por ello que os pido que el once de septiembre sea rebautizado como la Diada de Heydrich.

La multitud rugió como un solo hombre, aclamando la idea.

—Os agradezco el afecto que no he dejado de recibir por vuestra parte. Sé que puedo confiar en vosotros y también sé que confiáis en mí. Esa lealtad, fruto de nuestro común origen germánico, es la mejor muestra del destino que une al Reich y a Cataluña, a esta tierra goda, de arios puros que ha sabido luchar a lo largo de siglos por mantener el espíritu racial en medio de los más crueles ataques. ¡Cuántas veces he pensado en vosotros, catalanes, admirando la resistencia de vuestra raza, que es también la nuestra! Sois el ejemplo de cómo un auténtico ario no se rendirá jamás por difícil que pueda parecer el momento histórico, por malas que puedan ser las circunstancias, por más nubes de tormenta que se ciernan sobre nuestras cabezas. Vosotros, dignos hijos de Jaime I, de Roger de Lauria, de los almogávares, sois el ejemplo de la Europa que se apresta a construir un mismo destino, un mismo propósito, ¡una misma victoria!

Lo asistentes estallaron en una ovación clamorosa mientras que de sus gargantas rugía un poderoso ¡Heil, Hitler! En la tribuna de invitados, toda la clase dirigente catalana se dejaba las manos en aplausos.

—¡Camaradas catalanes! Pronto llegará el momento en que vuestra milenaria patria obtenga el sitio que merece entre el resto de pueblos de la Europa aria que ha sabido oponerse a la judería internacional y a sus dos instrumentos odiosos, el comunismo y la masonería. Sé que vuestros corazones anhelan un Estado propio y os doy mi palabra de honor de que ese momento está más cercano de lo que podéis imaginar. Solo en una Europa unida alrededor del Reich podrá Cataluña encontrar el destino que vuestra sangre merece. Entonces vuestras gargantas se unirán a las nuestras en un grito unánime que retumbará por mil años, un grito de afirmación racial, ¡Heil Cataluña!

El mismo jovencito que se había cambiado su nombre por el de Sigfrido se acercó al Führer y, con taconazo marcial y saludo impecable, le entregó una cajita en la que había una condecoración. Con voz de orador avezado se dirigió a un Hitler extasiado.

—Mi Führer, soy el encargado del altísimo honor que supone entregarle la primera condecoración especial creada en el Reichsprotektorat y dudo mucho que tras usted podamos encontrar otra a quien concedérsela. Se trata de la Gran Cruz Gamada de Sant Jordi, que queremos sea la distinción que distinga a todos los que contribuyen al bienestar de Cataluña. ¡Heil Hitler, Heil Cataluña!

Cuando el rugido de la masa se acalló, Hitler volvió a tomar la palabra visiblemente emocionado.

—Querido camarada Sigfrido, la recibo como un honor y una responsabilidad. Tú encarnas los valores más altos del Reich y sé que puedo confiar en el rumbo de esta tierra aria, hermanada para siempre con la Gran Alemania. ¡Somos una nación!

El delirio de los asistentes era total. En aquellos instantes, a nadie le extrañó que Schellenberg se hubiera ausentado hacía rato de la tribuna. Le había murmurado a Himmler que un asunto relacionado con la seguridad del Führer reclamaba su atención. Ahora estaba bajo la fuente de Montjuic, empapado en sudor y agua, controlando los segundos en un cronómetro para hacer explotar el instrumento de muerte en el momento preciso. A su mente acudió el momento en el que, la noche anterior, se había topado de pronto con Cipriano Mera. Al salir de su coche, entre los setos que bordeaban la entrada principal, una voz helada le ordenó acercase. Cipriano. No era su voz habitual la que le habló. Al llegar junto a Mera, amparándose en las sombras, el anarquista condujo al SS clavándole la metralleta en el costado hasta la caseta del jardinero. Una vez dentro, puso el cerrojo y se quedó mirando a Schellenberg como si dudase entre dispararle o no. El general se sentó encima de unos cajones igual que si estuviera en un palco del Liceo.

—Me temo que tendré que obligarle, querido Mera, a subir al automóvil que tiene preparado y en el que le espera su amigo Duran durmiendo como un bendito. El soporífero que le he administrado es de todo punto el mejor que pueda usted encontrar en el mundo. Bueno, puede usted disparar cuando quiera. Ya nos hemos dicho todo lo que había que decir.

—De eso nada, usted tiene sus planes y yo los míos. He pasado por enviar a Duran a casa, he consentido que detone la bomba, pero no voy a permitir que me envíe a mí a los Estados Unidos. También tengo cosas que hacer aquí. No he venido solo por el atentado.

—Sí, lo sé. Usted cree todavía en la posibilidad de hacer la revolución. No sé quién es más crío de los dos, si su amigo el bello durmiente o usted. Vamos, Mera, no somos novatos. Sabe que esa revolución, como cualquier otra, está condenada al fracaso. Concédame cinco minutos como cortesía profesional.

—Pero sin trucos. Yo no tengo la misma leche que Duran, al que le costaría pegarle un tiro a sangre fría.

—¿A usted no?

—No.

—Vaya. ¿Puedo saber la razón?

—A lo mejor es que no me gusta usted, que ya le digo que no me gusta nada. O que no me gusta su uniforme, que tampoco me gusta. O que me parece inmoral ser adjunto de un asesino como Heydrich y pretender ser de los buenos, lo que no es que no me guste, es que me da ganas de vomitar. Y con la de muertos que vamos a causar no creo que venga de uno más.

Schellenberg sabía que el anarquista que tenía delante apuntándolo con una MPI sin el seguro puesto no bromeaba. Mera pertenecía a aquella clase de hombres que, una vez convencido de su misión, era capaz de cargarse a Dios con toda su corte celestial si lo consideraba un estorbo en el cumplimiento de esta.

—No está mal razonado. Entiendo que usted me ha mantenido vivo porque me consideraba útil para sus propósitos, a diferencia de Duran, un hombre con conciencia.

—Usted no conoce a Alberto. Sí, tiene mejor fondo que yo aunque eso no es decir mucho porque hace años que me arranqué el corazón y lo sustituí por la causa anarquista. No lo lamento ni pido perdón. Pero, a diferencia de mí, Duran es un romántico. Mire, chucrut, hay dos tipos de anarquistas y creo que incluso de tipos humanos. Los hay que tienen escrúpulos y los hay que no. Yo soy de los segundos. No me importa poner una bomba donde sea si con eso estoy prestando un servicio al movimiento ácrata. Los muertos son muertos y cuando uno la espicha poco puede hacerse salvo vengarlo si era de los tuyos. En eso nos diferenciamos él y yo. A mi compañero todavía le queda un rasgo de humanidad y a mí solo me queda odio.

—Mejor me lo pone. Escuche y, si no le convenzo, dispáreme y acabemos con esto porque mañana habrá que darle al botón. No le entretendré mucho.

Mera se encogió de hombros, lo que el alemán interpretó como un asentimiento.

—Mera, como creo haberle dicho, quién oprima el disparador es irrelevante. Yo estoy acabado. Himmler no me perdonará que no haya sabido evitar la muerte del Reichsprotektor. De Göring y su pandilla todavía espero menos. Podría intentar salir de Cataluña esta noche por una ventana que tengo, pero no puede ser.

—¿Qué coño es eso de una ventana?

—Jerga de los servicios secretos. Una salida segura por la frontera, a prueba de bombas y nunca mejor dicho. Volvamos a lo nuestro. Mi vida carece de valor para nadie.

—Está Queralt —murmuró Mera.

—Le haré un favor si salgo de su existencia. Usted lo ha dicho, hay que prescindir de los escrúpulos. Me llorará un tiempo, pero estoy seguro que rehará su vida en otro lugar más tranquilo, más civilizado, sin Gestapo, sin SS, sin *escamots*.

—Si se refiere a los Estados Unidos, está lleno de hijoputas.

—Pero son de otra clase. Allí no les interesa crear un hombre nuevo o una nueva raza, lo que les mueve es el dinero. Por eso a Queralt le abrirán los brazos. He traspasado su capital a un banco de Washington. Todo legal, a través de una filial suiza. En lo tocante a su salida de Cataluña piense que aquí no quedará nada en pie, que esta tierra se desplomará, que a la que Franco vuelva a mandar en España se acabó la independencia y todo volverá a ser como antes. ¿Qué hará usted entonces? ¿Organizar partidas de guerrilleros? ¿Planear el asesinato del Caudillo? No me joda, Mera, ya lo intentaron desde que acabó la Guerra Civil y no hubo manera. Usted debe sobrevivir, como Queralt. Ya sabe el dicho, escapar hoy para luchar mañana. Además, su red de colaboradores está desmantelada.

—¡Cabrón! Los ha detenido...

—Yo no. Han sido los *escamots*, que quieren hacer méritos delante del Führer demostrándole que son más criminales que nosotros.

—Usted podía haberlo impedido.

—Perdóneme, pero está agotando mi paciencia. Bastante he tenido en las últimas horas con salvar mi propio cuello, el de Queralt, el de su amigo y el suyo. O me mata aquí o se marchan ustedes dos.

Mera frunció el entrecejo. Las arrugas de su frente indicaban la terrible lucha interna que agitaba su alma. Tras unos segundos que a Schellenberg le parecieron un eternidad, rezongó un lacónico «Sea, cabrón, la madre que te batanó». Y, tras quitar el cerrojo y sin despedirse, Mera se fundió en la noche dejando al oficial a solas con sus pensamientos y la imagen de una Queralt llorando encima de la charretera de su elegante uniforme. Schellenberg recordó cuando había recibido la confirmación de que Queralt había tomado el último vuelo a Lisboa. Al menos ella, Duran y Cipri saldrían con vida. Dentro de poco, Portugal sería una zona controlada por los aliados y estaría a salvo. A su memoria volvieron las palabras que había dicho entre los sollozos de la muchacha.

—Querida, debes salvarte por encima de todo. La gente como tú hará mucha falta cuando esta locura termine. Las Queralt van a estar muy cotizadas —dijo intentando bromear—, pero los Schellenberg estaremos de sobra. Los aliados ya tienen suficiente personal para los trabajos sucios. ¿A qué puedo aspirar? ¿A que Dulles me asigne como subordinado suyo? ¿A que me conviertan en responsable de la inteligencia aliada en este o en aquel lugar alejado de Dios? No, Queralt, yo debo apretar el detonador porque no le hago falta a nadie, ni siquiera a mi familia. Soy prescindible, como lo somos aquellos que por estupidez o por un mal cálculo hemos decidido buscar la verdad en los servicios de inteligencia. Es curioso que los llamemos así, cuando no existe nada menos inteligente. ¿Sabes?, a veces pienso en lo que habría sido de todos nosotros sin Hitler y el nacionalsocialismo. Yo, probablemente, trabajaría de profesor, escribiría libros de poesía o estaría empleado en un diario de provincias redactando noticias de concursos de flores, perros de aguas o tartas de manzana y me dejaría agasajar por amas de casa con las tetas como una montaña.

Queralt intentó sonreír, pero el mar de lágrimas que anegaba su cara se lo impedía.

—No te veo dando información canina, amor mío.

—La verdad, yo tampoco. Pero imagínate la vida sin estos locos, una vida en la que lo importante fuera eso, vivir. Es lo que debes hacer, vive, vive por los dos, vive por los que no podrán hacerlo, vive para demostrarles a todos los Heydrich del mundo que no han ganado, que la flor del no me olvides crece incluso entre ellos. Y ahora, márchate, *libchen*, márchate porque ya no tienes nada que hacer aquí y, en cambio, yo tengo mucho trabajo. Seguramente el trabajo más importante de toda mi vida.

Cuando la muchacha se marchó, Schellenberg se sintió limpio por dentro, más de lo que había estado nunca. Y ahora iba a hacer saltar por los aires al Führer, Himmler y lo más granado de las SS. Y, junto a ellos, los líderes nazis de toda Europa, convocados para la asamblea. Ahí estaba Pétain en representación de Francia, Pavelic por Croacia, Quisling por Noruega, Mosley por el Reino Unido, Mussert por Holanda, Degrelle por Bélgica, y muchos más, ávidos por un mirada de Hitler. Mediocridades que pretendían convertirse en minifführers de sus respectivos países. Sabía que Göring no había acudido pretextando una recaída debido a la herida que recibió durante el *putsch* que le había convertido en morfinómano. Aquel gordo sabía lo que iba a pasar. Se lo habría dicho Dulles, claro. Iba a limpiarles el patio, pero qué más daba. Su mano enguantada de gris perla se colocó encima del disparador. Cuando las agujas del cronómetro marcaron la hora, cerró los ojos y lo apretó con la misma suavidad con la que solía coger la mano de Queralt. «Qué mundo de mierda» fue lo último que pensó. Después, un estallido que le llenó el cuerpo de miedo, una luz cegadora y ya no pudo pensar más. Su cadáver yacería debajo de las ruinas, si no en paz, al menos con la satisfacción de haber cumplido con su deber por primera vez.

EL SUEÑO DE LA RAZÓN PRODUCE MONSTRUOS

Duran asomó la cabeza por la torreta del submarino. Todavía le dolía la cabeza por culpa de la droga. A pesar de encontrarse a varias millas de la costa, pudo apreciar el enorme hongo de humo visible a mucha distancia. Barcelona ardía por los cuatro costados. Más hacia el norte otro incendio brillaba en la lejanía. «El campo de experimentación», murmuró Cipriano. El comandante de la nave les instó a bajar porque debían sumergirse. Las bombas convertirían la zona en un hervidero de aviones y navíos a la captura de cualquier buque no identificado. La capital catalana ya no existía. Entre la explosión, el fuego y las consecuencias epidémicas, el lugar en que el anarquista había nacido era una ciudad fantasma. Ruinas y cadáveres.

—Adiós, Barcelona —dijo Duran con devastadora tristeza.

—No te culpes. No hemos sido nosotros quienes la hemos destruido. Fueron ellos. Siempre han sido ellos los que han llevado dentro de sí el germen de la destrucción con su odio, su racismo, su desprecio hacia el resto de la humanidad.

—¿Dormirás mejor sabiendo que haber acabado con esa panda de hijos de puta ha supuesto también asesinar a una población? Dime, Cipri, explícame muy despacito cómo se puede dormir a pierna suelta siendo consciente de que el limpiabotas con quien te has emborrachado tantas veces ha muerto entre terribles dolores o que el camarero que siempre te ponía más guiso en el plato de lo que tocaba mientras te guiñaba un ojo ha tenido una agonía infernal, con sus carnes convertidas en una masa informe, despegándose de sus huesos, convertidas en un líquido pegajoso y nauseabundo. Cipriano Mera, héroe imperturbable, explícale a este compañero cómo se compagina dormir tranquilo con los críos asfixiados en sus cunitas, los trabajadores muertos entre esputos de sangre, los taxistas estrellando sus coches porque el dolor les impedía ver. Tú, tan listo, tan pragmático, tú, que me metiste en esta puta mierda por esos ideales que acabamos de pasarnos por los cojones, tú, que fuiste para mí un guía, un hermano casi, dime que vas a dormir tan ricamente, pedazo de cabrón.

Duran lloraba con un llanto seco, duro, un llanto que solo podía percibirse por los lagrimones que le resbalaban por las mejillas, gruesos como naranjas. Mera no había movido ni una pestaña. Su rostro era pura piedra y solo en el fondo de sus ojos se percibía una tristeza enorme, abrumadora, la que conocen quienes tienen el convencimiento de haber derramado sangre inútil.

—No. No dormiré mejor, Alberto —replicó con una voz tan fría como su expresión—, pero tampoco creo que seamos unos genocidas. Compañero, cuando se llega a lo que se ha llegado en Cataluña nadie es inocente. Los pueblos también son responsables de sus actos, también se les puede juzgar.

—Eso es una barbaridad. Lo que cuenta es el individuo. Estoy hasta los cojones de oír hablar del pueblo, como si eso existiera.

—Pues hablemos de personas, si lo prefieres. Una a una. Muchos de los que hoy han muerto podrían haber dicho algo, podrían haberse puesto en pie, podrían haberse jugado la vida defendiendo, si lo prefieres, a su familia, la libertad o incluso a ellos mismos. No te digo que defendieran al pueblo. Pero sí a su pequeña habitación de realquilado, al bar donde tomaban su vaso de vino, al cine donde acudían, al libro que les gustaba. Podían haberse enfrentado a los nazis por las pequeñas cosas que dan sentido a la vida.

Mera cogió por los hombros a su compañero.

—Escúchame, hijo de puta, ¿piensas que soy un trozo de madera?, escúchame y dime si no tengo razón. ¿O no valía la pena decir basta y luchar por la persona que les hacía estremecerse en la cama, por el padre o el hijo al que besaban con auténtico amor?

—Cállate, Cipri.

—No, no me voy a callar. Esta conversación la has empezado tú pero la voy a terminar yo. Déjame que te diga por cuántas cosas esos catalanes que tanta pena te dan deberían haber salido a defender lo suyo, su calle, sus vecinos, sus compañeros de trabajo o el placer de cantar una copla de Angelillo o de Estrellita Castro. Por ir a ver desde el gallinero un sainete picante, de aquellos en los que el protagonista acababa siempre en calzoncillos, Santpere se llamaba. ¿Te acuerdas? Tú mismo me lo has contado infinidad de veces. No te hablo de libertad, de acracia. Ni siquiera de decencia, de humanidad, de democracia. Te hablo de defender lo cotidiano, lo conocido, lo que construimos, de nuestro pequeño mundo en el que nos sentimos seguros. Te hablo de defender el derecho a respirar sin miedo, a vivir. Simplemente eso, vivir, llegar tarde a todas las revoluciones, perder todas las guerras, a que te den por el culo a diario y, sin embargo, nunca sentir que te han vencido, que han podido contigo, porque tú sabes muy bien quién eres.

Duran abrió los ojos, sorprendido. Jamás había escuchado a Mera hablar de aquella manera, él, tan parco y sobrio. Los ojos del antiguo albañil centelleaban con una emoción apenas contenida. Era la mirada del hombre que dejó los andamios para coger un fusil porque creyó que era su deber.

—Pero no lo hicieron, Alberto. Nadie protestó. Nadie se alzó. Nadie le echó cojones. ¿Miedo? Quizá. Miedo a perder el trabajo, miedo a verte apartado de tu cargo, miedo al qué dirán, miedo a que miren mal a tus hijos en la escuela, a que insulten a tu compañera en la cola del pan, a ser considerado un paria, a que los *escamots* se te llevasen una noche para pegarte un tiro al pie de una tapia. Pero miedo. Y no puedes permitirte tener miedo cuando se trata de los nazis. Si en cualquier lugar del mundo hay una persona que dice que será quien decida los que merecen vivir y los que no y tú no le plantas cara, eres culpable. Ante el horror del mal no puedes quedarte con los brazos cruzados y esperar. Nadie tiene derecho a mantenerse al margen. Nadie, Alberto. Porque el peor de los crímenes es fingir que la cosa no va contigo. Ahí radica el origen del mal, las dictaduras y los campos de exterminio. En la indiferencia, en pensar que te vas a salvar mientras los que te rodean van cayendo como moscas.

Mera apuró de un golpe un vaso lleno hasta arriba de coñac y se sirvió otro. Mientras encendía un cigarrillo de picadura, Duran se incorporó.

—Nosotros tampoco teníamos derecho a convertirnos en dioses y condenar a miles de personas cuyo único pecado era sentir miedo. Cuando alguien cree que tiene derecho sobre la vida de otro pierde automáticamente la razón. Aunque sus motivos puedan ser los mejores, aunque no tenga otro remedio, aunque de su decisión dependa la salvación del mundo. Tenemos las manos manchadas de sangre. Quizá no la veas, pero yo sí. La veo, noto su contacto caliente, espeluznante. Y sé que no voy a poder lavármela en lo que me quede de vida. Lo que dices puede que sea cierto y puede que no. Pero no hay fin que justifique los medios. Ni idea, por sublime que sea, que absuelva a una persona que ha sentido el vértigo de ejercer de juez, jurado y verdugo. Es muy posible que la historia nos perdone, que diga que fuimos unos héroes, incluso que contribuimos al fin del horror nazi, pero tú y yo sabemos que no es así. Que no teníamos derecho. Que nadie tiene derecho. Que hemos acabado siendo como aquellos a quienes hemos creído combatir.

El comandante del submarino interrumpió a Duran descorriendo la cortinilla del pequeñísimo compartimento en el que estaban. Con el rostro iluminado de satisfacción chapurreó en un pésimo español «Señores, el general Franco acaba de desembarcar y las operaciones se desarrollan con éxito. Si todo va como Eisenhower y Patton han predicho, en pocos meses la península estará libre de nazis. Se acabó la tiranía para ustedes».

Duran se lo quedó mirando como si estuviera viendo a un animal de fábula.

—Comandante, usted no lo sabe, claro, no es español. Pero siempre existirá tiranía en España. ¿Sabe por qué? Porque a los españoles nos gustan los tiranos, aunque solo sea para poderles echar las culpas de nuestros propios defectos.

—Siento no entender lo suficiente de su idioma. Pero hoy es gran triunfo, *you know*?

—Sí, hombre, sí, un triunfo acojonante. Un triunfo de la leche, vamos. Por cierto, ¿sabe usted el número aproximado de bajas?

El oficial yanqui se quedó sorprendido. No esperaba esa pregunta.

—Eso no puede saberse a ciencia cierta, coronel. Estimaciones, quizá, pero cifras exactas, no.

Duran pegó un puñetazo encima de la mesita, dejándola rota por la mitad. Cuando volvió a hablar, en cambio, su voz sonaba dulce como la miel.

—Dígame una cifra y no me toque más los cojones. Esto es un submarino y no tiene usted mucho terreno para correr.

—Washington estima que medio millón de bajas. No se puede saber. No lo conoceremos hasta unos días.

—Lo que le he dicho. Un triunfo acojonante para la causa de la libertad. Espero con ansia el desfile que nos tendrán preparado en Nueva York, con papelitos y serpentinas. Estoy viendo los titulares. «Estados Unidos recibe a los héroes de Barcelona». Sí, sí, todo muy *very well*, muy *all rigth*, muy *ok*.

—El general Donovan me ha dicho si querían transmitirle alguna impresión.

—Sí. Dígale a ese hijo de la grandísima puta de parte de Alberto Duran que puede irse a tomar por el culo. Y, si no sabe a dónde acudir, que se lo pregunte al maricón de Hoover.

Y dándoles la espalda al norteamericano y a Mera, Duran se estiró en el catre. No podía más.

EPÍLOGO EN LA HABANA

Duran fumaba el Partagás que Rosita le había encendido sin apartar la mirada de aquellos ojos que tanta paz le daban. Estaban desnudos sobre las húmedas sábanas, arrugadas por la inmensa batalla que había tenido lugar encima de ellas. A pesar de haberse duchado varias veces no conseguía eliminar el olor que se había instalado permanentemente en sus fosas nasales desde Barcelona. Era su cuerpo. Olía a muerte, a muerte de inocentes, a muerte innecesaria, a muerte que le acompañaría hasta la sepultura. Ahora, desde la placidez de aquella pequeña habitación en La Habana, recordaba el puñetazo que le había propinado a Donovan cuando los recibió en el puerto de Nueva York y la manera en la que había tirado al agua la medalla del Congreso que les habían concedido a él y a Mera. No había tocado un céntimo de la millonaria suma que la OSS había depositado a su nombre en un banco de Cuba y ahora, lejos de uniformes, complots y sangre, estaba donde tenía que estar. Sintiendo la calidez del cuerpo de Rosita, la mujer que se lo había dado todo a cambio de nada. Apenas habían hablado. La mulata esperaba a que Duran empezase y no quería turbar a aquel hombre que ya no era el mismo que se fue la noche en la que unos hombres armados lo habían arrancado de ese mismo lecho en el que ahora descansaban. Algo había cambiado en él. Sus ojos estaban velados por un horror que no había visto nunca en ellos.

—No me has preguntado cómo fue aquello —dijo Duran.

—No. Te quiero demasiado.

—Ahora da igual, cariño. Fue demasiado terrible como para decirlo. Sería mejor escribirlo, porque hay dolores que solo pueden aplacarse si se les da forma escrita. En una novela, en un poema o en una canción. Quizá algún día lo haga.

—¿Una canción?

—No, un libro. Será un libro triste, porque narrar la muerte de todo lo que nos concierne siempre es desgarrador.

—¿Murió mucha gente?

—Demasiada, pero no quiero decir eso. Hablo de ver cómo lo que forma parte de tu inventario personal, tu infancia, tu juventud, tus recuerdos, desaparece entre gritos de dolor. De esa clase de dolor del que uno nunca se repone, ¿sabes?, porque lo llevas clavado siempre dentro de ti como un puñal que te desgarrase por dentro las tripas constantemente.

—Pero fuiste un héroe y salvaste a millones en todo el mundo.

—La dicha de unos no puede edificarse sobre un montón de cadáveres inocentes. Quien hace esas cosas nunca puede ser un héroe. A lo sumo, un verdugo con conciencia.

—No te entiendo, mi amor.

—No hace falta. Ahora lo único que cuenta somos tú y yo. Dejemos atrás esa mierda y perdámonos en un sitio en el que no nos conozca nadie. Ya sabes que tengo dinero, mucho dinero. Está manchado de sangre, pero si es útil para que vivamos una nueva existencia, lo doy por bien empleado.

—Alberto...

—Dime.

—Eso sería un sueño. Podríamos ir a Brasil. Es un país muy grande, según una amiga de allí. Una vez me enseñó un mapa de su tierra y es el sitio más grande de Sudamérica. Ahí tiene que haber algún lugar en el que podamos vivir lejos de la gente mala.

Los dos se entregaron voluptuosamente a imaginar cómo sería esa nueva vida. Una casita propia, sin pretensiones. Un terreno para cultivar. Rosita rodeada de críos y Duran trabajando la tierra con sus propias manos, creando vida, en paz consigo mismo y con su vida.

—Seguro que podemos conseguirlo, Rosita. Con dinero todo se compra. Pasaportes con otros nombres y marcharnos de este país llevándonos el dinero. Y una vez en Brasil ya veremos lo que hacemos. Nos hemos ganado ser felices. En nuestro mundo.

—Solo nuestro y de nadie más.

—Así es. Sin salvadores de pacotilla ni tiranos hijos de puta. Sin nazis, sin sociedades secretas, sin anarquistas, sin políticos ni pistolas. Solamente tú y yo.

La mulata se echó en brazos de Duran y lo besó apasionadamente, como si fuera la última cosa que hacía en el mundo. Duran respondió a la pasión de aquella mujer a la que consideraba su única patria y la montó de nuevo, mientras ella gemía de placer. La luna de La Habana iluminaba sus cuerpos sudorosos y la noche acompañaba sus gemidos con el son de las infinitas orquestas que parecían interpretar en toda la ciudad una única melodía compuesta especialmente para los dos. Duran se corrió a la vez que ella, con un jadeo profundo, con intensidad extraordinaria, notando cómo los músculos de la vagina de Rosita apretaban su pene como si no quisieran que saliese de dentro de ella.

Fue justo en aquel instante cuando Duran vio por el rabillo del ojo el brillo metálico de una ametralladora a través de la rendija de la puerta del cuarto, que se abría silenciosamente. Un clic le informó de que le habían quitado el seguro. Iban a matarlos. No quiso decir nada. De hecho, esperaba ese momento. En un instante que le pareció una eternidad vio a Mera, a Queralt, a Schellenberg, a toda la gente que había conocido y que jamás volvería a ver. Vio a Bartomeu pavoneándose, a Heydrich tocando el violín, a Hitler con mirada de loco peligroso, a Franco dándole la mano con el signo de reconocimiento masónico, a Hoover moviéndose como una bailarina con sobrepeso, a Dulles con aquella mirada de reptil, y se vio a él mismo triscando por las trincheras del frente de Madrid, a los miembros del SIM que lo habían torturado y, en última instancia, a un chaval de la calle, un golfillo llamado Alberto, que recorría las Ramblas a ver qué caía. Aquello era el fin y tampoco tenía importancia. ¡Había tantos cadáveres en la fosa de aquella maldita historia que no vendría de un par más! Lo sintió por la mujer que le abrazaba. Cerró los ojos. Solo tuvo tiempo de responder a Rosita que, ajena a todo, le dijo al oído «Siempre te querré, Alberto», a lo que Duran contestó como si musitase una oración «Y yo a ti». Luego, el tableteo de las armas sustituyó al sonido del amor dejando tras de sí dos cadáveres ensangrentados. El color de la sangre trazaba curvas extrañas en la blancura nívea de las sábanas. Rosita, con los ojos abiertos, mostraba un gesto de sorpresa casi infantil. El anarquista, en cambio, exhibía una placidez extraña. Su rostro estaba sereno y una sonrisa asomaba en sus labios.

Un tipo alto y malencarado entró en el cuarto, contempló a los dos cadáveres, escupió encima de Duran y encendió un cigarrillo.

—Transmitan al señor Dulles en Washington que hemos atado los cabos sueltos.

—A la orden, capitán Thompson.

—No olvide que a partir de hoy soy coronel y el encargado de la nueva agencia de inteligencia norteamericana en la isla. La CIA.

—El viejo Donovan estará cabreado.

—Que le den por el culo. En lugar de emplear a gente como nosotros, ese carcamal elegía siempre a bastardos como Duran o Mera. Otro que a estas horas ya debe estar hablando con los peces en el fondo del Potomac.

Los asesinos de Duran y Rosita salieron a la calle tranquilamente. La policía cubana había desalojado los alrededores con el pretexto de una redada de elementos subversivos. Nadie había visto nada, nadie había oído nada, nadie sabría nunca nada. Los dos cuerpos, envueltos en sendas fundas de lona en las que podían leerse las desgastadas letras de US Army, fueron a parar al fondo de una camioneta estacionada delante de la casa. El chófer, un irlandés malencarado, le tendió los periódicos del día a Thompson.

—Fíjese, tanto revuelo para acabar así. Es lo que yo digo, mejor no meterte en líos, cumplir las órdenes y a otra cosa.

—Exacto. Has nacido para trabajar en la inteligencia, chico, que solo requiere carecer de ella y estar dispuesto a nadar entre mierda. Harás carrera. A ver, déjame echar un vistazo.

Los titulares se hacían eco de la reunión de paz en Ginebra entre el enviado especial del nuevo canciller alemán Herman Göring, el vicecanciller Franz von Papen, y el representante personal del presidente Roosevelt Allan Dulles. Thompson soltó una carcajada. Menudos cabronazos estaban hechos esos dos. El primero se había cepillado sin juicio a toda la cúpula de las SS, había desmantelado el partido nazi e instaurado un régimen autoritario con ciertas concesiones a la Iglesia católica y a los demócrata cristianos. Su intención era ir devolviendo la soberanía paulatinamente a las naciones de Europa occidental y mantener la guerra contra los rusos, cosa que convenía a los intereses de Washington. Incluso se rumoreaba acerca de una nueva alianza militar que los englobaría a todos, alemanes incluidos, bajo un tratado de defensa común.

El asesino de Duran no llegó a la página doce en la que se daba información acerca de España. Muerto Hitler, Muñoz Grande había caído y Franco no había tenido problema en volver a ocupar su residencia en El Pardo. La primera medida que había adoptado era suprimir los protectorados del Reich. En un discurso pronunciado en Salamanca, el Generalísimo había hablado vagamente de democracia, pero a la española, sin concesiones al marxismo ni a los separatismos. De momento había omitido prudentemente concretar fechas de legalización de partidos y elecciones. En un recuadro se destacaba las manifestaciones que un grupo de prohombres catalanes habían dirigido al Jefe del Estado en las que mostraban su más sincera adhesión a Franco, lamentando el vergonzoso episodio de subordinación a una potencia extranjera que había supuesto el protectorado. Por descontado, los líderes nazis catalanes que no habían muerto en el atentado habían sido detenidos y fusilados tras un juicio sumarísimo por alta traición y cooperación con el enemigo. Franco, que había recibido con buenos ojos la voluntad de los empresarios catalanes, había designado a uno de ellos como ministro sin cartera para que los intereses de estos estuvieran representados en su gobierno integrado por tecnócratas y militares adictos a su persona. La masonería sería tolerada en las bases que los EE. UU. habían instalado en suelo español y nada más, quedando prohibida en toda España bajo pena de cárcel.

Nadie recogía que el atentado que le costó la vida a Hitler y a toda la ciudad de Barcelona había sido organizado por los servicios norteamericanos. La explosión se achacó a un laboratorio secreto que los nazis tenían situado en Cataluña y a una prueba con cierto explosivo cargado con gases que se les había ido de las manos a unos anarquistas locos. El público norteamericano se encogió de miedo al saber que aquella arma terrible estaba pensada para ser detonada en las ciudades más importantes de Estados Unidos y, aunque en público todos mostraban su condolencia por ver a una capital europea desaparecida por el mortífero ingenio nazi, secretamente se regocijaban de que aquello hubiera pasado a millas de distancia en lugar de en Nueva York, Washington o Kansas City. A fin de cuentas, ¿a quién le importaba lo que pasara o dejase de pasar en Barcelona?

Thompson tiró los diarios al arroyo y el agua se los llevó hasta el sumidero de una alcantarilla, que se los tragó de inmediato. Las noticias iban y venían, pero la historia seguía su curso para la gente, ajena a que el mundo se dividía entre vencedores y vencidos. A lo lejos, un borracho canturreaba sentado debajo de un viejo farol ante un coro de gatos callejeros una vieja tonada. «Si naciste p'a martillo, del cielo te caen los clavos». Los gatos lo miraban con esa cara de olímpico desprecio que ponen ante los humanos. Y en Washington un funcionario de la CIA con rostro bovino y aspecto vulgar trazaba una gruesa raya roja en los expedientes de Duran y Mera, anotando al margen «Amortizados», para después meterlos en un archivo que nadie consultaría jamás. Si Duran hubiera visto aquello, seguramente habrían venido a su mente las palabras de La Fontaine: «A menudo encontramos nuestro destino justo por aquellos caminos que tomamos para evitarlo».